U0780543

GUIHUA
WANG

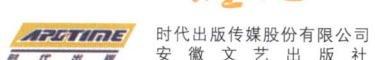

时代出版传媒股份有限公司
安徽文艺出版社

沈俊峰◎著

　　沈俊峰，中国作家协会会员，中国散文学会理事，鲁迅文学院第29届中青年作家高研班学员。获中国报人散文奖、冰心散文奖。作品散见于《新华文摘》《中国作家》《小说选刊》等多家报刊。多篇作品入选《中国年度散文》《爱国奋斗精神读本》《民生散文选》《语文主题学习》等几十种选本或中小学生读物、中高考试题。出版《在城里放羊》《在时光中流浪》《邓稼先：功勋泽人间》等作品。

安徽省中长篇小说精品工程丛书

桂花王

沈俊峰◎著

时代出版传媒股份有限公司
安徽文艺出版社

图书在版编目（ＣＩＰ）数据

桂花王/沈俊峰著. --合肥：安徽文艺出版社,2021.7
ISBN 978-7-5396-7174-1

Ⅰ．①桂… Ⅱ．①沈… Ⅲ．①长篇小说－中国－当代
Ⅳ．①I247.5

中国版本图书馆 CIP 数据核字(2021)第 035396 号

出 版 人：段晓静 　　　　　　　　插　图：周英子
责任编辑：张妍妍　　姚　衍 　　　装帧设计：张诚鑫
···
出版发行：时代出版传媒股份有限公司　www.press-mart.com
　　　　　安徽文艺出版社　www.awpub.com
地　　址：合肥市翡翠路 1118 号　邮政编码：230071
营 销 部：(0551)63533889
印　　制：安徽新华印刷股份有限公司　　(0551)65859551
···
开本：710×1010　1/16　印张：25　字数：400 千字
版次：2021 年 7 月第 1 版
印次：2021 年 7 月第 1 次印刷
定价：68.00 元
···

献给英雄的大别山，

献给英雄的大别山人民。

——题记

目　录

引　子

坟已修葺一新。

花花绿绿的纸幡，随风摇晃，沙沙碎响。

一位老者默然伫立，神情黯然。他抹了一把额上的汗水，手上的青草汁和黄泥也随之抹在了脸上。随后，老者坐在一块青石板上，燃了香，插在土里。

袅袅青烟歪歪扭扭地飘往空中，很快就不见了踪影。

蓝天白云，太阳高悬，山风阵阵，绿浪翻涌。山下是茫茫大水，波光粼粼。

风小了些，四野皆是枝叶的飒飒声响。

清明时节应该是大别山最美的季节，映山红漫山遍野，热烈似火，让满眼翠绿绽放出耀眼的生命颜色。

老者将点燃的纸钱放在一只枣红色瓦盆里。火苗蓬蓬勃勃，闪烁跳蹿。他拿着一根小木棍拨弄着燃烧的火苗，将飞出盆外的纸钱挑回盆里。

"娘，儿子来看您了。"老者说着，眼圈儿红了，"这些钱是给您和我大的，大离您远，记得给他花一点啊。"

"娘，咱家现在可是一只鸭子也不剩了，您老可以安心了！"静默了一会儿，老者又道，"都在保护青山绿水哩，您老应该安心了。"

一片纸灰悠悠飞了起来，越飞越远。老者盯着纸灰飞的方向，似有所悟。

"娘,您等一会儿,那边好像等得着急了呢,我去给他也送一点。"老者说完,往纸灰飘飞的方向走去。不远处,矗立着另外一座坟。

老者走到这座坟前,磕了头,极其虔诚地将坟头上的野草一根根拔去,将土培好,然后在坟头插上了纸幡,燃上三炷香,点了一刀麻纸。

"方大大,您老先花着,革命一辈子了,咱现在有钱了……"老者像是自言自语。

一阵山风袭过,送来了桂花的幽香,老者不禁嗅了几下。远处的山坡上,桂花王独木成林,巍然屹立,蓬蓬勃勃的树冠遮蔽了大半个山坡。

老者望着桂花王,桂花王也望着他。

桂花王的枝叶翻涌着绿浪,倒映在山下辽阔的大水中,将水染绿了。

"桂花王呀,您活一千多岁了,过去的事我不问您,这一百年来发生的事您肯定是清楚地看见了,对吧? 您心里都明白,对吧?"老者望着桂花王,目光中闪烁着热切的亮光,"那您就说说,说说这片青山绿水吧。"

清风拂面,桂花的香气似乎愈加浓烈了。

第一章

一

1929 年。绵延数百里的大别山,狼烟四起,兵荒马乱。

十七岁的桂小香满心欢喜着即将到来的婚事,揣着方子成家送来的红洋布,准备去麻流镇裁缝铺做嫁衣。没料到,她刚出门就被魏敬之的七八条枪给逼住了。

看来两家人的担忧都是对的,可动作还是慢了,经不起贼惦记啊。

立夏节前的某一天,方老抠领着弟弟方二爷和王媒婆来桂德安家商量小香和子成的婚事。天已很热了,方老抠还顶着一顶皮帽子,两只手背在身后,手里横着一根旱烟杆。

方二爷拎着一条白色布袋,布袋里装着半袋子米,累得呼哧呼哧直喘。方老抠回头瞥了一眼弟弟,眉眼里半是讥讽半是爱怜。王媒婆挎着一只竹篮子,干瘦的脸像蒙了一层包子皮。竹篮里有四个鸡蛋、两把挂面,还有一块红洋布。

方二爷放下布袋子,掐着麻秆似的细腰,白净的瘦脸越发白。方老抠攥着烟杆,不装烟,不点火,却时不时往嘴里一塞,吧嗒一声。

桂德安和小香娘闻讯从后门坡地上跑下来,忙着招呼大家。方老抠打过招呼,眼睛便盯着那些东西,说:"这……这有点太少了,不像话,真有点不像话。"王媒婆立马接嘴道:"桂家哥嫂哇,这兵荒马乱的,又是个饥荒年,你是知道的,有口吃的就该烧高香了,这方家就像是小媳妇生孩子,能使的劲都使出来了,也、也只能抠出这些了。"王媒婆说着话,鸡爪似的细手指一一拈出鸡蛋和挂面,摆在桌上,再打开布袋,抓起一把雪白的米,慢慢漏下去。米粒儿在昏暗的屋里白得直晃眼。

桂德安憨憨地点头:"就是,就是,这世道……"

方二爷坐着,脸上挂着笑。方老抠牙痛似的直嘬牙花子,又吧嗒了一口烟嘴子。

桂德安望方老抠,方老抠望他,两人对了光,都不说话,欲言又止,像有默契似的。倒是方二爷打破了沉默:"听说诸佛庵有个丫头被土匪金老末的手下掳去了。"方二爷的话让大家莫名担忧起来。桂德安说:"山那边闹了红军,听说越闹越凶了。"

大家都不接话,又沉默了。

方老抠终于小心翼翼地从烟袋里挖了一锅烟丝,慢条斯理地点燃,狠狠抽了一口,立刻烟雾袅袅起来。方老抠看了一眼王媒婆,却对桂德安说:"亲家,这年月不太平,就怕夜长梦多。"王媒婆道:"是啊,桂大哥,择个好日子把两个孩子的事给办了吧,这一朵鲜花放在家里,让人心里直发慌。"

桂德安脸上的笑沉了下去。小香娘下意识地盯了一眼布袋子,看了一眼桂德安。此刻,桂德安的肚子像打雷似的,不争气地咕噜噜直叫唤,屋里人都清清楚楚地听见了。桂德安身上像刺了麦芒,不自在,脸上直发烫。粮食断了好多天了,如今顿顿野菜掺糠米,那些东西吃进肚子里,不管饱不说,拉屎还拉得火辣辣地痛。

麻流镇自去年遭遇了百年不遇的大旱,庄稼渴死殆尽,颗粒无收,一向丰盈的西淠河也瘦得变了形,多处断流,以放排为生的艄公歇了工,另谋出路。持续干旱,让花草树木蔫头耷脑,许多人家断了粮,没了活路,卖儿鬻女,借高利贷,四处乞讨。日子越过越绝望,像一条路断了头,不知道该往哪里走。如此年月,方老抠能送来这些彩礼,那真是雪中送炭,简直就是救命粮。

　　立夏节前的某一天,方老抠领着弟弟方二爷和王媒婆来桂德安家商量小香和子成的婚事。

王媒婆说:"我看好日子就定在立夏节吧。"

方老抠其实也是庄稼人。祖上留了些家产,却架不住方二爷游手好闲、好吃懒做,坐吃山空。后来,方家兄弟分了家,方老抠勤劳打理十几亩地,娶妻生子,省吃俭用,日子过得红火。他送儿子方子成去读私塾,后来又上了镇里的新式学堂。方二爷呢,把分的地差不多快折腾光了,只落个勉强糊口。他有钱就去镇上寻花问柳,也不想找一房媳妇,后来变得没落,没人看得上他,所以,他仍是光棍一个,时常觍着脸去哥哥家蹭些吃喝。人们习惯了称呼他"方二爷"。一帮半大小子常常围着方二爷,让他说怡红院的事,他就得意地说,男人裤裆里像别着一根棍子,女人裤裆里像夹着一个小瓦盆。之后,他再也不多说,只嘻嘻地笑。

桂德安家穷得像风扫大地,一尘不染,插针之地没有,买根针的钱也找不着,只靠租种魏敬之家的几亩薄地过活。每年交了租,所剩无几。一儿一女,再加上那时候桂德安的爹还活着,几张嘴过得像一座破屋,四处漏风。

但是,桂德安养了一个好看的桂小香。

桂小香出落得像池塘里盛开的荷花,娉婷、嫩白、艳红,谁看了都会赞叹一番,多看几眼,就像方二爷说的:"咱这大别山,水好,出女子。"

方子成当初见了桂小香,满心喜欢,就对爹说了想法。方老抠立马去打听,也远远地看见了,桂小香是不多见的绝色女子,也就答应了。他请王媒婆上门提亲,桂德安应允了。桂小香也见过方子成,是别人偷偷指给她看的。她瞅着暗自喜欢。两个年轻人心心相印,像哑巴吃汤圆——心里有数。

麻流镇就那么大,桂小香有好几次碰到方子成,方子成都像变魔术似的,掏出一块山芋糖,或者几个炒花生、炒板栗,不容分说地塞到桂小香的口袋里,然后,慌里慌张就跑了。桂小香每次都像是做了贼,心里扑通扑通乱跳,脸上烫得能烙熟一张面饼。

有时候,胆大的方子成远远看到桂小香在田里插秧,或拔稗草,就会冲着她高声大嗓地唱小调:

送郎啊送在清水河，

手捧着啊黄茶啊怀揣馍。

叫啊情郎你就吃饱些，

省得回家又去烧锅哇，

比不得人家呀有老婆……

　　大别山的民歌小调多，荤的素的都有，有情有调。方子成唱的这个，不荤不素，却大胆、热烈、奔放。桂小香听得耳热心跳，羞得不敢抬头，暗骂方子成贼胆忒大。她假装埋头干活，忍不住偷偷瞄一眼，看到那个高个壮实的小伙子已经一步三回头地溜了很远。小香心里像淌满了蜜，憧憬着方家前来定喜期。

二

　　在大别山，麻流镇是一座名头很响的古镇。一千多年来，以商贸名闻天下。茶麻生意一直做到京津冀和内蒙古，留下了数不尽的风流。老辈人至今还传诵着当年的顺口溜："一进麻流，衣帽堂堂；离开麻流，屌蛋精光；鲜花岭上，回头望望；下回有钱，再来逛逛。"这足以想见它当年的鼎盛和繁华。

　　麻流镇东头有一个山冈，名叫鲜花岭。离鲜花岭不远的半山腰上，长着一棵桂花树，寿命千余年，被尊为桂花王。那桂花王树冠磅礴，铺天盖地，气势雄伟。每年中秋前后，花香飘散在麻流镇的天空，方圆几十里都能闻到。奇特的是，这棵树上的花期竟然不一样，有的枝干在入冬很久了，仍然开花，有的还没有到八月节，却提前开了花。如此，麻流镇上似乎天天都能闻到桂花香。山民视其为树神，世世代代膜拜，红绳、红布系满了桂花王的枝枝丫丫，香火不断。

　　关于这一镇一树，众说纷纭。有人说，先有麻流镇，后有桂花王。另有人说，先有桂花王，后有麻流镇。到底先有谁，就像鸡与蛋，已经无从考证，也不见文献记载，成了一个只能想象没有答案的悬案。

麻流镇地处皖西,三省通衢,往西向北,抬腿几步路,就能踏上鄂、豫两省。源于大别山最高峰白马尖的浠河,奔腾不息。浠河上游,花开两枝,像两只温柔的手,分为东浠河、西浠河,牢牢揽住皖西大地。西浠河贴着麻流镇流过。这俏美山水,让麻流镇占尽了大自然的风流。东、西浠河汇合后,手牵手奔向淮河,牵通了山里山外,也牵通了烟火岁月。

桂花王脚下,有一个小山坳,抬头就能看见桂花王,低头也能看见麻流镇。这里依山傍势住着几十户人家,叫桂花村。桂小香就住在这里。

绝色女子桂小香偏就生长在一个穷苦人家,一个连饭都吃不饱的人家,偏就赶上一个动荡混乱的年代,可谓生不逢时。军阀混战、土匪横行,各种势力相互勾结,层层盘剥贫苦百姓,桂小香和其他贫苦百姓一样,像浠水里的一片浮叶,无法掌控自己,只能被激流裹挟着,流向未知的远方。

那个春天很特别,比往年热得要早,草木渐渐转绿,斑鸠、黄鹂、山鸡躲在树林子里,时不时鸣叫一声,毫无顾忌地在田坎、荒野和林子间飞来落去。青蛙早早趴在水田里,一鼓一鼓地静喘。空气中弥漫着一种暖,轻烟薄雾似的,让人莫名地兴奋和期盼。

西边的麻城、红安,北边的商城,都闹起了红军。山里多了一支穷人的军队,频频传来许多让穷人高兴也让富人震惊、害怕的消息。消息随风,一座山一座山地刮。世上没有不透风的墙,何况这是一片连心连肺的大山。

那些嗡嗡飞的消息让人兴奋,也让另一些人恐惧。穷人暗暗期盼,有钱人打着小算盘,不知道接下来的时日是福还是祸。桂小香听了一星半点,心中有一种预感——这麻流镇早晚也会闹出大事。她暗暗地期待着。

有一次,她碰到方子成,方子成说:"我不相信穷人就永远受穷。"他说话的口气和神态,与以前大不一样,眼里有一层亮光。小香不解:"你家不是比我家有钱吗?"方子成说:"比起周佐廷、魏敬之,我家还不是穷得叮当响?只是够吃饭而已。"小香觉得方子成心中藏了事,想问,又不好意思,担心他会闹出啥乱子来。再见到方子成,小香鼓起勇气还想问,方子成像看出了她的心事,找个借口跑了。

有天晚上,桂小香大着胆溜去镇上小学堂,见一盏汽灯亮在八仙桌中间,围着那盏灯,挤了满满一屋子人,都是种田的穷汉子,方子成也在。教书先生谷传堂说:"咱们穷人天天面朝黄土背朝天,一滴汗摔八瓣,为啥还吃不饱饭? 地主老财啥活也不干,天天跷着二郎腿,为啥天天吃香的喝辣的? 官府、地主、恶霸、军阀、土匪为啥都能欺负咱无钱无势的穷百姓? 外国那些小国家为啥都敢欺负咱大中国?"一屋子人个个听得神情专注、热血沸腾的样子。

偷听到了那几句话,看见了那个场面,桂小香那天夜里兴奋得睡不着,感觉一下子爬到了一座高山上,看得远了,心里亮堂了。"咱们也能过上好日子。"谷传堂的话,桂小香牢牢记住了。她心里隐约有了期盼,有了希望。她想,等嫁过去,日子也许就好了,方子成家毕竟还有一些地。

三

桂小香没想到魏敬之借着逼债,其实是冲她而来。黑衣汉子和他们手中的枪,都让小香万分恐惧。

这些人,桂小香识得几个。这些家丁时常挨家挨户去催租逼债,动不动就把人往死里打。他们抓住交不上租的老蔡,把他的头一次次摁进河水里,直到老蔡喝饱了水,躺在地上直哼哼。都知道他们像活阎王,凶狠歹毒,人们见了他们总是躲着绕着走。

小香却躲不掉了。

那些黑衣家丁也不说话,就那样堵住她,盯着她。院门口停着一乘简易轿子。两根毛竹绑着一把大竹椅,毛竹两头穿上横杆,两个汉子肩扛横杆,就成了轿子。穿绸褂、戴墨镜、五十来岁的魏敬之干笑着,弯腰下了轿,慢慢向桂小香走来:"别怕,我就是问问你,你家的买青钱啥时候还?"

魏敬之摘下墨镜,露出一双细长的眼,白多黑少,贪婪地盯着桂小香,喉结响亮地动了一下。

在这麻流镇,除了周佐廷,就数他魏敬之势力大。麻流镇的人都会唱这样的顺口溜:"麻流大埠口,任你百里走,不欠周佐廷一石,也欠魏敬之八斗。"相比姐夫周佐廷,小舅子魏敬之阴险歹毒,为富不仁。有歌谣唱道:"笑面虎魏敬之,年年来买青,说是为穷人,实是把人坑。"

买青,就是青黄不接时,地主以"买青苗"的方式向穷人放贷,待夏秋庄稼成熟,穷人用收获的农作物抵债。这样的借贷周期短,利息高,穷人都是在走投无路的时候借贷度命,所以,穷人又叫这样的买青钱为"度命钱"。

魏敬之是个有名的好色鬼,见了镇里好看的女人,千方百计打着算盘也要弄到手。有一天,他看上了一个佃户家的丫头,想方设法弄去做丫鬟,说是干活抵债。那丫头才十六岁,模样俊俏,像待放的花苞。魏敬之让她服侍自己洗澡。丫头红着脸,吓得直哆嗦,不敢睁眼。魏敬之笑嘻嘻地看着她,轻轻抓住她的手,给自己一点点地洗,一点点地揉。洗着洗着,他的下身膨胀起来。他板起脸厉声训斥吓得浑身发抖的丫头:"你瞧瞧,你瞧瞧,我这本来是好好的,你咋给我洗大了? 你得给我洗回去。"丫头羞愤难当,闭着眼站在那里,吓得都不敢哭。魏敬之就罚那丫头一件件脱衣服,不脱就用竹篾子抽,抽得丫头手上、身上红一道紫一道。他像猪一样拱了那一片娇嫩的庄稼地,这才心满意足。事后,他得意地哼唧着:"瞧瞧,瞧瞧,你把它又给洗回去了。"魏敬之呼呼大睡,那丫头却转身跳了崖。

魏敬之向身边的姚瘦子歪了一下嘴。斜挎盒子枪的姚瘦子立刻点头哈腰,谄媚干笑,心领神会,一转头,对桂小香板起了一张刀条脸:"你家去年借的买青钱,至今未还,魏老爷仁慈,一直宽限到了今日,你给句痛快话,啥时还?"

去年春旱,秧苗渴得病恹恹的,田裂缝,地冒烟。小香爷爷病了,没钱抓药,躺在床上一天天煎熬,病入膏肓,连水也喝不进去了。桂德安是个孝子,看着心痛,不忍心让父亲等着油枯灯灭,一咬牙,便去找周佐廷买青苗。周家的大管家说虽然家大业大,但是开销也大,没有闲钱。桂德安无奈,只好去找魏敬之。魏敬之像是正等着他,半躺在竹椅上,悠闲地抽水烟。他爽快地答应借钱,还说若是不够,可以多借些给桂德安。桂德安知道他是黄鼠狼给鸡拜年——没安好心,不敢久留,拿了钱转身就走。魏敬之突然问了一句:"小香那丫头今年十六了吧?"桂德安心里一惊,仓皇中唔了一声,像见了鬼似的拔腿就跑。

桂德安回到家,没敢说魏敬之问的那句话,后来悄悄和小香娘说了,被小香无意间听到了。桂德安和小香娘心怀担忧,不敢说破,只能处处小心提防。小香不以为意,心想青天白日的,他魏敬之还能明抢不成?现在想想,说不定这一切就是魏敬之给自家做的一个扣,以至于现在逼上门来,与明抢何异?

小香不说话,低头想走,被姚瘦子拦住:"想走?在这麻流镇,你能走哪去?你不还钱,魏老爷也不逼你,魏老爷心疼你,想娶你做夫人,只要你答应,买青账一笔勾销,还免三年地租,以后成了亲戚,不光你过得光鲜,你全家还愁吃香的喝辣的吗?"

桂小香腾地红了脸,鼓足了勇气往外冲,被两个汉子抓住了胳膊。她急了,拼命挣扎,破口大骂,红布掉在了地上。姚瘦子一愣,弯腰捡了,打量一番后交给了魏敬之。姚瘦子阴阳怪气地说:"没钱还账,有钱买洋布?"

桂小香怒道:"还给我,把布还给我。"

"哼,今天没钱,就得有人,魏老爷不能白跑一趟。"姚瘦子因说话太用力,挣得瘦脸上的青筋毕露。

魏敬之拿着洋布贪婪地嗅了嗅,笑了:"嗯,真香。"

桂小香的胳膊被死死钳住,动弹不得。魏敬之又嗅了嗅红洋布,盯着小香,然后摆摆手:"别吓着她。"两个家丁松了手。魏敬之拿着洋布在小香面前抖了抖:"嗯,这布配你!真是好马配好鞍,你要是穿上,那是要气死皇后娘娘的。"

正说着,桂德安和宝才气喘吁吁跑了回来。桂德安离老远就喊:"东家,东家,有话好说。"待跑到跟前,桂德安已是上气不接下气,"东家,请您再宽限几日,秋天我一定还清。"魏敬之昂着头,瞪着一片青山面无表情,根本没拿正眼瞧他。

桂小香仍然挣扎着："还我,把洋布还我。"

宝才怒不可遏往前冲:"把我姐放开。"几把枪一起指住了他。桂德安见状死命将宝才抱住,不让他上前。

姚瘦子的手指头快要指到桂德安的鼻子了:"老桂,你别忘了,你去年可是亲口答应的当年还钱,这都拖到什么时日了?"

桂德安欲哭无泪,只能乞求:"东家,请您高抬贵手,我立马去想办法。"

姚瘦子换了一副笑脸:"小香嫁给魏老爷,这是你家的福分,魏老爷说了,买青账一笔勾销,田租免三年,以后哇,你们一家可是掉进福窝里了。"宝才愤怒地踢了他一脚,没够着,骂道:"我打死你个满嘴喷粪的狗东西。"

桂德安绝望得嘴唇哆嗦,声音抖得变了调:"这是要逼死人命啊。"

桂小香不明白,因为欠钱,魏敬之就要让她以身相许,这是什么世道?她愤怒,害怕,不知道该怎么办。她想到方子成,如果方子成在这里,他会怎么办?他不是坚定地问过她,难道穷人就永远要受穷吗?难道穷人就永远要受欺负吗?说来也奇怪,想到这里,桂小香的胆气竟然壮了些,不再那么害怕了。她怒斥道:"你们用逼债来逼婚,太无耻,太不要脸,做梦去吧,我就是死,也不会答应。"

在桂小香眼里,魏敬之是活在另外一个世界里的,离她十万八千里,她与他,没有丝毫的关系。就像她眼中的麻流镇,虽然繁华,满地流金,她却只能远远地看着,与她没有关系。她的内心,只有一种绝望的冷和仇。她痛恨这种不公平,痛恨这明火执仗,即使拼上性命,也不能低头。她瞪着魏敬之:"你要是再逼我,我只有一死。"

魏敬之看了看她,想了想,大概害怕她会走绝路,抑或意识到征服一个女人的心更重要,于是,一脸威严地说道:"桂德安,限你三日之内还钱,如果还不上,就别怪我不客气了。"魏敬之大概又想起了什么,转过身来对小香说,"小香,你都听见了吧,我不逼你,再宽限三日,如果还不上,你自己走到我家去。"想了想,又说,"其实,嫁给我有啥不好呢?享不完的荣华富贵。"

桂小香说："高攀不起。"

魏敬之很不理解地摇了两下脑袋,弯腰坐进轿子。姚瘦子一挥手,轿子抬起,一队人马打道回府。姚瘦子走了两步,又回头对桂德安威胁道:"记好喽,三天,就三天,到时候别怪魏大老爷没告诉你。"

桂小香跟在后头哭求:"还我,把洋布还我。"

魏敬之把洋布扔给一个家丁,家丁接了,扔给小香。洋布太轻,飘落在地上。小香扑上去捡起来,心疼地拍打着沾上的尘土。

阳光照耀着家丁们手中的钢枪。枪在阳光的照射下,发出一束束刺目的寒光。随着他们的脚步,寒光晃来晃去,晃得桂家的人眼花缭乱、头晕目眩。

望着魏敬之一伙人远去,桂德安长舒了一口气,腿一软坐到了地上:"老天爷啊,不能再等了,快去通知方家,让他们速做准备,明天就把婚事办了。"宝才答应一声,拔腿就跑,上后山抄近道。

四

宝才一溜烟消失在山后的树林里,桂德安和小香尚没有从惊恐中缓过神来,就听到一片轰轰隆隆的声音,从天边轰鸣而来。

"爹,你听。"小香惊疑,竖起耳朵寻找声音来源。小香娘这时才气喘吁吁地跑回来,也听到了轰轰隆隆的声音。

不是森林的涛声,不是竹海的欢呼,天上没有一丝风,这声音从何而来?桂德安凝神谛听了一会儿,突然大悟:"是马蹄声。"

小香和娘霎时明白,那是无数只马蹄踏在土路上,踏在石头上,快速奔跑发出来的合音,沉闷,有力,透着一种黑暗的凌厉和邪恶。

桂小香一辈子也没有弄明白,金老末的手下为什么会在那一天突然而至,从天而降,就像与魏敬之约好了似的,前后脚赶到她家,一个仗财逼迫,一个仗枪硬抢。

这个巧合,成了一个不解之谜,即使后来在金老末快要咽气时,桂小香也没能问出个所以然。

桂德安反应过来："快跑!"

桂德安一手抓着桂小香,一手拉着小香娘,惊慌失措地跑进屋,想从后门上后山。后山遍布荆棘乱石,有树林,还有一人多高的荒草,人钻进去,就像兔子隐遁入山,难觅踪影。

叭——

一声清脆的枪响,突然炸响在清寂的山间。接着,轰轰隆隆的声音越发响亮,有一种压抑着的沉闷,有一种穿透墙壁的尖锐,越来越近,越来越清晰。数不清的马蹄的狂奔,夹杂着马上之人尖厉的怪声怪调的呼啸,似千军万马,铺天盖地。

大地在颤动,天空在颤动,整个麻流镇都在颤动。

多年以后,桂小香听到那些整齐划一、震天动地的号子声,彻夜难眠,才明白那种铺天盖地的马蹄轰响,有着山与山之间的回音造成的多重效果。高高低低的大山,组成了一个天然的音箱,将众多的马蹄声魔幻成了天边的滚雷。

桂德安护着妻女刚跑出后门,就被闪电般赶来的人马堵了回去。他们像是受到惊吓的鱼,折回头跑回屋里,噼里啪啦关上门窗。

然而,像是小土坝遭遇了巨大山洪,这样做也无济于事。

轰轰隆隆的声音旋风一般,一下子抵在身前,将屋子围得水泄不通。

桂小香惊恐地从窗户的缝隙往外看,竟然看到先前耀武扬威、不可一世的魏敬之领着那帮家丁,像一群被人追赶着的猪,慌里慌张跑了回来。他们跑得飞快,仿佛身后的长刀即将捅到了屁股。魏敬之的轿子在奔跑中剧烈地晃荡,晃荡得让轿夫无法控制,几乎要从轿夫的肩膀上飞脱出去。七八个端着枪的家丁,护着轿子,前后左右颠着飞跑。

恐惧像一张大网,越罩越近了。

眨眼工夫,轰轰隆隆的声音转过山脚,嗖地一下就冲了过来。刚刚离开的魏敬之和手下,潮水一般被驱赶进了桂小香家的院子。马队将桂小香家的院子围得铁桶一样,滴水不漏。

小香和爹娘也被人赶进院子,和魏敬之的人站在了一起。

几十只匹枣红、乌黑、雪白的高头大马扬起的尘土,弥漫在四周,要将众人淹没似的。

高头大马一圈圈地转圈,越转包围圈就越小,直至小到不能再小。接着,几十杆长枪短枪和大刀齐刷刷地亮了出来,黑洞洞的枪口和寒光闪闪的刀尖指着众人。

魏敬之的轿子早已不知丢在了哪里。他站在家丁中间,被众马转悠得眼花头晕。他的手下还在虚张声势,以手中刀枪对峙,但是明显不是对手,像几条饿狼遇到了几十只恶虎,表现得气虚势弱,胆怯畏缩,拿枪的手都打着哆嗦。

一个黑脸汉子稳稳地骑在马上,凶恶地盯着众人,一个一个地盯,盯得人直打寒战。然后,他冷冷地慢慢腾腾地说了一句话。就这一句话,让魏敬之的家丁全都老老实实缴了械,就像羊被送到屠宰场,个个一副孬样,似乎身上的骨头都被抽走了。

黑脸汉子阴阴地说:"都他娘的别动,想活命的放下家伙,想死的继续拿着。"

家丁们像被火燎了手,稀里哗啦将刀枪扔在了地上。谁都明白,在这方圆百里,敢对大地主、民团头子魏敬之如此说话的,能有几人?

魏敬之壮了壮胆,佯装一脸无畏,故作镇定地摘下墨镜,哈了一口气,然后掏出手绢,慢慢地擦拭。姚瘦子则对黑脸汉子点头哈腰:"好汉饶命,好汉饶命。"

黑脸汉子黑着脸,让胯下的大白马绕着众人又慢慢地转了一圈,把众人又打量了个遍。魏敬之的额头开始冒汗,偷觑着眼前的白马和白马上的黑脸汉子。

黑脸汉子得意地哈哈大笑。

笑毕,他高声大嗓地吼道:"都他娘的听好喽,俺是六万寨二当家黑面虎,奉俺大哥金老末之命,前来迎娶桂小香上山。今天是个好日子,二爷俺高兴,不杀人,不抢粮,只要人。听话的保你无事,不听话的就地斩杀。"

金老末手下的土匪有近万人,是河南、安徽交界处最强大的一支土匪。他们的主要目标是钱财,打富不济贫,给地方造成严重危害。官府、地主豪绅和普通百姓都痛恨这股土匪,强烈要求官府围剿,可是,效果并不大,土匪不仅没有被剿灭,反有越剿越多之势。金老末手段残忍,烧杀抢掠,无恶不作。1928年4月底,大股土匪窜入汤家汇、南溪、吴家店、金家寨等地,掳掠男女"肉票"一千多人,每票都要一千至三千块大洋才能赎回。没有按期赎回的,被剜眼、削鼻、割耳,折磨至死。提起六万寨的土匪,人人不寒而栗。谁家的小孩子不听话哭闹不休,大人只要说声"金老末来了",孩子就会惊骇得戛然而止。

黑面虎话音未落,两个小匪就扭住了桂小香。

桂小香挣扎着,哭叫着。桂德安拼死上前援救,被土匪多支黑洞洞的枪口逼住,动弹不得。魏敬之暗暗叫苦,立在那里,一言不敢发,眼睁睁地看着手下的刀枪被一一取走,看着桂小香被绳子捆了,扔上了马背。突然,一股热血冲上了头顶,他不想认怂,壮着胆子上前一步,冲着黑面虎一拱手:"这个女人是我的。"

黑面虎二话不说,对着魏敬之嗖地抽了一马鞭,魏敬之的脸上立刻就有了一道血印。魏敬之捂着脸,不敢再言。黑面虎的马鞭子在他的鼻子前晃悠着,他盯着鞭子的眼神也就一下一下地颤。黑面虎笑道:"狗日的,尿裤子了吧?也不撒泡尿照照。"然后一指那些刀枪,"这些家伙,六万寨照单全收了,哈哈哈。"说罢,抽了马屁股一鞭,疾驰而去。

桂小香被一匹枣红马驮着,慢慢跑远。桂德安急了眼,顺手抄起一根木棍,拔腿追了上去,想抢回桂小香。突然,叭的一声枪响,一颗子弹不偏不倚,正好落在桂德安脚下的泥土里,激起一朵泥花。桂德安本能地跳了一下脚,蒙在那里,被赶上来的小香娘哭喊着死死地拖住。

黑面虎头也不回,吹了吹枪口,扬扬得意地一挥手,两个小喽啰将一条布口袋扔在了桂德安面前。

　　布口袋被地上的石头戳破了一个小洞,雪白的米粒流在了地上。

第二章

一

　　这些年,金老末的人没少来抢,都是半夜偷袭。为了抗匪护院,大户人家都招了家丁,买了钢枪。魏敬之和周佐廷是麻流镇最大的富户,自然是人多、枪多,在霍安县都是数一数二。县长朱达才从县保安团弄来十几支钢枪,分别馈赠魏敬之和周佐廷,以示嘉奖、支持。但是,以这点力量对付土匪,却是杯水车薪。这股土匪越来越猖獗,越来越胆大,竟然在光天化日下公然抢人。魏敬之措手不及,被羞辱得无地自容,还差点丢了性命。

　　土匪当着他的面,把他看上的女人抢走了。当着他的面啊!魏敬之的如意算盘彻底落了空,满心欢喜变成了狗咬猪尿泡——空欢喜一场,好在脑袋还在脖子上,已是造化。

　　土匪走后,魏敬之领着手下仓皇奔逃。轿子一路往前飞颠,抬轿子的累得汗珠子直滚。刚跑到桂花王脚下,迎面撞到一群人。那群人足有四五十之众,手里抄着肩担、钉耙、砍刀、木棍,一副拼命的架势。领头的正是方子成,身边站着宝才。

　　魏敬之惊魂未定,又吓了一跳。这帮穷棒子,多是他和周佐廷的佃户,个个像牛一样勤劳温驯,没人敢对他高嗓说话,更没人敢对他不敬。现在倒好,拿着家伙挡住了主子的去路,这不是犯上作乱吗?魏敬之本已憋屈的火腾地烧了起来,恼怒地向家丁一挥手,姚瘦子立马狐假虎威起来,吼道:"反了天了,都滚开!"

姚瘦子一吼,众家丁都想上前,见对方手中都有家伙,来者不善,自己却两手空空,顿时心虚气短,像一群夹着尾巴的狗,畏葸不前。魏敬之猛然惊醒,刚才被土匪缴了械。很快,他就镇定了,虚张声势地吼道:"你们想干什么?想造反吗?"

"把桂小香交出来!"方子成说。

魏敬之听了恼羞成怒,脸涨得像紫猪肝:"你是打哪个石头缝里蹦出来的?"

方子成寸步不让:"光天化日之下强抢民女,还有没有王法?"

魏敬之明白了过来,转念一想,好汉不吃眼前亏,秋后算账不迟。他嘿嘿一笑:"哦,是这事啊,你们来晚了,人被金老末的人抢走了,有本事,找金老末去吧。"魏敬之的脸上掠过轻蔑和嘲讽,姚瘦子和家丁挑衅似的跟着笑。

方子成的脸唰地白了:"不可能!"

方子成盯着魏敬之,眼中冒火。魏敬之盯着方子成,震惊恼怒。

魏敬之感到面前像有一堆炸药,遇到火星子就要爆炸似的。自从西边、北边闹了红军,他就一直暗暗警惕,时刻嗅着空气中的异常,总觉得自己脚下这片土地也不安稳。防患于未然,这个道理他懂。此刻,他多了一个心眼,不敢激怒他们,倒是想看看他们唱的是哪一出戏。

姚瘦子凑近了提醒道:"老爷,我看有点不对劲啊。"魏敬之不动声色,换了一副笑脸,和颜悦色地对众人道:"你们搞错了,我们去收租,半路上遇到了土匪,这不,刀枪都被他们抢去了,我们也是受害者。"

看到众家丁皆两手空空,垂头丧气,方子成觉得魏敬之不像是说谎。有这么巧的事吗?宝才也满腹疑惑:"咋会这样?"

就在他们犹豫的当儿,魏敬之和手下已经跑远了。

这时,有个邻居匆匆跑来,告诉他们小香被土匪掳走的消息。

"哥!"宝才一把抓住了方子成的胳膊。方子成立刻炸了,高声吆喝道:

"兄弟们，跟我打上六万寨，救出桂小香。"众人齐声响应。方子成领着众人就向六万寨的方向追去。拼上性命也要救下小香，方子成只有这个念头。

众人吵吵嚷嚷，一路迅跑，尚未到西淠河渡口，就被一身学生装的周贤拦住了。周贤是周佐廷的儿子，手里拎着一只皮箱，满脸风尘，却异常镇定。

方子成认识周家少爷，知道他在省城安庆读书，见他拦住去路，气不打一处来。这个家伙是魏敬之的亲外甥，当然和魏敬之是一路货色。方子成瞪着他，吼道："干你啥事？让开！"

周贤站着不动，伸出两条胳膊拦住："你们是要追金老末的人吗？"

方子成不理他，想挤开他，从他身边穿过。没想到，这个瘦弱书生却有一把子力气，两个人都没有推开他，反而被他推得后退。

方子成站住了："你管得着吗？"

周贤纹丝不动："你们不能去。"

方子成不知道周贤何以会说出这样的话。这不是狗拿耗子吗？周贤若不是脑子有病，便是别有用心。他盯着周贤，想从他的眼神里看见他的心。周贤说："我刚回麻流镇，就听说了土匪抢人的事。"方子成压住心中的怒火，说："对，抢的是我媳妇，再过几天就要过门的媳妇。"方子成说到这，恨从心来，热血上冲，瞪着眼睛又吼，"滚开！"他像是失去了理智，硬是挤开周贤，继续往前跑。

周贤几乎是跳了起来："你们打得过土匪吗？你们去就是白白送死！"方子成懒得搭理他，继续向前冲。周贤被众人挤得七倒八歪，差点摔倒，箱子也不知被挤到哪去了。他全然不顾，拔腿撵上方子成，一把拉住他的胳膊，猛地一顿："你可以不信我，你还不信谷传堂吗？"

周贤盯着方子成，目光中满是期望。

方子成愣住了，像是明白了啥，犹疑着停住了脚步。

他看着周贤，似乎想从周贤身上看出秘密。周贤一双清澈有神的大眼也目不转睛地盯着他，目光中流露出来的，是热切、温暖、信任、无邪和期待。"谷传堂"三个字，像是一个咒语，一个魔法，钉住了方子成的脚步。谷传堂是方子成最信赖的人，是他的恩师。这个时候，周贤刻意报出"谷传堂"的名号，那就有了非凡的深意，也让他骤然间冷静了下来。所以，他停步不追，也招呼众人停下了脚步。

周贤的语气放缓了许多，说："咱们追不上，他们骑着马呢，即使追上了，也不是他们的对手，他们有长短枪三十九支，咱们有啥？"

方子成暗自一惊，感叹周贤的目力和能力，相信他的挺身而出并非偶然，而是大有深意。他刚回到麻流镇，对麻流镇发生的事便了如指掌，连那股土匪有多少支长短枪都摸得一清二楚。方子成的眼神里闪过敬佩的光。

二

麻流镇小学位于镇东头一个山脚下，相对僻静。周贤拎着皮箱，即刻来到学校，见到了教员谷传堂。两双手紧紧握在一起，两人神情都特别凝重。显然，谷传堂已经知道了刚才发生的大事。

周贤奉上级命令，急赶回乡，就是要与谷传堂共同领导家乡的武装暴动。

土匪胆大妄为，敢在大白天抢人，让他俩感到暴动迫在眉睫。农民没有自己的武装，就是一盘散沙，不仅要受官府、军阀、地主豪强的欺压、盘剥，还要遭受土匪的骚扰和伤害，生命财产都没有保障。周贤遇到方子成领着一帮人去追击土匪，既震惊又欣慰，他看到了一支团结坚定的革命队伍的雏形。谷传堂这一年多的工作没有白做。

周贤虽然在省城读书，对家乡的情况却很熟悉，知道方子成是马上要进行的农民暴动的骨干人物。

周贤担忧的是，这么多人突然聚集在一起，声势如此浩大，尤其是与魏敬之公开叫板，会过早地暴露目标，引起魏敬之的警觉，给下一步的行动带来困难和危险。魏敬之不是傻子，当然能嗅出气味。西边、北边飘过来的火药味，已经悄悄在这里浓缩成了一团，成为一股汹涌的潜流，只要一个火星，就会随时引爆。他在万分紧急的情势下，冒险说出了谷传堂的名字，果然及时阻止了莽撞的方子成。

周贤说了路上遇到方子成的事,也说了自己的担忧。谷传堂深有同感。离上级定下的暴动时间尚有时日,各项准备工作正在抓紧进行,鉴于目前的情况,或许只有提前行动,才不至于被动。

谷传堂立刻通知党支部开会。方子成还不是党员,是正在培养的好苗子,正准备吸收他加入党组织。因为情况特殊,他也被叫了来。

方子成见到周贤,虽然有预感,但还是愣住了。他没想到周贤会像自己一样,也参加了农会,而且是这次暴动的军事总指挥。周贤不缺吃不缺喝,家里富得流油,还能去省城洋学堂读书,为啥要起来闹革命?这不是自己革自己的命吗?这个疑问,在方子成的脑海里一闪,来不及找到答案,就被谷传堂的讲话打断了。但是,疑问却深埋在了他的脑海里。

讨论非常激烈,最后形成一致意见,决定提前起义,抓紧做好提前起义的准备,并立即写信十万火急报上级党组织,等待批准。

会议快要结束时,方子成站了起来,欲言又止,脸憋得通红,眼里噙了泪。谷传堂和周贤对视了一眼。谷传堂轻轻拍了拍他的肩,说:"子成,我们都知道你的心情,但是,现在我们还没有能力立马去救桂小香,只有提前起义,建立我们自己的武装,才能推翻反动政府,剿灭这些害人的土匪。"方子成听着,泪水吧嗒吧嗒往下掉。桂小香被土匪抓去,凶多吉少,他却无能为力。白天,他召集农会的兄弟前去解救,被周贤半路拦下了。他以为周贤和谷传堂有办法能救桂小香,没想到他们只谈提前起义的事,压根儿就没有商量解救小香的办法。

"等我们有了队伍,小香还有救吗?"方子成心急如焚,说话的声音像放炮,火药味十足。周贤叹了一口气,搂住了他的肩:"兄弟,你的心情我理解,连自己家人都救不出来,哪还有脸面对这一切?可是,你想想,即使我不把你们拦下,让你们去追,你们真能追上土匪的马队吗?即使追上,就凭手里的肩担、木棍,能是土匪的对手吗?那岂不是白白地去送死?"

方子成懂得这个道理,感情上却难以接受,这才绝望得流泪。

谷传堂宣布散会,让大家分头去准备,独留下方子成,继续做他的思想工作。周贤说:"你很勇敢。"谷传堂说:"我和老周已经飞鸽传信,请求山那边的红军游击队设法营救,他们离六万寨很近。但是,结果怎么样,还不知道。"谷传堂的一席话,让方子成心中爬满了希望,暖暖的,他感动得要给周贤、谷传堂下跪,被两人狠命拉住了。

方子成回到家,见爹娘唉声叹气,满脸愁容,也不知道怎么安慰。方老抠也不看人,只吧嗒着旱烟袋,浓烟滚滚。子成娘说:"这不是鸡飞蛋打吗?咱家咋就这么倒霉?!"方老抠急着说话,一口烟没吐完,呛得直咳嗽,脸憋得通红。他用烟窝子当当当敲着泥墙,大为不满:"闭上你的臭嘴,谁能想到呢? 这不就是天灾人祸吗? 能有啥办法?"子成娘委屈得嘤嘤直哭。方老抠叹息一声,换了语气道:"别哭了,你以为我不心疼那些米面啊? 还有四个鸡蛋呢。"

话音未落,桂德安拎着布袋子进来了,宝才拎着竹篮子跟在他身后。

方老抠和子成娘都吃惊地立起身来,看着桂德安。

桂德安轻轻将布袋放在桌上,看了他们一眼,想说啥,终究没说出来,扭头就走。走到门口,他的一只大手在身后摆了摆,仍然是啥话也没说,泪却流了一串。他不想让他们看见自己的泪。宝才指了指那些东西,说:"退了,都在这呢。"

方老抠愣过神来,惊慌失措地追出来喊:"亲家,不能够,不能够啊!"

三

周家大院是麻流镇最为富丽堂皇的房院,白墙黑瓦,六进院落,气派、壮观。高高的门楼上,雕刻着八仙过海,色彩浓艳,栩栩如生。正门两侧蹲踞着两座巨大的石狮子。

周贤回到家,已是黑夜。门口站岗的家丁见了他,一愣,正准备张嘴往里通报,被周贤用手势制止了。周贤慢慢往院子里走去,听见东厢房里人声嘈杂,乱哄哄一片。

门关着，没有关严，漏了一条缝。周贤蹑手蹑脚从门缝往里瞅，看到了父亲周佐廷、舅舅魏敬之，还有八九个镇里有头有脸的大财主。

桌上已是杯盘狼藉，两个木炭火锅还冒着腾腾热气，有人还在有一搭没一搭地慢慢喝酒。周佐廷说："各位兄弟，咱们可都是在同一条船上，希望大家齐心协力，有钱出钱，有力出力，风雨同舟，维护咱这一片地界的安定。千万不能乱啊！"周佐廷说完，端起酒杯敬大家，魏敬之和众人都站了起来，个个慷慨激昂，一饮而尽。

魏敬之喝得满脸通红，眼神中透着一股杀气，将酒杯往桌上重重一扣，粗着嗓门说："我还是那句话，该抓的抓，该杀的杀，对付这帮穷鬼，绝不能心慈手软。春风暖，百草丛生；严霜酷，万物肃杀。这场酒喝过，大家分头行动，刻不容缓。"

院子里很安静。一棵银杏枝叶正茂，微弱的灯光斜照着光滑的树干，让树干失去了本真的光。这古旧的院落，厚重的门窗，包裹了屋里的乌烟瘴气。院落里显露出光怪陆离的阴阴杀气。看来，疾风骤雨真的要提前来了。

"少爷！"送菜丫鬟一声喊，把周贤吓了一跳，也让屋里的人听得清清楚楚。

"是贤儿回来了吗？"周佐廷闻声走了出来，看到周贤，脸上浮出幸福的笑容，"有人说上午就看到你了，你去哪了？怎么到现在才回来？"

周贤喊了一声"爹"，随即进屋与众人打招呼。周佐廷说："你舅也在呢。"周佐廷的话是在提醒。周贤最不喜欢这个舅，父亲的提醒，让他装作若无其事，喊了一声："舅！"魏敬之笑了："来，来，好外甥，坐下给各位长辈敬一杯。"周贤赶紧摇头推让："我不会喝酒。"魏敬之的鼻孔里轻轻哼了一声，兀自端起酒杯，咻的一声，很响亮地干了："还没有放假，贤儿怎么回来了？"周贤说："省城在闹罢工罢课呢，书读不进去，只好回来躲几天。"

周佐廷道："现在这世道不太平，你既然回来了，就在家念书，少出门，免得遇到危险。你是不知道，一帮土匪大白天就敢来抢人。"

周贤一本正经地说："是啊，这土匪若是不来，我舅今晚就当新郎了。"

一句话，说得众人都哈哈笑起来。魏敬之脸上挂不住，狡辩道："我只是去提媒，没想到就被金老末的人搅了局。"魏敬之故意在"提媒"两字上加了重音，却是轻描淡写的语气。周佐廷叹了一口气，忧心忡忡地轻声责怪说："山那边都闹起红军了，你还有这心情……"

魏敬之一拱手："姐夫，咱没时间再废话了，快散了吧，该干啥干啥去。"众人哄然一声响，纷纷站起身，拱手作别，匆匆而去。魏敬之正要走，周佐廷不无忧心地对他小声说："敬之啊，从现在开始，你们对那些穷棒子客气些，不要再结新仇了。"

魏敬之并未停下脚步，说："姐夫，你那一套慈悲啊，我可做不来，我先回去了。"说罢，头也不回地出了门。上了马，魏敬之冲着周佐廷点了点头，双手一揖，两腿一夹马肚子，跑了。

眼前的场景让周贤明白，其中必有隐秘大事。

他扶爹回屋。

周佐廷见到儿子很高兴，亮亮的目光一直就没有离开他。周贤心中乱乱的，千言万语却不知如何对爹说。他扶爹坐下，端来一杯茶递到爹的手中。周佐廷喝了一口，想起了什么，便屏退用人，朝周贤招招手，让周贤靠近些。他贴着周贤的耳朵，低声道："现在世道太乱，这乡下不太平，可能要出大事，你明天还是回城里去吧，把家里的汇票都带上，放到城里去。"

周贤心里咯噔一下。他似乎窥见了爹心中的恐惧和隐痛。他知道，秘密像是一种气味，已经飘散了，这崇山峻岭也掩盖不住。敏感的人已经嗅到了异常，这可是关乎身家性命的大事。

周贤轻轻点头，他不忍心拒绝，更不能泄漏组织的秘密。他知道，从今往后，他和父亲就要站在两条船上了。以后会是个啥样呢？他环视了一眼高大宽敞的屋子，望着父亲，半晌不知道该说什么。他对父母和这个家有留恋，有亲情，更多的却是一种罪恶感。此刻，他的心情真是太复杂了。要拯救这个国家，要拯救天下苍生，就顾不上自己的小家了。为了劳苦大众，他愿意舍弃一切，甚至牺牲生命。入党宣誓的时候，他想过要背叛自己的家庭,毫不犹豫。但那是抽象的,浮于表面的,把并没有往深刻里去想,也根本无法想到那个层次。现在,身临其境,看到苍老的父亲一副惶惶不安、大难临头的样子,他的心忍不住哆嗦了一下,脑海中闪过一个痛苦的念头,难道自己是要革了爹和娘的命吗? 如果,几天之后爹娘看见他领头打土豪斗地主分田地,他们会不会承受不了呢?

以前,他无数次想过,这个社会要人人自食其力,人人有饭吃,人人过上幸福生活,人与人是平等的,不存在剥削和压榨。可是,每当想到家里人不劳而获,剥削和掠夺时,他心里便有一种罪恶感。家里的财富都是怎么来的呢? 此时面对父亲,真实感立马摆在了他的面前,就像面对一碗热气腾腾的大米饭,热浪和香气缭绕着他的脸。他想,父亲和母亲已经老了,该如何自食其力?

周贤看着父亲,说不出话来,只是含糊其词地点了点头。

他问父亲:"有这么严重吗?"

周佐廷忧心忡忡的样子,说:"近百人哪,手里都拿着家伙,硬拦住你舅要人,若是那个女人真在你舅手里,今天岂不是就要出大事了吗?"

周贤听出了父亲和舅舅魏敬之心中的判断。他知道,方子成的鲁莽行为还是暴露了组织上的真实意图,无意中打草惊蛇了。"那该怎么办?"他像是在问父亲,又像是在问自己。

"能怎么办? 你舅也说了,不能让火苗冒头,就得捂死喽。"周佐廷喝了一口茶,将茶杯重重一顿。没想到这一顿太重了,杯盖滑落掉地,摔在青石板上,立马粉碎。

周贤大吃一惊。

四

那天晚上没有月亮,也没有风,天空像蒙了一块厚厚的黑毛毯。大山像是昏睡了过去。出了门,连大山黑黝黝的轮廓都看不清楚。

方子成坐在门前一块大石头上,盯着夜空,一动不动。他想把自己坐成一块石头，心痛得厉害。这是他一个人的世界。他默默流泪，一身力气无处使。小香的安危揪着他的心，她怎么样了？有生命危险吗？土匪欺负她了吗？

快吃晚饭时，爹娘又说起小香的事。娘说方家命不好，说了这么好的一个媳妇，却被土匪掳去了。爹抽着旱烟锅子，直瞪老伴，让她不要再说。子成娘看了看方老抠，话到嘴边还是咽了回去。方老抠吐着烟，愁眉苦脸，唉声叹气。一锅烟抽完，他慢悠悠地一指地上的米袋子、竹篮子，对方子成说："你抽空再送回去，不管咋说，咱都不该再要回这些东西，于情于理都不该。"方子成点头，对一向抠门的爹刮目相看。子成娘说："想想也是，丫头被人掳走了，这一家子今后该咋活？"

晚饭没吃几口，便草草收了碗。

"就没有啥办法了吗？"方老抠望着儿子。方子成叹了一口气，不说话。他是一点办法也没有，唯一寄予希望的，就是谷传堂和周贤说的，山那边的红军游击队能来得及营救。这就要看小香的造化了。

方老抠像是自言自语："也是啊，土匪这次声明了不是绑票，就是有钱也赎不回来。这狗日的土匪，千刀万剐的土匪，他咋就盯上了小香呢？"

夜深了。大山里静极了，连一声狗吠也没有。方老抠和老伴担心儿子，又不敢打扰他，只得一趟一趟悄悄起来看看他，生怕他有啥想不开做傻事。

爹娘轻微的脚步声，方子成听得清清楚楚，他怕爹娘担心，只好回屋。他躺在床上，毫无睡意，望着黑黢黢的夜空发呆。那夜黑得让人心慌意乱。

一只虫子哑哑地鸣叫起来，声音细弱，低沉，悠长，打破了可怕的沉寂。世界似乎就这一点声响了。方子成觉得脸上有虫子在轻轻地爬，伸手一摸，是两行泪。

他再也控制不住自己，捂着嘴，极力压抑着，让悲声哀音在胸腔里盘旋、凝噎、消失。

……

方子成终于平静了下来。想到谷传堂和周贤说的提前暴动，他浑身的血液便热烫起来,就要拿起刀枪推翻这个黑暗的世界了,铲除那些欺压百姓,在老百姓头上作威作福的恶霸地主、土匪官僚,还有那些民团、军阀,创立一个自由、民主、不被人欺压、能吃饱饭过上好日子的新社会。他被那种新的生活蓝图鼓舞着,激动着,一颗青春的心跳得扑腾山响。黑暗中,他摩拳擦掌,跃跃欲试,一个躁动不安的灵魂似乎得到了安放。

直到天快亮,他才迷迷糊糊地沉睡过去。

不知过了多久,方子成听到了一点动静。狗叫声幽幽地传来,黑夜越发空旷。门板好像响了一下,像是被什么东西沉闷地撞击了,他想起身看看,但是身子丝毫也动不了,像是在梦里。过了一会儿,他觉得眼前通明火亮,像是亮着满屋子的火把。

方子成忽地惊醒,一跃从床上坐了起来,定睛一看,果然是一屋子的火把,还有五六支黑洞洞的枪口。方子成本能地伸出胳膊抵挡,发觉胳膊已经被绳子牢牢地捆住了,动弹不得。接着,他听到一阵狰狞的冷笑,看到了魏敬之那一张狰狞的得意的肥脸。

完了。方子成心中一凉,一股寒气掠过脑门。自己还没有闹出啥动静呢,就被魏敬之逮住了,都怪自己睡得太沉、太死。他不甘心,挣扎着,结果换来了几下重重的枪托,被砸得眼冒金星,火辣辣地痛。

方子成被五花大绑押走了。

出门时,方子成看到爹娘嘴里都塞着破布,被枪逼在墙角。方老抠担心地看着他,娘瑟瑟发抖,向他发出呜呜的声音。他知道,那是娘不放心他。还没有开始闹革命,苦难就开始了,而且,爹娘陪着他一起领受。方子成痛苦地闭上眼睛,不忍再看。随即,他的心便坚硬起来,既然已经迈开了第一步,就不可能再回头,开弓哪有回头箭?横竖就是一个死。他用力挣脱了团丁的手,一声不吭走了出去。在爹娘面前,他要用这个决绝的行动,告诉他们自己宁死不屈的心。爹娘都看见了,也一定懂了他。

此时的周贤,正坐在床上,警觉地听着周围的动静。

一粒石子嗖的一声穿破窗棂纸,正好砸到了小圆桌上的茶杯,当的一声响。周贤知道有紧急情况,一跃而起,从后门出了院子。果然,一个人影立在那棵大泡桐树下,见他出来,急忙迎了上去。那人向周贤耳语几句,两人立刻消失在夜幕中。

周贤赶到小学堂,谷传堂正在屋里紧张地走来走去。毕剥燃烧的松明子,将屋里照得通亮。窗户都被棉被遮挡着。见到周贤,谷传堂紧张的神情稍稍松弛了一点。他已经接到各路送来的情报,县保安团一个排,悄无声息于半夜时分赶到了麻流镇,会合魏敬之的团丁,正分头逮捕农会积极分子。

没想到魏敬之突然袭击,来了个先下手为强。他的行动,连周佐廷也没有告诉。他觉得周佐廷世故手软,顾虑太多,不堪大事,便自作主张密报县长朱达才,请求援手。

周贤捶了一下自己的脑袋,怨自己没有探知到一点有用的情报。父亲的不动声色,影响了他的判断。他没想到魏敬之下手这么快、这么狠,简直就是黑虎掏心。

谷传堂说:"现在讨论咱们下一步该怎么办。敌人在天亮之后很可能还会有更大的行动,会抓更多的人,到时候,咱们的损失会更大。"

两个人交换了意见,决定速向上级党组织报告,说明情况,提前起义,请求离得最近的红军队伍赶来支援。天亮之前,已经暴露的积极分子必须全部从家里撤出,集中到后山,准备暴动。没有暴露的同志,随时待命,想办法多搞几条枪。

其他几条,派人分头通知,但是要在短时间内多搞几条枪,难度太大。

周贤琢磨了一会儿,狠下心来,说:"你以土匪的名义给我爹写信,就说我被绑票了,速送五条钢枪,否则,立马撕票。"谷传堂愣住了:"这样行吗?"谷传堂担心周佐廷受到惊吓,会出意外,那毕竟是周贤的亲爹。周贤想了想,咬咬牙,还是决定这样办。他说:"没时间了,这样办时间最快,代价最小,咱们只能这样办。"谷传堂不再犹豫,急忙研墨展纸。

家丁拿着绑票嚷叫着冲进屋报告时,周佐廷正坐在马桶上。"老爷,老爷,不好了,少爷被土匪绑票了。"家丁大呼小叫冲了进来。周佐廷吓得立马站起身,裤子也湿了。他接过信,只看了一眼,便差点晕倒。周贤的娘听说了,一下子瘫坐在地上,哭天抢地。周佐廷想也没想,立刻吩咐家丁:"快快快,按照信上的吩咐,速把枪送去,不惜一切代价,保命要紧。"

周佐廷来不及多想,也不敢多想,买枪是为了看家护院,平时管得也严,不许家丁出去作恶。他其实是个怕事的人,家大业大总让他心中不安,总感觉四周都是眼睛在盯着他。他也明白,财是身外之物,更何况儿子就是他的命,哪怕倾家荡产,他也会救儿子的。

周佐廷忙着送枪救儿子,魏敬之忙着带人去抓人,谷传堂和周贤紧急部署,决定提前起义。此刻,麻流镇像一条激流与旋涡相连的暗河,混乱、不可逆转地奔腾滚滚,只待天亮,上演一出惊天动地的大戏。

五

天亮了。

山峦、麻流镇、田野、浿河、桂花王……被太阳的金晖笼罩了。黑夜像一个魔术师,变换了世界的模样。

手执钢枪、大刀、木棍、肩担等各色器械的青壮农民,三五成群,像涓涓细流,从各个山旯旮里奔涌出来,涌向麻流镇,很快聚集在麻流镇小学堂周围。黑压压的人群,一直漫延到桂花王树下的广场上,足有三千多人。他们聚集起来,以解救方子成等农会兄弟的方式出现,其实也是在解救他们自己。谷传堂走在队伍靠前的位置,带头高喊着:"凭什么抓人? 立刻放人。"

他的身后,是众人浪潮似的呐喊。

浩浩荡荡的队伍一边呐喊着,一边向魏家祠堂拥去。

走在队伍最前面的是那些头戴瓜皮帽、身穿长袍马褂的商行业主和豪绅地主。在麻流镇,他们都是有头有脸的人物。他们连夜被农会动员,或是迫于大势所趋,不得不来。他们害怕魏敬之开枪,一边恐惧地往前走,一边颤着嗓子喊着:

"请魏团总开恩,交释方子成!"

"我是麻流镇齐山茶行老板,叩请魏团总恩释方子成。"

……

随后是小学堂平民夜校的工人学员,他们拉起了一条巨大横幅:"麻流镇工商业主请求保释方子成。"他们身后,是农会的大刀队,再后面是长枪队。这样,魏敬之便难以看清楚这支队伍的真实意图,就是想开枪,也会有所顾忌。魏敬之还不知道,他自以为得意的突然捕人行动,一夜之间成了一颗火星,眼看着就要引爆这漫山遍野的火药。

洪水一般的队伍离魏家祠堂越来越近了。

魏敬之奔忙了一夜,疲乏至极,此时门窗紧闭,像头狗熊正蒙头大睡,根本没有听见外面的呼喊,更不会预想到突然爆发的工农运动。大门口两个站岗的哨兵,远远看到这么多人,还以为是啥热闹,心里正在嘀咕:这不年不节的,他们这是要干啥?根本没有意识到问题的严重。其中一个听清楚了对方的喊话,反应过来,拔腿跑进大门,赶去报告。另一个反应慢了一点,正想溜进大门,但为时已晚,两个农会会员贴着墙根,突然从一侧冲了过去,一个将哨兵扑倒,另一个手起刀落,将哨兵劈死。已经溜进大门的哨兵,发觉身后杀了人,鬼哭狼嚎地大喊大叫:"反了,反了,泥腿子反了。"与此同时,两扇大门咣当一声,重重地关上了。

魏敬之从梦中惊醒,裤子也没来得及穿,就慌忙登上房顶,立时傻了眼。

黑压压的人群,潮水般的队伍,已经将魏家祠堂围得水泄不通。肩担、棍棒、刀叉、横幅标语,像一眼望不到边的森林。人群的呼喊声更是地动山摇。

"放人!"

魏敬之倒吸一口凉气,哪来这么多人?再一细看,走在前面的都是商行业主、豪绅地主,与他有着千丝万缕的关系,他更加心慌气短了。他强作镇静,掏出盒子枪,叭叭朝天放了两枪,立直了身子号道:"你们干什么?不要命了吗?要造反吗?"

人群毫无惧色，呼喊声仍然一浪高过一浪："放人！放人！放人！"

魏敬之拿着手枪朝下面指指点点，却不知瞄向哪一个。这么多的人，他还是第一次遇见。队伍最前边的人带着哭腔哀求道："别开枪，别开枪，魏团总别开枪，我们是自己人。"魏敬之只觉热血上涌，脊背发凉，眼前昏花一片。就在这时，只听叭的一声枪响，魏敬之的帽子突然掉了下来。魏敬之吓得立马猫腰，不敢露头，从墙洞里往外观察动静。他呼呼喘着粗气，惊魂未定。刚才他故意开枪，想把众人吓跑，即使吓不跑，也能给周佐廷报个信。周佐廷听到枪声，他的家丁就会赶过来救援。

但是，围了这么多人，即使周佐廷的人马来了，也未必管用。慌乱之中，魏敬之派人从后门溜走，去向县长朱达才求救。

派出去的人慌慌张张地很快跑了回来："老爷，后门堵死了，根本出不去。"魏敬之冷笑一声，手一指厨房。原来，厨房有一条下水道，废水流向院外，可以容一人爬出去，不被人注意。

魏敬之回到岗楼上，组织团丁占据有利地形，子弹上膛，准备抵抗。祠堂的围墙两人多高，农会暂时攻不进来。双方对峙着。眼见着太阳越升越高，救援的人丝毫看不见动静，外面的人却越围越多。魏敬之知道，来硬的肯定不行，这些穷汉子有的是办法对付他。他以为过了中午人群就会散去，可是他错了，有人给他们送饭。那些人吃饱喝足，劲头更大了。魏敬之的希望随着太阳的落山彻底破灭。绝望之际，他认为好汉不吃眼前亏，还是先答应了条件再说，等待救援。于是，他让人站上房顶喊话，说同意放人，请他们速回。

人群中爆发出一阵欢呼声。

谷传堂喊话："不见到人，决不会解散。"

双方僵持了一会儿，魏敬之扛不住了，只好招手示意放人。

不大一会儿，魏家祠堂的南边围墙上，露出了方子成的脑袋。

欢呼声更响亮了，声浪似乎能掀翻一座山头。

魏敬之的家丁找来一个大簸箕，系上粗绳，让方子成坐进簸箕里，从墙头将簸箕慢慢放了下去。

一刹那，世界安静了下来，所有人的目光都盯着方子成，盯着他从墙头一点点地慢慢落地。几个人冲上前去，将方子成接了过来。随后，另几个被抓的农会成员也被一一放了下来。

魏敬之站在墙头上高喊："各位乡亲，人都放了，这是一个误会，你们都散了吧。"他朝众人拱了拱手。

只听谷传堂大声喊道："光放人不行，你们还得缴枪，不把枪交出来，你们还会再抓人。"

魏敬之一愣。

人群又爆发出山呼海啸般的呐喊。

"缴枪，缴枪，缴枪！"

"不缴枪就是死路一条。"

人群毫无散去之意，反而是群情高涨。

有的团丁看这架势，知道不缴枪不行，惹怒了众人，他们若是也来一个"火烧赵家楼"，那真是做了冤死鬼。有一个胆小怕事的，真的将枪从墙头扔了下去。魏敬之见了，又气又恨，眼里冒火，抬手就是一枪，打死了那个团丁。他瞪着眼珠子厉声吼道："谁敢缴枪，老子就毙了谁！"

一转身，魏敬之的语气就放和缓了："乡亲们，你们都看见了，我们也放人了，也缴枪了，你们要求的我都办到了，现在请你们散了吧，都回吧。"

祠堂外安静了下来。

魏敬之窃喜，以为这一招奏了效。忽地，人群中又有人喊："你们的枪没缴完，缴完了我们才撤。必须全部缴枪！"

魏敬之头皮发麻，心中发凉。这枪要是全部缴出去，自己还能有好果子吃吗？就像昨天，自己被土匪缴了枪，赤手空拳，落地凤凰不如鸡，见到几个穷小子就不知所措了。所以，死也不能缴枪了。

魏敬之用枪指着团丁："你们他妈的都是猪脑子吗？缴了枪，他们想咋日弄你就咋日弄你，这帮穷鬼，能饶得了咱们？"魏敬之拿着枪一一指点团丁，恶狠狠地道，"缴枪是死，不缴枪或许还有活路，都给我打起精神来，敢攻上来的，就开枪。县保安团，还有周家的弟兄，都会打过来救咱们的。"

魏敬之仗着墙高，易守难攻，下令坚守，等待外援。

地处劣势，谷传堂不敢下令硬攻。硬攻肯定吃亏，他不能让农民兄弟作无谓的牺牲。

夜深了，双方仍在对峙。

魏家祠堂四周仍然是人山人海，火把通明。谷传堂令人燃起了几堆篝火，映红了漆黑的夜空。魏家祠堂墙头上，趴满了持枪的团丁，子弹上膛，盯着墙外的动静。

忽然，西南方向传来一阵枪声。魏敬之听见，顿时来了精神，肯定是自己的救兵来了。

但是，魏敬之很快就失望了。他听到枪声渐渐稀疏下来，而围堵魏家祠堂的人丝毫不见减少。枪声渐渐被黑夜淹没了，四周回归寂静。魏敬之残存的一丝希望破灭了。他决定铤而走险，放火烧房。魏家祠堂与麻流镇街的房子几乎是连在一起的。他想，趁着大火，或许可以趁乱逃命。但是这样一来，极有可能引火烧身，将自家的百年祠堂也烧毁了。转念一想，还是逃命要紧，留得青山在，还怕没柴烧？

魏敬之命令团丁用棉布包了石块，蘸了桐油，点燃了，扔到远处的房顶上。不大一会儿，房顶便燃起了冲天大火。大火照亮了麻流镇的天空，也搅乱了人心。救火的人奔跑着、喊叫着，顷刻间乱成一团。

围困祠堂的人一部分被分出去救火，一时间，火声、喊声、风声、枪声混成一团。魏敬之趁乱突然打开北门，众团丁先是往外打了一阵排枪，然后护着魏敬之和家眷，趁着浓黑的夜色，拼命向霍安县城的方向逃去。

六

方子成坐在簸箕里，从魏家祠堂的高墙上缒下来，心里那个恨啊，那个躁啊，真想一头钻进石头缝里去，把自己埋起来。双脚一落地，他就将一个农会成员的大刀抢在手里，红着脸，满眼喷火地跑到谷传堂面前请求："谷老师，让我带人攻进魏家祠堂去，活捉魏敬之。"

谷传堂冷静地一摆手，制止了。镜片后一双深沉的眼睛盯着魏家祠堂，面色平静。

方子成摩拳擦掌，咬牙切齿，却只能安静地站在谷传堂身边，静候指令。

魏家祠堂四周已是人山人海，独不见周贤的身影。周贤哪里去了？方子成的目光四处搜寻。谷传堂似乎看穿了他的心思，拍了拍他的肩，示意他静心等待，少安毋躁。

周贤自导自演了一幕绑架剧，真的收了效。周佐廷接到信，六神无主，立马就让周管家按照信上的要求，拿了五杆钢枪和子弹、银圆，派人送到了指定地点。

周佐廷像热锅上的蚂蚁，等待周贤回家。他不明白这股土匪是从哪里冒出来的，金老末刚刚从这里抢走了桂小香，怎么又杀了一个回马枪，把周贤给绑了？心急火燎之下，他早已乱了方寸，来不及细想，只能按指令行事，然后求菩萨保佑，儿子能平安归来。

周贤娘急得跪在观音菩萨像前，一个劲儿念阿弥陀佛。

周佐廷焦急地煎熬了一夜，没有等到儿子，却等来了一个十万火急的消息，下人慌慌来报，说大事不好，麻流镇一下子聚集了好几千人，把魏家祠堂包围了，造反了。周佐廷吓得脸色煞白，几乎站立不住。就在这时，他又听到叭叭两声枪响。他明白，这是魏敬之的求救信号。魏敬之显然已经危在旦夕。

"快快，快去魏家祠堂。"周佐廷立刻让周管家集合家丁，共二十五人，每人手中有一杆枪，子弹充足。关键时刻，周佐廷把埋在地下的几杆枪挖出来用了。周佐廷命令周管家速去速回，拼了命也得救下魏家。但是周管家站着不动脚："我把人都拉出去了，咱家遇到问题咋办？"周佐廷一愣："咱家不是没有问题吗？"

周管家一想也是，正要带人出发，周贤闪身进来了。

周佐廷见了儿子，一颗悬着的心终于放了下来，泪水不自觉就流了出来，搂住儿子不放手。周贤一脸严肃："爹，您去后院歇着，这里有我。"周佐廷满眼疑惑地上上下下打量着儿子："你没事吧？"周贤摇摇头，对下人喊道："快扶老爷去后院。"他从腰里抽出一把短枪，握在手里。

周佐廷不放心，挣扎着不肯走。

周贤说："爹，您老放心回后院休息，这里有我，尽管放心。"周贤随即对家丁一瞪眼，大声命令，"还不快扶老爷进后院？"

两个家丁不由分说，架着周佐廷就往后院走。周佐廷固执地站着，一甩手挣脱了家丁。周贤管不了那么多，对众家丁说："谁也不许出这个大门。违令者，它可不是吃素的！"他扬了扬手里的短枪。

周佐廷糊涂了，不知道儿子是怎么回事，正想问，只见几个手握大刀的陌生壮汉悄无声息闯进了门，径直来到周贤身边，分开一站，威风凛凛。众人都大吃一惊。周佐廷似乎预感到了什么，一屁股瘫坐在椅子上，抖着音说："儿啊，你这是……做啥呀？"

"爹，儿子对不住您老了。"周贤示意身旁的壮汉扶周佐廷进后院。两个壮汉答应了，架着老爷就往后走。

家丁们站在那里，都不敢动。周贤对他们说："从现在开始，都听我指挥。"

按照分工，周贤领人看守周家大院，缴了他们的械，防止他们与魏敬之会合。

谷传堂判断县保安团那一个排会来救援，便集中了钢枪，埋伏在路边的山坡上。这个排本来要住在魏敬之家的，只因排长邵大牙在不远的但家庙有个相好，便连夜住那儿去了。接到求救信，邵大牙便从相好的热被窝里爬出来，直接就来了。待保安团走进伏击圈，起义军突然开火，没枪的从山上往下滚石头，将保安团打得乱作一团。剩下的团丁从石雨、弹雨中冲出去，继续往前奔，跑不多远，却被前方黑压压的起义军镇住了。只见火把通明，各式武器林立，寒光闪闪，就像一堵铜墙铁壁，任水也泼不进去。这么多人，岂是他们所能对付得了的？他们吓得慌慌后退，然后朝着霍安县城猛跑。

魏敬之听到枪声越来越稀，直至沉寂，深感绝望，这才孤注一掷，命人放火，然后携家眷逃跑。谷传堂命令即刻救火，只让方子成带着四五十个青壮年追击魏敬之。

在烧红半边天的大火中，憋着一股气的方子成立刻领着人马钻进了茫茫夜幕，顺着麻流镇往霍安县城的官道急追。追了五六里，不见踪影。领头的吴湃河说："魏敬之咋会从这走？这是大道。"方子成停住脚步，想想在理，立刻改走小路。

追了两座山，仍然没见魏敬之。夜风阵阵，黑幕沉沉，他们勉强能看见脚下的羊肠山道。看样子，魏敬之早就抄小道溜了。

众人正追着，方子成突然停住脚步，示意大家都不要动。他侧耳细听，似乎发现了什么。听了一会儿，除了呼呼山风，听不到其他异常。正疑惑，吴湃河发现不远处的山坡上有个人影晃了一下。大家散开，豹子一样冲了过去，果然摁住了一个人。

"说，魏敬之躲哪去了？"方子成厉声问。

被抓的人听了，不搭话，却哭了起来。有人点燃火把凑到近前。方子成一看，愣了，是个女人，再凑近看，只见女人蓬头垢面、衣衫破烂。方子成正要再问，女人突然大放悲声："是我，是我，我是桂小香。"

女人说完，身子一软，就要瘫倒下去，被方子成一把抱住。

女人说完，身子一软，就要瘫倒下去，被方子成一把抱住。

第三章

一

眼前像有一个非常熟的人,说着啥,一句一句,蚊子一般在耳边嗡嗡嗡的。她听不清楚,像是在做梦,像是躺在一条小船上。小船漂在水里,水不急不缓地涌动着,波浪一个推着一个,小船从这个浪到那个浪,再到另一个浪,不停地晃晃悠悠。

然后,像是掉进了水里,感觉是呛了水,有水流到嘴里去了。她本能地张开嘴,水就喝了下去,一口接一口地喝。她感觉舒服了,一股热气像虫子一样爬遍全身,像是要蒸腾飞升起来。

渐渐地听清楚些了,好像是方子成的声音。

方子成说:"小香,你要挺住啊,咱这就走,咱这就回家。"

她听见了,嘴角动了动,有了一丝笑,却说不出话。她知道,说不定方子成此刻就在她家,与她爹娘商量,如何搭救她。或者,陪着他们一起落泪。可是,他怎么可能在这里呢,这里可是六万寨啊。但是,她还是笑了,她听到自己说:"好,你快带我走吧,我想离开这里,我想在家待着,等着过门,嫁给你,当你媳妇,给你生孩子。"她又听见方子成的声音:"走,走,快走,回家,咱回家。"于是,她又像是躺在小船上了,身子软得像是直接浮在了水面上,连小船也没有了,就那么晃晃悠悠地往前,往前,往前,然后,什么都不知道了。

等她睁开眼，分明看到了爹娘，都噙着泪，望着她笑。娘握住她的一只手，泪流满面。她以为还是在做梦，但是娘滴在她手上的一滴泪，让她有了感觉，她动了一下，这不是梦，这是真的。

她还是不太敢相信自己，手指头又动了动，感觉到娘的手紧紧地抓着她，攥得她生疼，像是怕她再跑了。她听到爹娘几乎是同时在说"醒了，醒了"。然后听见爹感叹一句："老天爷啊，醒了就好啊。"

桂小香定定地看着爹娘，动了动身子，目光中充满了疑问。

记忆中，她的双手被绑着，像个麻袋似的坐在马背上。一个小匪与她同骑一匹马，坐在她身后，牵着缰绳，两条胳膊夹着她，防止她从马上掉下去。小匪有点忐忑，因为黑面虎发了话，这是大哥的女人，不该碰的地方不能碰。小匪拿不准哪里能碰，哪里不能碰，干脆都不碰。

山路曲曲弯弯，上山下坡，或羊肠小道，或乱石嶙峋，跑起来总不顺畅。那马一会儿小步走，一会儿颠着蹄子欢跑。无论是小步走还是大步奔跑，桂小香都被颠得五脏六腑移位，骨头快要散架了。

桂小香的嘴里被塞了一块布，堵得严丝无缝。她的喉咙里只能发出一阵呜呜噜噜的声音，连一个囫囵音都喊不出来。就是能喊出声，又能有啥用？

小香是第一次被迫骑马，不，应该说是第一次坐在马背上，只觉得身子悬空，山风在耳边呼呼地刮，往下一望，马太高，令她心生恐惧，生怕从马上掉下去。屁股疼，腰疼，肚子也疼，如果不是早晨吃了一碗烫饭，她肯定会被颠晕过去。

不知不觉，太阳已经偏西，小香饿得饥肠辘辘。她已经镇静下来了，知道是祸躲不过，怕也无用。她瞅个空子，扭头往后看了一眼，希望方子成能像神兵天降，领人赶来救她。可是，她知道这几乎是不可能，但她还是回头看了一眼。

小香叹息一声，觉得自己不得不认命。女人的命或许就是这样，像漂在洧河上的一片树叶,漂到哪里是哪里。被土匪头子金老末掳上山,这辈子还能有个啥好?她感叹一阵,觉得不甘心。这辈子还没有过上好日子呢,不能就这样认命。她想。

黑面虎很狡猾,他害怕县保安团或其他人伏击,回山寨走的是偏僻小路,所以,即使方子成按正常思维从大路追上来,也不可能找到他们。

枣红马往前疾跑。身后的小匪背着枪,与小香保持着距离,两条胳膊像两根棍子,在她歪斜时,扶正她。小匪的心里既热又痒,紧张得浑身冒汗。

太阳斜歪着照了过来。

有一段时间,桂小香像是晕过去了,因为马队来到东洧河边就地休息时,她睁开眼,发现自己倒在一片草地上。她不知道自己是如何躺在那里的。

过了东洧河,离六万寨就不远了。

黑面虎来到东洧河,神经松弛下来,料定追兵再也不可能追上来了,即使有兵来打,也不敢在六万寨门前动手,便喝令大队人马停下来休息,吃东西。

黑面虎用一把刺刀挑着一块烤熟的羊肉,来到桂小香身边,蹲下身,瞅着她,咧嘴笑了,露出一嘴黑黄的大板牙:"小嫂子,饿了吧?吃口羊肉,我亲自给你烤的。"

桂小香躺在清凉的草地上,已经被沁醒,因为坐不起来,只能斜着身子半躺着。她差点被黑面虎嘴里的浓烈烟臭味熏背过气去,屏住呼吸,厌恶地闭上眼睛。

黑面虎觍着脸打量着她:"大哥真有福气,这么俊的丫头,我见都没见过。"

桂小香不理他。

黑面虎晃了晃手中的羊肉,笑道:"小嫂子,饿了吧,吃块肉。"桂小香何止是饿了,是饿过头了,感觉不到饿了。她动了动,怒道:"绑着手,咋吃?"黑面虎这才发现桂小香的双手还被绑着,便笑着腾出一只手给她解开绳子,顺势把一张糙脸在她的头发上、脸上蹭。小香躲闪着,怒骂着,黑面虎则哈哈大笑。

桂小香的手已经麻木,失去了知觉,她活动了一下双手,一把抓过羊肉,就要往嘴里送,突然又停住了,不敢吃,惊恐地望着黑面虎。

黑面虎淫气十足地哈哈大笑,伸出衣袖抹了一把满嘴的油,口齿不清地说:"吃,快吃,没有毒,吃饱了好回去和俺大哥拜堂成亲,进了洞房也有力气。哈哈哈。"

羊肉真是太香了,桂小香长这么大只见过羊跑,还真没吃过羊肉。别说羊肉了,似乎就没咋吃过饱饭,饥饿总是像影子一样贴着她的脊背。

爹娘天天忙着耕种,可收粮交租之后,剩下的连一家人喝稀饭都不够,一年四季都要靠野菜支撑。她想不明白,家里为啥会那么穷。越穷越忙,越穷越累,到头来还是穷。穷不算,还尽受人欺负,魏敬之来逼,土匪来抢。如今,又落入金老末之手。

桂小香不敢往下想。经过这大半天的奔波,她好像突然之间长大了许多。

不再犹疑害怕,桂小香狠狠咬了一大口羊肉,一股清香立刻浸润了口舌,直逼肺腑。这是羊肉吗?真的是羊肉吗?与她同骑一匹马的小匪将一个马粪纸小包放在她面前,她迟疑了一下,不知道那是要干啥。扭头看到黑面虎捏了一撮白面似的盐撒在羊肉上,然后狼吞虎咽,她明白了,也学着样子,撒上盐吃,羊肉果然更香了。不管咋样,吃饱了再说,就是死,也得做个饱死鬼,这辈子也算是没有白活。

忽地响起一声呼哨,队伍七零八落地懒洋洋地继续出发。这一段东渭河还有很深的水。对岸撑来了五个竹排,人马分头上了。每个竹排尾部,有一个敦实的艄公光着脚,手握一根细长竹竿,将竹排往对岸慢慢撑去。

东渭河在崇山峻岭中穿梭,沿途众多的涓涓细流汇入,水势越流越大,狭窄处多是乱石嶙峋,水流湍急,涛声震天,开阔处水势平缓,静寂无声。河床开阔的地方,深的也有一人多深。商人依靠竹排往山外运送桑茶、竹麻、

　　对岸撑来了五个竹排,人马分头上了。每个竹排尾部,有一个敦实的
艄公光着脚,手握一根细长竹竿,将竹排往对岸慢慢撑去。

树木,将山外的布匹、盐、烟酒等日用百货运进山里。麻流镇的千年繁华,自然得益于这条贴身而过的东淝河。

过了河,土匪没有再捆桂小香的双手,这样,她骑在马背上,就可以弓身抱住马脖子。她的脸贴在马脖子上,马鬃飘扬拂面,颠簸前行。

离家越来越远了,想到自己落入土匪之手,这辈子再也无缘与方子成长相厮守,小香不禁落下伤心的泪水。

二

一碗大米稀饭,稠稠的,晶晶亮亮,小香喝了一口,香喷喷的。哪来的米?又是向魏敬之换来的吗?桂小香的眼睛会说话,瞅了一眼娘,又瞅了一眼那碗稀饭。娘明白了,满心喜悦地告诉她:"丫头,往后咱再也不愁吃穿了。"桂小香正想问,娘又说:"别说话,好好歇着。"桂小香只好不说话,喝了小半碗稀饭,昏昏沉沉又睡着了。

再醒来,已是黑夜。屋里亮着一盏油灯。

小香惊喜的是,方子成竟然坐在她床前一条长凳上,宝才立在他身边。她睁大了眼,打量着方子成,他像是变了一个人,腰里扎着一条宽宽的黄牛皮带,眉宇间透着英武之气。宝才握着一根比他高一头的木棍,背后别着一把大刀,刀柄上系着一块红布条。两个人都兴奋地望着她笑。

桂小香蒙了,像在梦里。

"小香,再也没有人敢欺负咱了。"方子成笑眯眯地望着她。宝才接着说:"是的,姐,咱现在手里有刀有枪了。"

桂小香满心疑惑,想支撑着坐起来。方子成急忙把一条被子垫在她身后,让她坐直了。小香说:"快说说,这到底是咋回事?我的脑子转不过来了。"宝才正要答话,娘在厨房喊他,让他抱柴火去帮着烧锅。宝才答应一声,急忙跑出去了。

方子成呵呵一笑,给桂小香掖了掖被子,深情地望着她。小香被他望得不好意思起来。方子成被一种激情鼓舞着,冲动地抓住了小香的手。小香红着脸,想挣脱,只是动了动,挣不脱,也就任他抓着。她迫切想知道这几天家里都发生了什么。方子成却急切地想知道她是如何从土匪手中逃出来的:"快说,你先说,你是咋逃出来的? 吃了不少苦吧?"桂小香想了想,似乎在努力想清楚那些逝去的记忆。

马队过了东滂河,继续往六万寨走。那个小匪仍然与她同骑一匹马。她想逃跑,觉得这是最后的机会了。可是仔细打量了周围,发现根本不可能。又一想,大不了是个死,怕也无用,走一步看一步。想到这里,她倒是镇定了不少。

因为离六万寨已经不远,土匪放松了警惕。有人哼起了小调,有人将枪装进枪套里,有人讲起了下流笑话。所有人的神经都松弛了下来,已经毫无戒备之心。唯独桂小香的神经紧绷着,寻找着命运的转机。

他们行进到一片小树林,突然响起了啪啪的枪声,炒豆子似的,爆响一片。土匪受到突然一击,当即倒下几个,队伍大乱。黑面虎一滚身,趴在了地上,手里的枪也就响了。其余的土匪立马占据有利地形,开枪还击。

"哪个绺子的?"黑面虎高声大喊,可是回答他的却是更猛烈的枪声。

桂小香被小匪拽下马,押着往六万寨方向跑,黑面虎在后面掩护。对面密集的子弹更猛烈地扫来,土匪都被子弹逼住,不敢抬头。那一刻,没有人再顾及她,她身边不断有人中弹倒下。土匪的人数越来越少。

那枪声真是响啊,就像在耳边炸响似的,桂小香双手捂着耳朵,吓得身子发抖。那个小匪躲在一块大石头后面,时不时看一眼桂小香,更多的精力是不断地往对手的方向看,瞅空子放一枪。

突然,那个小匪扑腾一声,直愣愣倒在她面前。小匪的脑袋被子弹穿了一个洞,汩汩往外冒血。他恐怖的眼睛还睁着,似乎在瞪着桂小香。桂小香啊呀一声,吓得转过脸去,不敢再看。就是在这时候,一股魔力突然在她身上闪现。或者是吓傻了,或者是吓醒了,她顾不上哭,顾不上害怕,忘记了枪林弹雨,竟然站起身来,拔腿就跑。她跌跌撞撞,连滚带爬,不管不顾,只知道离开这里,径直往荒草树林中逃去。身边就是树林和荆棘荒草,没人注意到她。因为心慌腿抖,她摔了好几跤,立马爬起来,拼了命往草密处钻。一转身,那些枪声便都留在了身后。

桂小香慌不择路跑了很远,也不知道跑到了哪里,发现一个小山洞,一头钻了进去。她顺手将一根棍子攥在手里,卧在洞里不敢动,警惕地静等天黑。深夜,四周寂静无人,她才敢慢慢下山。凭着记忆,她往麻流镇的方向疾走。她灵巧得像一只狸猫,脚步轻得像一阵风。饿了,揪些野果野菜,喝溪水,还在半山腰一户人家讨过饭。她只敢昼伏夜出,不敢见生人。因为恐惧、夜黑、惊慌,她走了许多冤枉路,竟然在大山里转了一个圈。

她就那么往前走,怀揣着求生的希望,在黑夜里,一个人悄无声息地走。走到第二天黑夜,她心中狂喜起来,觉得离麻流镇越来越近了。远远地,她听到前边传来了枪声。她吓了一跳,爬上一座山头,看到麻流镇方向一片火光。她以为是土匪半夜来报复,躲在山上不敢下来。后来,她听到山路上有一群人慌慌张张地跑过去。等那群人跑远了,她才敢下山,不料刚走上小路,发现前面又来了一群人,猝不及防,想再躲起来,没想到还是被眼尖的吴淠河发现了。

三

就像是做了一个惊悚的梦,还没醒呢,又做了一个翻天覆地的梦。

小香做梦也想不到,仅仅两三天,麻流镇就彻底变了天。魏敬之领着家眷趁夜逃跑,一些地主土豪被斗倒,土地、房子以及其他大量财产被分给了贫苦人家。方子成家只有几亩地,仅够自耕自种,算不得地主。方老抠分到了一件皮袄,那皮袄是魏敬之的,水光油亮的上等貂皮。桂德安家分到了地、粮食,还分到一坛咸菜。宝才抱着那一坛咸菜,喜滋滋地往家走,离家老远就喊起来:"娘,娘,咱家有咸菜吃了。"

世道变了,穷苦人当家做主,翻身过上了好日子。

麻流镇上热闹起来,到处是兴高采烈的人群,花花绿绿的标语,报名当红军的穷人,唱歌的队伍,拿着梭镖、鸟铳、大刀和钢枪训练的士兵。铁匠铺彻夜不停地响着叮叮当当的打铁声。麻流镇完全变了一个模样。

腰里扎着皮带别着盒子枪的谷传堂和周贤，就驻扎在魏家祠堂。门口有人站岗，屋里一个接一个地召开着大大小小的会议，布置各项工作。来来往往的人严肃中透露着喜气。周贤担任红军独立团团长，谷传堂担任政委。方子成去当了连长，不过，腰里没有盒子枪。

宝才报名当了红军，回到家，喜滋滋地告诉爹娘。桂德安很高兴，第二天也去报名。招兵的人看了一眼桂德安，有些犹豫。桂德安不满了："咋？嫌我老？不信咱比试比试。"桂德安伸出胳膊，露出青筋暴露的粗壮手臂。招兵的人笑了："叔，我不是这意思，宝才已经参军了，你再参军，你家分的地谁种啊？"

桂德安不管这些，死磨硬缠，硬是参加了赤卫队。他明白，分了田，分了粮，以后这日子好过了，可是，就像谷传堂说的，这好日子来得不容易，如果大家不起来保卫，很有可能过不安稳，魏敬之跑了，还会回来，国民党反动派和一切反动势力，是决不会让你过安稳的。你们过安稳了，他们就过不安稳了，他们能甘心吗？因此，咱们得团结起来，拧成一股绳，保卫胜利果实。

桂德安去了赤卫队，腰里扎着一根粗绳子，走路挺胸抬头的，看上去既精神又年轻。路上碰到方老抠，鼓动他也参加赤卫队。方老抠直摇头。桂德安笑了，知道他胆小，走路都怕踩死蚂蚁，也就不再激他。方子成在队伍上回不了家，方老抠正为此事着急，见了桂德安也不知道该说啥，只是叹气。桂德安知道他的心事，这也是自己的心事，可他不便直说，就拿话敲打他："你看这子成天天忙着队伍上的事，其他的事就顾不上了吧？"方老抠对着桂德安翻了一个白眼珠子，气得磕了磕烟灰，攥住旱烟杆就往镇上走，身后甩下一句话："我就是掐着他脖子，也要把他掐回来。"

方老抠怒气冲冲去队伍上找到方子成，见面就吼："你小子天天闹革命，还要不要媳妇了？"

方子成看爹气得嘴歪鼻子斜，反而笑了。

方老抠板着脸，不由分说，抓住儿子的胳膊就往家拖。方子成不走，两个人纠缠在一起,谁也说服不了谁,正好周贤来了,问明情况,命令他跟爹回家,处理好家事。

那天晚上,方二爷挎着竹篮,竹篮里仍然装着四个鸡蛋、两把挂面,那半布袋米由方子成拎着,方老抠领着径直去桂小香家。方老抠手上多了那件貂皮袄,他要把皮袄送给亲家。

三人上门,再续前缘。方二爷坐在那里喝水,笑眯眯的,不说话。方老抠仍然坐着抽旱烟。"亲家,咱两家的缘分是天注定,谁也拆不开。这东西你还得收下。"方老抠说。桂德安抹了一把湿润的眼,说:"咱红军真是穷人的大菩萨啊,保佑小香平安回来了。"

方子成插话说:"是啊,多亏山那边的红军游击队出其不意打了那么一下子。"

方二爷叹道:"嗯,看来这世道真是变了。"方老抠将那件皮袄在桂德安面前扬了扬,特意提高了嗓门:"看见了吧? 这件皮袄归你,我一天也没穿。以后不许你这个老东西再叫我老抠。"说得桂德安哈哈大笑。方老抠也忍不住笑了。

方子成和桂小香的喜期仍然定在立夏节,婚事并没有完全按照麻流镇的老风俗操办。那天,谷传堂和周贤自荐当了"喜主",领着方子成亲戚家的孩子和吴湃河等人组成了一个接亲队伍,牵着缴获的一匹大红马代替花轿去接新娘。戴眼镜的谷传堂、白净的周贤喜气洋洋地走在前头,吴湃河牵着大红马随后,孩子们围着大红马,心花怒放地跟着走。众人抬着四样礼:一块猪肉、一坛酒、一包红糖、一包喜粑粑,还有两根葱、一束艾、一团锡(意为爱媳),敲锣打鼓往桂德安家走。

桂德安和小香娘在门前迎接,满脸喜气,收礼,迎接众人进门,然后,回赠了蒜头、棉絮(意为说话算数及爱婿)。桂家就在院子里摆了午席招待众人。

方家带来的礼品,酒和肉,在屋里转了一圈,露了一个脸,再拿出来,立马就派上了重要用场,肉做了菜吃了,酒作喜酒喝了。

小香坐在里屋,幸福地期待着。听着外面的闹腾,她反而安静了。

吃过饭,吴溧河放了一挂鞭炮催妆,催嫁娘为新娘"开脸""换衣",换上男方家送来的新衣。桂小香逃回来之后,还是拿着那块红洋布到镇上裁缝铺做了衣服,穿在身上正合身,光彩照人,红光满面。众伴娘嬉闹着,七手八脚为小香穿上新衣裳、大红花鞋,盖上了红盖头。

鼓乐声中,小香由伴娘扶着慢慢走到堂屋。堂屋的条案上,已点燃了香烛。小香拜辞祖宗,拜辞父母。

嫁妆是一只红漆樟木箱子、两把竹椅、一只木盆,外加一只竹篾编的"烘篮子"。红漆箱子还是小香娘当年的陪嫁,请人重新漆了一下。竹椅和"烘篮子"是找篾匠打的。大别山的冬天特别冷,家家都有"烘篮子"。陪嫁的那只"烘篮子",寓意着从今往后日子过得红红火火。只有那只木盆,是早几年桂德安在麻流镇买的,一直没舍得用,留着给小香当嫁妆。

娘家兄弟宝才将姐姐背到枣红马跟前,扶她上马,意思是不带走娘家的土。小香的手一摸到马,立刻像被火烫了似的,呀的一声本能地往后直退,浑身打起了哆嗦。

谷传堂和周贤对望了一眼,似乎明白过来。周贤说:"现在咱穷人翻身做主了,用不着忌讳旧规矩,坐花轿。"很快,人们找来两根毛竹,绑上竹椅子,铺上布垫子,做成了一个简易轿子。

桂小香坐上轿子,哭哭啼啼被人抬走了。院子门口,桂德安和小香娘立在那里,望着一行人渐行渐远,抹泪不止。院子一下子空了、寂静了。他们的心也一下子空了。

轿子抬到方子成家院门口,新娘脚下铺了一条大红毡子。这条毡子连接着另一条毡子。这条毡子走完,一个小男孩拿起,立刻接上第二条毡子。第二条毡子走完,一个小女孩拿起,再接第一条毡子。两条毡子交替向前传,一直传到堂屋,寓意着"传代"。

婚礼仪式开始了。新郎、新娘拜天地,拜父母,夫妻对拜,然后,送进洞房喝圆房酒,向贺喜的大人孩子撒花生、毛栗子,祝愿新娘早生贵子。

酒宴很简单。谷传堂和周贤都讲了话,讲了一些祝福的话,讲了一些革命的话。谷传堂还当场作了一副对联,念给大家听:"大别山革命风云众子成,麻流镇喜结良缘识小香。横批:幸福永远。"大家听了,齐声鼓掌叫好。一时间,欢笑声、掌声不断响起,热烈如火。

桂小香躲在红盖头下,也偷偷地叫好。那一天,是她最幸福的一天,却不是最难忘的一天。至于哪一天最难忘,她也说不清楚。

四

夜深了,众人散去。

大地一下子静了下来。桂小香还顶着红盖头,坐在床沿。她能听到自己的心跳。激动、紧张、期待,她的手心沁出了细密的汗。

方子成轻手轻脚推开门,走进了屋。这个新郎官一直咧着嘴无声地乐着。这是心中的乐,无法抑制地往外飘。红烛闪亮,照亮了红衣的小香。红衣、红盖头,在摇曳的烛光下,像火一样热烈。他心花怒放,目光像月光下欢跳的河水,无限憧憬地凝望着那一团热烈的红。屋里有一股香味,淡淡的。极度兴奋之中,他没有得意忘形,警觉地环视了一眼四周,甚至还弯腰看了一下床底。他知道,闹新房的兄弟们神出鬼没的,有着千百年留下来的智慧,花点子多。他怕他们藏在屋里哪个旮旯儿,闹自己一个大红脸,更令小香难为情。此时,屋里除了他和小香,再没有别人。他终于放下了心。

方子成轻轻走到小香身边,伸出双手,心跳得怦怦的。他看到一条乌亮的大辫子,盘在小香头上,扎着红头绳。那精致的乌发往后梳去,一张白皙生动的脸,像清晨一朵含苞欲放的牡丹,静止在他的眼前,罩上了一层令人心旌摇动的红晕。柳叶眉,目含春露,双唇微启,露出一抹米白的牙,嘴角绽放着幸福羞涩的笑。方子成的心霎时热流滚滚,像融化了一块巨大的红芋糖。他屏住呼吸,激动得身子有些抖。他看到那长长的睫毛轻轻地扑闪了一下,一朵花便完全绽开在他的面前。他轻轻地、小心地、紧紧地搂住了小香,让她的脸贴在自己的胸前。他的身体在战栗,心在狂跳,泪水掉在了小香的头发上。他感觉到小香也在战栗，胳膊像树藤一般紧紧地箍住了他。小香哭了。

短短几天，如梦似幻。生离死别，如今终得欢聚，自是感慨万千。无常的命运红绳，又将他们连接到了一起，有情人终成眷属。这一切，来得多么艰难，又是多么轰轰烈烈。此刻，似乎只有泪水才能表达他们心中翻江倒海般的情感。

方子成喃喃道："再也不分开了。"

桂小香更狠劲地箍住方子成，手指头像是要抠进方子成的肉里，算是自己的回答。方子成目光似火地端详着小香的脸。小香的胆子也大起来，也端详着他。两个人都痴痴地凝望着对方。方子成说："我想让你变成一只小虫子，把你吃进肚子里去。"

桂小香轻轻打了他一拳，娇羞地低下了头，半晌说道："以后咱好好种地吧。"

方子成说："种地，好好种地，还要生一大帮孩子帮咱种地。"

小香不说话，小拳头又轻轻捶了一下方子成的腰。

方子成更得意了："往后，咱们的孩子就能过上好日子了。"

方子成的话，让桂小香的心里饱满起来，像秋天的田野，每一丝气息都有着收获的香甜。

像是受到了某种情绪的感染，小香忽地喃喃道："那枪真是太响了，我害怕。"她往方子成的怀里缩了缩，"别离开我，别离开这个家，别去打仗了，好多血，真的，说死就死了。就死在我眼前，太吓人了。"

方子成知道她是受了惊吓，还没有完全恢复过来。他的心痛起来，贴在她的耳边，柔声安慰她："别怕，有我呢，我不走，我就在这里。"

在方子成温暖结实的怀抱里，桂小香的情绪慢慢稳定了下来。她的脸颊烫烫的，身子烫烫的，她像是一棵熟透的高粱，把自己点燃了。

方子成吹灭了蜡烛。屋里立刻被黑暗笼罩了。

山林起了风，涛声远远近近地涌了过来。

风势很强劲，甚至吹动了院子里的什么东西，发出哗的一声响。窗户上的纸，屋脊上的草，都在风中不断地发出细碎的声响。风随人意，似乎在遮掩他们幸福的羞涩，让他们迎风奔放、狂舞、挥洒、燃烧。

五

那天早晨，桂小香第一次在婆家做饭。几十年之后，她还记得那餐饭，是用头天婚宴上的剩饭，加水烧开做的烫饭。菜园边有一片荒地，她采了一把野蒿，洗净剁碎，掺了碎米面，放了盐，做成了蒿子粑粑。季节深了，但是这里的蒿子并不老。蒿子粑粑在锅里炕得焦黄，清香缭绕。妙的是，她像变魔术似的，炒了一盘腌雪里蕻，雪里蕻里还藏了几片红辣椒。

桂小香将饭菜摆上桌，轻盈盈地喊公婆起床吃饭。方子成的爹娘早就起床了，这是他们的习惯。但是那天老两口起床了却不出门，坐在床沿偷偷地乐。

子成娘忍不住几次要出门去做帮手，都被方老抠抓住了。子成娘不满地白他一眼，又忍不住笑。直到桂小香轻言轻语喊他们吃饭，两人才乐呵呵地从屋里走出来。

桂小香又去喊方子成。方子成故意赖在床上装睡，任桂小香喊，就是不答应。小香伸手去掀被子，却冷不防被他一把拉进了被窝。方子成贪婪地吸溜着鼻子亲她。羞得桂小香满脸通红，推开他，指了指堂屋。方子成笑了，贴在她耳边小声说："我就是想弄明白，你咋这么香，你身上的香气是打哪儿来的。"

小香轻轻用指尖娇嗔地掐了他一下，然后跑到门边，站定，静神，让自己平静下来。站了一会儿，心跳稳了，她才理了理头发，若无其事地镇静着开门走出来。

这时，方二爷推开院门进来了，看到桌上的饭菜，乐了："哈，真是无巧不成书，来得早不如来得巧。"方老抠坐在桌前，面无表情地嘟哝一句："狗鼻子真灵。"子成娘说："他二叔，快坐下吃吧，尝尝小香的手艺。"

小香喊了他一声"二叔"，招呼他坐下吃饭。

方子成扣着扣子从新房出来，像一只饿狼看到肉，拿起一块蒿子粑粑狠狠咬了一大口，一小半粑粑就进了他的嘴。方子成用力地嚼着，瞪见桌上的菜，说："这咸菜你们知道咋来的？"子成娘说："我正想问呢，这个季节了，这菜从哪儿弄来的？"

方子成说："这是小香家打土豪分的财物。"

出嫁时，小香悄悄对娘说，她想带点咸菜。娘会意一笑，悄悄去屋后找了两片干荷叶，借锅里的水汽烤了烤，变软了，包了一些让她带走。现在，方子成一家人因为这盘腌雪里蕻和红辣椒，吃得热火朝天。

方老抠忍不住感慨："日子就该这样过，这才叫日子。"说完这句话，他斜了一眼方二爷。方二爷若无其事，仍旧呼噜呼噜吃烫饭。子成娘的鼻尖上沁出了热汗，吃一口烫饭，再吃一口烫饭，才舍得吃筷子头上那一星儿咸菜。"还是咸菜下饭。"她说。方二爷吧嗒着嘴，高声大嗓道："整个麻流镇，也就是春来菜馆的菜好吃。如果再切点肉糜放一起爆炒，那就赶上春来菜馆了。"

方二爷和公婆的话，都透着对小香的由衷赞赏。桂小香心里充盈着满足、幸福、快乐。她低着头，笑眯眯地只管吃自己的饭。方子成呼噜噜地吃着烫饭，腾出嘴来说："等着吧，这日子越过越好，以后，天天都会有肉，大块肉，肥得流油，清炖的，红烧的，烤的，想吃多少吃多少。还有大白馒头，大米饭，管够。等着吧。"

方子成的话说得坚定有力，信心满满，让人听得无限向往。方老抠情不自禁地抿了抿嘴，像是那样的日子已经摆在了眼前似的。方二爷则很响亮地咽了咽口水，用手抹了一把嘴。小香和婆婆停了筷子，满眼放光地望着方子成。他们的神情都像是在告诉方子成，他们相信那一天，期望那一天。方二爷叹了一口气，神情黯然下去，说："只怕我这把老骨头等不到那一天了。"方子成说："二叔，你就等着吧，到时候，也帮你娶一房媳妇。镇上的小翠如何？"众人忍不住乐。方老抠轻轻在儿子头上拍了一下，骂道："我让你没大没小。"算是对他的惩罚。

方子成递了一个粑粑给爹:"爹,你咋不加入赤卫队?"方老抠说:"我这身子骨,弱不禁风,能干啥?我不像你老丈人,壮得像头牛。"方二爷接话道:"我要是再年轻几岁,也去你们队伍上,兴许就能光宗耀祖,混个人样出来。"方子成说:"二叔,你一点也不老呀。咱队伍上也需要你这样的人,能识文断字。"方二爷一愣,沉吟着,似有所悟:"我真的行?"

通信员匆匆跑步过来,敬了一个礼,通知方子成速去团部开紧急会议。方子成二话不说,把碗一推,站起身,紧了紧皮带,拔腿就跑。"等等!"桂小香喊道,拿了一个蒿子粑粑追了几步,塞进方子成的口袋。她帮子成整了整衣领,抻了抻衣角,眼圈儿就有些红。方子成一个立正,朝她调皮地敬了一个军礼,急忙跑了。

方子成跑远了,桂小香还站着,直到望不见他的背影。新婚第二天,方子成就回了队伍,把小香的心也带走了。

这时,方二爷将碗一推,嘴一抹,站起了身,豪迈地说:"我去报名。"

六

方老抠去麻流镇捉来一只猪娃子,黑油油的,在猪圈里横冲直撞,哼哼唧唧不停。方老抠安了心要把日子过红火。桂小香去山坡上打了一筐猪草,剁碎,在大锅里煮熟拌上稻糠。一只石槽成了小猪的碗,小猪吃得吧唧吧唧的。小黑猪吃饱了,就懒懒地睡觉,安心晒太阳,再也不哼哼唧唧。

小香望着小黑猪,喜得半天没挪步。只听外面一声脆脆的声音在喊:"小香嫂子在吗?"桂小香闻声从后院的猪棚里出来,只见一个漂亮姑娘,十七八岁的样子,大大的眼,圆圆的脸,白白净净,齐耳短发,腰里扎着一根枣红色皮带,飒爽英武。她身后,跟着一个小姑娘兰兰,怀里抱着一个大包裹。两人站在院子里。

来人是吴芳英,见到小香,亲热地上前拉住了小香的手,笑着说:"小香嫂子,今日这一见,我才知道那土匪为啥大白天也敢来抢人了,你就是咱大别山的一个天仙啊。我还没见过这么好看的人呢。"两个人说笑了一阵,一下子就亲密得像姐妹了。

吴芳英接着说:"现在咱们的红军队伍、赤卫队、游击队都在忙着打土豪分田地,忙着军事训练,急需军鞋军衣,咱们妇女应该负责这个活。你说对不对?我想请你也出一份力,咋样?"

吴芳英快人快语,水汪汪的大眼睛盈满了笑意,长睫毛像扇子,说着话就会忽闪那么一下,让人怜爱。兰兰望着她俩只是笑。

桂小香满心欢喜地答应了,这是她能做的。她想过也去当红军,还没有来得及和方子成说,他就被喊走了。桂小香一见吴芳英,就喜欢得要命,她小小年纪一副天不怕地不怕的劲头,果敢大方的行事风格,让小香佩服。

吴芳英长得好看,聪明胆大。魏敬之的侄子魏忠礼也是一个地主,家境富有,打土豪时,农会几拨人去了他家,都找不到他藏的贵重财物。魏忠礼哭丧着脸一个劲儿地示穷,说这几年把家里的钱都花光了,根本没有多余的,自己吃的也是粗茶淡饭,有时还借钱过日子。没有人会相信他的鬼话,可是搜来搜去,也只搜出一些粮食和生活用品,再也搜不出其他。大家都怀疑,却都没有办法。吴芳英听说后毛遂自荐,要去会一会狡猾的魏忠礼。她私下找到魏忠礼家的几个长工,耐心做工作,终于打消了长工的顾虑,说了魏忠礼财物的藏匿点。

吴芳英成竹在胸,领着人去了。

"魏忠礼,你要放老实些,前几次你对抗农会,把贵重东西都藏起来了,今天如果再不把贵重东西交出来,我就要把你当劣绅打了。"吴芳英的态度非常严肃。

魏忠礼继续老把戏,哭穷道:"你们哪晓得我家这几年的状况啊,那是王小二过年,一年不如一年,钱都给闺女去城里交学费了,哪里还有贵重东西?外面的人不晓得,还以为我家多富有呢,这真是要冤枉死人啊。"魏忠礼说完,真的掉了几滴泪。

吴芳英目光如刀,眼睛一眨不眨地盯着魏忠礼。魏忠礼看了她一眼,不敢与她对视,低下脑袋继续装可怜:"我说的都是千真万确的,你们若不相信,可以搜,搜出来了,我甘愿受罚,搜不出来,你们可不能再说我不老实了。"

吴芳英见状冷笑一声,不动声色地一挥手,几个农会成员七手八脚找来了锄头和铁镐。吴芳英带领众人直奔堂屋的夹墙。魏忠礼的脑袋里嗡的一声,乱成一锅糨糊,一下子就傻了眼。吴芳英冲他厉声道:"我看你就是不见棺材不掉泪。"魏忠礼眼睁睁看着他们把墙挖开一个大洞,露出了三只装满贵重财宝的大皮箱。

这件事立刻传开了,大家都赞赏吴芳英的智慧、泼辣、大胆。吴芳英一下子成了家喻户晓的人物,名字像长了腿,大家都知道她。

兰兰解开包裹,将鞋样、黑布、针线摊了一桌子。"三天,做十双鞋,能不能完成?"吴芳英问。桂小香吃了一惊,时间太短,还要纳鞋底,她以前给爹和弟弟做过两双鞋,都是闲了才纳几针,从来没有这么赶过。桂小香迟疑起来。吴芳英不等她表态,就鼓励道:"嫂子想想办法,总是会有办法的。好不好?"桂小香看着吴芳英信任的目光,受到鼓舞和信任,心中一热,点头答应:"我试试。"

吴芳英走了。小香望着她的背影,痴痴出神。小香舍不得她走,打心里喜欢她。回转身,小香笑自己,这是前世的缘吗?

桂小香领了任务,就一门心思扎进去了。想到自己做的鞋,有可能是方子成穿,周贤穿,谷传堂穿,吴浠河穿,宝才穿,他们的战友穿,她就有了精神,有了使不完的劲。她急火火地做完家务,就动手做鞋。堂屋的八仙桌,是她的主战场。婆婆帮她找来碎布,和她一起打糨糊,然后将碎布一层层粘上,做成袼褙,放在院子里晒太阳。她等不及晒干,就烧火烤,很快将袼褙烤干。

吴芳英给的布太少,袼褙不够。她急得到处找碎布。回到娘家,娘家本就穿得叮当响,哪来的碎布?她急得盘算着去哪里找碎布,如果连这点事都做不好,她还怎么有脸见吴芳英?

桂小香愁得上火，唇上起泡。婆婆烧锅做饭，去柴火堆抱了一抱柴草丢在锅灶前。柴火里掉下一片竹笋叶儿，深紫长条，一掌多宽，像一块布。桂小香远远看见，跑过去捡了起来，有点失望。拿着那个竹笋叶儿，左看右看，她忽然高兴起来："有了，有了。"

难怪桂小香如此兴奋，笋衣代替一张袼褙，能省布。鞋底垫上三四层笋衣，纳上线，就和全部袼褙做的鞋底没啥区别了。做到最后，布还是不够。小香想了想，跑进里屋，毫不犹豫把自己棉袄的夹层给剪了。冬天还早呢，她想，到冬天再说。

桂小香没日没夜地纳鞋底，天亮了才睡一会儿，鸡一叫又起床做饭。婆婆让她安心先做军鞋。小香答应着，仍然麻溜地做家务，然后手不停歇去做鞋，就连上茅房都是一溜小跑，生怕耽误工夫。

第二天半夜，方子成回来了，小香还没睡。方子成见小香纳鞋底手都纳肿了，心疼地握住她的手不愿意松开。方子成烧了一盆热水，给小香泡手，小香泡了一会儿，又上鞋帮。方子成夺下她手里的鞋帮和锥子，将她搂在怀里，告诉她，部队明早要出发，有任务，什么时候回来，不知道。

桂小香紧张起来，搂紧了他，怕他跑了似的。"要打仗吗？"她的声音有些飘浮。方子成沉默着，不搭理她，贪婪地在她身上嗅着。"真香。"他咕哝了一句。他将她轻轻放在床上，凝视着她，心中像奔涌着一条大河，像暴雨后的浔河，山洪暴发，汹涌澎湃，势不可当，勇往直前，要急着去寻找一个风平浪静的如大海一般广阔的地方。那里，是他生命的港湾。一豆油灯，不好意思地眨着眼睛，像小香一样羞涩。方子成一抬头，吹灭了油灯。黑暗像溃破的堤坝，涛声如雷，滚滚向前，恣肆汪洋。

……

方子成醒来的时候，天已蒙蒙亮。小鸟的啁啾声清脆悦耳。他发现桂小香坐在昏暗的晨曦里，摸索着还在纳鞋底，哧哧的过线声，轻轻柔柔，像林间小虫子的细微鸣唱。她的侧影，像一幅剪画，黑亮的头发披在身后，倾泻着万千柔情。他无声地看着，觉得自己是世界上最幸福的人，如果能天天守着她该有多好。他如痴如醉地看着她,生怕打扰了她。有那么一瞬间,他梦想着就此缠绵一生,香梦一世。他将脸贴在小香的身上,深深地嗅了一口,陶醉于她的馨香之中。这个青春勃发的小伙子,在那样一个静谧的晨光里,竟然莫名湿了眼睛。是留恋不舍,还是幸福太短暂?抑或其他原因?他抹了一把泪花,忽地坐起了身。

天亮,他就要出发了。

七

周贤正带领新战士进行军事训练,吴芳英来了。吴芳英远远地看着他们,在一棵大树下来回走步。

周贤见她来来回回地走,心神不定,知道一定有事。他让大家继续训练,然后向吴芳英招招手,大步朝她走过去。

"芳英,什么事?"

说来有点奇怪,周贤天不怕地不怕,唯独见到吴芳英心里有点慌,有点怯,心跳莫名地加快,脸也莫名地热。按说不应该,他在省城安庆读洋学堂,漂亮姑娘见过无数,都没有这样的感觉,为何独对吴芳英有这样的感觉呢?他无法接受的是,革命刚刚开始,许多事情等着他去做,不能就此分心。想到这里,他很快镇静下来,叮嘱自己什么事也没有。他走向吴芳英,脸上挂着微笑,极力表现出正常的姿态。但是他感觉脸上的笑还是与平时不一样。怎么不一样,他说不清楚,只是感觉到了。他有点沮丧。

是因为吴芳英长得好看吗?苹果样的圆脸,泛着苹果样的红晕,水汪汪的大眼睛,长睫毛忽闪忽闪的,像是会说话。但是,好看的姑娘多着呢。吴芳英还有她英武的一面,扎着武装带,斜挎一支盒子枪,齐耳短发,盒子枪的背带在胸前画了一个饱满柔和的曲线,那韵致、英气像这五月天的一棵小树,蓬勃、昂扬着青春的朝气。这是生命的另一种美,与那些教室里文弱的美迥然不同。还有,她工作中表现出来的大胆、智慧、麻利、果敢,这些元素组合在一起,混合在她身上,便熠熠生辉了。看上去,她是那么玲珑剔透、冰雪聪明、楚楚动人。周贤暗暗赞叹，这真是大自然的造化。

周贤向着吴芳英走去，心中暖暖的，似乎有一股滚烫滚烫的力量，充斥了他身心的每一个细胞。他想，这山、这水、这人，应该有一个祥和富裕、平等自由的新世界。一刹那，他觉得这世界太委屈吴芳英了。

吴芳英见周贤向自己走过来，顿时笑靥如花，大大方方地向他招手。她脸上的红晕似乎更红了，像一朵娇羞的云。见周贤问她，她稍一沉吟，笑着说道："你看，本来我是要向周团长报告的，却被你抢先问了。"她有点不好意思起来，继续说，"这段时间我们妇女会参加打土豪分田地，工作进行得很顺利，可是，也遇到了一些问题。"

"什么问题？"周贤严肃起来，"需要我帮助做工作吗？"

吴芳英咬了一下嘴唇，犹豫了片刻，像是下定了决心，说："有一户人家，我们吃不准，就没有动，可是不动吧，其他地主土豪又有意见，说你们共产党为什么不动那一家，专门动我们？是不是我们是软柿子，没有后台？说这不符合共产党的政策。所以，我今天来，就是特意来请教周团长。"

周贤一愣："你说的是我家？"

吴芳英看着他，点点头。

周贤拍拍脑袋，有些自责地笑了："你看我这些天都忙晕了，啊，我们共产党闹革命不能搞特殊化，要一视同仁，共产党员更要以身作则，做出榜样。你们不能因为我而影响整体工作，应该按照政策，该如何做就如何做，不管他是谁，明白了吗？我爹的确是大地主，你们按章程打土豪分田地，不要有任何思想顾虑。不打，就是包庇。如果我的家人不配合，就说是我叫你们去打的。否则，我为什么还要信仰马克思主义参加革命呢？"

"这……那可是你的父母啊。"吴芳英还是感到为难。

"就这么办，我等你们的消息。"周贤果断地说。

"那……好！"吴芳英答应着，飞快地瞟了一眼周贤，心中多了一层敬佩。

说着话，他们沿着那条山道不知不觉往前走，都没有要分别的意思。羊肠小道贴着山脚,道边是涓涓溪流,叮咚脆响。他们沿着溪边走,既避开了众人,众人也能看见他们,又非常安静。

周贤注意到了吴芳英的目光,站住了。"你是想问,我为什么要自己革自己家庭的命吗?"周贤看着吴芳英,目光里闪过一丝柔情。他已经完全从自己的情感中走了出来,进入工作状态。他将那一点点萌芽状态中的情感驱赶得烟消云散。

吴芳英在他的逼视下,似乎被戳穿了小心思,倒显得不自然起来,脸色倏忽间更红了。周贤瞥见了那仓皇闪过的女儿的娇羞,装作没有看见,抬头望向远处的山峦。

天空如洗,碧蓝得没有一丝白云。那棵千年桂花树郁郁葱葱。他望着眼前壮美的景象,陷入了沉思。"知道咱们国家这九十年来的遭遇吗?"

吴芳英摇了摇头,渴望周贤讲下去。

"从1840年起,帝国主义打开了中国的大门,我们中国就一直受着外国人的欺侮,八国联军,《马关条约》,哪一样不是插在我们心头的一把钢刀?好不容易推翻了清政府,到了民国,军阀割据混战,蒋介石独裁,背叛革命,屠杀共产党人,国家积弱,民不聊生……国家的出路在哪里?"

那天,周贤对吴芳英敞开心扉,谈国家形势,谈他读书时怎么加入共产党,谈组织上如何派遣他回家乡开展武装暴动,谈他的崇高信仰。"从入党宣誓的那天起,我就把自己交给天下百姓了。让天下百姓都过上好日子,我要为这个理想奋斗,即使舍命,也不后悔。"吴芳英听着周贤的话,被深深感染,敬佩之情油然而生,感受到了一个英雄男儿的博大胸怀。她似乎看到了一帧伟大壮阔的蓝图,在眼前铺展开去。她热血沸腾,心中盛满了对周贤的赞赏和敬仰。他选择抛弃自己的荣华富贵,心甘情愿为穷苦百姓谋幸福,他不是"苕",是高尚,是有大境界。如果有人非要说他是"苕",那么她打心眼里喜欢这样的"苕"。这样的"苕",和穷人是一家人,和穷人心贴着心。

"周团长,你讲得真好,让我明白了许多道理。"吴芳英似乎还没有从刚才的情境中走出来,"以后有机会,我一定找你再给我上课。我佩服你这样的大英雄。"

吴芳英说完,脸一红,笑着就要跑走。

"等等。"周贤喊道。吴芳英停住了脚步,瞥了他一眼。周贤慢慢走近她,有点艰难地说道,"芳英,你知道,我爹娘就我一个孩子,他们年纪大了……我是说……我是担心,他们今后怎么自食其力。我以前没有想到过这个问题。"

吴芳英一愣,随即说道:"周团长,我明白了。"

周贤望着吴芳英的背影,若有所思。

第二天,吴芳英带着几个人,再一次到了周佐廷家。看到他们,周佐廷当然明白,一头的怒火却不敢发出来:"怎么又来了?我再说一遍,我儿子是红军团长,我们是革命家属,你们打我家的土豪,这不符合共产党的章程!"

吴芳英说:"只要是地主土豪,就是革命家属也不能包庇,更要带头配合。"

周佐廷搬了一把太师椅,坐在门口,想以身体阻拦。吴芳英铁了心,果断下了命令:"执行命令,马上清点财物,造册登记。"

几个农会成员不由分说,拥进屋去,两个人看守着周佐廷和他夫人,防止出现意外,另外几人开始一间屋一间屋地清查。周佐廷惊恐不安地看着那些昔日的佃户往外抬东西。周夫人坐在那里,只是念佛。周佐廷大骂儿子:"你这个不孝子啊,你这个败家子啊,你这个白眼狼啊,我们白养活了你啊,你是想要了你爹你娘的命啊。"

周佐廷的哭抑扬顿挫,听上去像是在唱庐剧。大别山的庐剧就是这样子,不要说是这样的唱骂,就是妇人哄孩子睡觉,或者坟前送别亲人,也多有庐剧的腔调。

吴芳英看着他们,心情很复杂,对地主的恨之外,多了一层怜悯。这是因为他们是周贤的父母吗?想到周贤,她心中涌起了一丝同情,态度便温和了许多:"你们放心,我们打土豪分田地是有政策的,我们研究过了,你俩年龄偏大,身边又没有人照顾,我们会多留一些财物,足够你俩后半辈子的吃喝。"

周佐廷不理她,拉起夫人就往外走。看守的农会成员不让走,周佐廷说:"我找自己的儿子犯了哪家的王法?"

吴芳英连忙示意放行。

周佐廷和夫人匆匆出门。周佐廷在前边走,老伴在后面跟。他们身后,不远不近跟着两个农会成员。吴芳英怕他们出意外,派人一步不离地跟着看护。

周佐廷见了儿子,也顾不上边上的其他人,劈头盖脸就吼起来:"儿大不由娘,你要闹革命,老子不管你,自己的路自己走,只要不后悔。老子倒是想问问,你在共产党里当了官,我们是不是堂堂正正的革命家属?既然是革命家属,是不是该受到保护?现在吴芳英那个黄毛丫头,带人上我们家打土豪,把我们家抄了个底翻天,我倒是想问问,你还管不管?"周佐廷说着,怒不可遏,抬手就要打周贤,站在旁边的宝才忽地挡在了周贤面前。周贤笑笑推开了宝才。待周佐廷再次抬手时,早已泄了大半的底气,刚抬起胳膊就垂了下去。

"爹,娘,你们消消气,听我说。"周贤劝道。

周夫人在旁边不停地抹泪,此时说道:"你要真想要我们的老命,就让我们死个痛快吧,不要这样慢慢折磨人。早死往生也没啥不好。"

周贤扶母亲坐下,安慰道:"不义之财都是要还给贫苦百姓的,这是共产党的政策。佛家不是讲布施吗?这也是布施。是地主土豪,都要打,概不例外,打咱家的土豪,是我让去的,咱家在麻流镇财产最多,咱不带头,这工作咋做呢?再说了,这不也是给咱家求福报吗?娘,你说对吗?"

周佐廷说:"这都是祖上留下来的基业,到我手上弄没了,我不成了败家之子、不肖之子了吗?"停了半晌,又说,"你们总得给我们留条活路吧?"

周贤说:"爹,其他人家你们都看见了,当然会留给二老必要的生活费用。"

周夫人默坐着，不停地转着手里的一串佛珠。周贤继续劝慰："爹，娘，你们想想，咱家那么多财产，还不是靠剥削佃户得来的？周围都是穷人，睡觉都难让人心安啊，对不对？从今往后，咱们做个自食其力的劳动者，这样心里踏实，吃饭也香。"

周佐廷气得呸了一声："我剥削？到了你这里，我就成剥削了？这么说来，你读书上学，你穿衣吃饭，哪一样不是靠剥削来的？你个浑蛋就是个白眼狼！"

周贤不说话了，他不知道该怎么和爹娘说了。这时候，谷传堂过来，又说了许多道理，然后让人送二老回家。

周佐廷哭闹一场，也没有得到儿子的法外开恩，累得气喘吁吁，只好绝望而回。家里已显空荡，大部分财物被收缴待分配，他忍不住又哭了一场。倒是夫人劝他："老头子，一切随缘吧。"

周佐廷说："这孽子不但不顾这个家，还指使人来抄家，这辈子咱还有啥指望？现在财产光了，脸也丢尽了，不如死了算了。"

周夫人听了一惊："老头子，一切皆是命，你要想开些，恒顺众生，天无绝人之路。"她劝慰了一会儿，流着泪去厨房做饭。用人都离开了，什么事都得自己亲手做。她已经很多年没有做过饭了。等到她把饭菜端上桌，发现周佐廷不在。她急忙去找，看见周佐廷把自己吊在了后屋的房梁上，已经冰凉了。

周贤得知消息，慌忙往家赶。他没想到父亲会走上绝路，为自己没有做好父亲的思想工作而自责。他恨恨地往自己脑袋上打了一拳，立刻眼冒金星。

娘看见他回来，面无表情，默默流泪。

周贤披麻戴孝，跪在父亲的棺前，泪如雨下。

娘说："他让你跪吗？"

周贤不吭声，就那么跪着。

吴芳英领着几个人也赶来了，齐刷刷跪在周贤身后。

夜深了,一盏桐油灯忽明忽暗。周贤仍然跪着,止不住地流泪。"爹啊,都是我的罪过,没有和你老人家说清楚。爹啊,你知道吗,天下有多少百姓吃不上饭、穿不上衣啊?就拿咱麻流镇来说,几万人的大镇,能吃饱饭的不就是咱这几家吗?咱有饭吃,可还有那么多饿着肚子的人,咱这饭能吃得踏实吗?知道有多少双眼睛在盯着咱手里的那只碗吗?你就不怕有人抢、有人夺吗?爹啊,咱前几辈也是穷人,渴望能过上好日子,平等地过日子,没有剥削,没有压榨,都有饭吃,都有公平,都有讲理的地方,现在,共产党领着大家正往这条道上奔,这不是求之不得的好事吗?这不就是救人于水火吗?"

周贤一句句和爹说着,说一会儿,哭一会儿,一直说到天亮,一直哭到天亮。

娘端来一碗水放在他面前。周贤看着娘,不知道该说啥,只是抑制不住地流泪。娘盯着他,心疼地举起了颤抖的手。"啪!"周贤感到脸颊上火辣辣地痛。娘啥也没说,站起身往外走,边走边道:"都是命啊,都是命,人犟不过命……"

第四章

一

魏敬之领着一家老小跌跌撞撞仓皇逃进霍安县城,直奔县衙,向县长朱达才痛哭流涕地报告自己的不幸遭遇。

"反了,他们真的反了啊。"魏敬之哭诉着,如丧考妣,"如果不是我腿长跑得快,差点就丢了这条小命啊! 呜呜,县长大人,您可得为我做主啊!"

一夜之间,魏敬之的房产、田地、财宝,他在麻流镇的地位、面子、尊严,统统化为乌有,捡了一命已算万幸。他随身携带的,只有一点细软,一家十几口人落得个无家可归。这是一个要命的仇恨,是你死我活、不共戴天的仇恨。魏敬之恨得牙齿咬得咯咯响。

大别山革命烽火已成燎原之势。继黄麻起义、立夏节起义之后,六霍起义风起云涌,独山、西镇、诸佛庵……再到麻流镇,农民暴动一个接着一个,像连锁反应,轰轰作响。朱达才非常震惊,感到屁股底下的铁板凳已被烧得通红,就要坐不住了。他又一次慌乱地上报公署和省府,省府和公署都急令朱达才调集民团,配合国民党大军"剿灭""暴乱分子"。大军并不是说到就到的,朱达才急得直跳脚。

朱达才沉吟半响,不动声色地问:"听说,领头造反的是你亲外甥?"魏敬之的脸上青一阵、白一阵,无奈地点头,叹息道:"这个孽子,连他的亲娘老子都要杀呢。"

朱达才听了,哈哈大笑起来。魏敬之疑惑地望着他,不解其意。朱达才一口气笑完,忽然阴沉起了脸:"想不想把你丢的东西夺回来?"魏敬之一听,立马像打了鸡血,亢奋起来,朝朱达才一拱手:"魏某人宁愿不要这条命,也要报这刻骨深仇。"朱达才颔首:"好,我要的就是你这一句话!现在,党国正是用人之际,我把县保安团交给你,趁麻流镇的泥腿子还没成气候,由你带队去剿灭,有没有这个胆量?"

魏敬之受宠若惊,当即单腿跪倒,双手一拜:"朱县长,知遇之恩,当舍命相报。不就是杀人吗?谁不会?人死屌朝上,我怕他个卵子。"朱达才听了魏敬之的话皱了皱眉,随即点头叫好,可瞬间又是一副愁容:"不过,县保安团人枪都不够,我怕你会吃亏呢,可是,县里现在也确实拿不出钱来征兵买枪。"朱达才不动声色,像是在寻求对策。魏敬之顿时明白,心中不悦,暗骂朱达才乘人之危,黑心黑肺。可是自己现在是走投无路,寄人篱下,脸上不挂笑又能怎样?不豁出去又能如何?难道甘心受擒、慢慢等死吗?横竖都是死,不如拼一拼。

魏敬之狠了心,当即掏心掏肺地表白:"朱县长,我出来得匆忙,家产都被那帮穷鬼分了,随身带的,也只够一家老小活命,但是,我一定竭尽全力,在所不惜。"朱达才拍了拍魏敬之的肩膀,非常体恤地微笑道:"要知道,等你打回去,那一切的一切都是可以夺回来的,到那时,只怕就不是夺回来那么简单吧!嗯?"

这句话,安慰了魏敬之,也鼓舞了魏敬之,给他画了一个虚无缥缈的大饼。落水的魏敬之当然视之为一根救命稻草,死也得抓住。舍不得孩子套不住狼,这个道理他懂。

魏敬之一路上已经想明白了,尽管心像是被人一点点踩碎。他回到家,二话不说,从包袱里拿出十根金条,要交给朱达才去买枪招人。大老婆蜡梅心疼钱,张皇失措地攥住就是不松手,魏敬之眼一瞪,怒道:"妇人之见!不把失去的都夺回来,我活着还有个屌意思?不如死了。"

那天傍晚，魏敬之领着保安团悄悄向麻流镇扑去。临行前，朱达才置酒于道，为他饯行。朱达才说："一帮泥腿子，经不住你三拳两脚，祝敬之兄马到成功，旗开得胜。本县静候佳音了。"魏敬之听了，颇悲壮地举手敬礼："我在麻流镇恭迎朱县长。"朱达才想在国民党大军到来之前"剿灭""暴动分子"，以此立功。说实话，他并没有把那些泥腿子放在眼里。

山路崎岖，魏敬之翻山越岭，一会儿大道，一会儿小路，累得腰酸腿痛。他骑在马上，越想越沮丧，魏家世代荣华，到了自己这一辈，没过上几天舒坦日子，天就变了样，今后的日子，恐怕只能在打打杀杀中度过了，把脑袋别在裤腰带上，还能有好日子过吗？真是命不好，世事无常啊。魏敬之感慨万分，仇恨的火就越燃越旺了，恨不得一脚踏平麻流镇，回到从前。

魏敬之进攻的消息，很快传到了麻流镇，周贤和谷传堂研究一番后，立即部署兵力，决定主动迎敌，一战树威，保卫胜利果实。

周贤、谷传堂领着独立团开拔，赤卫队配合作战，紧随其后。名义上说是红军独立团，其实不过百十来号人，二十多条枪，其余皆为大刀、长矛等各式武器。镇上只留下少数赤卫队员、妇女团、儿童团维持秩序，坚持生产劳动，做军衣军鞋，筹集粮食。

桂小香在家里做军鞋、做饭、喂猪，心却跟着方子成出发了。一想到要打仗，她耳边就会莫名炸响枪声，心里发抖，那个小土匪血淋淋的脑袋会突然出现在她眼前，尤其是那两颗瞪着的惊恐的眼珠子让她恐惧。这个噩梦，从那一天起就缠上了她。她也明白，只有红军打胜仗了，他们的日子才会好过。如果不打胜仗，魏敬之再回来，那穷苦百姓只能更苦，甚至连苦都免了，许多人会脑袋落地。她在痛苦纠结中焦急害怕，翻江倒海般难以安宁，暗暗祈祷，求菩萨保佑红军打胜仗，保佑方子成、爹和宝才，还有方二叔，都平安归来。

魏敬之的两路人马在离麻流镇不远的地方驻扎下来，对麻流镇形成了钳制之势。

周贤决定先消灭敌人的东路军，以吸引南路军驰援，伺机各个击破。当晚，周贤率一个营和部分赤卫队，悄悄包围了驻扎在土地庙的黄团副带的两个营，谷传堂率两个营隐蔽在东路军和南路军之间的"一线天"埋伏。谷传堂的位置，有利于埋伏，也有利于阻敌对麻流镇的进攻。

午夜，方子成带两个战士悄悄去摸敌人的岗哨。吴湃河年龄小，心理素质还是差了点，大刀劈下去的时候，犹豫了一下，那个哨兵趁机胡乱开了一枪。幸亏方子成眼疾手快，及时补了一刀。

周贤带领战士本想突然袭击，结果那一声枪响惊醒了敌人，让他们有了防备。一场攻防战就此展开。

魏敬之领着南路军驻扎在蝙蝠洞，听到土地庙方向有枪声，知道东路军与红军交上了火，兴奋中准备乘虚攻入麻流镇。刚下令出发，东路军的求援信便送到了。他转念一想，若是两路合击歼灭红军，收复麻流镇不是顺手的事吗？于是，他即刻率部增援。夜色蒙蒙，只听见行军的嚓嚓脚步声。魏敬之领兵走到"一线天"，见两边皆是黑黝黝的大山，心中畏惧，害怕有埋伏。正犹豫着，远处传来了更猛烈的枪声，枪声似乎给他打了一针兴奋剂，他像是看见红军就在眼前，自己冲过去就可以大功告成了。

魏敬之立功心切，决定孤注一掷。他派排长邵大牙带两个兵前去打探，确定前方没有异常，这才命令部队悄无声息跑步通过。保安团的兵端着枪，蹑手蹑脚往前急跑。冲过了"一线天"，一切正常，魏敬之长舒一口气，抹了一把汗，准备再走，却突然听到一声断喝："打！"立刻，两边山坡上同时开火，喊杀震天，伴随着巨石滚下的隆隆响声。

魏敬之打了一个激灵，知道遇到了埋伏，急令后撤。

刚退后几百米，一队红军突然杀了上来，堵住了去路，将"一线天"堵得滴水不漏。魏敬之惊慌之中哪里还顾得上救援东路军，只想着拼死抵抗，逃命要紧。他突然觉得红军的计划周密，故意放一条路让他往前冲，然后前后夹击。魏敬之前后均无退路，硬冲，肯定损失巨大，前边还有人马等着他，狡猾的魏敬之决定往山上逃。趁山上的红军往山下冲的当儿，他让邵大牙掩护，自己则带人从空隙处爬上山去，侥幸与红军擦肩而过。山上荆棘丛生，他们钻进荆棘丛中,悄然消失了。

跑了一段路,后面安静下来,魏敬之这才停下,休整检查人数,结果他带领的南路军损失大半。魏敬之顾不上脸上、手上被树枝划的血道道,只想着保命。留着青山在,不怕没柴烧,他带着残存人马,逃之夭夭。

魏敬之没有想到,昔日拿锄头的泥腿子,如今拿枪举刀的红军,士气那么高涨,打起仗来不怕死,猛兽般怒吼着往前冲,保安团则多贪生惜命,一触即溃。他想不通这是啥原因。跑着跑着,他突然明白了,那些泥腿子过去穷困潦倒,连一丝希望的光亮都见不到,现在突然光明骤至,扬眉吐气过得好了,他们怎么不会拼死去捍卫呢?他们与他,本就是不共戴天。失去财产和尊严的魏敬之终于明白了那些刚刚得到财产和尊严的泥腿子。

让魏敬之不寒而栗的是,像周贤这样的知识分子,自家的财产都可以不要,荣华富贵都可以抛弃,那得有多大的人生抱负,又得有多大的号召力啊!他以为他是救苦救难的活菩萨吗?他到底图什么呢?魏敬之不得不承认,周贤是个干大事的人,不谋一己私利,谋的是天下,谋穷人的天下,谋泥腿子的天下。

这太可怕了。

东路敌人借助地势负隅顽抗。黑灯瞎火,他们摸不清红军有多少,不敢露头,只能抵抗,心急火燎地等待援军。周贤喊话,让敌人投降。黄团副拿枪逼着顽抗,强硬如茅厕之石。久攻不下,周贤命令火攻。战士们借地势,将一捆捆干柴运送至土地庙墙边,很快将土地庙围住,然后点燃。一时间,火光冲天,浓烟滚滚,保安团被熏得眼泪鼻涕一齐流,睁不开眼,只好弃庙逃跑。刚出庙门,先是挨了一阵排枪、手榴弹,然后,就见大刀在火光中寒光闪闪。周贤、方子成挥舞着大刀片,怒吼着,带头冲了上去。保安团挂着眼泪抵挡,双方开始了近距离的肉搏。方子成看到周贤劈死了一个正举枪的团丁,一转眼,发现一个团丁躲在一块石头后面,偷偷举枪向周贤瞄准。他大喝一声,飞身上前,一刀劈下,团丁当场丧命。大刀被血染红了。周贤和方子成杀红了眼,嗷嗷叫着,如猛虎下山。他们身后,跟着像他们一样呐喊冲锋的战士。那气势排山倒海,保安团先就输了士气,心虚胆怯,两腿打战,慌乱中打出的子弹,只是为自己壮胆罢了。但是,方子成看到吴湆河中弹倒了下去……

此战,红军和赤卫队大获全胜,消灭敌人三十多,缴获钢枪四十一支,子弹一千多发。

消息传到麻流镇,传到桂花村。小香激动地朝麻流镇飞奔过去。经过桂花王,见有人虔诚地膜拜。她听见有人说:"敌人逃跑了,我们胜利了。"另一个人说:"我们牺牲了五个战士,求桂花王保佑……"

小香心中一震,腿就有些发软。

桂花王树下的广场上,摆着五副担架,五个人躺着一动不动,浑身血污,有的甚至看不清楚是谁的脸。

有人哭着,用湿布为他们擦去脸上的污痕。小香看到了吴湆河的娘,蹲在担架前,哭得撕心裂肺。她浑身哆嗦起来。吴湆河好像就站在她面前,笑着站在迎亲的队伍里……这个欢蹦乱跳的小伙子,此刻已经冰凉地躺在地上,再也不动。她的泪水一下子奔涌出来。身背大刀、两只袖子卷着的方子成看到了她,一脸悲痛地走上前来,轻轻揽住了她的肩。她仍然轻轻地发抖,陷入一片悲伤的海洋。"别怕,有我在呢。"方子成附在她耳边小声说,"我们胜利了。"小香僵硬地点头。吴湆河就是一个单纯无邪的小弟弟,看到他,就像看到宝才,她打内心喜欢、疼爱。真是太可惜了。

五具棺被缓缓抬上山,埋进墓穴。人们忍着悲痛,不哭出声来,让悲痛化作无言的力量。那是一种仇恨的、视死如归的力量。走在送葬的人群中,桂小香闻到了可怕的血腥味,这是麻流镇为了保卫胜利果实第一次尝到的血腥的疼痛。它让麻流镇的每一个人都意识到,没有痛,没有血,没有牺牲,哪来的幸福?这是一场洗礼,是一场革命的觉醒。面对血腥,小香感到没有那么害怕了。她认识到了生命的无常,斗争的残酷,有了一点承受力。她默默采来一把野花,在每个墓前放了几枝。

在吴湆河墓前,她站了好大一会儿。在新鲜泥土的清冽气息里,她似乎又听到吴湃河稚嫩的笑声。悲痛阵阵袭来，胜利的情绪，慢慢飘入高远的白云。

往回走的时候，她的耳边仍然传来振奋人心的欢呼声："我们胜利了，我们胜利了。"对于麻流镇人来说，胜利是主要的，胜利的欢笑很快掩盖了牺牲战友的悲痛。但是，小香久久无法从悲痛的情绪中走出来。

二

此时，大别山活跃着三支大的红军队伍，黄麻起义创立的红31师、立夏节起义创立的红32师、六霍起义创立的红33师，还有红军独立团、游击队、赤卫队等众多共产党领导的革命武装。在纵横几百里的大别山区，在老百姓的爱戴下，红军与前来"围剿"的国民党军队周旋、作战，一次次打败了"围剿"的国民党军。红色区域逐渐扩大、蔓延，并且连接成片，成为鄂豫皖苏维埃革命根据地，革命形势如火如荼。

在桂小香的记忆中，自从结婚，方子成就没有回家几趟。她等待着、期盼着亲人平安归来和最终的胜利，心里更多的却是牵挂，担惊受怕。

麻流镇阳光明媚，欢声笑语。

好日子过得飞快。

那天，桂小香刚吃一口饭，就要呕吐，终没有吐出来。子成娘盯着她，脸露喜色，看看方老抠，方老抠毫无反应。子成娘喜滋滋地说："小香哇，你这是有了吧？"

小香一愣，忽地明白过来，双颊绯红，羞涩一笑，饭也没有吃，就跑回自己的屋里去了。子成娘捅了捅方老抠，两个人都乐了。"快去，给她做点好吃的。"方老抠说。

正是大热的天，刚下了雨。子成娘撂下饭碗，去厨房做了一碗"老鸹头"。白面添水搅稀，用筷头子一下一下拨到开水锅里，遇热成形，颇像老鸹头。子成娘把一碗香喷喷的"老鸹头"端给小香："小香，你快吃，还撒了葱花，滴了香油呢，你闻闻，喷香。"小香被婆婆强按着，"吃，吃，吃吧，嘻嘻。"

小香不好意思起来："娘，我没有这么金贵。"子成娘笑吟吟地道："咱得想办法赶快告诉子成啊，让他也高兴高兴。"小香脸上罩了一层忧戚，叹道："不知道他们打到哪里去了。"

此时，方子成所在的独立团，正准备过东淠河，支援清水寨农民暴动。只有一匹马，周贤让谷传堂骑马，说谷传堂年长，又是教书先生。谷传堂高低不肯骑马，周贤就和宝才一起，半哄半劝将谷传堂架上马背，一拍马屁股，马往前跑去。

一夜急行军，大家都累得不想说话。云遮瘦月，脚下的小路像一条幽亮的长线，只能看到一个大概。翻越一座山的时候，脚下有水落深潭的轰鸣声。往下一看，明晃晃的一片，众人都紧张起来。突然，周贤踩落一块石头，身子一下子歪倒在路上。石头轰轰隆隆滚了下去。周贤本能地抓住了一根树枝，方子成眼疾手快，牢牢抓住了他的胳膊。他们一动不动，听着几块石头滚了很久，才嘭嘭地落水。有惊无险，大家都捏了一把汗。

队伍继续前行。方子成看着周贤的背影，不禁又感慨起来，他还没有弄明白眼前这个人。周贤这个富家子弟本来可以生活在福窝里，前程无量，如今，却和这一帮吃不上饭的穷汉子搅在一起，究竟图个啥呢？他疑惑，想不明白，却是打心眼里敬佩。

"注意脚下，跟上。"周贤小声提醒着大家。

这支三百多人的队伍，穿的衣服仍旧是五花八门，军装很少，多是暴动前的衣服，手中的武器，多是鸟铳、大刀、长矛。但是，他们的脸上有着英武之气，有着内心涌动出来的坚毅自信。方子成的另一个不解，是这些种地的农民、铁匠、篾匠、木匠，还有教书的谷传堂、地主子弟周贤，大家毫无隔阂，被一种无形的力量聚集在一起，形成了这一支纪律严明的军队。是什么让这些人亲如兄弟呢？

这些从前胆小怕事的庄稼汉子，社会最底层的人，都像换了一个人，明明知道无情的子弹会随时让他们丢掉性命，但是他们并不害怕，陡然间变得强大起来,勇敢起来。这种改变,是那么明显。方子成的心里暖暖的,为这支部队感动,为大家的革命事业而感动。他的手无意中碰到了皮带上挂着的手枪,忍不住乐了,自己的变化不也是很大吗?不知不觉地、春风细雨般地就改变了,被一个美好的理想和蓝图支撑、激励着。为了这个宏愿,他们能吃大苦,能牺牲,能舍弃自己的一切。

快到东漈河了,尖刀班找不到渡河工具。摆渡的竹排和小木船都被国民党军队收走或炸毁。若砍树或竹子现扎筏子,耽搁时间太多。周贤看了一下怀表,和谷传堂对视一眼,命令就近找个水浅处游过去。

军令如山,所有人立刻脱衣脱鞋,将衣和鞋抱在怀里,赤身蹚水。响水不深,这里的水流发出沉闷的声响,相对浅些。

谷传堂要下马,周贤说:"老谷,你就骑马过去吧。"周贤一拍马屁股,大红马一下子就跃进了水里。周贤、方子成带头下到水里,蹚出了一条水道。

周贤带着部队继续前进。谷传堂不再骑马,和众人一路小跑着往前赶。宝才牵马紧跟其后:"政委,你还是骑马走吧。"谷传堂瞪了他一眼,吓得他不敢再吭声。

马背上,驮着子弹、粮食和炊事员的大铁锅。

三

山乡之夜,静得很,大地仿佛都睡着了。

子成娘在油灯下纳鞋底,方老抠坐在小板凳上打草鞋。屋里只有他们做活的声音,纳线的哧哧声,稻草在手中绕来绕去的窸窣声。半晌,子成娘像是自言自语地问了一句:"小香该到家了吧?"

子成娘催着小香回娘家,把喜讯告诉她娘。桂小香自从交了第一批吴芳英安排的军鞋,就名声在外了,成了做鞋能手,之后就一直做军鞋。她答应着婆婆,却一直忙着做军鞋,怕耽误交鞋时间,就是不动身。直到吃过晚饭,小香才趁着天还有亮光,回了娘家。

如今,桂德安在赤卫队,宝才跟着方子成进了独立团,小香出嫁,家里只剩下娘一个人了。轻活重活,种田兴地,都是小香娘一个人操劳。

小香进门,娘还在吃晚饭,剩稀饭就咸菜。小香见了,心疼,却不知道该说啥,破天荒地与娘说了一句玩笑话:"娘现在是红军家属了呵。"小香娘一愣,见小香望着她笑,这才反应过来,也笑了:"你吃饭了没有?"小香说吃过了。两家虽然离得不远,但是见面还是不多。小香见了娘,心中别有一番滋味,喜悦中既心疼娘,又心含愧意。

小香要去洗碗,被娘拦住。娘说:"你才回来,歇着。"

小香拗不过娘,就站在灶台前,告诉娘自己怀孕的消息。小香娘停下手里正洗着的碗,望着她,笑了:"我这是要当姥姥了哩,赶明儿个让人带信给你爹,告诉他,他要当姥爷了。"说完,娘儿俩都笑了起来。

小香娘洗了锅碗,又一边扫地,一边和小香说着话。小香帮着娘搬椅子腾空地,做完家务,娘儿俩坐下说话,但是娘的手并不停歇,随手纳起了鞋底。"给部队赶做的,要得急。"娘说。小香抢着纳鞋底,被娘挡开了。娘说:"你好不容易回趟家,好好歇歇。"

娘的手粗糙得像树根似的,裂了许多细口子。小香看见,抓起娘的手,放在掌心,紧紧握着,忍不住湿了眼。娘抽回手,笑笑:"这孩子,咋得了? 庄稼人不都是这样吗?"

那天晚上,成了小香终生难忘的回忆。对那个晚上,她一直纠结和憎恨。如果没有那个晚上,也许桂家将会是另外一种命运。她情愿没有那个晚上。

此时,院子里传来一阵脚步声。桂德安站在了门口。

"爹?"小香惊喜地叫了一声。

"小香回来了?"桂德安见到女儿,兴奋地嚷起来。小香娘慌忙起身,脸上绽着笑。桂德安身后跟着八个人,个个笑眯眯的。桂德安给她们介绍,客人中为首的是霍安县委宣传部刘部长,奉命要去上海向党中央汇报工作。桂德安、张老憨等八个人负责护送。

刘部长穿着一件丝绸长袍,戴呢帽,手指上戴着一枚黄灿灿的金戒指,看上去就像一个做生意的大财主。张老憨是一个三十多岁的汉子，未语先笑，看上去一脸的憨厚。

刘部长朝小香娘揖手，说："嫂子，这么晚了，打搅你了。"小香娘对刘部长那一身装扮还不适应，正愣怔着，只听桂德安说："大伙都还没吃饭呢。"小香娘赶忙说："我去做。"说着就往厨房奔去。刘部长笑笑，冲小香说："我认识方子成。"小香点点头，很自豪的样子，招呼大家坐，自己去沏了茶，倒给大家喝，然后，她进厨房帮忙。张老憨跟着也要去帮忙，被小香拦住了："张同志，你歇着吧，一会儿就好。"张老憨还在推让，被跑进来的桂德安劝了去。

小香娘做事麻利，舀了几瓢水进锅，让小香烧火，她摸黑去菜园里铲菜。水刚烧开，给同志们添了，她回来了，拎着一篮子茄子、豆角和辣椒。小香将茄子、豆角和辣椒倒进水盆，抢着洗了。

小香娘淘米，桂德安进来，站在旁边。小香娘瞥了他一眼："瘦了。"桂德安打量了一下自己，说："结实了。"又说，"苦了你了。"小香娘瞥了一眼他，目光辣辣的，热热的，飞扬着亮亮的光。

小香娘说："告诉你一个大喜事，你快当姥爷了。"桂德安听了，脸上放光，看了一眼小香，嘿嘿笑着："真是太好了，啥时候？说不定我从上海回来就能见到外孙了。"小香忙着切菜，抿着嘴直乐。

小香娘剜了他一眼："上海在哪，能去那么久？"桂德安说："不知道，听说很远，在大海边上，跟着走就是了。"

小香担心起来："爹，你们路上可要当心。"桂德安说："放心吧，你自己当心身子要紧。"

桂德安感到愧疚，家里的忙自己一点也帮不上。小香娘不觉红了眼，嘀咕道："跑那么远，这一路上有白匪，有土匪，该有多难啊。"桂德安笑着安慰她："哭啥？有这么多人一起呢。路上还有其他人接应。"小香娘说："就你逞能，你都多大了……"桂德安的声音软了下来："像我这么大的，咱队上还有好几个呢。"

娘儿俩坐下说话，但是娘的手并不停歇，随手纳起了鞋底。

饭菜做好了,一大盆炒茄子、豆角和辣椒,焖白米饭。小香娘怕不够吃,在白米饭四周,贴锅蒸了一圈南瓜。

堂屋里,一群大男人吃得热火朝天,赞不绝口。

趁他们吃饭的当儿,小香娘把一双新鞋悄悄塞进了桂德安的包袱里。

刘部长说:"咱这大别山啊,种的菜都好吃,鲜嫩鲜嫩的,长得还好看,看着就有食欲。"小香娘说:"油少了点,你们将就着吧。"刘部长腾出嘴来,笑盈盈地望着小香娘,说:"嫂子,等以后革命胜利了,我就在家门口种菜,春夏栽茄子、豆角、辣椒,还种小白菜,冬天就种黄心菜,想吃多少吃多少,过瘾。"说得一屋子人都笑了。刘部长咂咂嘴,又说,"到时候,家家杀年猪,吃不完就腌上,要不,就挂在灶台烟道口上熏着,都是美味。"

一句话,倒说得小香娘不好意思了:"刘部长,你看,家里连一点荤腥也没有,这样待客真是过意不去。"刘部长爽朗地笑了:"嫂子,眼下啊,咱能有吃的就是一个大胜利,将来,等将来,咱们一定有能吃上肉的那一天,而且是天天吃肉,不吃都不行。"大伙儿听了又笑,笑得很起劲,像是他们已经吃上了肉似的。

当晚,刘部长和一行人就在堂屋打地铺。山里夜寒,小香娘和桂德安抱来稻草铺在地上。小香娘把家里仅有的两床被子抱了出来,那是以前小香和宝才的被子。想了想,她又把自己床上的被子也抱了来,被刘部长坚决拒绝了。张老憨还和桂德安开了一句玩笑:"老桂,这床被子你得盖着。"说得大伙儿都笑了起来。

小香本打算在家陪娘住一晚的,此时只好与众人告别,摸黑回婆家。出门时,她对爹说:"爹,出门在外,多顾惜点自己。"不知怎么,她的心里莫名地空落起来。

鸡叫头遍,刘部长领着众人准备出发。

小香娘送别出来。黑暗中,她拉了一下桂德安的手。桂德安说:"放心,我一定会回来的。"张老憨也宽慰她:"放心吧,嫂子,老桂一定会不少一根毛地回来。"

小香娘望着他们走远，消失在晨曦里。

山峦像一幅剪影。

小香娘站得两腿酸麻才折身回屋。她的心似乎也跟着走了。回到屋里，她发现条几上有一块银圆，不用说，是刘部长让人留给她的。她把银圆攥在手里，像攥着一块冰，又像攥着一团火。泪无声地流了下来。抹去，再流，总也抹不干净。终于忍不住，她大放悲声，号啕起来。她也不知道自己是咋了，或许这就是一种所谓的预感？这个情景后来一直活在她心里，每天都要上演一遍。

后来，小香娘对小香说："一家人，心里是觉得到的。"

四

方子成受伤了。

这是红军面对国民党大军又一次"围剿"的突围，据说敌人有三十万大军向大别山拥来。

独立团在突围的时候，遇到了数倍于己的敌人。方子成按照计划，领着队伍往前冲，用唯一的一挺机枪压制着敌人的火力。他满头汗水，带着队伍在树木和石头间闪转腾挪，灵巧地躲避着敌人的枪弹，闪电般向前推进。

这一年多，方子成打过的仗大大小小掰着手指头也数不过来，最著名的就是苏家埠战役了。红军以少胜多，围点打援，历时四十八天，歼敌三万余人，而红军伤亡极少。他已经在战场上锻炼成精了，他能听着子弹飞翔的声音，判断敌人的远近和方位。那是灵性和经验水乳交融后的闪光。在山石和树木间，借助地形地貌，他机警地躲闪那些冷酷嗜血的目光，躲避着那些目光下的罪恶的子弹。

敌人在他们玩命般的冲杀下，潮水一般退去。

那些来不及退走的敌人，躲在暗处的，还在负隅顽抗，冷不防扣动扳机。

方子成领着人悄无声息地包抄上去。那是一处白墙黑瓦的院落，大门紧闭，里面隐藏了敌人。双方打了一段时间，院子里的枪声越来越稀落了。

方子成和七八个人抱起一截木头，狠命撞开大门，身后的战士立刻冲了进去，风卷残云般毙了几个敌人。方子成红着眼大吼："缴枪不杀，把手放在头上。"十几个国民党兵乖乖举起了手。躲在门后的一个兵突然开了一枪，打在方子成的左肩胛。方子成身子一晃，差点摔倒。他转过脸，看到了那个惊喜在脸上一闪即过的兵。他往旁边一闪，轻蔑的眼神像一把剑，与此同时，手中的大刀片子已经飞了出去。大刀片子闪电一般，穿透了门板，将那个兵扎了一个透心凉。

这个时候，敌人的援兵突然打了过来。只听到一片号叫声，钢盔挤在一起，像漫山遍野漂浮着的西瓜，潮水般拥过来。眼前黑压压的都是敌兵。

这是方子成终生难忘的一次战斗。身穿土黄色军装的国民党兵，像丢了魂的马蜂，疯狂地向红军卷杀过来。敌众我寡，不能硬拼，只能撤退。方子成高声命令撤。战士们听到命令，立刻向身后的大山转移。方子成边打边撤，跑了一段路，发现身边只跟着指导员陆大个子。方子成看了一眼陆大个子，陆大个子的目光与他相碰，心领神会。他俩朝着一条偏僻小路跑去，为了吸引敌人，减轻其他人的压力，不时回头朝敌人开枪。

方子成越跑身子越沉，喘息声越来越重，伤处血流不止。陆大个子体力好，跑得快，浑身完好，却一直跑在方子成的后面，像一堵墙挡护着他。方子成劝他："你快跑吧，别管我，我掩护你。"陆大个子的国字脸上镶着两只大眼，一瞪像铜铃，吼道："废什么话？快跑，找个地方先藏起来，我有办法摆脱。"

方子成用拿枪的手捂着伤口，继续往前跑。他的左胳膊已经抬不起来了，血流进袖管里，流到胳膊，流到手腕，热热的，黏黏的，从指尖滴到地上。他觉得胸前、肚子上也流淌着热热的东西。他感到身体越来越不像自己的，额头冒出豆粒般的汗珠子，眼前渐渐变得模糊。他扭头看一眼，陆大个子正躲在一块大石头后面，朝身后叭叭打枪。

太阳光下，国民党兵的头盔隐伏在绿草丛中，蠕动着，闪烁着，像麻流镇上中药铺子晒了一地的乌龟壳。陆大个子就朝着那些闪亮的地方开枪。每响一枪,那些乌龟壳就隐入了绿色的波浪,待没有动静,再冒出来,继续往前蠕动。漫山遍野的荆棘树丛、荒草藤蔓,覆盖了山石,恍如一片绿色的海。绿海中隐藏的人像是在玩捉迷藏的游戏。

"弟兄们,抓活的,抓到有赏。"声音从乌龟壳的下面发出来,沉闷,嘶哑,传出来,尖厉刺耳。山野突然安静下来。

陆大个子追到方子成身边,小声问:"还有几颗子弹?"方子成摇了摇头:"我跑不动了,你快走,我掩护,咱俩得有一个找到部队。"

陆大个子不容分说夺了他的子弹,推他一把,让他快跑,转身又朝敌人射击。方子成明白,陆大个子根本不会丢下他不管,自己不能再成为他的拖累,必须马上躲藏起来,躲藏得无影无踪,陆大个子才会放心撤离。

方子成将手枪别进皮带,从衣襟上撕下一块布,用嘴帮忙包扎了伤口。这样,血在短时间里不会再流到地上。敌兵找不到血迹,也就找不到他。他顺势躲进一片茂密小丛林,都是一人多高的细树条子,和野草荆棘混杂在一起。跌跌撞撞穿行了一会儿,他发现一座荒坟,因为年代久远,坟已经坍塌,露出一个洞。他往四周打量一眼,略一思忖,侧身钻了进去。坍塌处仅能容下他的身子,他将一丛野草往自己身边扒了扒,让野草正好遮蔽他。这样,外边看不到他,他却能透过缝隙看到外边。他的右手紧紧握住手枪,枪口指向坟外。

方子成静静地趴在那里,腐朽的棺材板与泥土、枯叶交织在一起,散发出一种朽木的颓废气息。那是死亡的气息。

方子成看见指导员陆大个子从离他不远的地方跑了过去,轻舒一口气。他听着陆大个子一溜烟地跑远,风吹枝叶的沙沙声立刻覆盖了世界。可是,就在这时,他听到陆大个子像是被什么东西绊了一下,一下子扑倒在地。方子成想喊,快起来,快起来哇,可是他喊不出声。方子成想跑出去,想去搀扶他起来,可是他沉重的身子像失去了知觉,动弹不得。他清楚地听到追兵的呐喊声和脚步声,已经迫在眉睫。紧跟着,一阵枪声响起,之后,四周又静了下来。他无奈地听着陆大个子倒下去的地方,没有了一丝动静。方子成的泪水哗地一下子蒙住了双眼,一股椎心的痛,立刻浸遍了全身。

他看到众多的头盔慢慢聚拢了过去,枪上的刺刀寒光闪闪,万分小心地指向同一个地方。方子成明白,他们害怕倒在地上的那个人会突然一跃而起,再次朝他们开枪。

他知道,那些兵团团围住了陆大个子。

一个说:"像是个当官的。"

另一个说:"搜搜,看看有没有钱。"

又一个说:"一帮不要命的穷鬼,哪里有钱?"

是敌人把陆大个子翻了过来。他们害怕陆大个子脸朝上的刹那。方子成听到众人如临大敌,都退后一步,指枪面对。只听一个敌人悻悻地骂道:"妈的,连一根值钱的毛也没有。"

另一个说:"那就再补他一枪。"

那一声沉闷的枪响,似乎就在方子成耳边炸响,震得他的心脏一阵痉挛,像有一把刀在心里绞割。他泪流满面,想举枪射击,把那最后一颗子弹射向敌人,可是,他连举枪的力气也没有了……

五

方子成醒来,发现自己躺在一个山洞里。洞顶的岩壁,凹凸不平,高高地悬着,还长了一层青苔。悬着的石头看上去像狰狞的狼牙。

这是一个很大的山洞。

方子成警觉地想坐起来,可是浑身动弹不得,他发现自己的肩胛、脖子和左臂,都缠上了绷带。疑惑渐渐清朗,他明白,自己还活着。是谁救了自己?一点印象也没有,且不去管他。陆大个子呢?他忍不住又泪流。正胡思乱想,一个身穿白大褂的姑娘站在他身边,惊喜道:"醒了?"方子成想点一下头,却感到脖子僵硬。

姑娘端来一碗水,喂他喝了。她告诉他:"这是红军医院,我姓魏。"

魏护士扶他坐起身,他靠在床头,发现山洞里还躺着十几个人,都是重伤员。其中一个郎团长,是从湖北那边送过来的。

方子成的伤还算是轻的。魏护士告诉他,郎团长伤了动脉血管,稍微动弹就有可能会引起动脉撕裂大出血,随时会有生命危险。

比起郎团长,方子成感到自己真是幸运。在魏护士的帮助下,他终于捋清了自己的情况。敌兵见陆大个子已死,便撤走了。周贤带领撤退的部队回来营救战友,找到了陆大个子,搜遍周围却没有找到方子成。大家不相信,再一次在那个山坡进行拉网式搜寻,每一个旮旯都不放过。直到天色渐黑,有人才在坍塌的坟前发现了暗红色的血迹,从塌坟里拉出了昏死过去的方子成。

卫生员立即给方子成包扎伤口。周贤当即将他送往红军医院。那座红军医院很隐蔽,知道的人不多。医生见方子成浑身是血,血已经凝固,吓了一跳,伸手试试他的鼻息,感觉还有救,立马命令:"快送手术室。"

魏护士戴着大口罩,引领众人抬着方子成奔向里面的手术室。周贤看了一眼戴口罩的魏护士,觉得面熟,见她没啥反应,便顾不得其他,一把拉住医生,吼道:"医生,不论付出多大代价,一定要把我的连长救活。"

方子成喝了半碗水,感到了饿。"我饿。"他有气无力地说。魏护士说:"忍一忍吧,现在一定要静养,不能吃任何东西。"方子成看着她,她一双漂亮的眼睛,眸子又黑又亮,皮肤白白净净,像个大家闺秀。他感激地冲她一笑,不说话了。这时,躺在旁边铺位的郎团长有气无力地说道:"你们这些医生净瞎扯卵蛋,饿着肚子咋养伤?谁不知道能吃能喝才能身体好?"魏护士走到郎团长床前,微笑着安慰他:"听医生的话啊!"

也是奇怪,郎团长真就安静下来,一句话也不说了。

病房,也就是这座大山洞,沉静的时候多。少有人说话,因为许多伤员已没有力气多说话。有力气说话的,也忍住不说,怕影响别人。大家需要静养,养精蓄锐。

方子成迷迷糊糊地睡了过去。恍恍惚惚中,他听到了滴水的声音,不紧不慢,水珠一滴一滴有节奏地落下来,噗嗒,噗嗒,大概是落在了一块石头上,石头上大概积了一个小水窝。水滴的声音将那个下午拉得悠长悠长的,悠长得像一条透明的棉线。醒来,天已昏暮。魏护士又来了,喂他喝了半碗米汤。他感到精神好多了。

郎团长也喝了一碗米汤。他显然被饥饿折磨得难受,多次向魏护士要吃的。"给一口米饭就行。"他无力地央求道。魏护士仍然和颜悦色地拒绝。在魏护士面前,郎团长一点招也没有。魏护士走后,郎团长不停地叨咕:"饿死了,饿死了,老子这肚皮都贴到后脊梁了。"

有病友劝他:"忍忍吧,哼哼也没有用,越哼哼越饿。"

郎团长像是自言自语地道:"哪遭过这个罪啊?他娘的,以前没吃的,老子挖野菜、咽观音土,现在,有饭却不能吃。"

旁边一个伤员接话:"你可是团长。"

这句话让郎团长立马不再吭声了。

方子成也想劝郎团长几句,可是张不开嘴,浑身疲乏无力,虚弱得像煮熟的面条。他轻叹一声,闭上眼睛,静静躺着,与伤痛进行着无言的顽强对峙。

方子成又迷迷糊糊睡了过去,醒来已是半夜。洞里点着松明火把,因为离火把远,光线昏暗,摇摇晃晃的。静寂中,他似乎听到了一些窸窸窣窣的声响,还以为是洞口的风在作怪。他想动一下身子,让僵硬的身子舒服一些,可是一点也动弹不得。他只能硬挺着,听着四周慢慢地复归于寂静。

睡梦中,他又听到了水滴嗒的声音,噗嗒,噗嗒,不紧不慢,从容不迫,没有什么能阻止那个声音穿破夜幕,在黑夜中传向遥远。

方子成是被鸟叫声吵醒的。大别山的鸟多,他大多不知叫什么名字。那些小鸟叫得或急切或婉转,却都悦耳。方子成陶醉在那一声声的鸟鸣声中,扭头朝向洞外,只能看到一片烟色的天空和一座尖锐的山峰。看不到鸟,他有些失望。这时候,他听到魏护士进来,和大家打招呼。

魏护士早晨例行巡查。突然,方子成听到魏护士啊的一声惊叫,紧接着,魏护士惊慌失措地厉声命令道:"都躺着别动,不许睁眼,保持安静。"

方子成分明听出了魏护士话音中的惊慌和恐惧,他不知道她遇到了什么,想看个究竟,或者帮她一下。但是魏护士的命令不能违抗,他听话地闭上眼睛,将注意力都集中在耳朵。

四周又归于寂静,鸟叫声又传来。方子成听不到魏护士的声音,很担心,便偷偷睁开一条缝,扭头看了一下。他突然就傻了。只见郎团长泡在血泊里,身上、床上都是血。他的脑袋里嗡的一声,感觉自己捅了一个马蜂窝。

魏护士和医生等众人赶了过来。他歪着脑袋偷偷窥视,只见医生检查了一番,摇了摇头,然后挥手示意把郎团长抬走。郎团长被抬走了,医生还愣愣地站在那里,一动不动,突然就咆哮起来:"谁让他吃的?"

郎团长的死,让医护和其他伤员都感到痛心和惊心动魄,那纯粹是个意外。郎团长饥饿难忍,半夜里偷偷下床,溜进厨房盛了一碗剩饭,吃了。凡是能找到的吃食,他都吃了,吃得饱饱的。吃饱喝足,他摸上床去睡。没想到,这么一折腾,腹压增高,导致股动脉血管破裂,他在睡梦中因失血过多而牺牲。

方子成目送着郎团长被抬走,泪水悄悄蒙住了双眼。从那天起,他更听医护人员的话,坚持卧床不动,一个星期后,终于闯过危险期,伤势渐渐稳定下来。

转眼,方子成在医院治疗了一个月。他坚持每天慢慢走路,锻炼,想尽快恢复。没想到,有一天他竟然看到了一个奇迹。

那的确是一个奇迹。

他顺着洞口前的山路慢慢走,忽然看见一个酷似陆大个子的人,也在慢慢地走。他感到惊讶,以为是幻觉,摇了摇头,认真再看,分明就是陆大个子。他突然兴奋起来,正想喊,可转念一想,又冰凉地失望了,因为他亲耳听到陆大个子被敌人补枪打死了。

他走近那人,盯着他看,不是陆大个子又是谁呢? 他不敢相信,怔怔看了许久。他期待的陆大个子的面部反应证明了奇迹的确存在。一股激动的热流冲撞上来,奔腾在他的心田。他像是晕眩了似的,不知所措。"真的是你吗?"他喃喃道。"真的是我啊。"陆大个子笑了,他也笑了,两人脸上都挂了泪。

两个人都像是从梦中苏醒过来,惊喜交加,紧紧拥抱在一起,热泪奔流在一起。抹去泪水,他俩又哈哈大笑,结果又笑出了眼泪。

方子成怎么也没有想到,陆大个子身中数弹,脸颊和颈部都被子弹打穿了,却顽强地活了下来,真是命大。

方子成该出院了,陆大个子还没有出院。他向陆大个子告别。"别急,"他安慰他,"安心养伤,我在部队等你,咱俩还搭档。"

魏护士将方子成送了很远,似有话要说。方子成感到奇怪,又不便多问。两人默默地又走了一段,魏护士这才从怀里掏出一条蓝布围巾塞到他手里,说:"方连长,麻烦你把这个带给宝才。"方子成一下子有点蒙,只是机械地点头答应。拿着那条蓝布围巾,他想问个明白,魏护士却羞赧地一转身跑远了。

方子成怔在那里,掂了掂手中的围巾,似乎有点明白,笑笑,塞进背包里,快步走了。

六

小香不放心娘,时常回家看看。方老抠和子成娘皆通情达理,都不说啥,有时还催促她回家。子成娘说:"儿媳妇啊,你要是不放心,陪你娘住住吧,说说话。"桂小香对婆婆感激万分,经常回家与娘做伴。

那天,妇女主任吴芳英来收军鞋,见桂小香的身子已经很沉了,就不再给她分配任务。桂小香说:"生孩子还得一段日子呢,反正也干不动重活,做鞋这活也不累。"吴芳英轻叹一口气,捧起她的手,爱怜地轻轻抚摸着。小香的手粗糙,已经裂开了细密的小口子。吴芳英心疼起来:"姐,你干活就不能悠着点啊?现在你又不是一个人了,还这样拼命。"小香不好意思地抽回手,红了脸,说:"没啥没啥,委屈不了孩子,村里不是已经组织壮劳力把我家的地都种了收了吗?这点手工活算个啥?"

小香娘拎了一罐开水送进来,打着招呼,倒了一碗给吴芳英。吴芳英接了,笑嘻嘻地说:"大娘,这家里就你一个人操持,还得照顾小香姐,辛苦了啊。"小香娘说:"我不能上前边打仗,也不能上前边抬伤员,只能做点家务了。"一席话,说得几个人都笑了。吴芳英又问:"桂大伯执行任务走了有些时候了吧?"小香娘沉吟了一下,脸上的亮光瞬间暗了下来,说:"半年多了。"

小香娘看着吴芳英,目光里满是询问:"你说咱这离上海到底有多少里路?"吴芳英说:"大娘,我真不知道呢。"又安慰道,"大娘,放心吧,不会有事的,他们好几个人一起呢,再说,路上还有咱们的人接应。"

小香娘撩起衣襟,低头揾了揾眼窝,说:"你们先忙,我去厨房看看,午饭就在这吃,不许走。"她说着,快步往厨房去了。

望着小香娘的背影,吴芳英看看小香,小香看看吴芳英。小香说:"娘就是担心,我爹这是第一次出远门,而且这么长久还没回来,一个信也没有。咋不让人挂念呢?"

吴芳英扛着军鞋离开时,也没去厨房打招呼。她不忍看小香娘的眼睛,想让小香娘静一会儿。

送走吴芳英,桂小香收了针线,拎了小半桶水去菜地浇水。腰已经弯不下去了,她就站着,用水舀子浇水。水舀子是用竹筒做的,安上了一根长长的竹把子,舀水浇地很方便。水扎进地里,与泥土欢天喜地地拥抱在一起,发出唑唑的欢呼。那声音悦耳动听。

这半年多,桂小香守在婆家,也守在娘家,心里却牵挂着方子成、爹和宝才,还有方二爷。她觉得自己的心为了亲人已经四分五裂了。

想到离家的亲人,她会惊恐难安,脑海中情不自禁会出现亲历的那一幕,那个土匪的脑袋像一个西瓜,嘭的一声碎在她面前,血肉模糊,令人恐怖。叭叭的枪声就在耳边炸响,让人魂飞魄散。有时候她依稀梦到那个摔在她面前的血肉模糊的脑袋,是方子成的脑袋,或者是宝才的脑袋,一次也没有梦见爹的脑袋。她从梦中惊醒,一身大汗,却无法解释,只能闷在心里。夜深人静,窗外或月光如水,或漆黑如墨,她在孤寂中泪洒衣襟,缩成一团,静待天亮。以前,她能躲在子成的臂弯里。现在,她只能独自承受。唯有白昼忙碌起来,才能让她忘记恐惧。她盼着子成早点回来,爹、宝才、方二爷也能平安回来,一家人能过上平平安安的幸福日子。

小香给菜地浇着水,不觉神思恍惚,思绪早已飞到了九霄云外。她没有注意到,离她不远的地方,站着一个人,正仔仔细细打量着她。

那人远远看到一个身体臃肿的女人,站在院子边的菜地里,笨拙地劳作,像小香,又不像小香。他迟疑着慢慢走近了些。小香背对着他,她的背已变得宽阔、厚实,头发绾在脑后,形成一个发髻,用一根铁簪子固定着。

那人看着,停住了脚步。

小香娘在厨房门口往外泼了一瓢脏水,看到来人,僵住了,那不是方子成吗?小香听到水声,扭过头来,顺着娘的目光也看到了来人。她手中的舀子歪了,掉了,水泼在脚上,弄湿了鞋。她激动得竟然有些抖,差点就站不稳了。

方子成终于看清楚了,狂喜地飞奔过去,一把扶住了小香,将她搂在怀里。

桂小香的身子抖着,一口咬住子成的肩膀,不撒口,却是泪如雨下。

方子成离家半年多了,桂小香连怀孕的消息也无法告诉他。桂小香没有方子成的消息,不知道他所在的部队打到哪里去了,也不知道他是死是活。只要看到认识的人,小香就会打听,却无人能答。有人说,部队开到湖北境内了;有人说,部队就在周围打游击;又有人说,部队在河南一片活动,反正就在大别山里,没有走远,还有人说,国民党大军一次次来"围剿",结果一次次都失败滚了蛋,大别山里的红军越"剿"越多,春风能吹绿大地,共产党领导的红军就能染红大别山的山山岭岭。可是,小香该有多少相思之苦积攒在心里啊。

小香终于松了口,仔细看着方子成,检查了他的胳膊腿,一样不少,这才破涕为笑。她没有看到他肩胛处的伤口。看到子成的领口扣得严严实实,神色也不自然,她又疑惑起来。她伸手去解他的扣子,被他伸手阻拦了。她不依,硬是解开了。他小声地坦白道:"都已经好了。"桂小香的手不禁一抖。她看到了他肩胛处那一条蜈蚣似的难看的疤痕。她说不出话来,轻轻抚摸着,半晌,才问道:"疼吗?"不等他回答,她的掌心便轻轻捂在了疤痕上。

"一点轻伤,真的不碍事。"方子成笑着安慰她。

"为啥不捎个信回来?"

方子成轻描淡写地说:"找不到合适的人啊,再说,部队行动都是高度保密的。"

桂小香喃喃道:"能回来就好。"

方子成扶着小香往家走。

方子成说:"我已经想明白了,干革命就是有代价的,我的战友,许多都在我身边牺牲了,我眼睁睁地看着他们牺牲,却无能为力,我只能多杀敌人,为他们报仇。咱们现在受苦,遭罪,流血,都是为了咱们的将来。"小香说:"这个我懂。我就是不想看到流血死人。"

方子成点头:"革命不能半途而废。小香,你要记住,你是我方子成的媳妇,我方子成是红军,是共产党员,啥时候都不能当孬种。真要到了关键时刻,你也要有骨气。"

桂小香听着,站住脚认真地盯了他一眼,点点头,表示记住了他的话。对自己男人的话,她都是言听计从,发自内心地钦佩和崇拜。在她眼里,方子成是一个可以依赖的英雄。

方子成说:"假如以后我不幸牺牲了,你就替我养大咱的孩子,再找个好人家好好活着。"或许是因为这次受伤,方子成见到小香,有了许多感慨。他把这些感慨都告诉了小香,心里轻松敞亮起来。

桂小香一下子捂住了方子成的嘴,神情凝重,不许他再说下去。方子成笑着掰开了她的手,解释道:"咱得先有一个思想准备不是? 再说,这青天白日的,说破了,也就不会有事了。"

两个人回到屋里,小香娘已将饭菜端上了桌。方子成叫了一声娘,小香娘答应了,说:"饿了吧,快吃饭。"小香娘忙着摆筷子、拉凳子,庆贺姑爷平安归来。

方子成从包里拿出那条蓝布围巾,对娘说:"娘,这是我在红军医院养伤时,一个姓魏的女护士给我的,她让我转交给宝才。"

女护士? 小香娘和小香看着那条围巾,都愣住了。

娘儿俩拿着那条围巾,抚摸着,左看右看,也没看出什么端倪。围巾是洋布做成的,柔滑细腻,像丝绸,显得非常金贵。她们看着方子成,脑海里塞满了疑问。方子成摇头,神情茫然。

宝才在哪里呢? 女护士为啥要送这条蓝围巾给他? 这看起来,更像是一个信物。

第五章

一

在一座破庙里，宝才正为惹下的杀身之祸抖成一团。他跪在墙角，无助地望着已经颓败的木柱石墙，泪流满面。脚步声在他身边响来响去。他等待着执法队来把他拉出去枪毙。

谁也不知道他心中此时究竟有多么痛悔和绝望。

独立团配合兄弟部队攻打霍安县城，县赤卫队、游击队随同配合作战。各参战部队在拂晓前对县城完成了包围，进入指定位置，按计划准备发起进攻。

这是红军第二次攻打霍安县城了。就在魏敬之逃回霍安县城不久，红军决定攻打霍安县城，给敌人一个震慑。那次，全县集中了一千多名赤卫队员，配合独立团行动。破城前，县长朱达才和魏敬之逃出了县城，但随即搬来了救兵，红军次日退出了县城。这一次，红军决定再次攻打霍安县城。

朱达才和魏敬之的保安团龟缩在县城，他们扑杀红军，对根据地突然袭击，杀害了许多红军家属和革命积极分子，民愤极大。他们的存在，对红军的发展是一个很大威胁。上级党组织决心拔除这颗有毒的钉子。

城里不光有县保安团，还驻扎着国民党正规军一个营。所以，红军部队和独立团的行动非常保密，想打敌人一个措手不及。

离发起攻击的时间还有一个多小时,洛安州地下交通员送来了紧急情报,说驻扎在洛安州的敌人不知怎么得到了消息,一个旅紧急前来救援。洛安州距离霍安县城不到五十公里,很快就能赶到。红军打援部队很难抵挡这么多敌人。总指挥周贤当即决定,放弃这次进攻,再寻战机。

命令必须立刻通知到各攻城部队。政委谷传堂带领一支进攻部队,正守在前沿阵地。他一会儿看一下怀表,生怕误了一分一秒。不凑巧的是,天空下起了大雨,哗哗啦啦的雨声,响彻山谷。这给部队的伪装提供了便利。几百名战士趴在泥地或丛林里,任凭大雨噼噼啪啪地敲击,个个淋得像落汤鸡,却纹丝不动,静等攻击命令。

派谁去给谷传堂传达撤退命令呢?

通信兵都已外派执行任务了。周贤扫视一眼身边的人,思考着。这时,宝才自告奋勇站了出来:"报告总指挥,我去。"周贤一手掐腰,一手搭在地图上,一脸凝重。周贤没有表态,似乎嫌他小,或者,担心他根本没有接受过此类任务,怕他完不成。见周贤犹豫,宝才又往前走了一步,再次站在周贤面前,态度更加坚决:"保证完成任务。"周贤看了他一眼,冷冷地说:"知道后果吗?"宝才说:"愿立军令状。"望着宝才一副初生牛犊不畏虎的神情,周贤终于点头,限令他半个小时内必须将命令送到。

宝才敬礼正要出发,周贤说:"等等。"周贤啥话也没说,上前拍了拍他的肩膀,然后轻轻将他往外一推。

此时是凌晨三时整,桂宝才揣着命令,毫不犹豫地一头钻进了大雨里。雨似乎在故意捉弄他,下得更大更猛,简直就像瓢泼。山风阵阵,呼呼地响,雨点拍打在他的脸上,麻溜溜地痛。

山里长大的宝才,对这点雨丝毫没有放在心上。他心中只有一个念头:完成任务。

道路泥泞,石头光滑,宝才深一脚浅一脚没命地往前飞奔。摔了跤,立马爬起来,继续往前跑。他感到腿上火辣辣地痛,知道可能是擦伤或摔伤了,但是他顾不上查看,继续飞跑。汗水、雨水蒙住了双眼,他用手抹去,气喘如牛。凭借微弱的天色,他灵巧地跳跃,避开路上的树木、石头、沟壑。他对这块生他养他的土地非常熟悉,就像奔跑在自家门前的山路上。

然而,意外终是难免。他突然踩上了一块石板,那个石板面积大,本就光滑,上面盖的一层细沙和枯草被雨水一浇,越发光滑。那是一个天然的陷坑,别说黑夜,就是白天也很难发现。宝才一脚踏上去,另一只脚已经抬了起来,整个身子的重量都集中在了石头上的那一只脚。那只脚急速地往前滑动,来不及抬起来。哧的一声,他一下子摔了一个嘴啃泥。石板旁边是一个斜坡,他无法控制自己的身体,倒在斜坡上骨碌碌滚了下去。

他的脑子非常清醒,几次伸手欲抓住旁边的树或者草,都没有成功,两手被草叶割得火辣辣地痛。忍着伤痛和流血,被摔得晕头转向的宝才立马从地上爬起来,稍一愣怔,使尽吃奶的力气往上爬。他爬上山道,继续向前奔跑。他没有怀表,不知道时间,更不敢停步,不敢有哪怕一秒的停步。他当时的信念,就是不停步,往前奔。他知道时间紧迫,早一秒到达,就早一秒完成任务。军令如山,军令是命。

宝才在倾盆大雨中,连滚带爬地赶到了谷传堂面前。

好险啊,离进攻发起的时间只差五分钟。谷传堂将怀表举在眼前,盯着它一秒一秒地往前走动。他甚至掏出了手枪抓在手里。

宝才风箱一样呼呼喘,上气不接下气,当即口述命令,然后从身上掏出一根小竹管,里面密封着命令信。谷传堂看完信,叹了一口气,当即命令部队撤退。谷传堂说:"再晚五分钟,就真的晚了,部队一进攻,哪还能撤得下来?"

宝才吃了一惊,知道自己没有按指定时间到达。万幸的是没有酿成大祸,及时叫停了部队的进攻。可是,真的是好险。

宝才跟随部队回到团部,听到周贤正在咆哮:"差一点,差一点就酿成了大祸。"周贤看到泥猴子一样脏的宝才进来,脸愤怒地扭曲着,两眼通红。

"跪下!"通信队长厉声命令。宝才明白,他没有按时完成任务,按军法应当枪毙。宝才霎时热血沸腾,泪如雨下,一下子扑倒在墙角。他已经疲累至极,饥渴难忍,腿上还有伤。通信队长的一声吼,让他坚持的信念,让他坚守的那一口勇气,呼啦一下,全部漏了出去。他一下子像泄了气的皮球,倒了下去,倒在了墙角。

他老老实实跪着,听从发落,甘愿受罚。

谷传堂进来,看见宝才跪在那里,便向周贤求情道:"执行纪律是对的,但这次宝才有具体情况,雨大路滑,他在路上摔伤了,好在部队没有受到损失,给他一个教训,深刻牢记就行了,你说呢?"

周贤叹道:"治军不严,怎么能打胜仗?"周贤沉吟片刻,来到宝才身边,命令道,"抬起头来。"宝才抬起脑袋,望着周贤。此刻的宝才仍然是满头满脸的泥水,湿衣服将地面洇湿了一片。与周贤的目光碰撞在一起,他再也控制不住,像个委屈的孩子,两行热泪将脸上冲刷出了两条沟壑。他的双手、两膝血肉模糊,泥血凝固在了一起。周贤望着他,目光如刀。

"站起来!"

宝才闻令一下子站了起来。

周贤喝道:"记住了吗?红军就是要有铁的纪律!"

宝才将泪水咽回肚里,有力地向周贤敬了一个军礼:"报告团长,记住了。"周贤说:"是谷政委救了你,否则,军法处治。"宝才转身向谷传堂敬了一个军礼,一句话也说不出来,热泪滂沱。

宝才保住了一条命,自此,时间和纪律就像刻在了他的心里。

二

那天,独立团从前线回师麻流镇休整。镇上的百姓闻讯,敲锣打鼓,夹道欢迎。

吴芳英领着一帮姑娘、婶子、大娘,端着熟鸡蛋、炒花生、板栗前去慰问。吴芳英迎面碰到了宝才。几个月不见,宝才的个子长高了,身体更壮实,也更黑了,看上去像一棵挺拔的杉树,眉宇间透着一股子英武之气。

吴芳英眼前一亮,喊了一声,向宝才频频招手。宝才看见她笑成一朵花的样子,便快步走了过来。

吴芳英有些神秘地一把将宝才拉到一个房檐下。宝才不知道她要说啥,红着脸跟着她走,直到站住脚,才不好意思地避开了她的手。吴芳英调皮地打量着宝才,嘻嘻直乐。宝才丈二和尚摸不着头脑。吴芳英笑够了,打量够了,这才满意地点头,小声告诉他:"宝才,我给你说个媳妇,咋样?"

宝才吓了一跳,自己现在是红军战士,怎么能说媳妇,这不影响行军打仗吗?吴芳英似乎看出了他的心思,说:"当了红军就不要结婚了吗?没有小红军,革命队伍咋壮大?革命咋会有接班人?你可别向周团长学。"

宝才红着脸慌慌地说:"就是找,也得等到革命成功那一天吧。"他摇摇头,拔腿就想走。吴芳英伸手就拦住了他:"我还没有说是谁呢,你不想听听?"宝才迟疑了一下,虽然仍然是要走的架势,但是好奇心已让他脚步犹豫。吴芳英说:"其实吧,我也不全是为了你。"

这话让宝才糊涂了:"咋说?"

吴芳英说:"这个姑娘呢,在县学堂读书,倾向革命,一心一意想当红军,可是,她不能对父母说,因为他的父母肯定不会同意,肯定会认为她是大逆不道。她没有朋友可以说,就和自己从前的贴身丫鬟说了,那个贴身丫鬟是穷人的孩子,和她一起长大,两人就像姐妹,说话知己。贴身丫鬟就答应帮她想办法。"

宝才像听一段天书,感到天花乱坠,应接不暇:"是地主家的小姐?"

吴芳英看着他,笑了笑,继续说:"别急嘛,那个贴身丫鬟呢,是我们村妇女会的骨干分子兰兰,逮个机会和我说了。我就给小姐出了一个主意,让她嫁给红军,成了红军家属,一切便不言自明,参加红军也就名正言顺了。"

宝才有点明白了:"真是地主家的小姐啊?哪家的?"

吴芳英说:"你先甭管她是哪家的,咱们闹革命不问出身,只要她愿意,对吧?"

宝才又有些糊涂了,想当红军报名不就行了吗?为啥非要先嫁个红军呢?吴芳英看出了他的心思,说:"她家刚被打了土豪,她现在和家庭划清

　　吴芳英笑够了,打量够了,这才满意地点头,小声告诉他:"宝才,我给你说个媳妇,咋样?"

界限投身革命,别人会咋想? 会有人相信她吗?"

宝才觉得似乎有道理,但并不完全明白,出身不好有啥关系,周团长的家庭不也是地主吗? 吴芳英说:"那不一样,周团长早就参加了共产党,早就脱离了他的剥削阶级家庭。"宝才沉默了。吴芳英接着说:"那个姑娘对我的建议满心欢喜,说自己就是这个意思,做梦都想嫁个红军,夫妻一起闹革命。即使不能参加红军,她也要嫁个红军。"

宝才说:"她不记恨红军打了她家土豪?"

吴芳英说:"她还年轻,倾向进步,想换一种活法,追求另外一种人生。咱们不应该支持她、帮助她吗? 咱们都应该拉她一把。"

宝才完全清楚了,他为革命队伍里多一个战友而高兴。但是,他不明白吴芳英为啥非要给自己做媒。

吴芳英说:"以她的条件,咱也不能亏了她,对不对? 我要给她找一个英俊的好小伙,坚决革命的好小伙,才与她般配,我觉着你最合适。"

宝才听了,眼睛瞪得像两个鸡蛋般大。他想,那么高傲的一个女学生,仙女一般的人物,从小娇生惯养的地主家小姐,咋能看上他这个从泥巴地里滚出来的泥腿子? 想也不敢想,想想心里就激动得狂跳。他觉得这完全是不可能的事。宝才的脑袋摇得像个拨浪鼓。

吴芳英说:"我开始也不大相信,但是接触了几次,我相信了,感觉到她就是一个有信念有思想的姑娘。"

宝才还是有点不相信,但是女学生的影子在脑海里闪现着,就像仰望天上的星星。他扭扭捏捏的不知咋说。吴芳英伸手拍了他一巴掌,说:"别婆婆妈妈的,就这么定了,她要嫁你,我做媒,你敢不敢娶?"

宝才只感觉脑袋里嗡嗡地蒸腾着热气,让他慌乱无措。他说:"婚姻大事,我……我得和爹娘说一下。"

吴芳英说:"来不及了,时间太紧,你等我的信,今晚就成亲,再者说,都啥年代了,革命婚姻,哪有这么多的婆婆妈妈? 你倒是答应还是不答应?"

吴芳英的眼神,吴芳英的话,像烧红的铁从宝才的心尖尖上掠过,所过之处燃起一片冲天大火,容不得他有片刻犹豫。

宝才有些恍惚,像做了一个梦,像感受到了一阵风。真有风吗?他伸手抓了一把,手里什么也没有,却分明感受到了风的温度和力度。吴芳英不是让等她的信吗?那就等着,即使是一个梦,也让人兴奋。宝才的脑海里抹不去一个仙女一般的形象,从记忆深处蒸腾上来,白净的脸,大大的眼,齐耳短发,绿袄,黑裙子,悠然从麻流镇走过,像一朵婀娜的云。他给人放牛的时候,在麻流镇看到的一幕就此印在脑海里了。他牵着牛,赤着脚,穿着破破烂烂的衣裳,从那个仙女身边走过。

吴芳英的话,让那个仙女从宝才的心里走了出来,一直走到他面前,仿佛触手可及。有一种无法抗拒的力量,或者说是致命的诱惑,流连在宝才的心中。

夜色中,吴芳英真的来了。她冲宝才招了一下手,然后径直往前走。宝才心领神会,悄悄跟了过去。两个人一前一后,在麻流镇上拐来拐去。

麻流镇的街巷黑灯瞎火,沉沉寂寂,偶尔有人家的门还开着,微弱的灯光也被巨大的黑暗吞没了。远处,有缥缈的歌声隐隐传来,是从驻扎在小镇周围的军营或学校里传过来的。歌声让这座千年古镇有了亮光和朝气。

在梨花小巷一个屋门前,吴芳英站住了。她让宝才进去。那个屋子比较偏,位于镇的后街,冷清孤僻。宝才进了屋,心怦怦狂跳,好像屋里蹲着一个骇人的猛兽。

他被一个巨大的诱惑和美好吸引着,像有一个魔术在他心里晃来摆去,让他无法拒绝,渴望着谜底的揭开。青春的小鹿在他心底冲撞、奔跑,令他热血沸腾。他甚至想到,明天就给父母一个惊喜,他宝才没有送一分钱的聘礼,就娶了一个天仙似的媳妇,比画上的仙女还要好看的媳妇。爹娘肯定会笑得合不拢嘴,甚至,可能会因为笑得太久而掉了大牙。

借着暗淡天光,宝才点燃了桌上一盏油灯。灯光昏黄幽暗,在风的作用下,时不时抖抖歪歪。

灯光的晃动,扭曲了宝才的高大形象,将他的影子放大到了整整一面墙。这是个堂屋,条几、八仙桌各一张,长凳四条。条几上立着两根红烛,一个小香炉。旁边开着一扇小门,里面是一间厢房,靠里摆着一张雕花木床,床上有鲜亮的衾被。

不知这是谁家的房子,宝才看得呆了,如入幻境,屏声敛息不敢大声出气。很明显,这是大户人家的房子。至于为何空闲,为何到了吴芳英的手里,他不得而知。这一切对于宝才来说,就像一个充满美好的神奇的谜。

等了很久,宝才终于听到了脚步声,沙沙沙地往这边走来。宝才机警地闪到门后。门吱呀一声被推开了,只听吴芳英问道:"人呢?"

宝才从门后走了出来。

吴芳英身后,果然跟着一个姑娘。在摇曳的灯光下,宝才看见一张雪白的脸盘子在眼前闪烁,姑娘娇羞地低头半遮。宝才立刻局促不安起来。

吴芳英像有十万火急的大事压在心里,说话急三火四的:"你俩认识一下吧,我说过,郎才女貌,错不了。"吴芳英说完,几步跨到条几前,借着油灯,点燃了三炷香,插在香炉里。香火像浮在黑暗中的小灯笼,艳红,安静,闪烁。

吴芳英将两人拉在一起,说:"由我主婚,现在拜堂。"

宝才还不知道姑娘的芳名,心里有点责怪吴芳英的粗心,也不好意思问,又一想,既然拜堂成了亲,以后有的是时间和机会,也就不问了,听她摆布。

姑娘离他很近,有一种异样的香气弥漫。宝才莫名地兴奋起来,感觉自己像飘浮在云雾之中,晕晕乎乎的。他极力让自己平静,再也没好意思看姑娘一眼。

宝才像个僵硬的木偶。

吴芳英小声喊道:"一拜天地。"两人便跪在地上,向着门外黑沉沉的天空磕头。他们仰望的地方,是天,他们的脚下是厚重的地。吴芳英再喊:"二拜父母。"两人不约而同对着条几磕头。条几上供着的香火,算是代表了父母大人高高在上。

吴芳英又喊："夫妻对拜。"两人于是面对面磕头。宝才看不清姑娘的眉眼，只看到眼前的人儿和他做着相同的动作。磕头的时候，两个人的脑袋尖儿都擦到了对方。一种异样的感觉划过宝才的心头，他立马将脖子往后缩了缩。

拜完堂，吴芳英和他俩分别握了手，说："祝贺你们新婚大喜，希望你俩永结同心，革命到底，幸福美满。"

吴芳英说完，关上门，悄无声息地走了。

屋子里一下子静了下来。宝才听到自己怦怦的心跳，她的头低得更很，两人都不知道该说些啥。还是宝才胆大些，鼓足了勇气拉住了新媳妇的手，新媳妇似乎也往他那里靠了靠。

新媳妇的额前梳着整齐的刘海，低着脑袋，羞涩不言。他牵着她的手，往厢房走。迈了一步，他鬼使神差，扭过头一口气吹灭了油灯。

有微亮的天光，对屋里的地形已熟，他牵着她的手，小心翼翼地顺利抵达了床沿。

他扶她坐在床沿。

那一种从未闻过的体香，让他沉醉，让他燃烧。他像敬神一样，轻轻将脸贴近她的头发，贪婪地嗅着那奇异的香。就在他的唇触碰到她的头发、触碰到她的耳朵的时候，他突然就像一堆浇了油的柴火，轰地一下被点燃了。漫天大火，熊熊升腾起来。四周像拉起了无数只风箱，一时间大风张扬，强劲，肆意。风助火势，火借风威，风与火燃烧在一起。在迎着大风的火焰中，宝才似乎看见一双白鸽冲天而起，在空中飞舞、冲撞、呐喊，然后遁去。在风与火的交织与燃烧中，他的一颗空澄的灵魂，随着热烈的白鸽腾空羽化，消失于无边的沉沉黑暗。

黑夜里，他和她成了飞翔的精灵，寻找着家门和屋脊，寻找着一盏亮在灵魂深处的灯。寻找，跋涉，他们用急迫的呼吸回应着风的节奏，安放彼此的灵魂。

良宵金不换，那是一个燃烧的不眠时光。宝才安静下来，才发觉自己的裤子湿凉了一片。他臊得脸发烫,不知道该咋办。

"你——"宝才努力让自己平静下来。话是心灵之路,能直接通达心的桥梁。他想和她说说话。

"你……"宝才刚张开嘴,只说了这一个字,便被一声枪响打断了。

"叭!"枪声突然划破了宁静,让世界惊乱起来。宝才一愣,条件反射般跳下床,从窗户往外看,窗外是啥也看不见的黑暗。这时,一双温暖的手紧紧抓住了他的胳膊,结实温香的身体贴在了他的身上。宝才的大脑里像一锅沸腾的豆花,热流滚滚。夜空中传来的嘹亮的军号声,刺刀一般扎破了夜幕,顺着黑暗的隧道,箭一般飞来,钻进了他的耳朵,钻进了他的心。

宝才打了一个哆嗦,奋力挣脱了那双温暖留恋的手,拔腿就往外跑。她还没有反应过来,他已经打开门,跑了出去。

紧跟着,麻流镇四周响起了噼里啪啦的枪声,响起了匆忙慌乱的脚步声、喊叫声、马的嘶鸣声、狗的狂吠声。混乱、嘈杂搅浑了这大山的黑暗。

"去当红军吧。"宝才扭头喊了这么一句。宝才的话,她听见了。她本就是想当红军的。在她心里,红军就像书上的英雄,让她敬佩、崇拜。宝才走了,像一阵风消逝得无影无踪,而她,像房檐下的冰溜子,直直地寒在那,连哭都没有反应过来。

三

方子成伤愈归队不多久,国民党兵又一次半夜突袭了麻流镇。

枪声持续响到天亮。赤卫队、游击队都和敌人接上了火,终因敌众我寡,只能慢慢退向山里,伺机迎敌。

天亮后,国民党兵蝗虫似的拥进麻流镇,在各个道口都布置了岗哨。魏敬之带着还乡团,跟在国民党兵后头,大摇大摆地回来了。

桂小香怀着身孕,行动已经相当笨拙。枪声划破夜空时,她在娘家睡得正酣。她惊醒之后,尚没有下床,枪声已经响得像满锅爆炒的豆子。她吓了一跳,知道是敌人打过来了。小香娘急忙扶她起来,自己又跑到窗前张望。

到处都是枪声，已有多处火光冲天，映红了麻流镇的天空。

"快躲躲。"小香娘说。

小香的身子又抖了起来，想说什么，却张不开嘴，听着娘的话，手忙脚乱往外跑。

小香娘往一只竹篮里塞衣服。小香缓了一下神，清醒了些，急道："娘，先拿吃的。"小香娘丢下衣服，急忙跑去厨房，摸黑装了锅里剩下的几个菜饼子。顾不了太多，小香娘拎着篮子，扶着小香，开了后门，往后山上爬去。

枪声、喊声、奔跑声、马蹄声，鸡鸭牛羊的惊慌叫声，乱糟糟地从身后传来。

天色已经微明，山峦、树木、道路、房屋，都从影影绰绰中慢慢走进了清晰。枪声仍然响着，只是渐渐稀了、远了。镇上又有一处房子烧着了，一大摊子火冲向天空，烧得老高老高，依稀还能听见救火的呼喊。

往哪躲呢？小香娘不说话，只埋头往前走，小香跟着，走几步便停下来喘息一会儿。穿过山坡上几棵板栗树，前边显然没有路了。青藤、野草和荆棘树丛遮挡和淹没了去处。奇怪的是，小香娘不停脚，继续往前走。"快来。"小香娘回头招呼。踏着野草青藤，分明能感觉到脚下的异样。那是一条荒废已久的小道。

小香感到奇怪，在这里生活二十年了，几乎天天往山上跑，砍柴，打猪草，拾板栗，却不知道这条荒废的小路，更不知道离板栗树不远的地方，还隐藏了一个秘密。

小香娘信心十足地蹚路前行，一边掀起那些拦路的树枝，一边回头招呼小香，为她拎开脚下的障碍。

她们在山坡上拐了一个弯，走了两百多米，来到一个相对陡峭的地方。山石中竟然隐蔽着一个山洞，洞口很小，不向山下，而是与山下的方向构成一个直弯，也就是先登上几块石头，才能进入洞里。站在山下，根本看不到这里的别有洞天。但是，从洞中的石缝中却能望见山下，能望见麻流镇，能望见桂花王，也能望见她们家的房子、院子。

山洞有一间屋子那么大，由几块巨石天然错落，撑起而成。多处通风，顶处还透着细丝多缕的光亮。靠里有一块地方尚能防雨。

小香打量着山洞，惊讶地望着娘。上次土匪突然袭来，爹也是让她们往山上跑的，可是刚出门就被马队逼回来了，没来得及进山洞。爹娘一直没告诉她这里有个山洞。小香娘顾不上多说，放下东西，找来几根枯树枝，清扫洞里的碎石、枯草、落叶、蛛网，腾出了一片空地。

"先躲这里。"小香娘扶小香坐下。

小香累得呼呼直喘，额头冒汗，小心地坐在石板上。

小香娘透过石头缝隙警觉地往山下看了一会儿。天虽然亮了，雾霭和残夜的黑暗仍然纠缠在一起，笼罩着一层朦胧的恐惧。

几处冲天大火已经小多了，枪声已呈零星状。但是，山下人的喊叫、马的嘶鸣却更稠密地传来。

小香娘叹了一口气，意识到问题的严重。"都是敌人。"她说。她叮嘱小香留在洞里，不顾小香的激烈反对，只身又摸回了家里，她舍不得那些东西。

小香娘像一只奔走自由的山羊，悄无声息地出了洞口。不大一会儿，她竟然胳肢窝里夹着一床被子，两手分别拎着一袋米、一个小瓦罐、一只小铁锅，还有一个小包裹，包裹里都是一些生活小物件。看上去，她就像一个全副武装的士兵。

小香吃惊娘是怎么一趟搬来这么多东西的。小香娘放下东西，便警惕地观察来路和山下，看了半晌，没发现异常，才放下心来。

娘说，她看到路上有许多国民党兵，好像也看到了魏敬之，耀武扬威地领着一群还乡团招摇过市。

"咱们的灾难来了。"小香娘叹道。

国民党兵和还乡团，远比金老末的土匪强大。那是你死我活、斩草除根的争斗。金老末是为了钱财，国民党兵和还乡团与受压榨的劳苦大众争夺的是天下江山。

这真是一道难过的坎。

小香为公婆担心起来，公婆跑出来没有？还有妇女会主任吴芳英，她在哪里？桂小香坐在石头上，焦虑不安，想站起身看看山下，却被娘按住了。娘说："丫头啊，千万不能让人看见，看见了咱娘儿仨可就都没命了啊。"她看了一眼小香的肚子，语重心长地叮嘱。

小香娘悄悄去洞口附近找来干草、枯树枝，铺在地上，再铺上被子，让小香躺在上面。她又将路两边的野草和树枝往路上扒了扒。本就是天然的伪装，不知情的人绝对不会看出那是一条小路，也绝对不会找到那个山洞。

太阳出来了。

从山洞里望去，麻流镇尽收眼底，桂花王安然挺立着。山坳里有十多处仍然冒着浓烟，那可能是未燃烧尽的房屋。黑衣的还乡团丁领着穿屎黄色军装的兵，开始挨家挨户搜人。叱骂声、鸡飞狗跳声、孩子的哭喊声清晰地传来。桂花王脚下的广场，已经站满了黑压压的人群。通往广场的几条小路，还有人被枪押着，陆陆续续往那里走。太突然了，老百姓都没有来得及转移。

恐惧将小香包围了。她不知道山下会发生啥，会是一个啥样的结果。她从一条细长的石罅往外观察，能看到山下的场景，能隐约听到一些大嗓门的声音。

只见两个黑衣人抬着一台大铡刀，从麻流镇的打铁铺子出来，一直抬到桂花王脚下的广场，摆在了广场边缘。边缘下面，是几丈深的陡坡。坡下，是波光粼粼的溪水。

广场边缘，摆了一长溜的铡刀。太阳光下，铡刀闪闪发亮，寒光四射。广场四周，密密麻麻站满了端枪的士兵。广场上，挤满了麻流镇的百姓。他们手无寸铁，多是老弱妇幼，无助地等待着命运的裁决。他们的命运，此时便是听凭那些兵丁的发落。而那些兵丁的头子就是魏敬之。

魏敬之坐在一把高高的太师椅上，戴着墨镜，抽着纸烟，跷着二郎腿，冷眼看着眼前那些曾经差点要了他的命的人。他身后，一个戴着白手套的国民党军官威风凛凛地站着,一言不发,冷冷地盯着眼前的场景。

魏敬之极其细致地将烟抽完,扔了烟头,站了起来。他扫视一眼人群,像断了气似的半晌没有吭声,很久了,才扯起喉咙喊起来:"众位父老乡亲,久违了,没想到吧,没错,站在你们面前的,就是我,魏敬之。我魏敬之又回来了,哈哈哈……"在魏敬之得意的大笑声中,人群骚动起来,但是在周围黑洞洞的枪口下,很快又静了下去。

魏敬之继续扯着嗓门喊:"你们都长着脑袋,也不想想,一帮泥腿子,还想造反坐江山?得天下?哼,也不撒泡尿照照,能有什么好下场?自古就是这样,江山都是尸体堆出来的。"魏敬之说到这里,突然停住,又像是断了气,停了好久,那口气似乎才缓上来,他猛然喝道,"押上来!"

魏敬之一挥手,十个五花大绑的男女被一根绳子串着,拉了上来。那十个人的脸上、身上都布满了血斑,有的走路瘸着腿,有的用手捂着腰,勉强支撑着艰难迈步。兵丁们端枪押着,稍不顺眼便用枪托狠砸猛捣某个行动慢的人。

十个人站在那里,八男二女,一言不发。

"都看到了吧?都认识这些人吧?他们都是农会积极分子,是红军家属,打土豪分田地最起劲的人。"魏敬之咬牙切齿地说,冷笑着。他踱着步子,挨个打量着那十个人。十个人中,有的与他冷眼对视,无躲无闪,嘴角挂着冷笑,有的朝他吐唾沫,有的怒视着他,有的厌恶地扭过脸去,看都不看他一眼。

魏敬之扭曲着嘴脸,将众人扫视一遍,像自言自语似的骂道:"一群茅厕里的石头。"然后凶恶地将手一挥,恶狠狠地吐出一个字,"杀!"

铡刀前的刽子手唰地抬起了寒光闪闪的铡刀。十把铡刀都张开了寒光大口,虎视眈眈。一群黑衣大汉上来,将那十个人扭到了铡刀前。

人群嗡一下炸开了锅,悲痛的哭喊与愤怒的咒骂,像燃烧起来的火,发出噼噼啪啪的炸响。有人不敢看,有人捂住了孩子的眼。空气似乎凝固起来,冰寒、死亡的气息弥漫在麻流镇的上空。

屠杀，似乎只有屠杀才能解除魏敬之的心头之恨，才能找到心的出路。

那十个男女没有被吓倒，视死如归，他们怒骂敌人，高喊口号。口号声和刽子手骇人的吼叫声，都回荡在麻流镇的天空。人群骚动起来，挣扎着，哭喊着，叫骂着，向前拥去。那是他们的亲人，他们想去阻止屠杀。然而，一把把冰寒的刺刀挺在他们面前，一支支黑洞洞的枪口对着他们的胸膛。

铡刀的声音清晰地传了过来，那是钢刀切割骨头与血肉的钝响。

十个人，一个一个从容地就义。铡刀下血泊一片，鲜血染红了脚下的土地。十个牺牲的人一一被推下土坡，翻滚到了沟底。鲜血顺着溪水哗哗流去，悲鸣呜咽。

广场上的哀号与哭喊，像林间怒涛，随风传来，传进了小香的耳朵里。眼前的悲惨让她颤抖，泪水像断线的珠子，簌簌落下。小香娘抱住了小香，让她坐回到被子上，不让她再看，怕她受不了这突如其来的血腥和悲痛。

魏敬之得意扬扬地冷笑着，阴阳怪气地对众人咆哮道："好戏才刚刚开始，从现在起，给我挨家挨户地搜，一个山头一个山头地搜，每一块石头都要给我过三刀，每一寸土地都要给我烧三遍。凡是造反当红军的、当共产党的、当红军家属的、通共党的一个也他妈的别想跑掉。"

夜色悄然袭来，天黑了。广场上燃起了五六堆篝火，黄、黑哨兵如临大敌。被羁押的百姓只能坐卧于地，苦熬黑夜。

敌人继续挨家挨户地搜查，每到来一个人，广场上就会一阵骚动。不时有人被五花大绑着押往广场。

黑夜中，黑黢黢的大山里，不时能听到枪声，听到有人倒下时绝望的惊叫，听到严刑拷打发出来的惨叫，听到烙铁烫在皮肉上的嗞嗞声。皮肉被烫伤的焦味和桂花的幽香混合在一起，令人恶心头晕，无所适从。

恐怖的一夜终于过去，天又亮了，魏敬之睡足吃好，像打了鸡血，领着一帮黑衣爪牙，继续去搜查。凡是值钱的东西都被掳掠干净，离开时，绝对忘不了给房子点一把火。魏敬之心头有一种恨，共产党宣传发动的造反为何会在这里成功？因为这里有他们的土壤，那就是穷苦百姓。他要把他们铲尽杀绝,让他们付出毁灭的代价,让共产党和红军彻底失去土地。他魏敬之的好日子仍然和从前一样。你们穷苦能怪我吗?凭什么你们仗着人多就来抢我的财产?魏敬之心中憋着的一股气,现在终于找到发泄的出处了。

方老抠和老伴是完全可以避开这个灭顶之灾的。半夜枪声大作之时,他俩可以趁乱躲上山去,可是子成娘偏偏担心起了儿媳妇。老两口惊慌失措地往小香家摸去,半道上,被拿枪的士兵堵了回来。此时再想上山,已经不大可能,各个路口都有人把守着。他俩只能躲在屋里。

魏敬之破门而入,方老抠夫妇无处躲藏。魏敬之哈哈笑了:"这不是方老抠吗?咱们又见面了。"方老抠手里拿着那根旱烟杆,知道凶祸难避,反而镇静下来,知道自己该豁出去了。他挖了一锅烟丝,点燃,美美抽了一口。点火时,他的手有点不听话,但是心里已经不害怕了。他的冷静和无畏,让魏敬之恼羞成怒。魏敬之一扬手,啪的一声甩出马鞭子,将方老抠的烟袋杆子打落在地。方老抠竟然还保持着抽烟的姿势,一时没有反应过来。待反应过来,他也没有慌张,静静地让两个鼻孔冒尽烟气,然后很享受地冷冷地看了一眼魏敬之,似乎对他的莽撞非常不屑和不满。

子成娘吓得哆嗦着,躲在他身后。方老抠抓住她的手,说:"孩他娘,怕也没用。人活一世,咱不能给祖宗丢脸,也不能给孩子丢脸。"

子成娘受到丈夫的鼓励,情绪稍稍平静了一点。

魏敬之更生气了,怒道:"方老抠,你好大胆,听说你分了我新买的皮袄,给我交出来。老子一次还没有穿过呢。"几个黑乌鸦似的手下正好搜到了那件皮袄,立刻呈了上来。方老抠已将皮袄送给了桂德安,可是桂德安觉得自己穿这么名贵的皮袄不自在,怕给糟蹋了,又给送了回来。方老抠也就不客气,视若珍宝,叠得整整齐齐放在家里,一次也没有穿过。

魏敬之拎起那件皮袄,抖了抖,啧啧道:"可惜了,可惜了,被你这脏粗的汉子糟蹋了。"

魏敬之的脸扭曲着,闻了闻皮袄,痛苦地摇了摇头,神经质地怒吼道:"你他妈的给我穿上,我倒是要看看你穿上这皮袄的抖样子。"

方老抠强拧着不穿,几个团丁便将他摁住。方老抠运着一股子气,硬挺着,梗着脖子反抗。一个团丁一脚将他踩跪在地,众人七手八脚将皮袄套在了他的身上。子成娘见老伴挨打,疯了似的扑过去,以身相护,将一个团丁的脸抓了两把血道子。魏敬之见状抬手就开枪。子成娘仆倒在地,睁着不甘的眼睛。血,汩汩流了一地。

方老抠见老伴死了,怒绝,浑身爆发出一股势不可当的蛮力,大吼一声:"魏敬之,你个狗娘养的,老子和你拼了。"说着,奋力向魏敬之冲去。几个团丁七手八脚将他扑倒在地,拳打脚踢,直打得他口吐鲜血,无法动弹。

方老抠穿着皮袄,被五花大绑。他像一个粽子倒在地上,哀哀欲绝,无力地望着老伴。他的嘴里、鼻子里都流着血,已经说不出话来,只有身子抽搐着。

四

小香娘不敢再下山。其实回家也是白回。还乡团和国民党兵已经去搜过两拨,家里的地皮可能都被刮过三遍了,什么有用的东西也没有了。万幸的是,这两拨人似乎都忘了一件大事:放火。

他们在她家里、院子里和附近山上都仔细搜过,就像一群饥饿的狗,东嗅西嗅,然后闻着味儿上后山转悠。小香和娘吓得不敢吭气,憋着气一动不动。那些人端着枪,嘴里骂骂咧咧,枪上的刺刀东戳西扎,有一下,差点就要扎到洞口的石头上。那是一个关口,真的好危险。小香的心都提到了嗓子眼。那些人终无所获,失望地下山去了。或许,是小香和娘的运气好,或许,这是天意。

桂花王沉默无语,虬屈粗壮的枝干上,吊着方老抠。绳子拴着方老抠的胳膊,身体的重量都吊在两只胳膊上。就那么吊着,开始还晃晃悠悠的,过一会儿,便静止不动了。方老抠动不了,吊着方老抠的绳子也不再动。

方老抠嘴角的血已经凝固,不再有新鲜的血液。他的脑袋歪垂着,纹丝不动,看上去像是死了,也可能真的就是死了。

一个黑衣团丁拎着一面锣,走到方老抠身边,咚地敲了一下,仰起脖子尖声号道:"都来看,快来看,这就是红军爹的下场。"

团丁一遍遍地敲锣,一遍遍地喊。广场上被关押的人已经少了些,一些人被逼着退还了分到的财物,又白白拿出家里的东西,被放回家反省。

一些死也不配合的硬骨头,仍然被押在广场上。按照魏敬之的话,你吃了我的要吐出来,你拿了我的要还回来,而且,要加倍地还,加倍地"吐"。魏敬之精明着呢,这些人不能都杀了,否则,谁还替他干活?他还能统治谁?

身背盒子枪、穿着绸大褂、军用黄皮鞋的姚瘦子像个大虾米,扯着公鸭嗓子也一遍遍地帮腔:"你们,只要站出来,指认谁是共产党,谁家有人当红军,谁是农会骨干,就放你们回家。"

但是,没有人理他。

"不说是吧,那你们就在这扛着吧。"姚瘦子干笑着。

小香早就看见方老抠被吊在了树上,心慌得不知如何是好。她已经无泪可流,身上一丝气力也没有了。她恨自己没有能力去救公爹。那痛,如刀剜心。娘紧紧攥住她的手,将她搂在怀里,不让她再看。

"想开些,孩子,你现在是两个人,不能哭,不能动气。忍,咱现在只能忍。"

小香没有吭声,没点头,也没摇头,像一块石头一动不动。很久,她才嘶哑着嗓子说:"娘,我要把看到的一切都告诉子成。"

魏敬之得意扬扬地来到广场。他打量着方老抠,讥笑道:"方老抠,这样还快活吧?"一直闭着眼的方老抠,像死了一样的方老抠,闻声眼睛竟然睁开了一条缝,透过一丝缝隙盯着魏敬之。

"孙子,你孝顺,给你爷爷我来个痛快的。"方老抠的声音非常微弱,但是每一个字都像抛出去的钉子叮当作响。说完,他嘴角挂着一丝嘲讽的笑。

魏敬之的脸一寒,随即也笑道:"这样不是很痛快吗?你儿子看见你这样,一定会来救你的。你就好好享受享受吧!"

方老抠闭了眼睛,像是又死了过去。

魏敬之想不明白，这个屁眼里夹一枚铜钱，三把鸟铳也打不下来的破落户，不仅豁出去了全部家产，竟然也能豁出去这条老命。这个账他是咋算的？以前谨小慎微，落叶都怕砸了头，咋就突然变成了一个死猪不怕开水烫的死顽固？连死都不怕了。

魏敬之越想越气，让人用枪托捅醒了方老抠，对他说："方老抠，只要你现在说一句'打倒红军，国军必胜'，我给你一百亩地，一百根金条，放你回家。鄙人说话算数。"

方老抠的眼睛里有了一丝亮光，亮亮地看着他。

魏敬之暗自兴奋，得意地睁大了眼，竖起耳朵期待地望着他。

方老抠却半晌不吭声。

姚瘦子急了："你个老东西，没听见吗？你活这么大，你家祖宗八代、一百代，可见过这等便宜的事？还不快说！"

方老抠翻眼瞅了瞅，嘴角露出了笑意，艰难地说："我儿子豁出命与你们斗，我要这些东西又有个啥用？也带不进棺材。"

魏敬之不死心："你儿子是你儿子，你是你，大家都是一辈子，你这辈子不必要为儿子活着吧？"

方老抠像是累了，闭上眼，嘴里仍在说道："我儿子念过书，懂得比我多，我信他，不会错。"

魏敬之的阴谋没得逞，气得鼻子都歪了，骂道："你个老东西，就等着和你儿子一起被铡吧。"

手下搬来了一把太师椅，魏敬之沮丧地坐了上去，接过一壶茶，咕咚喝了一口。

"保长在哪里？"他喊道。

他的侄子魏忠礼立刻跑过来了："叔，您老啥吩咐？"魏敬之说："听着，各保每天要送二十名共匪，少送一人，交大洋一百，不送者，拿你保长是问。"魏忠礼虽然是魏敬之的家族侄子，但年龄不比他小几岁。此时，他面露难色，许久不敢说话。魏敬之意味深长地瞟了一眼魏忠礼。魏忠礼似乎明白过来,大声回道:"明白,我一定照办。"

姚瘦子朝被押在广场上的人喊起来:"都听明白了吗? 每保每天送二十名共匪,少送一人,交大洋一百,不送者,当通共杀头。"

这时,一队五花大绑的人被押了过来,都是被捕的与共产党和红军有关联的人。魏敬之瞥了一眼,恨恨地道:"杀!"

那一排铡刀再次寒光四射,刀落人亡。

"我要在麻流镇开人肉案子!"魏敬之看着满地的血红,哈哈大笑,"我倒是要看看,哪个还敢再犯上作乱?!"

魏敬之杀红了眼,他的眼珠子通红,像有一个恶魔从他体内钻了出来,风似的蹿来蹿去,看着他疯魔。杀人,成了他的游戏。他找到了掌管生杀大权的满足感,找到了一个攫取钱财的黑亮亮的通道。他要使出令万众颤抖与臣服的不可一世的权力,他要成为麻流镇的主宰。

这时,一个团丁上前来报告,方老抠死了。魏敬之一撇嘴:"这么快就死了? 扔了,喂狗。"

广场上被押的百姓都被放回了家。

从那天开始,凡是有共产党和红军嫌疑的,一律铡死,那十把大铡刀,每天都要铡死十多个人。魏敬之坐在家里,开始疯狂敛财。魏忠礼带人挨门挨户搜查,见谁家有钱,便栽赃一个通共、通红的罪名,不给钱就拿人,拿钱才能保命。麻流镇陷入一场从未有过的灾难,被刀枪与邪恶撕得支离破碎,哭爹喊娘,血流成河,遍地狼藉。

记不清楚是第几天了,小香看见魏敬之的人抓住了吴芳英。吴芳英的腰间扎着皮带,一头短发,昂首阔步往前走,目不斜视。迎接吴芳英的场面非常"隆重",魏敬之如临大敌,早早就站在那里,只等亲自审问。

吴芳英咋会被敌人抓住呢? 小香紧张地盯着,心在绞痛。方老抠被抓,受尽折磨,她无能为力,眼睁睁看着老人死去,还无法收尸。现在,情同姐妹的吴芳英也被敌人抓住,她的心又痛得直打哆嗦。该怎么办呢? 就这么看着,看着花一般的吴芳英被敌人折磨,凋谢枯萎吗?

这些天受到的磨难太多了,太血腥了,她的神经似乎已经变钝、变硬了,听到枪响,她已经不再感到害怕,看到血,她也不再晕眩。她已经习惯了动荡不安和血雨腥风。除了忍受,她没有任何办法。躲在这个山洞里,她感到生不如死。若不是为了肚子里的孩子,她会怎样,会冲出去吗?会去找方子成吗?子成啊,你在哪里呢?

娘看出了她的神情不对劲,扶她躺下,不让她再往外看。娘说:"小香,现在咱都是为了孩子,孩子是咱两家的指望,你可不能做傻事。"

魏敬之显然对吴芳英感兴趣,早早就跑来要公开审讯。吴芳英柔美中透出的一股子英武之气,看得魏敬之馋涎欲滴。他绕吴芳英转了一圈,打量着,感到不可思议:"嗯,老吴家的小丫头,以前咋就没发现你长得这么俊呢?"

吴芳英一脸冷蔑,视若无物。

魏敬之劝道:"你长得这么好看,就别在外头风餐露宿地吃苦受累了,弄不好连小命都会丢了,跟着我吧,保证你从今往后衣食无忧,吃香的喝辣的。"

吴芳英看也不看他,就轻蔑地吐出两个字:"做梦!"

魏敬之嘿嘿冷笑:"我倒是看看,我是不是做梦。"

他对手下命令道:"把她绑到我的床上去,我倒要看看,她还怎么嘴硬?"立刻上来了两个兵,一左一右押着吴芳英走。任凭吴芳英反抗、怒骂,也无济于事。

魏敬之得意地跟在后面,一边走,一边脱了外套,随手扔给一个随从。

小香看着吴芳英被架走,心急如焚,不知道吴芳英会去哪里。她睁大了眼注视着,想看到一个完好的吴芳英。"子成,宝才,周团长,你们去哪了,快回来救救我们吧,救救吴芳英。再不回来,就晚了。"她一遍遍地默念、祈祷。

傍晚时分,吴芳英被两个团丁架了回来。她的衣衫破烂不堪,两条腿僵硬着,几乎是拖着往前移动。她的脑袋无力地低垂着,像是昏迷了。

小香终于看到了吴芳英。"芳英,你是咋了?你咋成了这个样子?"她急切地几乎是忍不住大声地喊了。娘吓得急忙去捂她的嘴。

小香看到吴芳英像方老抠一样,也被吊在了桂花王的枝干上。

小香的心在滴血,桂花王啊,你活了一千多岁了吧,你见过魏敬之这样畜生不如的恶人吗?如果没有,那你今天就睁开眼,好好地看看吧。小香在心里一遍遍地哭诉着。

恐惧、惊吓、痛苦、饥饿、煎熬、压抑,恶劣的山洞,已经将小香摧残得像一棵见风欲倒的枯草,奄奄一息了。

天黑了,吴芳英还被吊着。

她像是昏迷了,看不见她动。

渐渐地,黑夜蒙蔽了整个世界。

五

天亮了。

吴芳英仍然被吊在树上。她的脚尖仅够着地,全身的重量都悬压在两条胳膊上。

太阳也出来了。

魏敬之抽着烟散着步来了。他像一个胜利者欣赏战利品,盯着吴芳英。"吴芳英,哈哈哈,昨天快活吗?"他觍着脸,心满意足地笑。

吴芳英一动不动,看也不看他,只是朝地上吐了一口唾沫。

"躲在山上,饿得受不了了?下山找粮食来了?"魏敬之说。

"想明白没有?只要你答应跟着我,立马放你下来。"魏敬之还没有死心,"你这么好看,杀了怪可惜的。"

吴芳英仍然一动不动,沉默着。

魏敬之终于失去了耐心,知道这是一块硬石头,宁为玉碎,不为瓦全。他叹了一口气,干脆不去看她,也不再费口舌。他阴着一张脸,盯着那些从四周被驱赶来的百姓。

麻流镇的人被驱赶着,又往广场走来。他们被刀枪逼着,看还乡团审讯女共产党员吴芳英。保长魏忠礼拿着喇叭,一遍遍地吆喝:"审讯女共党,审讯女共党,看女共党如何弃暗投明。"

太阳亮灿灿的,桂花王像罩上了一层金光,冷冷地看着眼前的一切,不动声色。广场上,渐渐聚集了黑压压的人。

黄军装的兵和黑衣的还乡团,密密麻麻站满了广场四周。山坡上,两挺歪把子机枪虎视眈眈,注视着广场上的人,随时会张开血盆大口。

见人聚得差不多了,魏敬之清了清嗓子,装作很关心的样子,对吴芳英说:"吴芳英,当着父老乡亲们的面,说句实话,想明白没有,只要把你知道的说出来,保证以后不再与红军有联系,不再给共产党做事,我就会网开一面,放你一条生路。"

人群沉寂,都盯着吴芳英。

吴芳英努力抬起头来,看了一眼魏敬之。魏敬之以为吴芳英动心了,满怀希望地走到她面前,想听到她说话。他不相信这个水嫩水嫩的小丫头会不怕死。吴芳英笑了,突然将一口唾沫吐到了魏敬之的脸上。魏敬之吓了一跳,恼羞成怒,一巴掌打在吴芳英的脸上。

气息奄奄的吴芳英不知从哪里来的力量,朗声大骂:"你还是人吗?猪狗不如的东西。"

魏敬之的肥脸像是被一下子打在地上,被吴芳英碾得稀碎。他终于绝望,不再心存幻想,只是他弄不明白,这方老抠、吴芳英咋都像神仙附体似的,一下子就像变了一个人,王八吃秤砣,全铁了心。他疑惑地看着吴芳英,看了许久许久,什么也没有看出来。终于,他一把抢过魏忠礼手中的喇叭,紫涨着脸,声嘶力竭地咆哮道:"都来看看这个女共党的下场!都来看,都来看!"

吴芳英低垂着脑袋,又是一动不动,一副任割任剐的神态。

这个文文弱弱、细皮嫩肉的女子,何以如此天不怕地不怕,连死也不怕,好像她的身体是铁做的,石头做的,是没有知觉的一尊雕像。魏敬之站在她面前,注定是个彻头彻尾的失败者,一点办法也没有。本以为抓到她,蹂躏她,自己就是个胜利者,可是看到她不屈的眼神,他便再一次矮到泥土里去了。在吴芳英面前,他只能以暴力毁灭来发泄心中的邪恶,却无法征服她高傲的心。

"给我打。"魏敬之恼羞成怒。他知道打也无用,他是故意打给百姓看的,杀鸡儆猴。

皮鞭啪啪地抽到了吴芳英的身上。吴芳英的脸、脖子立刻起了一道道血印,衣服被抽烂,浑身血迹斑斑。

在魏敬之的记忆里,历朝历代依靠的都是肉体征服,杀戮消灭,使之臣服。魏敬之也要在肉体上让吴芳英屈服,以达到灵魂的征服。

吴芳英咬牙忍耐着,不发一言。这是她的仇恨和轻蔑,仿佛那具肉体不是她自己的。直至昏迷,她也没有吐露一个字。

魏敬之气得大骂:"他娘的,我就是不信,这么细嫩的身子是钢铁做的?"

吴芳英再次被凉水泼醒了,仍然不发一言。

人群中涌动起了愤怒的骚动,有人开始小声咒骂、声讨,声音汇合在一起,越来越响,越来越高,像江河咆哮。

魏敬之掏出手枪,"啪"对天放了一枪,压住了人群的骚动。

"把她给我扒光喽。"

魏敬之的话音刚落,只听咔嚓一声脆响。声音是从后面山坡上传来的。众人都吓一跳,循声望去,只见桂花王塌下去一片,枝叶正剧烈地抖动着。有人叹道,老天爷哇,桂花王显灵了。魏敬之惊魂未定,急令姚瘦子前去察看。

过了一会儿,姚瘦子回来报告,说桂花王最粗的一根枝干折断了,是自己断的。

魏敬之听了,脸色铁青。过了一会儿,他似乎清醒过来,转脸对众人又吼:"都看见了吗?桂花王显灵了,在给我助威呢。"

吴芳英的衣服被皮鞭抽成了布条,此刻被粗暴地撕下来,撕扯了伤口,鲜血又涌了出来。她只是无力地骂了两个字:"畜生!"

吴芳英痛苦地闭上眼睛,热泪滚落下来,掉在脚下的地上。

父老乡亲们的心在滴血,都低着头,不忍看,无数遍地咒骂魏敬之禽兽不如。魏敬之确实禽兽不如,他疯狂了,变态了。

刽子手割掉了吴芳英的一个乳房。吴芳英昏死过去。她被敌人又一次泼醒,已经成了一个血人。魏敬之捂着鼻子走上前,再次劝她投降。吴芳英翻眼看着他,嘴角挂着一丝冷笑,便又昏死过去。

六

天气越来越冷了,尤其是清晨。

小香为吴芳英揪心着,这是她从没有见过的奇女子。她为自己不能为吴芳英分担灾难,不能解救她于水火而痛苦自责。那一夜,她迷迷糊糊,神志不清,似睡非睡中喊着吴芳英的名字。小香娘一夜未眠,为她担心,守着她。

娘求她:"你不为自己,也要为了孩子。"

小香将手放在肚子上,能感觉到孩子时不时地动弹一下,似乎在告诉她自己的存在。小香慢慢吞咽下冰凉的野菜团子。她活着,孩子才能活着,她一定要让方子成看到他的孩子。

这个信念像一簇坚强的根须,爬满了她的心房,支撑着她活下去。但是,她不甘心。"只能这样白白地等着,一点办法也没有吗?"无涯无际的绝望,像一条冰冷的蛇,顺着她的脚踝慢慢爬上来,寒意遍身。

一夜的煎熬,让小香的头痛起来。她掐自己的太阳穴,撕扯自己的头发,想缓解疼痛。娘在黎明时分,贼一样潜回家。家里早已被洗劫一空,所有能吃的、能用的都不翼而飞。所幸房子没有被烧掉。那是因为有一次他们刚点着火,天就下起了大雨。倾盆大雨浇灭了火苗,也浇跑了匪兵。

找不到吃的,便只有等死。小香娘在家里一无所获,又潜到已经抛荒的菜地,趁着夜色,寻到了一些嫩叶和菜根,兜在衣襟里潜回山洞。她警觉得像一只地鼠。

小香病了,发烧,浑身滚烫,嘴唇上烧起了燎泡。至天明,她有些昏迷,有气无力的,睁眼都困难。小香娘把一块破布蘸上凉水,盖在她的额头,给她降温,自己则一个劲儿地小声念阿弥陀佛。小香娘心中有佛,却从没公开念出声过,现在形势危急,她竟一遍遍念念有词,非常虔诚。

山下布满了杀红了眼的兵匪,空中飘荡着浓烈的血腥味。血腥味太重,以至于残存的桂花香也飘然无踪。麻流镇的空气变了味儿。小香娘守着生病的小香,六神无主,不知道该咋办,绝望像青苔爬满了井壁。

小香已经好几天没吃一顿熟饭了。小香娘心急如焚。那个傍晚,她悄悄潜到了山背面,山那边以前只住着零星的人,估计敌兵也少。她摸到一个山旮旯,山旮旯里长着一棵大松树。她在大松树下挖了一个洞,垒了几块石头,成了一个简易灶台。

歇了一会儿,她猫腰在附近找来一些枯柴,瓦罐里放了两把米,接了一些泉水,然后小心翼翼点着了火。

山旮旯里盛满了夕阳,夕阳的强光遮挡了燃烧的火,柴火燃起的炊烟,顺着粗壮的树干,升腾上去。大别山的松道劲粗壮,枝繁叶茂,像是俯身贴在山坡上。烟雾顺着树干飘至树冠,从树冠上依依飘升,远远看去,像夕阳下的山岚雾霭,顺其自然,毫无破绽。这个办法,小香娘还是听宝才说的。宝才行军打仗,炊事员就这样做饭,不至于被敌人发现。

小香娘揣着一颗狂跳的心,等着米汤熬熟。为了女儿,她只能豁出自己,冒险一搏了。

米汤熬好,她像虚脱了一般。趁着朦胧夜色,她将瓦罐拎回洞里,让小香喝上了一顿米汤。

那米汤真像是灵丹妙药,小香喝下去几口,立马就有了精神,慢慢地睁开了眼睛。

大山的夜,清冷死寂。

天现鱼肚白，却不闻一声鸡叫。财物、禽畜已被抢劫一空，麻流镇和附近的村庄除了喘气的人，哪里还有公鸡打鸣？

小香依然高烧不退。小香娘心中焦急。她想，不能在这里等死，只要有一线盼头，她就得去试试。

她对小香说，她要去镇上找先生，给她抓药，让她好好躺着，等着，哪儿也不要去。小香烧得昏昏沉沉，像是听见了，又像是没有听见，只含含糊糊"嗯"了一声，然后又昏睡了过去。

小香娘顾不上危险，心中只有小香，悄悄出了山洞，回身将洞口盖好，趁着黎明前的黑暗，轻手轻脚往山下溜去。

黑黝黝的山影，衬托出空旷、阴森。小香娘顺着小路悄悄往镇上摸去。镇上有一家中药铺，先生姓杜，肤色微黑，胖胖的，待人和蔼，瞧病仔细、尽心，药也地道。以前，家人有个头疼脑热，都请杜先生上门，或者去铺子里抓药。杜先生只要在家，凡请必到，背上药箱就走。

小香娘蹚着庄稼地，贴着墙角，溜进了麻流镇。

镇上纵横几条街，宽街用长条石铺砌，窄道用鹅卵石铺道，都是石路。小香娘脚下走的是鹅卵石。她紧贴着街边墙，走走，停停，听听，心怦怦狂跳。好在是凌晨，人都在梦乡，站岗的也在打盹，根本就没有注意到街上的动静。

终于摸到了中药铺，见前后无人，小香娘轻轻叩门。叩了很长时间，门里面才像是有了动静。一个低沉短促的声音问："谁？"

小香娘说："杜先生，救命。"

门吱呀一声开了一条缝。空静的街道上，那声音听起来惊心动魄。一个小伙计轻手轻脚将小香娘迎进门，点点头。杜先生站在屋里，看着她。小香娘扑腾一下就跪了下去："请先生救命。"

杜先生微微点头，看着小香娘有点面熟。

杜先生的眼神在追问病人怎么没来。小香娘欲言又止，不知道该咋说。杜先生似乎明白，摆摆手，示意她不要再说，然后问咋不好过。

小香娘急切地说了小香的病情，然后又补充："丫头已有身孕，七八个月了。"杜先生静静听完，不说话，凝神长久，然后提笔开了一个药方。小香娘拿着药方，僵在那里。杜先生似乎明白她的隐情，说："让伙计帮你把药煎好。"

小香娘千恩万谢，说："杜先生，抓药的钱只能先欠着了，只要我们家还剩一个人，就一定不会忘记您的大恩大德。"

大约一个时辰，药煎好，装在一个小瓦罐里。杜先生交代了如何服用，小香娘频频点头，用心听着，然后，将瓦罐捧在怀里，小心翼翼地出门。

杜先生提醒她："夫人走路当心，山里夜猫子多。"

回程的路上，小香娘感觉到身后有个影子，时隐时现的，她隐在一个房子拐角，回头细看，却又啥也看不见，继续前行，却又分明感觉到那影子的存在。她心慌意乱，走得心惊肉跳、磕磕绊绊。

为了避人，她故意绕远了上山的路。

上山之前，小香娘还特意蹲在路边的草丛里，停了好大一会儿，望尽回头路，并没有望见别人的影子。她这才放下心来，摸索着上山，绕路回到山洞。

小香仍然昏迷着，额头还烫得厉害。小香娘将女儿搂在怀里，想把药喂下去。可是，小香紧咬牙关，似乎不知道张嘴。小香娘这才发现，手边没有一把小勺子，如何喂药？她冷静下来，四处搜寻，发现地上有一块瓦罐片，可以盛水。她将小香扶靠在石头上，捡起瓦片，在衣服上擦了几下，用瓦片盛了药水。

药水像一股清泉，一点点流进小香嘴里。一会儿，小香有了知觉，微微张开了嘴。小香娘兴奋起来："丫头，喝吧，喝下去就有救了啊。"

小香娘坐在女儿身边，搂抱着她，等待着奇迹的出现。如果药水对症，一剂下去，很快就会见效。时间静静地过去，太阳爬到了山顶。满怀期待的小香娘，听到洞外有轻微的沙沙声。她警觉地往外看，脑袋里嗡地一下，立马就傻了，只见黑压压的兵丁已经快摸到了洞口。刺刀在阳光下寒光闪闪。

终于，一把刺刀挑开了洞口的绿色植物和一些枯草。洞口完全裸露了出来。阳光照进了洞里，照到了小香和娘的身上。小香躺在那里，无法动弹。小香娘护在她身边，惊恐又绝望地盯着那些不速之客。

"哈哈哈……"洞外传来一阵得意的大笑声。紧跟着，就听到魏敬之的公鸭嗓子说道："原来，那个我做梦都想要的女人藏在这里啊。哈哈哈……"

看到小香高耸的腹部，一副脏兮兮的模样，魏敬之不禁一皱眉，捂住了鼻子。小香娘挡在洞口，求情道："东家，求求你，放我们一条生路，她病得就剩下一口气了，经不起折腾了。"

魏敬之说："这是怎么说的？抬回去，让人给她瞧病。先把病瞧好再说。"

进去两个团丁，架起小香，拖着就走。小香娘被人押着，跌跌撞撞地跟着下山。

"这个'共匪'婆子，竟然在这个山洞里藏了这些天。"凶神恶煞的团丁们愤愤不平，仿佛她们的躲藏，是他们的莫大耻辱。

有一股杀气，连同山峦上慢慢升腾起的雾霭，弥漫在一起，遮蔽了麻流镇的天空。

第六章

一

魏敬之抓到了桂小香,兴奋又震怒。兴奋的是,这个让他念念不忘的好看女人终究没有跑出自己的掌心;怒的是,他心中还夹杂着一种莫名的醋意,这个女人竟然怀了别人的种,那个男人还是一个有名的红军。

见他踱来踱去,神情复杂,犹疑难断,姚瘦子立马上前献计:"司令,这个红军婆娘,男人是'红匪'的官,弟弟是赤卫队的头,听说她爹也当了'红匪',现在她竟然怀了'红匪'的种,不如趁早杀了,斩草除根,以绝后患。"

魏敬之隐藏于心的伤疤,像是被一下子揭开了,那种痛楚一下子涌了出来,让他恼羞成怒。他阴沉着脸骂:"滚!你懂个屁?她是上当受骗!"魏敬之不愿意接受这个现实,心存幻想。

姚瘦子挨了一顿臭骂,像一只落汤鸡站在那里低头奋脑,不吭声了。

魏敬之想了想,眼珠子一转,似乎是想安慰自己,说:"可以把这个女人当成一个钓饵。"又道,"这么好看的女人,杀了真他妈的可惜。"在他心里,小香与吴芳英是有着本质区别的。吴芳英是不可救药,而桂小香就是受了迷惑,身不由己。

姚瘦子一竖大拇指:"钓饵好,钓饵好。"

桂小香真是命大,病成那个样子,奄奄一息了,被娘喂了一剂药,喝了几口米汤,竟然苏醒了过来。

她发现自己不在山洞里,而是躺在一张床上。娘坐在床边,愁苦地望着她。她对这一切几乎只有个影子,好像看到了魏敬之和他的还乡团,却不知道自己怎么到了这里。她用疑惑的眼神打量着周围,好像明白了一点。娘叹息一声:"听天由命。"小香又昏睡了过去。

小香和娘被软禁了起来,一天三顿有人送饭。小香病着,吃不下。稍好一些,她又沉浸在悲痛中难以自拔。

"娘,吴芳英死得太惨了,他们咋能下得去那么毒的手?"小香说,"真是连畜生都不如。"

娘劝慰她:"她已经不在了,你再伤心难过有啥用呢?你现在得为孩子着想,该吃的饭要吃,活着最重要,等生下孩子再说。"

似乎听到了姥姥的话,小香肚子里的孩子竟然轻轻地动了起来。小香感觉到了,被一股暖流淹没,有一种从未有过的幸福感。"娘,娘,他踢我了。"小香把手轻轻按在肚子上,母爱的金光瞬间照亮了她黑沉沉的心房。孩子,你真会挑选时候。小香在心里暗暗嗔怪一句,嘴角掠过一丝苦涩的笑。

欣慰一掠而过,恐惧和伤痛又涌了上来,魏敬之唱的是哪一出呢?小香娘说:"黄鼠狼给鸡拜年,咱得防着。"

第二天夜里,小香有了阵痛。小香娘慌了,还没到时候呢,看来是要早产了。阵痛像黑夜中袭来的潮水,将她包围了。小香痛得浑身大汗。她忍着痛,不喊不叫。这里,该有多少双眼睛和耳朵在不怀好意地关注着她们。

在小香娘的哀求声中,看守磨叽了许久,才送来热水、剪刀和木盆。那个黑夜,在那个空荡荡的屋里,折腾了一夜的小香筋疲力尽。小香娘接生,一个小猫般弱小的女婴降临到了人间。

小香娘给女婴洗了身子,从自己的衣襟上撕下一块布,把她包了起来。

天亮时分,小香才醒来。女婴在沉睡,小手会不自觉地动一下。看上去,真小,真丑,小香有点失望。小香娘笑了:"刚生下来的孩子都这样,长长就好了。给孩子起个名吧。"小香想了想:"叫小花可好?她是咱桂花王的一朵小花,菩萨会保佑她的。"

小花饿了,小嘴拱着找吃的。可是小香没有奶水,小花饿得啊啊地哭。哭声让小香焦急,手忙脚乱,捋、挤、压、按,奶水毫无动静。小香娘搓手顿脚,一点办法也没有。

迫于无奈,小香娘只好把米饭泡进开水,将米粒儿捏碎,捏成糊糊,然后一点一点喂小花。喝了米糊糊,小花真就不哭了。

第五天,姚瘦子来了。姚瘦子是板着脸进来的,看见小香脸上竟然堆起了笑:"这里条件太差了,老爷让把孩子接过去,让人帮你养着。"

小香一看他那假惺惺的笑,就知道他肚子里在冒坏水。小香娘护在小香身边说:"条件再差,孩子和娘也要在一块。"

姚瘦子翻了一个白眼:"咋不知好歹呢?"

姚瘦子伸手就要抱孩子。小香手里突然多了一支铁簪子。那铁簪子一拃多长,被磨得亮光闪闪。当年被土匪绑走,簪子也别在头发上。那是她最后的武器。

姚瘦子缩回手,阴了脸。

小香披头散发,目光穿过头发的缝隙,直射姚瘦子。姚瘦子没把小香放在眼里,一把推开小香娘,鸡爪子一般的手又要去抢孩子。小香娘被推倒在地,半天爬不起来。嚓嚓嚓,眨眼之间,小香手中的簪子已经凶狠地扎出去三次,前两次落空,后一次结结实实扎中了姚瘦子。一声鬼叫,姚瘦子疼得抬手就给了小香一个耳光,后退一步,躲得远远的。

小香紧攥簪子,咬牙切齿,怒目而视,如一头暴怒的母狮,随时准备扑上去拼命。

姚瘦子恨恨地骂:"小婊子,你等着,这个孽种,哼,回头一齐收拾了。"姚瘦子捂着受伤的手,转身跑了。

小香娘从地上爬起来,将孩子紧紧搂在怀里。"他们这是想害孩子啊。"小香还没有从恐惧中走出来,两眼发直,僵在那里。"娘,要死咱就死在一块。"

二

抓住了桂小香,魏敬之心里那一只猫爪子又挠起了心。想起被土匪金老末的手下羞辱,他心里就憋着一肚子气。他忘不掉,要把这口气撒出来,把肚子里那股邪火泄出去。他要证明他是最后的胜利者。

桂小香病成这个样子,得养养,让她把孩子生下来,让她感恩戴德,让她心甘情愿。他想,女人情愿才有意思。不知怎么,自从那次看见小香,他就忘不掉了,心心念念都是她。经过这一切变故,魏敬之似乎忘记了,谁知道她自己又回来了呢。

午饭后,他眯了一会儿,刚醒,保长魏忠礼送来了两百块现大洋。不用说,这是把那几个"红匪"婆子出手了,让湖北佬买去了。

魏忠礼说:"叔,这办法好,不听话的男人就把他砍喽,女人拿去卖喽,既平了贼反,又赚了钱。一箭双雕啊。"魏忠礼掂着手中的银圆,哗啦哗啦响。魏敬之明白他的意思,抓过银圆,也在手里掂着,翻了他一眼:"你叔还得上供呢。那些大狼小虎的,都盯着咱呢。"

想了想,魏敬之还是留了五块大洋给魏忠礼。魏忠礼心满意足地笑着走了。

魏敬之看着那些银圆,把姚瘦子叫了进来,耳语了几句。姚瘦子满脸奸笑,点头哈腰出去了。

奶水太少,孩子吃不饱,啊啊地哭,满怀希望地又去嗫,两只黑黑的小眼睛看着小香。小香娘急得毫无办法。小香搂着孩子,额头直冒汗,欲哭无泪。

门吱呀一声开了,姚瘦子领着两个女佣进了屋。小香吓了一跳,急忙把衣服往下拽。小香娘挡在女儿身边,瞪着姚瘦子。姚瘦子眼前突现一片雪白,心花怒放,却被小香娘挡住,非常扫兴。"有啥啊?这女人,结婚前是金奶子,结婚后是银奶子,生过孩子是猪奶子。"他一撇嘴。

"老爷要问话,走吧。"姚瘦子又说。

两个黑衣汉子站在门口,等着动手。

小香放下孩子,理好衣服,凛然道:"我自己走。"

小香被带进一间很宽敞的房子,像女人的闺房。奇怪的是,屋里热气腾腾,雾一般蒸腾。细看,原来屋中间卧着一只大木桶,热气从里面飘腾出来。

上来四五个老妈子、小丫鬟,不由分说,七手八脚将小香的衣服扒光了。小香双手难敌,光着身子,捂着胸口瑟瑟发抖。领头的老妈子说:"给你洗澡,又不是杀你。"

小香摇头,拼命往后缩。老妈子狠了脸,一声招呼,几个女人将小香抬起来,扔进了木桶。小香像一个溺水者,胡乱扑腾起来。几双手同时将她的脑袋、胳膊、肩膀死死按住,让水浸泡。

长这么大,小香这是第一次被迫洗澡。

从木盆里出来,她的脸色红润起来,气色好了许多。众人强行给她穿上一身新衣,给她照了镜子,她竟认不出自己了。柳叶眉,亮亮的眸子,白净的脸,小巧直挺的鼻子,嘴唇儿不薄不厚,棱角分明,尽管十分虚弱,光彩却遮蔽不住。这是自己吗? 小香也有点认不出自己了。

小香的心情突然就阴沉了下去。如果这一生吃穿不愁,有地种,有衣穿,相夫教子,那该是多么幸福。偏偏自己是穷苦人家出身,还偏偏生在这个刀光剑影、血雨腥风的动荡年代,连活命都成了奢望。这哪里是在过日子,分明是在刀尖火焰上活命呢。

嫁给方子成,也没团聚几天,他是死是活都难说。现在,他当爹了,连孩子也不能看上一眼。部队去了哪呢? 还有爹,走了一年多,像个飘飞的风筝,至今没有音信。宝才当了赤卫队的头,也不知道带着队伍打到哪里去了。娘则跟着自己一起遭罪,刀尖上度日。更可怜的是小花,偏偏赶在这个时候来到这个世界。一刹那,小香想了许多许多。如果是太平盛世,她一定能活出女人的光彩来。但愿小花能过上好日子。

今天,或许就是一个迈不过去的坎吧。小香的神情凝重起来。

像是听到了孩子的哭声,她想走,可是门窗紧闭,那么多人看管,就是变成一只小鸟,恐怕也难以飞走。

那几个女佣不知啥时候已经走了,屋里只剩下小香一个人。她害怕起来,警觉地退到屋角,注视着屋里的动静。

"哈哈哈……"一阵笑声传来,魏敬之像幽灵一般站在了床后。那是一个阴影,死角,蚊帐挡住了他。他笑得像猫头鹰叫,笑声直往小香耳膜里钻,听得她心惊肉跳。

魏敬之得意地走了出来,盯着小香,不住地点头。

"你这样的美人,就应该享这样的福,衣来伸手,饭来张口,咋能过穷日子呢?"魏敬之说,"小香,只要你愿意,从今往后都是这样的好日子。"

小香缩在墙角,惊恐地瞪着他。她下意识地伸手去脑后摘那根救命的铁簪子,才想起被女佣摘了下来,不知道放在了哪里。

魏敬之慢慢向小香靠过去。他看到她的惊恐无助,越发地心花怒放,老虎一般急不可耐地扑了过去。

小香奋力一挣,躲到了一边。

魏敬之伸手又去抓,小香本能地大喊救命,躲闪着。屋里的脸盆、盆架、椅子、桌子、茶盅、茶壶,都被掀翻在地,七零八落。小香本就虚弱,这些天躲在洞里,不见阳光,生活无着,又生病,如今刚生了孩子,更加虚弱不堪。她累得气喘吁吁,终难逃魔掌。

魏敬之像一头疯狂的野兽,拼命地撕扯她的衣裳。小香伸手抓他的脸,被他扭脸躲过。魏敬之毕竟上了年纪,不比年轻气盛,霸王硬上弓并不容易,一番折腾,自己也累得气喘如牛。他恼羞成怒,对小香胡乱打起来。小香毫不犹豫,以死相拼。挣扎中,她无意间在床上碰到了簪子,大喜过望,一把抓在手里,对着魏敬之的脸乱扎乱刺,像是疯了。魏敬之伸手抵挡,正好刺中了他的胳膊。

魏敬之一声号叫,跳下地,捂着伤口,大喊:"来人,快来人。"

魏敬之痛得龇牙咧嘴,直吸凉气,望着小香又恨又怕。闻声跑进来的姚瘦子问:"咋处置?"魏敬之吼道:"把她捆床上,我要弄死她。"

姚瘦子转身喊进来两个人,跟他一起进屋捆人。魏敬之见状怒骂:"狗日的给我回来,让女佣去。"

那几个老妈子、小丫鬟又拥了进去。

魏敬之惊魂未定,呼呼地喘息。

周贤娘进来了。魏敬之一愣:"姐,你咋来了?"周贤娘冷冷地说:"听说你要杀一个女人和一个孩子。"魏敬之语塞。周贤娘一直吃斋念佛,天天敲木鱼诵经,早已放下许多事,更是懒得过问弟弟的事,今天不知怎么来管教弟弟了。或许是实在看不下去了吧。

她瞥了一眼他的伤胳膊,轻言轻语道:"造孽太深,罪业太重,会下地狱的,进畜生道、地狱道,永远不得托生。"

魏敬之说:"那是红军家属,红军小崽子。"

周贤娘叹息道:"我也是红军家属。你咋不杀?"

魏敬之愣住。

周贤娘嗅嗅鼻子,说:"你闻闻咱这麻流镇,整天飘着啥味?"

不等魏敬之答话,她接着道:"血腥味。到处都是血腥味。阿弥陀佛,那桂花王看见了,菩萨也看见了,你就不害怕现世报?"

魏敬之本来不怎么信佛,被姐姐这么一说,心里不免虚起来。

周贤娘说完就走,至门口,头也不回丢下两句话:"放下屠刀,立地成佛。"她转过门口走远了,身后又传过来一句话,"都是女人。"

魏敬之颓丧地一屁股瘫坐在椅子上,嘟囔道:"我怕什么?我什么都不怕!我这辈子都过不安稳,还谈啥下辈子?"

这时候,一个军医进来,给魏敬之包扎伤口。

刚包扎好,魏忠礼进来了。魏忠礼一进门,就奉上几筒红纸包裹的银圆,郑重其事地说:"叔,给您老说个事。"魏忠礼耳语起来。魏敬之听完,半晌没吭声,呆在那里。

直到几十年后的某一天,桂小香才想明白,魏忠礼是为了她才与魏敬之耳语的。

魏敬之看了看自己的伤胳膊，心有不甘，恶狠狠道："把她卖到窑子里去。"

三

虚弱不堪的小花时不时哇哇大哭。她无法不哭。吃不饱不说，还像一片树叶，跟着娘在风雨中飘摇，随时都有可能被风雨淹没。这个生不逢时的孩子，似乎能感知到命中的多灾多难。

小香的嗓子已经哭哑了："孩子，我的孩子。"她一遍遍喃喃道，紧紧搂抱着小花，生怕别人抢走。

旁边的姚瘦子早已等得不耐烦了。

小香抱起孩子，嗵嗵嗵，跪下给娘磕了三个头："娘，孩子离不开娘，我带她，是死是活，我都和她在一起，您老人家自己多保重，女儿不能尽孝了。"

小香娘想留下小花，她不知道小香前面的路在哪里，会遇到啥样的灾难，她甚至有一种不好的预感，小香是否能活下来，都是未知。让小香带着小花，那不是死路一条吗？然而，小香如此决绝，她还能说什么？母女连心哪！可是，即使将小花留给自己，她也看不到希望。一个苟延残喘的孤老婆子，又怎么能养活这个刚刚满月的婴儿呢？不如就满足小香这一点小小的可怜的心愿吧，听天由命。

小香娘端详着小花，流着泪说："孩子，喊姥姥。"

小花的小黑眼珠儿望着她，不哭也不闹，静静地看着她。这个小小的人儿，似乎感知到了身边的残酷和无情的扼杀，似乎知道了与姥姥的生死离别。

这个无辜的孩子，娘没有奶水喂她，她还要随娘一起走向一条凶险未卜的路，随时都有夭折的危险。

老少三代诀别的时候到了。

小香抱着女儿，像湃河中的一片落叶，孤弱无助，顺水漂流，稍有反抗，便招来无情的拳脚或粗暴的枪托,或者几天不给吃的,饿得眼冒金星。小香和一群年轻女人一起,被押着,坐竹排,顺着淠河水漂流到了苏家埠。

苏家埠是大别山的繁华大镇,有一个远近闻名的人口买卖市场。

空旷的河滩上,各色人等熙熙攘攘。卖人的,买人的,被卖的,都聚集于此。买卖人口的贩子打着自己的小算盘,瞅着嗅着不同的颜色和气味。这些年轻妇女多被卖到湖北,这些女人落脚湖北,就像一把沙子撒到了荒山野岭,踪影难寻。那些富人或穷汉,揣了钱都能来转一趟,谈拢价格领了人便走。

小香抱着孩子站着,小花嘶哑着小嗓子哭。小香哄不好,悲戚无奈。买女人的男人像走马灯似的,从她们面前走过,驻足,打量,问询。被卖的妇女,只能像牲口一样,任人挑选。

"别让孩子哭了,再哭我弄死她。"姚瘦子见无人问津小香,急红了眼。

小香愤然回道:"把我们一起弄死算了,大家都省心。"

姚瘦子翻翻白眼珠子,恨得踢了小香一脚。小香若真死在他手里,损失了银子,魏敬之能饶得了他吗?

被卖的女人一个接一个被人领走了,剩下的越来越少,却始终无人问询小香。那些男人多是看她半晌,琢磨、犹疑、纠结,然后摇头,不舍地走了。没人愿意买一个带娃的女人,尽管小香长得非常好看,但是好看也抵挡不住一个孩子带来的负担。

那些男人围拢,看小香,过眼瘾,寻机摸摸她的脸,或者碰碰她的胸。桂小香好看,他们喜欢,但是桂小香怀里的孩子让他们止步。买回去当女佣的,不愿意买一带一;买回去当婆娘的,不愿意带一个拖油瓶;窑子里买人的,更不想带个孩子找麻烦,影响挣钱。

太阳偏西时,一个麻脸汉子过来了。麻子个子挺高,脸上布满了坑,阴沉着,像谁都欠他几百大洋似的。看见小香,他不走了,盯着看得入神。他将姚瘦子拉到一边,两个人在袖筒里打着手语。小香知道他们在讨价还价。过了一会儿,姚瘦子和麻子一起走了过来。姚瘦子对麻子说:"人你领走吧。你可是得了一个大便宜,买一个还送一个。"姚瘦子拍拍口袋里的银圆,坏笑着瞅了一眼小香,说:"小心压你一身疙瘩。"

麻子仍然冷着脸,拉了小香就走。孩子忽地哭起来,麻子皱了眉,伸手一推:"快走。"麻子说一口湖北话,拖长了音,咕噜咕噜的,声音像石头一样冷硬。

小香看着孩子,停住了脚步。

麻子不耐烦了:"你想搞么事?"

小香说:"求求你,给孩子买一碗稀饭吧,饿得快不行了。"

麻子站住,脸上呈现怒色。"还真是个贴钱货。"他嘟囔一句,推着小香又往前走。小香抱着孩子,磕磕绊绊地前行,不住地哀求麻子。麻子被她叨得心烦,终于在路边一个小铺子停下来,一百个不情愿地买了一碗稀饭。

小香千恩万谢,急急吹着热稀饭。她用小竹勺将米粒碾得粉碎,碾成浓稠的米汤,一勺勺喂小花。小花不哭了,专心喝米汤。

"快点快点。"麻子站在旁边不停地催。小花吃饱,还剩小半碗,小香呼呼啦啦喝了,还将碗上沾的米粒舔了干净。

小香只能跟着麻子走。麻子愿意给小花买稀饭,她就愿意跟着麻子走。她要让小花活着。麻子多大岁数,家住哪里,家里几口人,有没有地,有没有钱,她一概不知。她只能尽量不去看麻子,只想着那一碗稀饭。想到稀饭,她心中就有了希望。

麻子领着小香,小香抱着小花,往南走。走不远,就是淠河的一个码头。小香的身子本来就虚弱不堪,瘦得一把骨头,还抱着孩子,走起路来上气不接下气,喘得厉害,走得慢,连蚂蚁也踩不死。麻子不耐烦,骂骂咧咧的,嘟哝道:"老子真是倒霉,买了你这个赔钱货。"

麻子对着小香的屁股踢了一脚。小香抱着孩子闪了一个趔趄,差点摔倒,幸好身边一个老头伸手扶了她一把。

一个摆渡的大竹排,上面站满了人,黑压压的,都准备渡到对岸去。竹排一前一后两个艄公,两支长篙一伸,扎进水里,慢慢一撑,竹排起动了。

"站稳喽,都站稳喽。"艄公们喊起来,一个掌方向,一个用力撑。

河上的风一吹,小花又哭了起来,哇哇大哭。孩子的哭声引起了众人注意。竹排上多是男人,男人都循声盯着小香看,像苍蝇发现了一块美食。他们大概没见过这么好看的女人。

麻子站在那里,突然嘟囔了一句:"老子今天亏大喽。"他像是突然醒悟过来,越想越后悔似的,大声嚷起来,"哪个要这个女人?买回家做老婆,生儿子、做饭、洗衣裳,啥都能干。"麻子要转手卖小香。竹排上的男人跑单帮的、卖柴的、做小生意的、种地的,啥人都有。大山里赤穷,人口少,重男轻女思想严重,男人多女人少,造成了许多寡汉条子的存在。

一个黑粗汉子很响地咽了一声口水,盯着小香,径直走到麻子身边,两人在袖筒里伸来伸去,谈论着价钱。黑粗汉子盯着小香又看了一眼,呆了半晌,垂头丧气。显然,他拿不出那么多钱。

人群里开始嘻嘻哈哈谈论小香。一个说:"这婆娘长得受看,当老婆舒服。"另一个说:"好看不便宜,花那么多钱不值,灯一吹还不都一样?"又一个说:"能一样吗?放了三天的黄瓜和刚摘下来的黄瓜,能比吗?"第一个就抬杠起来:"你抬什么杠?"

一个白净点的汉子走到麻子身边,也与麻子打起了手语。白净汉子怀里抱着一根肩担,肩担两头镶了铁,尖尖的,插柴方便。他靠卖柴为生。他的手从袖筒里抽出来,脸上就挂了笑:"老子今晚就入洞房,哈哈哈。"可是,此时小花的哭声让他清醒了。"嗯,还得养活这个小拖油瓶子,这就不划算了。"白净汉子刚燃起来的火苗,立刻被小花的哭声浇灭了。

竹排在水中漂浮着,慢慢前行。桂小香觉得晕晕乎乎,全神贯注地看着脚下,生怕一不留神会掉下水去。她对麻子转手卖她的事根本就没有注意。再说,即使她注意了又能如何呢?她根本无力改变娘俩的命运,只能听天由命。

就在那些光棍汉子与麻子讨价还价时,竹排上站着的另一个圆脸汉子,悄悄地注视着眼前的一切。他的眼睛有点眯缝,闪着一股狠光。他头大脖子粗,个子不高,四肢粗壮,背着一张竹篓子,竹篓里装着锯子、篾刀、木尺,锯子和篾刀杵出了半截子。

一看就是一个篾匠。

他不动声色,盯着小香看,盯着麻子看,盯着众人看,似乎想盯看出什么端倪。当第五个人与麻子谈到半途又反悔的时候,他走了过去。他的脸上似乎有些不满,盯着麻子,伸手就和麻子手谈。他固执地在宽大的袖口里幅度很大地摆来摆去。他的意思是这个女人不值这么多钱,他要把价钱压低,再压低。终于,他的手抽了出来,脸上有了胜利者的笑意。麻子愁眉苦脸,嘴里嘟囔道:"得,算老子瞎了眼,这一趟白跑了。"圆脸汉子恶狠狠地轻蔑地剜了一眼麻子,麻子心虚地嚓了声,转身将圆脸汉子身上挂着的一只竹刷子摘了去,说:"算我那一碗稀饭钱。"

圆脸汉子伸手抓住了桂小香的胳膊,抓得紧紧的,像一道箍,手指几乎要嵌进小香的肉里去。他看着小香,又看一眼小香怀里的孩子,说:"跟我走。"

小香瞥了一眼麻子,麻子正看着远处的山峦,不看她。她又瞥了一眼面前的圆脸汉子,圆脸汉子盯着她,纹丝不动,没有丝毫犹豫退却的意思。她想说啥,张了张嘴,啥也没有说出来,只是点了点头。

圆脸汉子说:"我叫范道江,是个篾匠,你转了七道手,转到我手里了。"范道江说完,嘿嘿地笑了,似乎捡到了一个大便宜,又似乎是在女人面前有点害羞。

小香认真地看了他一眼,算是默认。

"从这时候起,你就是我老婆。"范道江说。

那些动过心思又松手的汉子,看着范篾匠领着小香下了竹排向远处走,都像是丢了半个魂。

夕阳落在一个山坳间,露出了硕大的笑脸,金光红光交织在一起,苍茫一片,像是给山峦镶了一道灿烂的边。

四

天渐渐黑下来了。

桂小香抱着孩子,一直跟着范道江往前走。他不说去哪,也没有多余的话,只是闷头走。他像大别山里沉闷的猪獾子,在山中穿行。

范道江长得健壮,浑身是劲,给人干活从不惜力,再累再苦也不吭一声,能忍能扛,浑身上下透着一股子狠劲儿。有人就叫他范大狼子。天长日久,人们只知道篾匠范大狼子,不知道范道江这个真名了。

范大狼子领着小香从官道拐进了一个小山冲。那山冲细长,住着五六户人家。范道江给其中一户做过活,打过凉床笆子、竹椅子。投宿从前做活的东家,在他是经常的事。山里人淳朴,也难得来个外人,能听到山外许多趣事。因此,东家对他都热情。

女主人见范大狼子领了一个女人,还带着一个孩子,心下就已明白八九分,很金贵地拿出珍藏的一把米,熬了米汤,又做了野菜掺玉米面的粑粑。米汤可以喂小花。女主人特意撇了米汤上漂着的米油,端给小香。小香感激万分。小花喝了米汤,安稳了,睁着一双小眼睛好奇地看着这个陌生的世界,不哭不闹。

吃过饭,女主人抱来一大抱干稻草铺于地,稻草上铺了一条破被子,打了一个地铺。小香见状,不声不响将稻草往旁边又铺了一块。那意思很明确——打两个地铺。女主人愣了一下,看了她一眼,见她坚决,也就随她。

山村的夜静得早。小花已经睡了。小香靠墙坐着,守着小花。她疲惫不堪,坐在那里打瞌睡,却强忍着不睡。范大狼子还没有进来,她忐忑不安地盘算着如何过了他这一关。

范大狼子大大咧咧坐到草铺上,倒头就要睡。桂小香小心地指了指旁边的地铺,让他睡另一个。范大狼子疑惑地看着她,不理睬她。小香端坐着,小心地盯着他,心里害怕极了。

范大狼子来了精神,也不说话,一把抓住了小香的手。可是,他像是被马蜂蜇了一下，很快就松开了。小香手中的铁簪子毫不客气地扎到了他。他痛了，怒了，脸色瞬间涨成了紫猪肝。范道江正要发作，桂小香压低了声音警告他："我男人是红军连长，你要敢乱来，我就跟你拼命。"

小香咬牙切齿说了这句话，把自己也吓了一跳。啥时候，她变得这样坚强而又从容了？毫不畏惧，热血胆气，能豁得出去，她已经不是那个见了血就吓得半死的小姑娘了。惨烈严酷的环境激发她成熟了。

桂小香已见了太多的血，太多的死亡。吴淝河死了，公爹死了，婆婆死了，吴芳英死了，还有那些死在铡刀下的乡亲，身首异处，惨不忍睹。鲜血、死亡、苦难，已经让她变得麻木，失去了知觉，不知道啥叫害怕。她的誓死捍卫几乎成了一种本能，她是方子成的女人。

范大狼子没有被她吓倒，嘴角出现一丝冷笑。小香自我保护的弱态激发了他的斗志，激起了他男性的征服欲。他热血上涌，不管不顾地准备再次寻机上前。

桂小香恶狠狠地说："你要再敢胡来，我不放过你，红军也决不会放过你。"

范大狼子愣住了，像被点了穴。

"我男人是红军连长，他能放过你吗？"桂小香说的每个字都寒光闪闪。

范道江歪着脑袋想了想，冷静了一点。他给自己壮胆道："你男人早被打死了，你现在就是我的老婆，我花钱买来的老婆。"

桂小香愣住了。她第一次听说方子成被打死了。范大狼子的话，那么刺耳、扎心，像晴天霹雳。

范大狼子看出了她的飘忽，扬扬得意起来："不然的话，谁敢买你？"

桂小香哪里肯信，方子成那么机灵，那么勇敢，即使受了那么重的伤，不也活过来了吗？

小香说："还乡团的话你也信？"

范道江一梗脖子："咋不信？"

小香说："他们早就说红军被消灭了，红军被消灭了吗？"

范道江不吭气了。自从大别山闹了红军,就没有停息过,国民党天天宣传,红军被"剿灭"了,红军窜逃了,可是不知哪天,红军就从山里冒了出来,将"围剿"的兵和还乡团杀个稀里哗啦。大别山的人谁不是亲身感受呢?桂小香的话让范道江有点动摇,开始怀疑自己。

小香见状,缓和了情绪,好言相劝道:"你说的话,我也得确认一下,对吧?等确认我男人真的死了,我会给你一个答复。在没有确认前,你敢动我一下试试!"

范道江愣在那里,不知道该咋办了。

"告诉你,这山里红军的人多得很,说不定咱们现在就被红军的人盯上了。"

范大狼子真被桂小香的话震住了,或许也是因为太累,他没再动作,稍一犹豫,竟然倒头就打起了呼噜,睡得死猪一般。

小香不敢掉以轻心,警觉地倚墙打盹,稍有动静,立马就醒。小花夜里哭了好几回,她轻声细语将她哄睡。范大狼子睡得沉,一动不动,若不是打呼噜,小香还真担心他睡死了过去。

一夜无话,至天亮上路。桂小香抱着孩子仍然跟在后面。范大狼子走一段,会站下,回头看看,等她撵上来,继续再走。不像昨天,连头也不回。小香想对他说点啥,几次欲言又止,因为范大狼子就没有正眼看过她。范大狼子就像一个闷葫芦,想找他说话都难。

路过一条小溪,范大狼子坐石边歇息。小香将孩子放在一块石头上,去河边洗了一把脸。待她站起身时,给范大狼子鞠了一躬。范大狼子吓了一大跳。他从来没有受过别人如此敬重,还是一个如此好看的女人,激动得张口结舌,涨红了脸。

桂小香说:"范大哥,你的大恩大德,我今生一定报答,等我男人回来,我们加倍报答。"

范大狼子慌忙摆手:"你说啥?"

想了想,范大狼子又说:"是那些卖你的人说的,你男人是红军,被打死了。"犹豫了一会儿，又说，"既然留不住你，你想走就走吧，就算我范道江拜了菩萨，烧了香捐了香火，做了一件善事。"说完，他低下头，叹了一口气，似乎是为花出去的银圆而叹息。他看出来了，这个女人不是等闲之辈。他不想惹麻烦，也不想为了这个女人留下一个恐惧的祸根。

桂小香听了范道江的话，一下子跪在他面前："恩人，行行好吧，好事做到底，俺娘儿俩无处可去，这个时候走，定是死路一条。救人一命，胜造七级浮屠。"

范大狼子就是那么一说，并没有打算真放她走。他心里仍然充满了希望，希望桂小香能心甘情愿地跟他过日子。他也没想到自己会那么说，豪情了一把，小香却当了真。小香的当真，让他欢喜，也让他难过。欢喜的是，小香仍然跟着他。难过的是，她啥时候才能死心塌地当自己的老婆？

他慌忙去扶她，又不敢碰到她："快起来，快起来。"

小香说："你要是不答应，我就在这跪死。"

范大狼子看一眼小香，又看一眼孩子，叹息道："快起来，跟我回家吧。"

此时，青山溪水，苍天空寂，一只老鹰在空中盘旋。

他们继续上路。

山路曲曲折折，重重大山像舞台大幕，次第打开，一幕幕呈现于眼前。天近晌午，他们走到一条老街。

这条狭窄的鹅卵石街道，两旁住着几十家住户。此刻见不到人影，看上去空旷萧条。唯街头一家，门开着，原来是个茶水铺子，兼卖干粮。一只枣红色瓦盆，缺了一个角，盛着几个煮山芋、野菜碎米饼子。看店的瘦老头戴着眼镜，花白头发，花白胡子。范大狼子领着小香进了店，坐板凳上歇息。小香扭过身子，给小花喂奶。奶水仍然很少，但总归有了一点。小花仍然会时不时松开嘴哭两嗓子。范大狼子买了两个饼子、两个红芋、两碗水，往小香面前一推，自己先吃起来。

"那边近来没啥事吧？"范大狼子嚼着饼子，朝某个方向努了努嘴。老先生心下明白，摇了摇头。桂小香喂好小花，转过身来，疑惑地望一眼范大狼子,又望一眼老先生。

老先生笑了,指了指那个方向,告诉她:"六万寨。"

小香听了,打了一个激灵,站起身就要走。范大狼子不解地一把拉住了她。

老先生呵呵一笑,继续说:"官府剿过几次,红军也打过几次,现在消停多了。"

桂小香警觉地四下看看,吃着饼子,眼睛看着门外。

老先生似乎看穿了她的心思,有意要缓解一下紧张气氛,继续说:"知道为啥叫六万寨吗?"

桂小香摇头。

范大狼子说:"不就是一个地名吗?还有啥讲究?"

老先生说:"当然有讲究,南宋德祐年间,遗臣曹平章为辅佐宋王孙南下,退到了此寨。当时,寨里聚集了军民义勇有六万多人,所以称作六万寨。我小时候上去过,寨顶有一条宽阔的山脊,有三里多长。寨的东西北三面皆是悬崖峭壁,唯南面有一条崎岖山道。据说山道上设了五道寨门,地势险要,易守难攻。曹平章凭险抗元,长达十多年。宋亡后,元军调集重兵围攻六万寨。曹平章据险与元军抗衡数年,终因粮绝而兵败,山寨失守。曹平章的首级被元军取走邀功。说起六万寨,前朝有个进士叫张孙振,游历六万寨,还写了一首凭吊诗。"

老先生说到这里,也不管他们爱不爱听,只管摇头晃脑起来:"千尺青峰百尺松,兵戈故垒忆从戎。平章去后山容壮,日暮飞霞照万重。"

范大狼子听得直点头,佩服得五体投地。

桂小香也不知道他在说什么。

这时,进来两个男人,看上去都是老实巴交的庄稼人,与老先生打了招呼,坐下喝水。两个男人警觉地望望范大狼子和桂小香,不见异常,这才放下心来。老先生笑笑点头,示意无碍。其中一人对老先生小声说道:"听说红军赤卫队被围在了狮子山,后来打散了,那个领头的受了伤,被逮住了,现在被钉在霍安城门楼子上，要示众三天呢。"

老先生啊了一声，沉默不语。

另一个说："我看到张贴的布告了，赤卫队队长才二十岁，叫桂宝才，就是咱县麻流镇的人。"

他们的对话虽然轻微，但桂小香还是听见了，尤其是桂宝才和麻流镇的字眼，是那么熟悉。她心一惊，像是不相信自己的耳朵，脱口而出："谁？"

老先生和那两个男人都吓了一跳，范大狠子也一愣。"你刚才说谁？"小香站了起来，望着那个男人。那个男人不知所以，轻轻又说了一遍："桂宝才。"

小香像挨了一记凶狠的闷棍，晃了晃就要倒下去。范大狠子伸手扶住了她。小香脸色煞白，坐在那一动不动，泪水却下来了。

范大狠子连忙朝众人摆手："没事没事，她就是有点不好过。"

好大一会儿，桂小香才平息下来，抱起孩子就走。范大狠子揣了剩下的饼子，急忙跟了上去。他不知道小香咋有了这么剧烈的反应。小香走出老街，走到一条河边。河滩上有一大片柳树，高大茂盛，河水哗哗地流。对岸有一片竹林，郁郁葱葱的。小香走进柳树林，一直走到水边，这才哇的一声，放声大哭起来。她的哭声惊醒了小花，小花害怕地望着她，也跟着哭起来。

小香压抑了声音，但是那悲痛却无法压抑。她的哭是从五脏六腑里挤压出来的。

范大狠子站在她身后，蒙作一团。

小香哭累了，安静了下来，像是拿定了主意，说："我不瞒你，那个赤卫队队长桂宝才是我弟弟，我苦命的弟弟。"

范大狠子心下一惊，明白了，不知道该如何安慰她。此刻，他对她关切、同情又钦佩，也恐惧也害怕。他被这突然而至的灾难弄晕了，不知道该咋办。本以为这个好看的女人就是那个男人被打死的红军婆娘，只因带个孩子，被人转了七道手，他鬼使神差地接住了，买回家做老婆，想过安稳日子，生儿子传宗接代，没想到她还有一个当赤卫队队长的弟弟，而且被抓住了。

那可是鼎鼎大名的赤卫队队长呀,定是在劫难逃了,但愿不要因为这个女人牵连到自己。范大狠子越想越害怕,脊梁心阵阵冒寒气。这个烫手山芋,现在想甩都来不及了。

"你要咋地?"他小心翼翼地问她。

桂小香说:"我要去救他。"

范道江听了,脑子里轰的一声,像炸了一颗手榴弹。

五

天阴沉沉的,朔风刀子一样呼呼刮着。这天说冷就冷。

范道江说不清楚,桂小香身上有一种怎样的魔力,让他义无反顾地听她的话,跟她走。他感觉她的事就是一个天大的事,非去做不可,非帮她不可,这或许是他这一辈子遇到的唯一的一件大事,天大的事。这个想法,让这个在穷困中挣扎了近四十年的汉子激动不已,两条腿都在颤抖。他甚至在想,经历了这一件事,这一辈子就没有白活。

激动过后,冷静下来,他又胆怯了。就凭他俩,要去救赤卫队队长桂宝才,这不是想要登天吗?但是,小香是至死不退的,他一个爷们,又怎能胆小怕死,连一个女人也不如?岂不是让这个女人笑话?

去了再说,他想,也许,她会知难而退,反正,走一步看一步吧。

范道江只好跟着小香往霍安县城走,一路上,他几乎都是在撵着小香走。

傍晚时分,霍安县城的门楼远远地就能看到了。进城的人稀稀拉拉的。小香越靠近门楼,心跳得越是厉害,腿也抖起来,不像是她的腿了。

小花睡在背篓里,小香背着。范道江怕影响赶路,找来一个背篓,在里面铺上稻草,不知从哪又弄来一件破棉袄,铺一半,盖一半。这比抱着轻松多了。

小香全神贯注地盯着城楼,忘了背篓里的孩子。她屏住呼吸,一步一步往前迈,每一步都那么艰难。

一根高耸的旗杆，孤零零地杵在门楼上，上面绑着的"青天白日旗"被风吹得张牙舞爪，飘飘欲坠。

这么冷的寒天，似乎要飘雪了。

小香看到了，在城门上方，旗杆下面，贴墙挂着一个人。那个人，胳膊和腿最大限度地被拉开，身体像是悬空着。小香的脑袋里嗡的一声，一阵晕眩。走近几步再细看，那个人并没有被绳子吊着，而是被几根大铁钉钉在了墙上。两条胳膊两条腿上，各钉三根大铁钉。因为铁钉太长，还剩一大截露在外面。他的脑袋，无力地歪垂着。整个人，一动不动。血水，顺着胳膊，顺着两只脚，滴落下来，被寒风一卷，撕扯成血雾一般，飘洒在空中，落在远远近近的坚硬的石板地上。

是宝才吗？

桂小香的心剧烈地痛起来，痛得浑身哆嗦，再也迈不动步，像是被钉在了地上。她觉得身子虚空，几乎就要瘫倒在地。范道江在她身边，感觉到了她的颤抖，感觉到了她的身子往下倒，便悄悄抓住了她的胳膊，使劲托起了她。

城门楼下楼上，站着许多荷枪实弹的兵，枪口上的刺刀发出幽幽的暗光，如临大敌，虎视眈眈地注视着城门楼下的一切。这只是看得见的，看不见的，谁又知道埋伏着多少如狼似虎的兵呢？

小香捂住了嘴，往心里哭，不敢发出任何声音。

若不是被范道江有力的大手紧紧托着，小香肯定会昏倒下去。有那么一瞬间，她感到自己已经啥都不知道了，脑中空白一片。她听到范道江在耳边小声地叮嘱："不能哭，不能哭，贼眼都盯着呢。"范道江微微地晃动，提醒着她。

小香跟着范道江慢慢往前走。每迈一步，都是那么艰难。

城门右边的墙上，贴着一张大布告，白纸黑字特别醒目。

告 示

"红匪"大头目、"匪"所谓麻流镇赤卫队队长桂宝才,被英勇善战的"剿匪"部队于五天前活捉。该"匪逆"系霍安县麻流镇桂花村人,公然煽动山民造反、杀人放火、抢劫地方、对抗政府、颠倒纲常;被活捉后依然执迷不悟,继续辱骂党国、侮辱政府官员。为尽快扑灭"赤祸"、震慑"余匪",特将桂犯宝才钉于城门头示众,严肃纲纪,明正刑典,以儆效尤。

切切此布

国民革命军新编独立旅旅长胡涂
中华民国政府霍安县长朱达才

桂小香不识字,范道江上过两年私塾,识得几个。范道江的目光越过告示前那些人的头顶,一眼就看到了桂宝才的名字。他小声告诉她:"是桂宝才。"

其实,桂小香已经看出来了,门楼上钉着的就是弟弟桂宝才。一母同胞,她自有识别的血缘密码。她仰头看着弟弟,被悲痛刺得瘫痪。她不知道该说啥了,也不知道该干啥了。脑袋里被悲痛塞满,一丝风也刮不进,一滴水也滴不进。她站在那里,刚想张嘴喊一声,就被一阵强劲的寒风堵了回去。她感到喘息艰难,张了几次嘴,也没有喊出声来。范道江紧张地抓着她的胳膊,暗自用力提醒她,她感觉到了。在路上,范道江就已经叮嘱她多次,千万不能暴露自己的身份,否则,她和女儿的小命恐怕难以自保。不为别的,得为孩子着想。

然而,桂小香看见弟弟,就忘记了他的叮嘱。

门楼下站着的哨兵,已经在盯着他们了。那每一道怀疑的目光都透着凛冽的杀气。急迫中,范道江拧了一把背篓里的小花,小花疼得惊醒,哇地大哭起来。

小花的哭声很响,刺破了阴沉沉的天,清脆洪亮,传得很远。城楼上下的人,都听见了,都朝他们这边看来。范道江将小花抱出来,用棉衣包裹好,抱给小香。"别慌,记住我的话。"他对小香耳语着。

此时,天空飘起了雪花。晶莹的雪花胖乎乎的,从空中飘飘悠悠地下来,落了地,或贴在脸上,一寒而逝。小香看着女儿,清醒了些。她想告诉宝才,她来看他了,他当舅舅了,他的外甥女也来看他了。

范道江和小香装作哄孩子,站在那里七手八脚地忙碌着,包棉袄,换尿布,哄孩子。桂小香大声地说话,想让宝才听见。

"小花,好孩子,快看看,下雪了。

"小花,别哭了,过年娘给你买一个兔子灯笼。"

小花仍然在哭。城楼上的人纹丝不动。

桂小香急中生智,抬头就唱起了一首山间小调儿:"风儿起来浪(的)浪儿游,手拿鱼竿(来)上沙洲,哎嗬依……上沙洲。"

这是她和宝才小时候去浠河里逮鱼、玩水经常唱的歌。麻流镇上的孩子都会唱。那个旋律,那个唱词,宝才非常熟悉,因而敏感。

天寒地冻,飘着雪花,虚弱的桂小香在寒风中的声音也有些变调走形,但是她的声音高亢嘹亮,很有穿透力。她相信,只要宝才还活着,就一定能听出她的声音。

她昂起头,望着城楼上的弟弟,一边唱,一边慢慢往前走。

她在心里一遍遍地呼唤着,弟弟啊,快睁开眼睛看看呀,我是姐姐小香,我带着小花来看你了,她是你的外甥女啊。

可是,她失望了,城门楼上被钉着的人,没有一丝反应,像是冻僵了,又像是死了。

小香的脚步已经快接近城门,她快要控制不住自己了。如果不是范大狠子抓着她的胳膊,支撑着她,提醒着她,她肯定就倒在城门口冰冷的条石板上了。

怎样才能救宝才呢?这里防备得像一个铁桶,从哪里下手?小香一点办法也没有,只感到椎心的绝望。无论如何,她要让宝才知道,她来了,然后再寻找机会。

临近城门的那一刻,桂小香镇定了下来,再也不害怕,再也不慌乱,只感觉热血奔涌,有着要把一切都豁出去的豪情。

她更大声地唱了起来,高昂着头看着宝才,声音更加嘹亮。

"风儿起来浪(的)浪儿游,手拿鱼竿(来)上沙洲,哎嗬依……上沙洲……上沙洲。"

奇迹出现了,城门楼上的宝才慢慢地睁开了眼睛,慢慢抬起了头。从血污和散乱的头发里散发出来的,是两道温和的亮亮的目光。他像是从梦中醒来,脑袋尽最大的力量和幅度动了动,腰也痛苦地扭动了一下。钉在城楼上的那个人,是想做出一个动作,哪怕只是一个细微的动作,也要让唱歌的人看见,看见他还活着,看见他听见了歌声,看见他认出了唱歌的人。

桂小香看见了。那一刻,她简直就是心花怒放了,热泪汩汩地流淌,悲痛烟消云散。她疯了一般,转身就把怀里的孩子递给范道江。但是,范道江没有接,而是更紧地攥住了她的胳膊,让她无法动弹,然后,示意她抬头往上看。

一个更大的奇迹出现了。只见城门楼上那个被钉住的人,像焕发了新生,像变了一个人,周身爆发出了巨大的能量,竟然接着小香的歌也唱起了小调:"鱼竿啊挣在沙洲上呵,愿者鱼儿莫上钩,哎嗬依……莫上钩啊……"

他像是拼尽了最后一丝力气,唱了一遍,又唱一遍,唱完,脑袋就那么歪着,眼睛一眨不眨地看着城门下,看着小香。

城门下,是零零星星进城出城的行人,挑担子的、牵马的、扛竹篮子的,还有木桩一般肃立的哨兵,城门前用麻袋和铁丝栅栏堆积起来的工事上,有架着的机关枪和趴着的枪手。

大雪静静地飘洒,地面已现薄薄的白。

桂小香望着城门,望着宝才,凄然一笑,泪流满面。她看到弟弟宝才也笑了,宝才整齐的白牙冲破血色,闪耀了一下。

一个端枪的哨兵跑了过来，凶恶地冲他们吼道："快走，快走，不许停留。"

范道江冲哨兵点头。桂小香抱着小花，仰头又看了一眼弟弟，她在小花的小腿上狠劲地拧了一把，孩子痛得又哇的一声大哭。

"娘在这里，快看看娘，快看看娘啊。"桂小香挂着泪哄着孩子，目光却看向城楼。宝才一定听见了她说的话，一定为自己当了舅舅而高兴。小香让小花的小脸面向天空，面向天空哇哇大哭。她望着哇哇大哭的孩子，笑了。

一滴带血的泪，滴在了小花的额头上。

那个端枪的哨兵更加凶恶地吼："他妈的，还磨蹭啥？快滚快滚。"

范道江看了一眼桂宝才，嘴角含笑，轻轻颔首，扶着小香往城里走。他的目光，他的颔首，宝才一定读得懂，那是男人之间的目光，那是男人之间的语言，彼此心有灵犀。他似乎告诉了宝才一切。

城门楼的上空，再次飘来了宝才的歌声："鱼竿啊挣在沙洲上呵，愿者鱼儿莫上钩，哎嗬依……莫上钩……"

小香清晰地听到了宝才唱的每一个字，都记在了心里。宝才特意给小调改动了一个字，把从前的"来上钩"改成了"莫上钩"。在外人听来，那个声音从一个身受重伤、奄奄一息的人口中发出来，多少都发生了变形，根本就听不出来，但是桂小香听出来了，而且听清楚了，听明白了。宝才害怕她来救他，知道那无疑是拿鸡蛋磕石头。他要让她明白，无论遇到啥，都不要轻举妄动，活下去，活下去才会有希望。

一个国民党的军官好奇地听着小调儿，听得似懂非懂。他脸上挂了一丝笑，小调儿的声音多少让他兴奋了那么一点。他听完了，忍不住嘲讽道："他妈的，都死到临头了，还不忘哼叽几句。真想得开。"

这时，被钉着的桂宝才哈哈大笑起来，然后向着天空朗声大喊："爹娘、姐、姐夫、外甥，还有那个朋友，我先走了，共产党为穷人打天下，一定会胜利，共产党是杀不完的，二十年后，老子又是一条好汉，还要跟着共产党一起干！"

　　桂小香望着城门,望着宝才,凄然一笑,泪流满面。她看到弟弟宝才也笑了,宝才整齐的白牙冲破血色,闪耀了一下。

在阴沉沉的落着雪花的天空中,那声音洪亮如钟,在山间回荡。城门楼上、楼下的人都听见了,都驻足看着,听着。话音刚落,宝才的脑袋便往身后的石墙上死命一磕。他的脑袋一歪,再也不动,像一尊石雕。

哨兵们吓坏了,哗地拉响了枪栓,一支支乌黑的枪口对准了桂宝才。宝才的鲜血流下来,滴在地上,地上红了一片,染红了白雪。

小香看见了这悲壮的一幕,吓傻了,跟跄着就要扑过去,被范道江牢牢地抱住,快步往前走去。

大片的雪花,像细碎的纸幡,漫天飞舞。

天地迷蒙一片。

城门楼上,大山之巅,仍回响着桂宝才激昂的小调:"鱼竿啊挣在沙洲上呵,愿者鱼儿莫上钩,哎嗬依……莫上钩……"

六

那年的雪,是霍安县人记忆中下得最大的一次。沙沙的落雪声,响彻天地,几天几夜也没有停过。

大雪,覆盖了这个世界。

范道江是个走村串户的篾匠,这么多年了,见多识广,熟人也多。那天,他就那么搀扶着桂小香,在众多国民党兵和还乡团的注视下,慢慢走过了霍安县城的大门。

桂小香双腿发软,如果不是他硬托着,她肯定走不了。这时,又冲过来一个哨兵:"快走,磨蹭什么?"哨兵哗啦一声拉开枪栓,冰冷的枪口直逼过来。范道江急忙点头说明:"她不好过,病了,这就走,这就走。"小花此刻也凑起了热闹,哇地又哭起来。

小香被巨大的悲痛击垮了,神情恍惚,身子像浮在水面上。她跟着范道江往前走,脑袋昏昏沉沉的,疼得似乎要爆炸。

顺着一条鹅卵石小街往前走。走不多远,有一家卖黄大茶的铺子,一个小伙计孤零零地招呼客人。范道江搀扶着小香走进去,要了一碗热茶给小香喝。小香沉漫在悲痛中没有走出来,似乎要把冷彻骨髓的痛深埋于心。小花不管不顾地哭,嗓子已经哭哑。小香喝了一口热茶,似乎回过一点神来,头脑也清楚了些。她搂着小花,搂得紧紧的。小花仍然在哭,她慢慢转了身子,躲在墙角奶孩子,脸色阴沉得能拧出水来。

小花没有吃饱,仍然哭。小香求援地望着范道江。范道江叹了一口气,去隔壁饭铺弄来了一小团米饭,放在茶碗里,兑了开水揉碎,搅成米糊糊。小香一勺勺喂小花吃米糊糊。喂完,小花不哭了。

又歇了一会儿,他们出门继续往前走。范道江一手抱着小花,一手搀扶着小香。

县城的街道比麻流镇的宽阔多了。街上却看不见一个人。雪花沙沙地飘,路面、房顶都成了白色。走路咯吱咯吱地响。茶行、伞行、铁匠铺、木器行、绸缎铺、包子铺……有的开着门,有的关着门,幌子都在寒风中飘荡摇晃,似乎要努力挣脱雪花的击打。

"熊记篾匠铺"的门开着,范道江朝屋里看了一眼,在门口跺了跺脚。屋里没有人,靠墙摆着八仙桌,几张竹椅。范道江像是到了自己家,招呼小香进屋。他让她坐在堂屋等,自己则去了后院。"熊大哥,在家吗?"他喊了一嗓子。

不大一会儿,一个络腮胡子的汉子跟着范道江出来了。

熊篾匠话不多,脸上挂着笑,倒茶让座,娴熟的动作中透着亲热。他把烘篮子从里屋拎了出来,多埋了一些碎木炭,让给小香。那个烘篮子像一个长鼓破了肚,竖在那里,下端放火盆,上端当板凳,凳面以竹篾编之,留着许多孔洞,便于热气往上蒸腾。人坐上去,会感到周身热气腾腾。"别把孩子冻着。"熊大哥的话,说得小香心里暖暖烘烘的。

他递给范道江一个小烘篮。小烘篮可以烘手取暖。

熊篾匠忙活完这一切,也不多话,进了后屋,不大一会儿,从后屋出来,手上端着一个朱红的木制大托盘,托盘上放着两碗热气腾腾的挂面。

"饿了吧,趁热吃。"他说。

熊篾匠的老婆跟着走了出来,热情地帮小香抱孩子。小香心里热乎,吃着面条,泪水就吧嗒吧嗒掉进了碗里。

她擦了擦眼睛,像是狠了心,像是与挂面起了仇恨,一句话也不说,硬着脸,呼噜呼噜地大口吃。

她吃得风卷残云,腮帮子撑得鼓鼓的。这一路上天寒地冻,赶了那么远的路,经历了那么大的悲痛,早已又冷又饿,整个人处于麻木与僵硬状态,像是虚脱了,像是死过去了半截子。这一碗热气腾腾的挂面让她又活了过来,身上有了热气,甚至鼻涕也热得流了出来。

这一次活下来的命,是范道江给的,是熊篾匠一家人给的。

吃了饭,熊大嫂将小香领到了后屋,后屋天井边有一个小阁楼,不大,支着一张床,床上铺了稻草,稻草上有一条蓝粗布被子。小香把小花放在床上,盖好被子。小花吃饱了,安静地睡。小香没有再哭,而是倒头就睡。

熊篾匠、熊大嫂,还有范道江,都往阁楼上张望了好大一会儿,见平静了,彼此才对了一下眼神,放下心来。

熊篾匠和范道江说了一会儿话,就独自冒着大雪出门去了。范道江坐在大板凳上,将烘篮放在脚下,趴在大桌子上睡着了。

天渐渐暗了下来,世界安静,唯有雪花落玉。

夜深,熊篾匠披着一身雪回来。他的脚步声惊醒了范道江。他已经打探来了消息,被钉在城门楼上的那个人已经死亡,被扔到城外三里岗的荒滩上了。那里本就是个死人堆。扔人的人放下了话,不许给桂宝才收尸,谁收尸谁就是通共、通红,视为共产党和红军的同伙,一并治罪,杀头。为此,他们还派了两个团丁在那里守着。

熊篾匠和范道江坐在屋里,静静地等。鸡叫三遍,熊篾匠站起身。过了一会儿,熊大嫂领着小香出来了。熊篾匠便领着范道江和小香出城去。熊大嫂在家照看孩子。

临出门,小香怕连累熊篾匠和范道江,坚持要自己一个人去。"这是我家里的事,不能连累你们。"范道江哪里同意,坚持陪她一同前往。范道江急红了脸,说:"你是我的老婆,我哪能让你单独出头?岂不让人笑话?"

范道江不让熊篾匠一起去,他说:"熊大哥,这是我家的私事,我们不想连累兄弟。"他冲着熊篾匠一拱手。熊篾匠坚持要一起去。他说:"多一个人就多一个帮手,我在这里毕竟人头熟,方便些。"范道江严肃起来:"弄不好,这可是要杀头的。"熊篾匠平静地说:"你们今天有难来到我家里,就是把我当兄弟,我若是不出手相帮,这辈子我都不会心安的。不要再说了,走吧。"

桂小香还要再说啥,熊篾匠真诚地说:"弟妹,别说了,宝才兄弟为了我们穷人,连命都能豁出去,我还有啥可怕的?"

范道江、熊篾匠一人拉着一辆雪爬子。雪爬子是熊篾匠前几天刚做的,准备留着雪地里拉东西,没想到现在派上了用场。

雪爬子像两条蛇,在雪地里哧溜出两道深深的辙。这才下半夜,雪已经埋过小腿了。小香坐在范道江的雪爬子上,戴一顶棉帽,打扮得像个小伙计,手里拎着一个烘篮。熊篾匠的雪爬子上,装了两把篾刀、几捆绳子,还有一把铁锹、一把镐头。

他们到了城门,果然被兵拦住了。兵很怀疑,围着他们打量。熊篾匠说:"去山上砍几棵毛竹,铺子里的竹子用完了。"又指了指范道江和桂小香,"这是我的俩伙计。"哨兵冻得像是要缩成一团,哈着手,眼皮沉重,不耐烦地嘟囔道:"这么大的雪,深更半夜的,还砍什么竹子,莫不是给'红匪'送信吧?"熊篾匠闻言吓得直摆手,又慌忙掏出几个铜钱,塞进哨兵的口袋:"军爷,这可是要掉脑袋的事,你借个胆给我,我也不敢啊。可不敢乱说。"

熊篾匠从桂小香手里一把夺过烘篮子,塞进了哨兵手里,讨好地说:"天太冷,给军爷暖暖手。军爷,高抬贵手,高抬贵手。"

哨兵被熊篾匠搞得热火了,有点麻痹,仍然仔细检查了雪爬子。他们看见铁锹和镐头,起了疑:"砍竹子带这干啥?"熊篾匠说:"顺便挖几个冬笋,回来换点小钱。"哨兵想想也对,没多说什么,不情愿地抬杆放行。

三人赶到三里岗,只见满眼飞雪,白茫茫一片,雪光映亮了天地。几条野狗在荒滩上刨着、扒着,忙得不亦乐乎,将雪扒得乱糟糟的。有的尸体被野狗扒出来了,它们正撕扯着,抢食饱餐。两个团丁穿着军大衣,冻得跺脚,走来走去。

小香拔腿就向野狗冲去,两个团丁见状慌忙拉响枪栓,大吼:"站住。干啥的?"

小香停住了脚步。

熊篾匠赶紧笑嘻嘻地上前打招呼。其中一个认识熊篾匠,像是一个村子里的。熊篾匠一指远处的尸体,说:"有个以前我做活的东家,病死了,朋友托了话来,过意不去,想帮忙埋掉。"团丁有点疑惑:"不会是被钉死的那个吧?"熊篾匠麻利地掏出两块大洋,每人递上一块,央求道:"那咋可能呢?这是一个做小生意的,家在外地,死了就扔在这了。兄弟帮帮忙吧,你看,那么多野狗,一夜过去了,不知道可还能找着。"

另一个团丁疑惑地追问:"真的吗?"

熊篾匠赶紧说:"是的是的,不然,谁敢这么大胆啊?"

认识的那个团丁将银圆装进口袋,一本正经地说:"谅你们也不敢。去看看吧,或许真被野狗吃了呢。"

熊篾匠急忙点头,弯腰,千恩万谢,然后去招呼范道江和桂小香。

荒地里有六七具尸体,都已冻得坚硬,被雪覆盖着。小香一个一个仔细察看。范道江一声不响,帮她一起翻找。那些死去的人,本就变了形,又被污迹和雪覆盖,再加上野狗的糟蹋,看上去个个面目可怖。

桂小香已经不害怕,一个一个拂去尸体上的脏污,仔细辨认。宝才是后脑撞墙而亡,她清清楚楚地看见了。她找到一个脑袋上血污不堪的,虽然变形厉害,可还是能看到宝才的影子。她的心哆嗦起来,颤抖着手,又查看了他的右脚踝,看到了那颗熟悉的黑痣。

小香一屁股跌坐在了地上。

"弟啊,你死得太惨了啊。"她压抑着声音,哭起来。

范道江和熊篾匠顾不上桂小香,急忙将宝才抬上雪爬子。两个雪爬子连接在一起,正好摆下宝才。范道江催促道:"快走,现在不是哭的时候。"

小香清醒过来，一骨碌从地上爬起来，跟着雪爬子往前跑。范道江和熊篾匠拉着雪爬子，顺着大路一溜烟地跑，离县城越来越远。

转过一个山弯，不见了那俩团丁，熊篾匠挥刀砍下路边五六棵小圆竹，绑在一起，成了一把大扫帚。小香和范道江拉着雪爬子前行，熊篾匠断后。

熊篾匠退着走，用大扫帚一路将脚印和雪爬子的痕迹扫拉平。一里多远，雪爬子拐进一个山冲。山冲里有条小路，两边山坡不陡，长满了毛竹。在大雪的重压下，那些挺拔的毛竹有的弯腰躬身，竹梢低垂，有的则被大雪直直压折。

行了三四百米，熊篾匠看了看山坡，叫停下来。熊篾匠像变魔术似的，从路边的雪地里拎起一根根被砍断的竹子，那些竹子都已经被剖成了两半。范道江一看就明白了，是熊篾匠昨晚出来准备的。他感激地望了一眼熊篾匠。两个篾匠站在冰天雪地里，用绳子将那些毛竹绑成了一张大卷席。熊篾匠说："弟妹啊，你可别见怪，只能这样了，委屈宝才兄弟了。"小香心头一热，感激地直点头。

两个人绑好毛竹大席，将宝才抬到席上，准备卷起来。"等等。"小香说着，急忙脱下身上的棉袄，轻轻地小心地裹住了宝才的脑袋。"俺弟怕冷。"她说。

熊篾匠叹了一口气，准备动手包上。范道江按住了他的手，从贴身衣里取出一条白汗巾。白汗巾已变了颜色，看不出还有多少白。他将汗巾轻轻盖在宝才的胸口上，叹道："宝才兄弟，你昨天也看见我了，不管咋样，咱兄弟算是有了缘分，我敬佩你是大英雄，一路走好。"

小香在寒风中冻得瑟瑟发抖，恸哭抹泪。

熊篾匠和范道江抬着宝才上山。登上山坡，找到了地点。熊篾匠昨晚已经挖好了一个墓坑，两人将宝才轻轻放进墓穴，然后封土。土已被冻得铁硬，用镐头也很费劲。小香往雪地一跪，哭道："弟弟，你走好，等将来咱胜利了，我来接你回家。"

　　桂小香扑腾一下跪在熊篾匠和范道江面前："你们都是我们家的大恩人。"说罢就磕头。

埋好土,再用雪盖上。

桂小香扑腾一下跪在熊篾匠和范道江面前:"你们都是我们家的大恩人。"说罢就磕头。两人急忙拉她起来。范道江把自己的棉袄脱下给她穿上,小香坚决不要。范道江发狠道:"你冻病了咋办?孩子还等着你呢。"

回城,两个雪爬子驮着七八根毛竹。熊篾匠和桂小香在前面拉,范道江在后面扫雪痕,直到出了山冲,上了大路。进县城的雪地上,留下两道深深的辙痕。

大雪仍然在下。

天已经亮了。

第七章

一

范道江是湖北人,家在一个小山冈。山冈上有一条小路,路两旁散落着十几户人家。小路不是官道,只能跑一驾马车,连通着皖鄂两省。西头是湖北,东头是安徽。范道江的两间破草房恰巧压在省界线上,小半间占了安徽的地。

范道江在外面做篾匠活,常常吹嘘自己一泡尿能撒两省。

桂小香抱着小花跟着范道江回家快一个月了,范道江都没有出远门,只是在家编席子,打竹椅,做筷子等竹器,拿到附近集镇上卖,换钱买米。

范道江外表粗糙,内心却细致,会心疼女人,买了许多好吃的回来,一心要让桂小香恢复元气。

邻居听说范道江领回一个女人,都跑来瞧稀奇,祝贺他。他们没有议论拖油瓶事,认为范道江有眼光,实在是因为小香太好看了。一"俊"遮百丑。他们都被小香的好看震住了。

范道江讲面子,豪爽义气,人前笑脸相迎,人后却愁眉苦脸。桂小香视他为恩人,一门心思要报答他,洗衣做饭,下地干活,啥事都做,一刻也不闲着,俨然就是一个女主人,但是坚决不同房,这是她的底线,也是范道江不开心的原因。

她害怕天黑。到了晚上,她就暗自防范,睡觉不脱衣服,裤腰带系了死扣。一天半夜,范道江摸到她的床上,死死搂住,急急撕扯她的衣服。桂小香惊醒,奋力挣扎,拔出簪子就刺。情急之下,小香是真红了眼。范道江的手被划开了,流了血。他恼羞成怒,啪,就甩过去一个耳光,怒道:"你到底是不是我的老婆?"

黑暗中,小香举着簪子,缩在床角,恼怒又愧疚地瞪着他,泪眼婆娑:"范道江,我这辈子欠你的,我当牛做马还你。求你不要这样。"

范道江余怒未消,欲火腾蹿,又扑了上去:"今天我要不弄上你,我就不是范大狠子。"

桂小香猛然躲开,鱼一样溜下床,满眼幽怨地道:"你若硬逼,我只有死给你看。"话音未落,小香将簪子对准了自己的脖子。

范道江愣住,血液一下子冷却下来。自从把她买来,这一路经过的事让他相信,这个好看的女人不仅有主见,胆大心细,还是个狠角色,甚至,比他范大狠子还要狠。况且,她那个红军男人和牺牲的弟弟,都让她的形象高大如天。真是"不是一家人,不进一家门"。他敬仰她,又心有忌惮,又感到委屈,不知道该拿她咋办。

"你是男人,你有力气,可是我要让你知道,我是宁死不会从的。"

"他死了!"范道江的欲火全部转成了嫉恨,突然咆哮起来。

"他没死!"小香也吼。

两个人于是僵在那里。

过了好大一会儿,范道江软了,蹲下身去,泪流满面。

见他这样,桂小香的心里难受极了,她的语气缓和了:"如果他活着,你就是我们家的大恩人;如果他死了,你就是我男人,从此我死心塌地,做牛做马,至死不负。"

范大狠子抹了一把泪,倔强地昂起头,瞪着她,似乎看到了希望。

这一整天,范大狠子都独自生闷气,呆坐不语,也不吃饭。

翌日清早,范大狠子挑着竹器去附近街上卖,天黑归来,一身酒气。桂小香给他烧了一锅热水,让他泡脚,又泡了一碗茶,放在他面前让他解酒。范大狼子不说话,板着脸,闭着眼睛泡脚,睁开眼睛喝茶。"我倒要看看,到底谁狠,我就要等到你死心塌地跟我的那一天。"范大狼子心中憋着一口气,似乎沉浸在某种陶醉之中。泡好脚,小香倒了洗脚水,又给他的茶碗续上水。范道江冷不丁冒出了一句:"唉,一点也没有他的音信。"

原来,范道江外出,是在偷偷打探方子成的消息。

从那之后,范道江再也没有对小香硬来。在那两间破草屋里,他俩相安无事。名义上,小香是他的老婆。桂小香知冷知热,尽心尽力服侍他,想尽办法报答他。她让小花喊他"大",他也把小花当女儿。这一切,外人丝毫看不出破绽。有人拿范道江开玩笑:"老范,你找个这么俊的老婆,感觉有啥不一样?"范道江一咧嘴,差点就哭了,但他强忍着,转脸装作得意地说:"天天都想要。"让问话的人羡慕得眼珠子都要掉下来了。

范道江虽然穷困潦倒,总算把小香母女俩安顿了下来。他居家偏僻,位于高山之上,却有点远离尘嚣、世外桃源的意味,一时半会儿看不到兵匪战火。

桂小香无法从伤痛中完全走出来,曾经的血雨腥风,总会浮现在脑中,尤其是想念宝才,脑海中常会浮现他被钉在城门楼上的情景。她想宝才,想子成,想娘,想爹。子成去了哪里?娘去了哪里?爹是否有了音信?他们是否还活着?有人说方子成死了,他咋会死呢?他就不能托人带个信来吗?又一想,信能带到哪里去呢?这兵荒马乱的年月,谁又能知道她在这个山头上?桂小香的心里压着万千心事,万千心事就像大别山数不清的山峦。

转年春天,下起了绵绵细雨,那雨越下越大,越下越欢,竟然持续了十多天。雨落在叶上、石上、地上、河上,落在任何一个角落,铺天盖地。细微的雨声、风声交织在一起,嘈嘈杂杂,让人觉得这个世界似乎只剩下了这凄风苦雨。

天空突然就有了闪电。闪电映亮了黑黝黝的天,甚至能听到呲呲的雷电火花声,紧跟着,咔嚓一声,炸雷轰鸣,山颤地摇。刚开春就有如此凌厉的炸雷,令人恐惧。

范道江不停地去卖他的竹器,断断续续地打听到了许多消息,他将那些消息都告诉了桂小香。小香的脑海里越积越多,于是,知道了许多以前不知道的事,也明白了一些从前不明白的道理。

尤其是宝才经历的事,她渐渐有了一个完整的脉络。

那一年也真是邪门,红军越打越少,国民党兵、还乡团,还有那些国民党兵招买来的红枪会、黄缨会的教徒,却越打越多。敌人像蝗虫,漫山遍野,黑压压从四面八方扑向大别山,要"剿灭"共产党,"剿灭"红军。红枪会、黄缨会的徒众,装神弄鬼,个个都是亡命徒。他们端着红缨枪,举着大刀,吞下神符,号叫着"刀枪不进",然后光着膀子不要命地往前冲。这些从外地收罗来的"神兵",从北方冲向大别山,梦想着升官发财,出人头地,光宗耀祖。这些人一无所有,唯有一命可赌。赌场就在大别山。

国民党政府的许诺像一张张画上的大饼,让他们变得疯狂,像绿头苍蝇闻到了肉的血腥。"打进皖西,打进大别山,'剿灭''共匪',猪牛任你拉,房子任你搜,家园任你烧,东西任你抢,竹子任你砍,男人任你杀,妇女任你奸,小孩子任你抱,地盘任你占。"这样的待遇,让那些野心勃勃的徒众红了眼珠子,疯狂地冲在国民党兵和还乡团的前头,嗷嗷叫着,向皖西苏区冲杀,甘做国民党兵的走卒、刀枪。

小香那时候并不知道宝才被派到了赤卫队,还当了队长,带着几百号人在大山里转战,打游击。自从送信误时,差点丢了性命,宝才似乎一下子开了天眼,对打仗,对枪,对活着的意义,都有了异乎寻常的认知。他像变了一个人,成熟稳重,又有活力。周贤和谷传堂看在眼里,心中欣喜,派他去赤卫队独当一面。事实上,宝才天生就是游击战的高手,他带领赤卫队,牵着敌人的鼻子,东转西转,在大山里绕圈子。大别山的地形天然就是一个迷阵,山山相扣,脉脉回环,大山套小山,小山拱大山,常常给人一个错觉,即使望见那山就在眼前,若想抵达,也得经历许多曲里拐弯的路径。这种盘旋回荡,给了赤卫队许多机会,教训一下敌人,然后闪遁无影。

几场战斗下来，桂宝才的英名在大别山越传越响，像一阵风不胫而走。在老百姓的口口相传中，他成了一个文武全才、武艺高强的英雄。

主力红军都被调去攻打武汉了，宝才感到敌人如蝗虫一般越来越多。那是残酷的灭绝人性的对手，屠杀是"剿灭"的唯一手段。

每一块石头、每一寸土地，都要过三遍刀、过三遍火，务必斩草除根。哪怕一个火星、一个草芽，都要彻底扼杀、拔除、消灭。将肉体彻底毁灭，杀一儆百，杀鸡敬猴，在灵魂上震慑。实行十户连坐，哪一家出了问题，十户全部杀掉。让每一户人家为了自身，像狗一样盯着身边。所有进山的大路小道，全部封锁，一粒粮食和食盐也不能上山，围困封锁得犹如铁桶，连山下的空气想上山，也要使出吃奶的力气才能挤上去。

把红军困死、饿死、冻死，让他们与老百姓隔绝。老百姓是共产党和红军生存的土壤，就铲除他们生存的土壤，把老百姓集中在一起，派兵把守，不让他们回家。共产党、红军没有土壤，岂能存活？

赤卫队最终被敌人困在了山上，没有粮食，靠野菜、野果、树叶、树根度日。寒冷，让只着单衫的赤卫队员瑟瑟发抖。

桂小香能想象得到，宝才领着那帮穷兄弟在饥寒交迫中，顶着白雪，坐在山坡上、岩石上、大树下，坚持战斗。她的心，跟着那些英雄，也飞上了那座被敌人围困的狮子山。

那座山真是大自然的造化，像极了一头卧于天地间的雄狮。敌人重兵围困，赤卫队边打边退。远处，有敌人的炮火轰击；近身，有正规军、还乡团、红枪会、黄缨会层层包围。敌人吃得饱饱的，穿得暖暖的，围而不打，静等赤卫队溃败投降。敌人硬等了十天，山上没有任何动静。古代的管子说："一日不食，比岁歉；三日不食，比岁饥；五日不食，比岁荒；七日不食，无国土；十日不食，无畴类，尽死矣。"那意思是，一天不吃，像过歉年；三天断食，如过饥年；五天不食，似过荒年；七天断食，国土不保；十天无食，同类皆无，尽已死。探报说，赤卫队十天没有生火做饭了，估计均已饥饿至死。于是，敌人兴高采烈地号叫着往山上攻去，准备清扫战场。

谁知，山上枪声又响，巨石奔腾，子弹穿过荆棘射过来，让敌人心惊肉跳。飞来的子弹、滚下的巨石，冲击力十足，完全不像是饥饿了十天的子弹和石头。

赤卫队员吃了啥？吃了石头吗，还是吃了土？敌人大惑不解，继续围困。他们做梦也想不到，被打得多数受了伤的赤卫队员，竟然十天后还能坚守在狮子山的头顶。那是一个制高点，俯瞰着狮子的屁股和腰。赤卫队员抱着必死的决心，一边听着鲜血流出来的咝咝声，一边冷静地开着每一枪，让围困他们的人知道，山上坚守的人，都是比石头还要硬的汉子。能走的赤卫队员已经从狮子的额头、鼻子、嘴巴——万丈深渊的悬崖峭壁，借助枯藤，神不知鬼不觉地攀爬了下来。那是革命的火种，他们要保留下来。

那个深夜，借助残月亮光，留下来的和要突围的队员紧紧拥抱在一起，生死诀别。将死亡视作希望的新生，他们毫不畏惧，慷慨激昂。"将来胜利了，别忘了告诉我们一声。"没有悲伤，唯有坚强的鼓励。

黎明时分，鞭炮一般激烈的枪声再次响起。那是留守的赤卫队员以伤残之躯，突然主动向敌人发起了攻击，以喧嚣和牺牲，声东击西，掩护夜幕中的战友。

狡猾的敌人似乎早料到了这一招，早已在山下设了重兵，单等赤卫队员自投罗网。枪战，手榴弹炸响，火光冲天，然后是刀与刀的搏杀，血、残躯、头颅，惨烈地铺满了狮子山下那一片开阔的河滩。

溡河水呜咽着，以血红的颜色，奔涌向前，见证了那一场残酷的刀光剑影。宝才领头已经冲出来了，指挥他的战士跳进溡河，借助漂浮的木头，顺水而下，想尽快登上对岸。

斜刺里又杀出来一队黄缨会，毒蜂一般嗡嗡地号叫。饥寒交加的宝才被流弹伤了肩膀。他抽出大刀，与那些使枪弄棒的"神兵"大战溡河滩。他要用自己的拼杀赢得战友顺水漂游的时间。

那一场勇猛的血战，让人想起千年之前乌江边神勇的楚霸王项羽，以一敌众，令敌人胆寒不敢近前。在宝才的刀下，一个个"神兵"被砍翻。刀刃卷了，他的肚子叽里咕噜地乱叫，他像虚脱了，气喘如牛。他站不起来了，只能以一条腿半蹲在地上，以手拄刀，保持着随时冲杀的姿势。他的目光像两柄利剑，月光下他如一头凶狠的头狼，怒视一群嗜血如命的豺狗。双方僵持着，头狼的勇气和胆魄让豺狗望而胆寒。头狼望着苍茫的夜色，嘴角浮现出胜利者的笑容。阵地上只剩下他一个人，手中只有一柄刀，但是，他是骄傲的胜利者。

一颗子弹飞来，打中了他蹲着的那条腿。又一颗子弹飞来，打中了另一条腿。宝才站不起来了。他红着眼，恶狠狠地盯着那个使枪的人。他本想学项羽，以刀自刎，但是看见那个使枪人的残暴与得意，他怒从心头起，突然发出一声吼，手中的刀片寒光一闪，飞了出去，刀尖朝前，直直地往前飞。他看见刀尖直直扎进了那个枪手的前胸。

宝才倒下去的那一刻，小香清晰地听见他高喊了一声："娘，好好活着。"然后，他昏厥了过去。

二

范道江去过的地方，已笼罩于一片白色恐怖中，还乡团、铲共团、国民党兵"围剿"鄂豫皖根据地，大肆捕杀共产党员、革命群众，反攻倒算。

范道江的心情像是被水浸着，比以前更加沉默，一天难得说上几句话。他默默地做自己的篾匠活，编席子。眼看着天要热起来，篾席正好上市。长长的竹子，在他粗糙的大手里被剖成一根根细条，变戏法似的，再变成一条条薄薄的青皮。

桂小香看得目瞪口呆，没想到范大狼子如此手巧，还耐得住性子。她哄小花睡觉的时候，能听到竹篾子在他手里挤压、碰撞发出的沙沙细声，像她纳鞋底子的针线声。那声音，像惊蛰后的虫鸣、山间万物的拔节和风雨交加的温柔，悦耳润心。

桂小香的口音明显是个外地人，与湖北腔相隔着几座大山。北方人或许难听出来，但是大别山人明察秋毫，能听出山这边与山那边口音的差别。

范道江怕人起疑,轻易不让小香出门,小香只在家料理家务,房前屋后兴菜种地。

范道江往外跑得多了,望着那条通往外地的小路愁眉不展,那条路极有可能引来兵匪灾祸。他与那十几户人家商量,世道不太平,这条路迟早是个祸害,不如将两头封了,以保平安,保一天是一天。大伙觉得有理,立即动手,在山脚处的路口,堆满乱石朽木,栽上树。外人路过不细瞧还真的无法识破。他们从旁边荆棘乱石少的地方简单开辟了一条新道,勉强进出。

他们将自己的家园密封成一个世外桃源,想以此阻断恐怖的战火和杀戮。

范道江始终没有打探到方子成的真实下落。人都说红军走了,向西北走了。但是,他们走哪去了,具体是个啥状况,没人说得清楚。人多的地方,他不敢问,不敢多说话,只向以前熟悉的客户打探。在大别山随便问一个当地人,他们基本上都与共产党和红军有着千丝万缕的血脉关系,几乎都有亲人或亲属闹了革命。范道江问的时候,没人愿意多说这个事,害怕惹火上身甚至会丢掉性命。他们宁愿让过去的一页埋藏在心灵深处,像深冬的野草一般活着。那些愿意对范道江说的人,说来说去,没有一个人能确定方子成是死是活,皆是道听途说。

范大狼子不死心,因为这关系到他下半生的幸福,仍然是一有机会就打听。那天在镇上的一个小饭铺,他买了一碗开水就着自己带的饼子,安静地吃,听到了一个惊心动魄的消息。

有两人穿着打扮都像是还乡团的,在喝酒聊天,声音虽然小,还是被旁边的范大狼子听了一句。为了证实消息的可靠,范道江特意买了三碗小烧酒,与那两个贼眉鼠眼的还乡团一同干了。

范道江急急忙忙往回赶,要把这个好消息告诉桂小香。

范大狼子深夜赶回了家。小香给他端来热饭,疑惑地望着他,不知道他为何深更半夜赶回来。她坐在旁边望着他吃,期待他说点啥。范大狼子不露声色,呼呼啦啦吃饱了饭,嘴一抹,静了片刻,才笑着对小香说:"那个老王八蛋死了。"小香一愣："谁?"范大狼子说："还能有谁,当然是魏敬之那个东西!"

小香一惊："咋死的?"

"你绝对想不到。"范道江说,"他的亲外甥,也就是那个红军独立团团长周贤,亲手毙了他。"范道江说罢,哈哈乐起来。

小香还沉浸在震惊中,没有反应过来。

"就这样,枪口指着脑门,叭,面对面就开枪了。"范大狼子用手比画出一支手枪,指着自己的脑门,做了一个开枪的动作。

桂小香惊了一下,心中一块石头扑通落了地,长舒了一口气,高兴起来。魏敬之作恶多端,千刀万剐、下油锅,都难解她的心头之恨,一枪毙了太便宜他了。但是,被周贤亲手枪杀,还是让她感到无比震撼。

"太狠了,比我范大狼子狠多了。"范道江仍在想象那一声枪响的画面。很显然,周贤让他感到不可思议,又想起桂宝才、方子成,范道江感慨起来:"都不是凡人,都是英雄。"一句话把小香说笑了。范大狼子的"狠",其实就是忍耐力比别人强。

"他们都不是为了自己。"小香说。范道江点头认同,若是为了自己,谁能豁出命去?这就是令范道江感动和敬仰的地方。

"你快说说,到底是咋回事?"小香望着范道江,神情急迫。

范道江便把自己听来的慢条斯理地说了一遍。

红军主力转移后,麻流镇的父老乡亲在流血,在牺牲,在遭受践踏,被大肆屠杀,被敲骨吸髓,被榨尽最后一滴血。赤卫队也遭受了重大损失,队长桂宝才英勇牺牲。部队在转移途中,屡屡受创,战士们牵挂麻流镇,怀念以前打胜仗的日子,纷纷要求打回麻流镇。周贤认为杀回皖西是一条出路。经过缜密部署,周贤带领队伍,借助一条多年无人通行的古道,出其不意,突然就打进了麻流镇。

战斗在半夜打响。

战斗异常激烈,犹如对顽石的刀劈斧削,势不可当。像是一种压抑了许久的仇恨突然间爆发,更像是飓风突然而至,所过之处,皆是毫不留情的复仇。

半夜突然挨打,这是敌人完全没有想到的。魏敬之的还乡团反应不过来,驻扎稍远的国民党正规大部队来不及救援。趁这个空当,红军如猛虎下山,有着摧枯拉朽之势。

敌人大部分被歼,小部分逃跑。那个时候,天尚未亮,火把映红了麻流镇的天。周贤站在桂花王下的广场上,看到魏敬之被人五花大绑押了过来。魏敬之躺在一个女人的床上,睡得死沉,被捉的时候正在穿裤子。麻流镇的百姓愤怒了,纷纷向他投掷石块,高喊着要铡死他。有人抬出了铡刀。那是魏敬之用来铡人的铡刀。

"把他铡了,让他尝尝铡刀的滋味。"

"铡了他!铡了他!铡了他!"

麻流镇翻滚着复仇的火焰浪涛,似乎要把魏敬之淹没。仇恨的怒火越积越旺,越积越浓,似乎就要凌空爆炸。有人欢笑,有人哭诉,有人放鞭炮,有人围上去,要将魏敬之撕碎。哭声、骂声、声讨声、"铡死他"的呼声,响成一片。人们控诉着魏敬之铡死众多共产党员和红军家属的暴行,请求独立团主持正义,为死难者报仇。

有人从镇上抬来了一把新铡刀,他们嫌魏敬之弄脏了革命志士的血。咣当,新铡刀放在了广场上,哗,有人高高抬起了刀把,寒光闪闪。

怒火和仇恨点燃了起来,噼噼啪啪冒着火苗,呼呼燃烧着。

周贤站在一张板凳上,高声宣布,魏敬之犯下了滔天罪恶,罄竹难书,决定处死。魏敬之扑通一声瘫倒在地,流了一地臊尿。"外甥,外甥,"他哀求周贤,"看在咱亲甥舅的面上,饶我一命。"周贤不看他,仰天长叹道:"人在做,天在看,苍天终有眼。"

"铡了他。"

"铡了他。"

人群仍在怒吼,有排山倒海之势。

周贤望着魏敬之,指着广场上黑压压的人群,痛苦地说:"我就是想饶你,他们能答应吗?"魏敬之惊恐地扫视了一眼,身子哆嗦着,自知罪孽深重,不再吭声了。

周贤拔出手枪,指着魏敬之的脑袋。他举枪的手虽然有点抖,可还是很稳的。他的抖动,只是因心脏在剧烈狂跳。

人群立刻鸦雀无声,纷纷后退。他们都没料到周团长会有这样的动作。

这时候,广场上所有的人,都听见了魏敬之哆嗦着说的一句话:"杀来杀去,现在轮到杀自己了,这又是何必呢?唉!"

这个恶贯满盈的刽子手,临死前说出这句话,是啥意思?悔,悟,绝望?或者,另有所指?甭管啥意思,他都找不到生命的彼岸了。他自己走上的绝途,下地狱后永远也无法轮回了。

魏敬之挣扎着从地上爬起来,站着,浑身发抖。"等等,我孬好也是个爷们,不能瘫着死。"他嘴里流出一串脏水,被风牵扯着,说话口齿不清。"跪下!"有人命令道。魏敬之不跪,被人一脚踹跪于地:"你不配站着受死。"

"叭!"周贤手中的枪,响了。

魏敬之一头栽倒于地,像一团烂肉,不动了。片刻静寂之后,人群爆发出了热烈的欢呼声。那是兴高采烈、扬眉吐气、报仇雪恨的声音,是惩治邪恶的声音。

那一枪打在了魏敬之的胸口。善良的麻流镇百姓,对魏敬之没有被铡死也就释怀了。周贤举枪的手久久没有放下,他咬紧牙关,脸扭曲着,像一尊雕塑。

人群散去。

部队决定原路撤退。

周贤看到一个老妇人孤零零地坐在一块石头上,那是他的母亲。他的心哆嗦了一下,慢慢走过去。母亲已经苍老了许多,头发花白,人瘦了,满脸的皱纹。她看着儿子,不发一言。周贤想搀扶起母亲,母亲却甩开了他的手,扭过头去,不看他。

周贤跪在母亲面前,说:"娘,您都看见了,即使佛陀在世,也不会饶恕他的。请您老人家恕罪。"

母亲沉默了半晌,才像是自言自语般地叹道:"就剩我一个了。"

周贤说:"娘,还有我呢。"他的母亲站起身,喃喃道:"他会感激你给了他一个全尸。阿弥陀佛。"

母亲念了一声佛,迈着一双小脚,头也不回慢慢地走了。她边走边念道:"无上甚深微妙法,百千万劫难遭遇。我今见闻得受持,愿解如来真实义。"

周贤怔在那里,目送母亲走进黎明的光亮中去,泪流满面。他知道,现在说啥都无法抚平母亲心中的哀痛了。情与理,有时候真是难说清楚⋯⋯

范大狠子把自己听来的,加上他自己的理解和想象,一股脑儿全倒了出来。

桂小香喜极而泣,跑到门外,对着麻流镇的方向,跪下,双手合十,向天倾诉:"公公、婆婆、宝才、芳英,你们的仇报了,魏敬之被红军打死了,被他亲外甥打死了。"说完,她俯下身子,面向苍天,深深一拜。

范大狠子心疼地望着小香,语气凝重起来:"听说,周贤刚杀了魏敬之,送别他娘,就被自己的人下了枪,押走了,也不知为了啥。"

桂小香惊得嚷起来:"这咋可能?"

话音未落,她猛然想起一个更重要的事:"方子成呢?他没有跟部队一起回来吗?没有人看见他吗?"范道江摇了摇头。

三

不知不觉秋天来了,青山有了苍黄之意。天气仍然很热,不过少了许多燥气。秋蝉隐于树丛,不甘寂寞,为秋作最后的呐喊助威。

范大狠子仍然没有打探出方子成的真实下落,结果还是两种:牺牲或活着。说牺牲的人居多,活着的传闻便越发令人生疑了,既然活着,人呢?谁看见了？若说死了,怎么死的？谁又看见了呢？范道江想让小香早日死心,安心与自己过日子。他天天守着一个如此好看的女人却仍然像光棍汉一样,实在是一种煎熬。

那天,范道江打外面回来,很严肃地告诉小香:"这回消息确定了,他真是被炸死了,是一个从部队下来的老兵说的,亲眼所见。"桂小香用幽怨的目光盯着他,像熊熊燃烧的大火,像熔化的铁块,让他坍塌得稀里哗啦,痛哭起来。对小香撒谎他总是心虚。他无法抵挡小香清澈无邪的目光。

范道江只得继续去打探方子成的消息。这成了他人生绕不过去的大事。

那天,小香坐在门口给范大狼子补衣裳,一抬头,发现石头院墙外依稀有个人影,探头往里张望,一闪就不见了。她装作若无其事地放下衣服,进屋,将门后的一把弯刀紧紧抓在手里。她躲在门后,悄悄观察动静。

只见一个衣衫褴褛、头发乱哄哄的流浪汉,浑身上下脏得黑黢黢的,正探头探脑往院子里走来,形迹可疑。小香握着弯刀走了出来:"站住！搞啥子的?"流浪汉见状吓得双手抬起,本能地想抵挡什么,嘴里嗫嚅着什么,连连后退,退了几步,才说清楚自己是个要饭的,想讨一口水喝。

桂小香看不清楚他的脸,远远地让他坐门前的石墩上等。流浪汉听话地坐在那里,低眉顺眼。小香觉得这流浪汉不像是坏人,这才放心进厨房烧水。

水很快烧开。小香端来一碗开水放在他面前。"烫,等凉凉。"她叮嘱一句。流浪汉嗯嗯应答着,却偷偷盯着她看。小香扫他一眼,他又慌乱地扭过头去。小香问他:"你从哪来？上哪去?"

流浪汉兀自说道:"我从桂花王那里来,桂花王一千多岁了。"

桂小香一惊,停下手中针线,再仔细打量流浪汉,竟然是方二爷。

"二叔,你咋成了这个样子？咋到了这里?"惊喜万分的小香感觉像是过了漫长的几辈子,突然见到亲人,有一种死后重生的感觉。

"小香啊,真以为这辈子再也见不到你了啊。你咋也到了这里?"方二爷站起身来,抓住小香的手,哭得像个孩子。谁也没有想到,他们会这样相见,彼此都有满肚子的话要说给对方听。

小香说了公公婆婆被魏敬之残害的经过,方二爷听着,咬牙切齿,继而号啕大哭:"哥啊,嫂啊,你俩死得太惨了啊。"小香陪着二叔抹眼泪。

"二叔,你看见方子成了吗?"小香满怀期待地看着二叔,等着他回答。二叔看她一眼,却不回答,只是摸了一把肚子:"你先给我弄点吃的吧,饿得快不行了。"小香这才清醒过来,不好意思地往厨房跑去。

趁方二爷吃饭,小香烧了一大锅热水,倒进一只大木桶,待他吃完,让他去洗澡。她找了几件范大狠子的衣服给了方二爷。

方二爷洗好,换了干净衣服,就像换了一个人,精神了很多,只是头发长得有点像野人。小香说:"二叔,你快告诉我吧。"方二爷看着小香期待的目光,一声轻叹,神色凄然。他坐在桌前,双手捂脸,不忍抬头。巨大的伤痛,像漫天洪水,刹那淹没了他。"完了,小香,完了,"他说,"咱桂花村出去那么多人,死得没剩下几个了。"

"子成呢?我问子成,你看见他没有?"小香忽地害怕起来。方二爷答非所问,说了一句:"太惨了啊。"便长久不语,像是沉浸于某种情绪,难以自拔。

周贤奉命去攻打武汉,带领独立团一路向西,同敌人硬拼。命令如山,英勇之下,自损严重,减员越来越多。战士有意见,干部有意见,都知道硬拼不是办法,会把家底打光。周贤不想执行那个命令,那个命令就是让他们拿着鸡蛋去磕石头。

又是一场遭遇战,部队趁夜突围。独立团选了一条偏僻小路,集中火力,撕破一个口子,冲了出去。天亮时分,又遇到另一股敌人。那是集结过来准备同红军决战的部队。又是一场血战,在一片河滩上,地势开阔,敌人有迫击炮,炮弹追着他们炸,敌人的机枪也向他们疯狂扫射。他们快速上了山,钻进一片树林子,隐藏起来。敌人试探性的几次进攻,都被他们打退了。团长让他们坚守到天黑,决定趁夜突围。

这次突围，主攻方向是一条大河，那是长江的一条支流。他们都是在河边长大的，都会凫水，决定利用河水突围。

小香突然想起来，二叔不会凫水。方二爷答道："是啊，所以周团长特意命令我从山路突围。敌人都被吸引到河边去了，我钻进荒山陡坡潜伏，倒真是冲了出来。"

"子成呢？"

方二爷说："我白天看到子成了，他领着队伍往前冲，看到我，还喊了我一声。他冲在我前边，越冲越快，离我越来越远。两颗炮弹在他身边爆炸，他和身边几个人都倒下了，没有一个人从地上爬起来。我急忙去找他，一直都没有看见他。我到伤员里去找，也没有看见。"

小香急得摇晃着二叔："他不会死的，他命大着呢。"方二爷说："可是，我一直没有找见他。活不见人，死不见尸。"

小香呆呆地坐着，沉浸在悲痛和绝望之中。这突然而至的悲痛将她击傻了。范道江这么多天的寻找、打探、牵挂，已经让她的心伤痕累累了。子成还没有见过女儿呢，难道女儿从此失去了爹？

"他们几个肯定是被炸飞了，还去哪里找呢？"方二爷痛苦地说，"即使找到，也是面目全非，无法辨认了。"

方二爷说完这些话，才睁开眼睛，仿佛回忆时一睁眼就会再看见那些不堪回首的惨状。

小香的心沉下去，一直沉到了水底。巨大的痛苦像开水漫延了全身。她被极深极深的开水紧紧包裹了。疼痛沉重得让她无法动弹。她跑进里屋，扑在床上，放声号哭，似乎要将这么多天的沉淀统统哭诉出来。

现在，她不得不相信，方子成死了。

方子成死了，她也彻底绝望了。

直到天黑，小香才从昏沉中清醒过来。她平静地走了出来，看见方二爷担心的神情松弛了下来。

　　方二爷说完这些话,才睁开眼睛,仿佛回忆时一睁眼就会再看见那些
不堪回首的惨状。

小香要给方二爷剪短头发，被他拒绝了。他说，他就要这个流浪汉形象，好方便去找部队。小香恳求他留下，就在这里生活，待有了部队消息再去不迟。方二爷坚决不同意。他不看小香的眼睛，只逗小花玩，他为自己真正当了"二爷"而心花怒放。"咱方家可就这一根独苗了。"他说着又哭了。方二爷告诉小香："不要回麻流镇，那里太危险。虽说魏敬之死了，但敌人现在更疯狂了。"小香忧心地说："娘还在那里，也不知咋了。"方二爷长叹一声，说："人各有命，老天会保佑的。"

"各自飘零，好生保重。"方二爷忽地说出了这一句像是戏文的话。小香想起他这小半辈子孑然一身，也算是九死一生，不觉又伤感起来。

小花看着方二爷，咯咯地笑，一点也不怕生，对他野人似的长发也不感到害怕。

方二爷临走，又换上了自己那些又破又脏的衣服，回归流浪汉形象。小香烙了几个菜饼装进他的布袋里："二叔，要是以后遇到啥难处，就回来，来这里，我养你。"方二爷挥手告别，头也不回地走了。他不说去哪里，只说要去找部队，小香问部队在哪，他欲言又止。

方二爷向着武汉的方向走了。

小香牵着小花，依依不舍地送方二爷远去。晚上，她发现小花睡觉的盖被底下，放着一块银圆和一个银手镯。或许，二爷是把自己唯一的钱财都留给了小花。这是亲人之间的第一次相见。

深夜，小花入睡了。小香的心中填满了伤痛。哀伤像一块大石头，压迫着她的心。为啥流泪，她说不清楚，为方子成？为宝才、吴芳英？为小花？为爹娘？为流浪远去的二叔？抑或为自己？哀痛像一座大山，压碎了她心中残存的希望。她只能用如河的泪水，将那些碎成粉末的悲苦、伤痛冲刷出去，冲刷干净。

方子成死了，真的死了，这是二叔亲眼所见，亲口所说，再也不会错，她再也无法给自己找到一条退路，再也无法欺骗自己了。念已毁，心已死，泪水，能给她一个新生吗？

四

小香病了,发高烧,烧得昏昏沉沉的。身体本来就弱,过度悲伤无疑是雪上加霜,她被悲痛彻底击倒。若不是小花的哭声让她有一种放不下的坚持,她会就此昏睡过去,就那么昏睡过去,不再醒来。

不再醒来也许是一种最好的解脱。

方子成被炸飞了,找不到了,这是方二爷亲口说的。方二爷是子成的亲叔,二人同在一个部队,没有谁的话比他的话更可信了。

小花的哭像一阵风,断断续续的,从远处飘来。她挣扎着谛听,却总也听不清楚,耳朵眼里像塞了棉花。小花啊,你是饿了吗?娘这就起来,给你做饭去。这个信念支撑着她,不知过去了多长时间,她渐渐清醒过来,挣扎着起身,飘飘忽忽地,去厨房给小花做了一碗烫饭,让她自己吃。

看着瘦得皮包骨头的小花,她平静得像一片光秃秃的沙滩,可怜、愧疚,跟着自己遭罪的愧疚,都不翼而飞了。一切都是命啊,谁也抗拒不了。那就听天由命吧。

小花滴溜着眼睛看着她,她似乎懂事了,望着她粲然一笑,还把饭让给娘吃。这个可怜的孩子,知道心疼娘了是吗?你知道吗,孩子,你爹死了,你们父女俩还没有见过面呢。

小香又沉沉昏睡过去。她觉得自己像一片菜叶,浮在水面上,晃晃地漂远了。病魔似乎侵入她的五脏六腑,钻进了她每一寸骨头的缝隙。让她就这么在水中漂着。这条命运的河流,她无法选择,也无法改变,只能随波漂浮。

小花又哭了起来。娘长时间纹丝不动,让她恐惧,她还不懂死亡,也不懂艰辛和煎熬。小花摇晃她,喊她,想让她像从前那样,关爱自己,但是,她没有反应。小花又饿得哭了。

小花的哭声再次像尖刀一样让她醒转过来。她睁开眼,迷迷糊糊中挣扎着起身,想去给小花做点吃的。小花哭得嗓子都哑了。她抱住娘,不肯撒手。小香知道小花饿了才会哭,她无法忍受饥饿。小香慢慢挪下床,没有穿鞋,赤脚向前踉跄着,迈了两步,没想到头晕目眩,一头栽倒在地。

小山冈上的十多户人家已经没住几个人了,尽管范道江领头堵了村中的路,但这里毕竟不是世外桃源,被抓壮丁的、外逃的、死于非命的、闹了革命的,剩下老弱病残的几口人都是躲在家里苟延残喘,难得走动,没有人去范大狠子家串门,也就没有人知道桂小香倒在了地上。

小香睁开眼的时候,发现自己躺在床上,小花睡在她身边,安安静静的。她感到奇怪,恍惚如在梦中。真是梦吗?

正在犯疑,屋外传来了脚步声,范大狠子站在了床前。他端着一只碗,关切地望着她,满目的心疼。"来,喝口水。"他扶她坐起来,喂她。水不热不凉,正好。她明白了过来,泪水像断线的珠子扑簌簌落进碗里,被她喝进了肚子里。喝完水,她靠在床头,仍然是无声流泪。

范大狠子看见她这个样子,慌了,不知道自己才离开家几天,她是咋了。

"你病得太厉害了,晕倒在地上,多亏我回来,找了郎中,才把你救活。"范大狠子在小香面前,一直有点腼腆,有点羞涩。他越来越在乎她了。

他花钱买她来是做老婆的,没想到小香会拼死拒绝。他钦佩她,欣赏她,做梦都想得到她的认同。小香身上有一种特别的东西吸引着他,也震慑着他。那是小香的美,美得像春天的大别山,百花争妍,万木葱茏。她身上也潜藏着一种异样的力,刚强,有胆识,敢爱敢恨,关键时刻豁得出去。她冒死给弟弟收尸,非一般女子敢为,令他震撼。亲眼看见弟弟绝命而去,经历如此巨大的痛楚和灾难,她竟然挺了过来。这样的女人太少见了。为这,他愿意慢慢等,等待命运的笑脸。即使命运没有笑脸,他也认了,无怨无悔。

小香对眼前这个男人同样感情复杂,他有恩于己,她更知道他的一片真心,但是,她不能负了方子成。范道江的痛苦,让她愧疚,无措。两个情感枷锁,几乎要将她碾碎。现在,一个枷锁卸去了,另一个也就不复存在。但是,她心中多了一种痛,多了怀念。她能得到彻底的解脱吗?

她心里像有一条辽阔的大河,掀起了滔天巨浪。

眼前这个有恩于己的男人,像一个巨大的旋涡,要将她彻底席卷到那汹涌的浪涛中去了。此刻,他站在她面前,就像一块燃烧的炭火,一点一点融化她这块自我包裹的冰,直到融化成最后一滴。在那个竹筏上,她被转了七道手,那时,她心中就充满了感激,认定这是一个外表粗糙内心柔软的男人。他冒死陪她去霍安县城,冒死让宝才入土为安,都让她感到他的恩重如山。这是一个可以托付终身的男人。这一年多来,她只能将情感深埋于心。现在,范大狠子再一次救了她的命,她心灵的大坝就要彻底坍塌了。

　　"还救我干啥?"她凄然一笑。

　　"你死了我咋活?"范大狠子说。

　　这句话像一个炸弹,在小香心中爆炸了。她异样地看了他一眼,情不自禁倒在了他的怀里,紧紧搂住了他,像要把十个手指都抠到他的肉里去。

　　范大狠子吓了一跳,手足无措。感受到她的身子在剧烈地颤抖,他也颤抖起来:"你咋了?"

　　小香说:"他死了。"

　　范大狠子心中一震:"谁?"

　　小香说:"他。"

　　范大狠子沉默了,像要失去宝贝似的,紧紧搂住了小香。

　　小香像是疯了,狠命地掐他,咬他,好像是他让子成死的。

　　小花醒了,睁着小黑眼睛好奇地望着他们,笑了笑,又睡了。

　　山里的夜黑沉沉的,唯有风不甘寂寞地呼啸着。

　　那个夜晚,小香似乎闻到了桂花的幽香。那是山风从麻流镇桂花村捎过来的香吧?小香往锅里舀了满满的清水,点燃木柴。熊熊大火映亮了她的脸。那是一张线条优美的脸,黑亮的眼睛,弯弯的细眉,红润的嘴唇,白皙的肤色,油亮的黑发,怎么看都像是一幅年画。小香目不转睛地盯着火,像是想从火里看出啥来。水热了,她把水舀到大木盆里。然后,她脱光了自己。粼粼的水面,像一面柔软的镜子,映照着她雪白的胴体。

　　桂小香平静地洗着自己。她要洗去一路风尘,洗去血腥记忆,她要将深深的念和痛封在心底,去面对新的人生。此刻,感恩成了她的一切。她像一根藤,范道江就是那棵大树,树与藤被命运之神紧紧缠绕到了一起,再也无法分开。

轻轻地,小香走了进来。月光下的她袅袅婷婷,出现在范道江的视线中。范道江看呆了,震撼了,血液像是凝固了,呼吸像是停止了。他还是第一次看见小香这么美,第一次感受到赤诚敞开的小香如此地温柔。他有点做梦的感觉。

他的喉头动了一下,像是在提醒自己,这不是在做梦。

小香走到他面前,凝望着他,说:"我答应过天,答应过地,也答应过你,方子成若是不在了,你就是我的男人,是我今生今世永远的男人。"

范道江,这个黑粗汉子,内心燃起了漫天大火。在熊熊燃烧的大火中,他激动得直掉眼泪。他轻轻地、小心地将小香揽进怀里,紧紧地拥抱着她,喃喃道:"小香,你就是我的命啊。"

第八章

一

大别山的秋，天空清澈高远，层层山峦被随意涂抹了泥黄、赭红、紫红、大红，一天天地皴染，星星点点的颜色慢慢扩大，连同常年不败的翠绿，热烈成了漫山遍野的绚烂多彩。

这山川大美给艰难的生活带来了一丝暖意。

范道江住的那片山，原先是湖北一家大财主的山林，大财主被红军镇压后，山林和地都被分给了穷人。再后来，红军长征了，还乡团回来，山林被大财主的家人夺去。只是大财主家已是元气大伤，加之山高路远，所以无暇顾及这片鸡鸣两省的偏僻地。

范道江和小香有了暂时的清静，两人心中都没有了情感的枝蔓，一心要把日子过好。心情变了，生活也变了。炊烟袅袅。桂小香带着小花，在房前屋后兴菜，还开辟了一块向阳的山坡地，种了春红芋。范道江变得恋家，轻不易出门，窝在家里打竹器。他做活的时候，时不时看一眼小香，然后喜滋滋地笑。小香被他看得有点不好意思，也跟着乐。天一擦黑，他就催促小香上床，早早把小花哄睡，说要把从前白白浪费的时光补回来。小香都依着他，只是婉言提醒他要出门谋生。范道江说："我乐意。"桂小香既高兴又发愁，范道江总不出门，竹器卖不出去，拿啥养家？

一段时间后,小香便催促范道江挑着竹器下山去卖。

有一天,范道江从山下带来消息,说镇上到处贴着告示,说红军大部被消灭了,小股红军已经向西转移。霍安县城、诸佛庵镇、独山镇、西镇、漫水河镇,到处都驻扎着国民党兵和地主还乡团。后来,又有告示说,徐海东也跑了,大别山红军已被斩草除根。

小香不相信。

桂小香念着娘,两年多了,娘咋样了?爹回来没有?家里是个啥样?她做梦都想回去看看。但是她不能回去,还乡团能否放过她?即使客观条件允许,她也无法成行——她有身孕了。

小香的心事,范道江当然明白。他心疼她。终于,他对小香说:"这一趟,我去麻流镇看看。"小香激动起来,眼圈红了。她帮他整理衣服,嘱他路上小心,早点回来。她牵着小花,挺着大肚子,一直送他到路口。咋样才能让娘相信呢?小香拔下簪子,这是娘传给她的,娘当然认得。范大狼子小心装进衣袋,摸了摸小花的脑袋,蹲下听了一会儿小香的肚子,笑着说儿子的小脚丫踢了他的脸。

大约是第十天深夜,范大狼子回来了,身后还跟着一条小黑狗。范大狼子又饥又乏,顾不上说话,倒头就睡。小黑狗卧在床边,忠诚地守候着,寸步不离。小香用湿毛巾给他擦了脸,盖好了被子,范大狼子一觉睡到第二天天黑。小香早将饭菜端上桌,等着他醒。小花身前身后围着桌子转,想吃一口,都被小香打回了小手。

那个晚上,范道江狼吞虎咽吃饱了肚子,喝了一碗黄大茶,逗小花玩了一会儿,这才给小香说他回麻流镇的事。

范大狼子的挑子上的产品真丰富,椅子、筛子、席子、筷子、勺子、铲子、筷笼子、刷子,全是竹制品,加个竹扁担,他星夜兼程往麻流镇走。走村串户本就是他的老本行,轻车熟路。这个肤色微黑、身体壮实、一脸憨厚的湖北篾匠,挑着那些竹器,想着家里的小香,脚步快疾而有力。

路上有许多盘查的关卡,抓人、杀人的仍然有,但是比前两年的大肆屠杀少多了。路上萧条冷清,难得碰上几个庄稼人。

麻流镇街上没几家店铺开门。镇上的男人有当红军的、有被国民党抓壮丁的、有走的、有被杀的、有被卖的,有背井离乡逃难的,人口一下子减少了许多。人少了,人气没了,便冷清空荒了。

范道江走在空空的街道上,心里直冒寒气。他远远就看见了那棵桂花树,枝繁叶茂,只是有一个角明显塌了下去。那根塌折下去的粗枝,是魏敬之作恶杀人时树自己折断的。按照小香的说法,那是天怒人怨,神仙显灵。他听小香无数次说过,桂花王是一棵神树。他充满敬畏地走近桂花王,顿觉遮天蔽日,有着独木成林的天然磅礴。那根断枝并没有枯萎,众多小枝丫撑在地上,土地给了它们生命,它们仍然枝繁叶茂,真是神奇啊。范道江站在桂花王面前,幽香近乎无迹了,只有若隐若现的血腥气。桂花王果然有灵性。

在树下坐了一会儿,他没敢久留。按照小香的指点,他悄悄找到了小香的家。确定无疑,那就是小香的家,已被烧成一堆废墟,黑炭白灰,一片狼藉,有野草挺拔其中。他装作歇脚,想问问路人,却连个人影也看不见。

范道江放下挑担,装作要方便,悄无声息地沿着那片废墟往山上走。他边走边观察,很顺利就看到了那个洞口。

当年,小香和娘就是在这里被魏敬之抓去的。

范道江探头探脑往洞里看,冷不防后背挨了一棍子。他吓得往旁边一探身,第二棍嗖地贴着他的脑袋掠过,落了空。一个衣衫褴褛的老妇人,瘦骨嶙峋,怒视着他。"别打别打。"范大狼子急忙遮挡,"我想找一个人。""谁?""桂小香。"老妇人怔了一下:"你是谁?"范道江觉得老妇人就是小香娘,为了确定,他掏出簪子一晃:"认识它不?"

老妇人看见簪子,愣住了。原来她就是苦命的小香娘。

魏敬之将小香卖了后,将小香娘交给了保长魏忠礼。小香娘已经有点疯疯癫癫,魏忠礼看她只有一口气,废人一个,便把她放了。小香娘孤零零一个人,生不如死。支撑她的希望就是等待亲人回家。房子没有了,她以山洞为家,住在山洞里,可以望见家的废墟。亲人回来,也能找着她。况且,不住山洞她又能住哪?

她有时讨饭,有时砍几根柴挑街上去卖,勉强度日。

范大狼子见了小香娘,放了心,没敢说桂宝才和方子成的事,只说自己娶了桂小香,现在小香母女平安,在湖北过得很好,让她不要牵挂,自己特意来报个平安。

小香娘哭了,范大狼子陪着老人家落泪。临走,他把身上所有的钱都给了小香娘。"娘,"他喊了一声,跪下磕头,"我从小就没了娘,您就是我的亲娘,等以后咱胜利了,我和小香回来好好孝敬您。"

范大狼子不敢让小香娘送,独自跑出山洞,若无其事地从原路下山。在麻流镇街头路口,他被几个拿枪的拦住了,盘问一番,搜了身,分文皆无,只有几件竹器,也没有可疑的地方。拿枪的感到失望,扣了那些竹器,骂骂咧咧地放他走了。

范大狼子身无分文,连扁担竹器都没有了。

他饿着肚子,独自往家回。走在空静的山道上,不知何时从哪跟来了一只小黑狗。小黑狗悄无声息地跟着他,跟了一段路,可能是饿了,也可能是嫌他走得太快跟不上,就叽叽唔唔地发出声响。范道江发现了,惊奇这只小狗,荒野山岭之中,它是从哪里来的?它不像一只野狗,温驯得很,肯定是有人丢下的,见了范道江就跟上了。他把狗抱在怀里,抚摸着它的皮毛,很喜欢。小黑狗对他很依赖,温柔地贴着他,生怕会被他丢下似的。他起了恻隐之心,只管抱了走。

秋月朦胧,山路寂寞,他饥饿难忍,只能到路边刚刚收获过的地里,寻找捡剩的小山芋和玉米棒子。他找到一只瘪玉米,匆匆扒了酱紫的缨子,拣嫩处啃下去,还有不少的水分。他剥下几颗玉米粒喂了小黑狗,自己把那空棒子啃吃完了。在路边喝了溪水,肚子立马就感到了饱胀,精神了许多。小黑狗也精神了许多。于是,他继续往家走……

桂小香听了范大狼子的叙述,心疼男人,也放下心来。娘还活着,这比啥都好,她想,总会有见面的那一天。

小香烧了一盆热水给范道江泡脚。小黑狗蹲坐在盆边,虔诚地盯着恩人范道江的脚,盯着盆里的水,逗得小花哈哈地笑。小花有了一个好朋友——小黑。

二

又过了几年,家里的负担越来越重了。一是地主家的山场管得越来越苛刻,苛捐杂税多如牛毛,物价飞涨;二是桂小香先后生了一儿一女,儿子取名范家同,女儿取名范家翠。家里添了两张嘴,加上小花,负担更重了。范大狠子只好又走村串户去别人家做活,可是都没挣到钱。

范大狠子无路可走,去霍安县城找熊篾匠。熊篾匠待他亲如兄弟,留他在竹器社做活。他做活自然是尽心卖力,没日没夜地干。当年熊篾匠侠肝义胆,冒死帮助范道江和桂小香去为桂宝才收尸,那惊心动魄、舍生忘死的义举,让彼此结下了生死情谊。让范道江和桂小香惭愧的是,熊篾匠的大恩大德一直还没有报。范道江想起这事,刚提了一句,就被熊篾匠打断了:"都是兄弟,提这事干啥?"

范大狠子在熊篾匠家干了三个多月,熊篾匠给了他工钱,还给了他几斤挂面,让他带回家给小香补身子。范大狠子喜滋滋地回家,途中遇到了六万寨的土匪。那些土匪被剿了几次,势力已经大不如前,但还是经常神出鬼没地对百姓进行骚扰。土匪潜伏在山道两边,待范道江走近,突然杀出,以刀枪相逼。范大狠子知道金老末的土匪心黑手辣,自己势单力薄,反抗只有死路一条,就把东西悉数交出。土匪见他是个老实的手艺人,也没咋为难他,只是拿枪顶着他的脑门,空扣了一次扳机。范道江以为小命要丢了,惊吓过度,差点就死过去。土匪让他撅着屁股趴在地上,不许回头,他就那样趴着。不知道趴了多久,一直趴到太阳都下山了,四周传来风吹树叶的沙沙声,他才发现土匪早跑了。

回到家里,范大狠子大病了一场,躺了三天,元气大伤。"那都是一帮亡命徒,杀人不眨眼,死在他们手里就成了孤魂野鬼。"范大狼子紧紧攥住小香的手,委屈得像个孩子,"我真害怕再也见不到你了。"

之后几年,范大狼子没敢外出,害怕再遇到土匪。但是被生活所迫,他又不得不出去找活做。

小黑狗早已经长成了一条大狗,下了一窝狗崽子。它感念范大狼子的救命之恩,见了他就异常兴奋,身前身后绕着巴结。那天,范大狼子背了工具又出门去,小香领着小花和家同、家翠一起送他。范大狼子黯然前行,不时回头张望,挥手让小香和孩子们回去。走了很远,就听到一阵奔跑的声音,原来是小黑从身后追了上来。小黑摇着尾巴,跟在他脚边。范大狼子让它回去,但是它不理不睬,任性撒泼,一会儿向前冲出去老远,一会儿转头奔向他,高兴得活蹦乱跳。小黑今天有点反常。

太阳高高地照着,山野静悄悄的。翻过两道山梁,范大狼子突然看见七八个头戴牛屎色帽子的人迎面走来,那帽子像一个个扣下来的水瓢。戴牛屎色帽子的人个个端着枪,枪尖前边插着一根长长的亮刺,冲他哇啦哇啦叫着奔过来。枪尖上的长刺在太阳光下发出耀眼的寒光,一杆长刺上还挂着一块白布,白布上染了一块红圈圈,像抹上去的一团蚊子血。

范大狼子听不懂他们哇啦哇啦说什么,从来没有见过这样的人,不知道他们打哪里来,要干啥,一时愣在那里,犹疑着不知该咋办。一刹那,范大狼子以为是装神弄鬼的土匪,陡然惊醒,拔腿就跑。他打定主意,不管是啥人,碰到拿枪的先跑了再说。

他很快就证实自己跑是对的。身后的枪叭叭地响了,子弹噗噗地打在他脚下的土里,或者树叶上、树干上。范大狼子吓坏了,猫着腰,死命地跑。小黑跟在他身后,跟着他跑。枪声越响越密,那几个人也哇啦哇啦地叫得更急更响。前边是个山坡,范道江往山坡上跑。跑了几步,他回头看了一眼,突然,就感到右眼眶上方嗖地一凉,一种彻骨的痛袭了上来。他顾不上痛,接着跑。有液体淌下来,遮了眼,他伸手一抹,满手的血。他吓坏了,以为逃不过这一劫了。眼看着那几个人越追越近。这时,他看到小黑向那几个人勇敢地冲了过去，一下子扑向跑在最前面的那个人。他听到了身后惊恐的尖叫声。

范道江顾不上小黑，一闪身钻进了树林。树林像一个绿莹莹的大海，立马将他淹没了。

借着路熟，范大狼子左穿右突，一口气跑回了家。小黑却没有回来。

范道江这次可谓是死里逃生，想想都后怕，比那次遇到土匪可怕多了。这些是什么人？他也说不清楚。

太可怕了，范大狼子白天不敢出门了，只在夜里摸到离得最近的漫水河镇，找到姜记中医馆上了药。瞧病的先生说，他差一点就瞎了一只眼。回到家，他躺在床上养伤，哪儿也不敢去了。

十多天后，几个不速之客进了他的家，来人都穿着灰军装，带着枪，说是新四军，也就是以前的红军，现在叫新四军了，说共产党与国民党握手言和，联手打日本鬼子。范大狼子怀疑这些人是骗子。小香听说他们以前是红军，就想打听一下他们是否认识方子成，可话到嘴边，又咽了回去。

那些人动员他去支前，抬伤员，见他有伤，询问了情况，然后打开医药箱，给他上了药，包扎好。范大狼子这才知道，打伤他的那几个满嘴鸟语的是日本兵。范道江以为日本离自己很远，毕竟隔着纵横几百里的大别山，没想到，日军要围攻武汉，派一股部队穿过大别山想直接进攻武汉。

范大狼子和小香听了都感到惊讶。范大狼子描述说，那日本鬼子矮墩墩的，却浑身是劲，个个都像一头小肥猪，跑起来快得像风刮起来的一撮黄土。

新四军给范道江包扎了伤口，又给他家扫了院子。其中有个女兵，叫文文，留着齐耳短发，和蔼可亲，张嘴说话就先笑，她站在门前一块石头上，教大家唱歌："大刀向鬼子们的头上砍去……"那气质、神态和做派，让桂小香一下子想到了吴芳英。她真的很像当年的吴芳英，漂亮、干练、利索、精神，一身英武之气。女兵文文让小香感到亲近，从文文的眼神中，她相信新四军就是当年的红军。

那些人走后，桂小香告诉范大狼子："他们就是当年的红军，都是为了穷人的人，咱该帮。帮他们就是帮咱自己。"范大狼子仍然心存疑虑，但他相信小香。小香说是的，那肯定就是的。他敬重英雄，那些扛枪闹革命的不怕死的红军都是英雄。可是，他又想不明白，红军咋就和不共戴天的国民党兵搅和到一起了呢？小香看他犹豫，倒是一句话解了他的疑："咱弄不懂那许多，但是听新四军的准没有错。要让我说，那还不是为了齐心协力打鬼子吗？"

第二天，范道江不顾眉骨伤痛，后腰上别了一把篾刀，当支前民工去了。

中国军队在鹿吐石铺和日军干了一仗。那是一场异常惨烈的阻击战。国民党军队，共产党领导的新四军、游击队，在当地百姓的支援下，顽强阻击，取得了震惊世界的大捷。

战斗打得天昏地暗。鹿吐石铺因此声名远扬。

范道江没少见识刀枪，听到枪响也不再害怕。他跟着民工队伍，沿着山路往枪响的地方奔。不断有伤员被抬下来。那些伤员基本上都成了血人，头上、身上、胳膊上、腿上，都是血。在战场上草草包扎了，抬下来，送到后方医院去。抬伤员的汉子，都沉默着，注意力都在脚下的路上，在担架上的伤员身上。范道江常常是闭了一只眼往前走，因为眼眶上的血和汗流下来会盖了眼睛，他顾不上擦。

他们头顶上的天空，不时有飞机轰鸣掠过。飞机上印着蚊子血似的一块红斑，清晰可见。那是日本鬼子的飞机，狂啸着往武汉方向飞。

天上、地下的战火血腥，让范道江想到自己曾经烧过的火粪。庄稼秆、枯草树枝与泥土一层隔一层地覆盖，泥土上浇上人畜粪水，然后点火焚烧。这叫烧火粪。火粪堆燃烧得噼噼啪啪，火舌漫舞，浓烟扬天，火星在空中飞舞、飘落。那一片稻田或山坡，便弥漫于烟尘与焦臭之中。

范道江送了一个伤员，正扛着空担架往前走，有人举着一根折断的竹子，站在道边大声喊道："担架不够了，谁会做担架？"范道江这才注意到，大家抬的担架都是用毛竹做的。毛竹结实，有弹性，体量也轻，是做担架的好材料。他兴奋地举手迎上去："我,我。"

半山腰上住着一户人家,门前有一块空地,山坡上长满了挺拔的毛竹,远看就是一片绿色的竹海。十几个人就在空地上忙碌,扛竹子的、抬大板凳的、扯锯子的,来来往往。篾匠只有范道江一人。他照葫芦画瓢,粗的当两根竖竿,细的做中间的横栏,按粗细长短和不一样的尺寸锯断,用篾刀在那些做竖竿的竹肚上,咔咔两刀,砍出一个个装横栏的小洞。于是,那一根根做竖竿的毛竹上,像笛子一样被砍出一排的洞。两根竖竿拼在一起,装上砍得光滑的竹瓣,再用竹榫锁住,粗粗地编织几根竹篾,便成了一副担架。

范道江一边破竹削篾,一边指挥别人做些力所能及的活。锯竹子,破竹子,他不停歇地忙,嘴里不停歇地喊,额头上热汗涔涔。大家都忙得热火朝天。做好的担架很快被抬走,投入到救治伤员的队伍中去了。

汗水不住地往下淌,糊住了眼睛,范道江不停地用袖头擦,一点也不感觉到累,也不感觉到痛。这或许是范道江一生中最为兴奋的时刻。他觉得自己做了一件大事,一件引以为豪的大事。不远处炮声隆隆,枪声响得噼噼啪啪,他却一点也不害怕。他觉得自己不是孤单的,是和许多人在一起。这很重要。

三

那个夏季,一直到立秋,枪炮声都响在大别山。范道江后来知道,日本人始终没能跨过英雄的大别山,没能跨过鹿吐石铺,留下漫山的尸体,狼狈后撤。

范道江在那个院子里,做了数不清的担架。他从来没想到自己会做那么多的担架,似乎把一辈子要做的担架都做了。事实上,除了那次,他之前根本就没有做过担架。除了做担架,他还抬担架。腰上系一条布腰带,篾刀别在后腰,和另一个汉子抬一个担架。担架上的伤员或轻或重,若是重伤员,担架尤其显得重。范道江发现担架架在肩头离地面太高,爬山、下坡都不方便,伤员也容易掉下来。范道江动了脑筋,用竹篾子编成一条粗绳,拴在担架上,抬的时候,将篾绳套在后脖上,这样,担架齐腰,抬起来就灵活多了,也省力气。但是竹篾绳硌肉,就包一块布或毛巾。大家都夸范道江的点子好。范道江又坐在那个院子里,破篾子,编篾绳,将担架一个一个地进行了改造。他眼眶上的枪伤一直没有好透,不断地擦汗,将刚刚愈合的伤口又擦破了。军医给他包扎过,嘱咐他不能再触碰伤口,要等到慢慢愈合。范道江嗯嗯地答应,可是,一忙起来,或情势危急,他就忘了,根本顾不上。范道江咬牙忍着,一声不吭。

一直到打退日本人,大部队撤走,范大狼子得到了一条白毛巾,算是对他支前的奖赏。他拿着那条白毛巾喜滋滋地回了家。

初秋的天,山色渐深,空气里飘着桂花的幽香。那些香气从何而来,范大狼子说不清楚。小香总说是从麻流镇飘来的。范道江撇撇嘴,那么远的路,重重山峦阻隔,咋能飘过来?他说,大别山人喜欢栽桂花树,一些农家虽然人去房空,或者房子被毁,但是许多桂花树依然顽强地活着,到了时节就会发出阵阵幽香,随风弥漫。但是在小香心中,那就是桂花王随风而至的香。"桂花王一年四季都香。"小香说。

桂花的幽香,让范道江的心情非常好。他走在乡野山道,脚步轻快,一点也感觉不到累。他甚至还哼起了山歌小调:"郎在高山唱山歌,小乖姐在房织绫罗。耳听山歌动了心,手颈子一软掉了梭。不织绫罗听山歌……"

桂小香领着三个孩子在山坡上掐野菜。范道江看到他们,兴冲冲地奔过去。小花和家同高兴地聚拢在他身边。范道江没看到家翠,原来家翠蹲在一片荒草里,仰起脖子扯着嗓子哇哇大哭。范道江吓了一跳,急忙跑过去,看看出了什么事。

家翠见了爹,委屈得热泪滚滚:"爹,我的屁股痛。"桂小香边跑过来边高声嚷:"粮食吃少了,吃的都是野菜,拉不下来屎。"

范道江从口袋里掏出一个白面馍,一掰为四,给小香和孩子每人一块。小花极其小心地咬了那么一点点。小香捧在手心里,嗔怪道:"还给我干啥?"顺手给了家翠。

范道江吃惊地发现，家里断了粮，小香领着孩子四处挖野菜度日了。

第二天，范道江出门，去漫水河街上想买点粮，结果奔波了一天，只买到几斤糙米和几个山芋，回到家已是黑夜。小香热了剩饭野菜糊糊给他吃。孩子们都已睡觉，两个人长吁短叹，商量着办法。范道江决定再去山外做活。小香看着他的眼睛，说："还是等眼好了再去吧。"范道江说："不碍事，快好了，也感觉不到疼。"小香说："你在家，我心里踏实些。"范道江不说话了，紧紧抓住了她的手。

范道江赊来几根竹子，连天带夜地干活，做水舀子、竹刷子，编斗笠，然后挑下山去卖。他眼眶上的伤口始终没有好透，眼睛也渐渐痛了起来，像蒙了一层雾。他没有在意。

时间长了，眼睛越来越模糊。范道江以为天阴了，就问："这天咋总是阴着，也不下雨？"孩子们回答他："天晴着呢。"他仍然没有放在心上。小香走到他面前，他听到脚步声却看不清人，小香将饭碗递到他手里，他吃了一惊。小香伸手在他眼前晃晃，他竟然没有反应。小香吓坏了："看不见吗？"

范道江还想若无其事地安慰小香，没等他开口，小香就愤怒地一把夺下他手中的篾刀，看着他的眼睛，打着手势试他能不能看见，结果发现范道江几乎成了一个瞎子。"你要是瞎了，我们一家子该咋活？"桂小香吓坏了，忍不住哭起来，埋怨道，"你真是一个大狼子，咋就能忍住不吭气呢？"范道江仍然安慰桂小香："没事的，没事的。"

桂小香让范道江去镇上找先生瞧瞧，范道江不愿意，想等手里的活做完，卖竹器时顺便去。小香不理他，将完工的竹器捆在一起，催促他即刻就走，就卖这几件。小香不放心范道江，让小花跟着去。小花十岁了，虽然个头小，人瘦，但是眼睛正常，起码能帮他看清脚下的道。

范道江只好答应。

范道江领着小花直奔漫水河镇。小花要帮着背竹器，范道江不肯，只让小花跟着走。这个镇在安徽地界上，离他家近些，却也要翻过两座山冈。范道江怕累着小花，路上歇了好几回。小花第一次跟爹出来，很兴奋，一路上蹦蹦跳跳,一点也不累的样子。她走着,时不时在路边采些野花给爹看。范道江眯缝着一只眼,很努力地看着,高兴地咧着嘴乐。他心疼这个孩子,从小就经受那么多的磨难,一天好日子也没有过过。

小花兴致勃勃地从路边折了一根嫩竹,拔去几片竹叶,将采来的小野花插进去。那根竹枝拿在她的小手上,竟然开着红的、白的、黄的小花。小花兴奋地举着竹枝儿,欢笑着喊爹:"爹,你快瞧,这是不是竹子开花节节高?"范道江点头,心里热热的。他抚摸着小花的脑袋,说:"小花,等着吧,咱们的日子也是竹子开花节节高呢。"

漫水河镇上的那家姜记中医馆,坐馆的姜先生长着花白胡子,花白头发,认识范道江。此时太阳西斜,范道江领着小花进了门,在他面前坐下。姜先生打量了他一眼,微笑颔首,看了伤情后感到奇怪:"上次给你上了药,还没有好?咋耽误这么久才来?"他给范道江诊了脉,看了舌苔,斟酌着开了药方。范道江踌躇,拿了药方磨蹭着不起身,额头有汗水沁出来。姜先生奇怪地看着他。范道江红着脸,像做了亏心事似的,说:"背来的竹器一个也没有卖掉。"

姜先生明白了,思量了一下,从后院喊来了慈眉善目的老伴姜夫人。姜夫人拿着那些竹器,掂量着,留下一把竹刷子和两个簸篮子。她说簸篮子可以晒中药。她这样说了,范道江干脆把剩下的三个簸篮子都留了下来。姜夫人往回推,说够了够了,但转念想起了什么,不再推辞,干脆都接了。

小花站在旁边,巴巴地看着他们,脸色蜡黄,不知怎么就晕倒在地上了。范道江吓坏了,急忙将小花扶起来,搂在怀里。姜先生快步过来,给小花看了一下,吩咐老妇人倒了一碗开水,拿了些吃食。"这孩子是饿着了,渴着了,累着了,吃点东西,歇一歇就会缓过来。"姜先生的话里有怜惜,也有责怪,说完看了一眼范道江。

姜夫人喂小花喝了几口水,小花果然醒了过来。小花醒过来就望着姜夫人笑,笑得很甜。姜夫人一怔,有心灵感应似的,慌忙将半碗米饭用开水泡了,喂她吃,心疼得跟什么似的。范道江眯缝着眼看着,长吁短叹,感激涕零。范道江面对恩人，就要跪下去磕头，被姜先生拉住。姜先生叹了一口气，盯着范道江看了一会儿，又打量着小花，然后，拉了姜夫人去了后院。

范道江接过碗喂小花，满脸愧疚之色。"都怪爹没有本事。"他说。小花伸出小手，擦去了爹脸上的两行泪。

过了一会儿，姜先生和姜夫人走了出来。姜先生询问他家几口人，做啥的，范道江如实回答。姜先生说道："负担的确不轻呢。"姜夫人接过碗去，继续喂小花吃饭，目光更慈祥了。

姜先生拉范道江到旁边，低语一阵。范道江点头，又摇头。范道江又坐了半晌，待小花吃完饭，拉着她就要走。小花冲姜先生和姜夫人感激地一笑。姜夫人把小花搂在怀里，亲昵了一会儿，依依不舍。范道江冲他们鞠了一躬，留下那些竹器，拎了中药，千恩万谢地走了。

姜先生和姜夫人将他们送到门口。姜先生朝范道江拱了拱手："欢迎随时过来。"范道江含糊地应着，慌乱地走了。姜先生夫妇一直目送他们走远，直到拐过街头。

四

范道江回到家，熬药喝药，眼疾慢慢好转，不那么痛了。他却变得闷闷不乐起来，很少说话。借助一线弱光，他摸索着继续打竹器，只是速度慢了许多。

土地又歉收了，租的几亩地交了租子，所剩无几。竹器卖得也不好。范道江又不能走远路去外地做活，在家苦守寡淡的日子。

抓的药吃完了，小香让范道江再去抓药。范大狼子像是没听见，拖着不去。小香感觉奇怪，问他原因，他说快好了，用不着再白花钱。小香无奈，说："你若是不去，我就领着小花去。"范道江只好说自己去。

范道江死活不愿意再带小花去了。"那么远的路，她一个小丫头哪走得动？"小香说："上次不是去了吗？"范道江说："就这一条山路，我闭着眼也能摸到，放心吧。"

桂小香只好随他。

范道江在山里长大,对大山的脾性摸得透透的。他挑着竹器,借一只眼获得的微光,蹒跚着往前走。这一次,他运气好,坐在街头没多大一会儿,椅子就卖出去两把。他做的竹椅子敦实、光滑,火烤的椅腿没有黑印,仍旧绿莹莹的。近午,椅子全都卖出。范道江在街边小铺买了一碗黄大茶,就着茶吃了两个玉米面野菜饼子,吃饱了,这才去姜记中医馆。

姜先生见了他,仍旧笑眯眯的,望闻问切一番,又给他开了药。伙计将药包了,捆成一个长串。范道江要付药费,姜先生伸手拦住了:"上次你留下的竹器够了。"范道江连声道谢。姜夫人从后院过来,递给他一小包炒熟的板栗,让他带给小花吃。姜夫人说:"这丫头我一见就喜欢。"姜先生说:"这是眼缘,不知道哪辈子修来的。"

范道江感激万分,想不收板栗。姜夫人执意不肯,不容分说,将板栗和中药捆在了一起。范道江只好鞠了一躬,仓皇而逃。

回程的路上,离家已经不远了,范道江不小心被一根草藤绊了一下,摔倒在地,没想到那片草丛下的路面被山水冲空了,他一下子失控,顺着斜坡滚了下去。他心里是明白的,在滚下的一瞬间,他丢了手中的药和板栗。人可以滚下,药和板栗不能滚散。

天黑了,小香不见范道江回来,心中不安起来。她安顿好家同、家翠,领着小花去找。小黑欢欢地跟着他们。小黑的母亲为了救范道江,被日本鬼子打死了,留下一窝小狗崽。范道江留下了这条小黑狗,仍旧叫它小黑。山和路边的巨石都披上了神秘的面纱,在夜幕中呈现出一个个恐怖的模样。小香对那一段路不熟悉,不免心存畏惧,幸亏有小黑在前边叫着领路、壮胆。

小香点亮了火把,牵着小花的手,顺着山道往前走,一边走一边呼喊着范道江。走着走着,她发现了路上的那捆中药和板栗。板栗撒在地上。她往坡下喊了许久,没听到回音,便让小花领着小黑守在路边,自己打着火把下坡去寻。她喊着,抓着野草、荆棘,借助石头,顺坡慢慢下去。每下一步,她呼喊一声,借火把的光亮,仔细查看寻找。遇到陡峭处,她只能将火把放在地上，爬下去。底下漆黑黑的，无底洞的样子。小香有些害怕，但是找到范道江的念头给了她勇气和胆量。不找到你我是不会收兵的，她想。她不管不顾，继续往下爬，手划破了，流了血，也顾不上痛，更顾不上恐惧。

终于，她听到了轻微的呼救声。那是范大狠子对她呼喊的回应。他被一丛荆棘挡住了，那丛荆棘救了他的命。再往下，就是悬崖峭壁。他就躺在悬崖的边缘。被荆棘挡住的那一刻，他清醒了，脚下那一线幽暗的光，那一股幽沉的风，那一片幽深的空旷，都让他明白，那是死亡的深谷。他不敢乱动，静等着体力恢复，再想办法爬上去。后来，他试着挣扎了几下，浑身摔得麻木，像失去了知觉。他便不敢乱动了。

范道江没有想到小香会找下来。小香的呼喊，点燃了他生命的热望，他顿时涌满了力量。他回应她，可是喉咙里只能发出微弱的声音，她听不见。

"别下来，这是悬崖。"他的声音，小香终于听到了，一股热流涌在心田。悬崖深处的风声、石头滚下去的声音，都让小香明白，范道江说的不是一句虚言。

火把照亮了她眼前的山坡。小香看到不远处有一根被人丢弃的圆竹，是那种可以做房椽的竹子，她慢慢爬过去，够在手里。然后，她又小心翼翼地慢慢爬回来。她将双脚抵在一棵粗壮些的杂树根上，一只手将圆竹伸下去，伸下去。

"你别下来，"范道江喊，"危险！"

"我必须下来。"小香说。

范大狠子终于抓住了圆竹。两个人都很激动，喘息着，暂时停歇下来，想攒足了力气再有所动作。借助小香的力量，范道江慢慢让身子转正了，转顺了，让肚子贴在了山坡上。这样，他就可以慢慢往上爬了。

范大狠子只能感觉有亮光在眼前，根本看不见东西，只能按照小香的指令，凭感觉往上爬。

那个几丈高的山坡，成了他俩生与死的分界，爬上去，他们才能团圆，才有新生。稍有松懈或不注意，就有可能滚下悬崖，万劫不复。

范道江抓住小香手的时候,火把正好燃尽了最后一丝光亮。但是彼此心灵的火把,却照亮了他们归家的心路。他俩紧紧抓在一起,紧紧拥抱在一起,都激动得泪流满面,又孩子似的忍不住笑。小花抱着小黑蹲在路边,一个呼喊,一个汪汪个不停,给他们增添力量。范大狼子像是醒转过来的一匹狼,激发出了无穷的力量。他固定好自身,然后一只手托着小香,让她先爬上去,必须先爬上去。

小香和范道江互相帮扶着,艰难地爬了上来。小花哭着扑上去,看看这个,又看看那个。范道江和小香瘫坐于地,呼呼喘息。范道江抹着泪和汗,说:"大难不死,必有后福。"

其后,范道江的视力每况愈下,一天糟似一天。家里的日子也越过越糟。他不再去拿药,不想再费钱。小香劝他不动,只得作罢,更加精心地服侍他。范道江的一只眼睛慢慢成了一只瞎眼,瞎眼连累了那只好眼,让那只好眼也慢慢变得糟糕起来。终于在一天早晨,他啥也看不见了。范道江似乎知道会有这一天,没有惊慌,只是抹了一把泪。

家里的生活担子都落在小香一个人身上了,她种地,掐野菜,摘野果,借粮,出去卖竹器,给范道江当眼使,打下手。小花成了小帮手,家同、家翠也帮着干活,常常吃不饱饿得哭。范道江听见孩子的哭,心如刀绞,可也没有法子,只能摸索着,没日没夜地打竹器。

"这不是办法。"范道江对小香说,"再不想办法,全家就是死路一条。"小香听了唉声叹气,又能想出啥法子呢?找东家买几根竹子,还得桂小香自己扛回来。那么沉的竹子,将她柔弱的肩膀压出了通红的血印子。

那天,小香一早去地里干活了。范道江让小花帮忙,捆了一些筷子、刷子、竹碗、水舀子之类,领着小花一起去镇上。

他们先在路边摆摊,卖掉几把筷子和两个竹碗,剩下的,范道江收拾了,领着小花到了姜记中医馆。

姜先生见到他们,有点意外,仍旧是笑眯眯的。姜夫人领着小花去了后院,不知说些什么,不时传来小花的笑声。范道江听见小花的笑声,心里踏实了些。姜先生意味深长地看着范大狠子,让他喝茶,自己则去了后院。一会儿,姜先生出来,拍拍范道江的肩,范道江拍了拍他的手,两个人心领神会般地默契。姜先生说:"老范,放心吧,在我这里不会受委屈。你也看见了,内人喜欢她。"

姜先生将一个小布袋放在他脚下,范道江掂了掂,然后双手拱了拱,说:"姜先生,看您也是良善人家,孩子在这,我也放心,拜托了。"说完,拎起布袋子就走,却不小心被门槛绊倒在地,半天爬不起来。姜先生急忙将他扶起来。范道江有些懊恨,意识到自己的眼瞎。姜先生将一根竹棍塞在他手里。他一手拎着布袋,一手拄着竹棍,慢慢往前走。他极力忍着不让泪流下来。出了镇,走在山间小道,听听四周无人,他忽地像泄了粮的布袋子,瘫倒在地,号啕大哭。

这个壮实的汉子,被生活压榨干了的汉子,一路上不知跌了多少跤,也没能走到家。在被一块石头绊倒后,他终于疲惫得站不起来,靠在一块石头上喘息。

寒意袭来,他感到了冷。秋渐深,一些不知名的小虫子不叫了,另一些不知名的小虫子开始了别样的呻吟。白天与黑夜的交续,会让不同的虫子登场。现在,对他来说,天黑或者不黑,已经没有意义。如果不是要挣钱养活家,他宁愿就这样。当一个瞎子并没有啥不好。他像一个醉汉似的靠坐在石头上,昏昏沉沉,有气无力。

不知道过了多久,范道江听到了小香的呼喊声。

五

那是一个让小香惊恐不安的不眠之夜。小香没有看到小花,吃了一惊,小花哪去了?范道江像一块石头一声不吭。小香急得要发疯,掐住他的胳膊,死命地掐,咬牙切齿地掐:"你告诉我。"但是范道江仍然一动不动,一声不吭,像石雕,泪水却流了一脸。小香绝望了,松了手,找了火把,准备自己出门去找。

　　小香没有看到小花,吃了一惊,小花哪去了? 范道江像一块石头一声
不吭。

范道江这才感到害怕了,说:"不寻一条活路,全家都要等死吗?"小香折回身,一把抓住他的胳膊:"快说,小花咋了?"

范道江说:"找个好人家不容易。"

"要死也要死在一块。"桂小香气愤地说,"告诉我,她在哪?"范道江跪在了地上,说:"小香,你信我吗?小花比我亲生的还要亲,我会害她吗?""那你说她去哪了?""你就别逼我了。等以后过好了,我领你去瞧她。"小香没有办法了,绝望地扑倒在床上,痛哭起来:"我那苦命的丫头耶,跟着我没有享过一天福啊,离了娘你该咋活耶——"小香边号边说,长歌当哭,长哭如歌,怎么听都像庐剧悲调。范道江一脸悲戚。家同、家翠吓得跟着哭,嚷着要他们的小姐姐。

"你个范大狠子,你的心狠得像蛇蝎一样啊!"小香指着范道江,眼里喷火,恶狠狠地骂。范道江只是默默流泪,任她骂,不发一言。小香骂过,掐过,又觉得范道江可怜,不忍心再责怪他。她慢慢走过去,搂住了范道江的大脑袋,两个人哭成了一团。

"你咋这么心狠,我咋向她亲爹交代?"

范道江说:"我就是她亲爹。"

范道江坚持不松口,小香不知道小花在哪,唯有一哭。她相信范道江说的都是实情,冷静下来一想,又未尝不是一件好事。对于小花来说,或许就是一条活路呢。只是,孩子离了娘,她的心被牵扯得碎痛碎痛的。

日子在苦挣苦扎中一天天过去,家中连盐都吃不起,吃糠咽菜,不见油荤,家同、家翠饿得黄皮寡瘦。有钱的地主富绅都出奇地反常,不借贷,不赊粮,还往外卖地。小香和范道江借不到粮,只能自己想办法。小香偷偷去山上摘橡子,回来磨成面充饥。

没想到,灾难竟然悄悄找上了门。

那天家同、家翠领着小黑去山上采野菇子,还没有回来。小香在厨房弄吃的,范道江坐在院子里摸索着破篾子。

小香正在烧火,听到柴房里有动静。她疑惑,起身去看,啥也没有,回到厨房,却被一个人突然捂住了嘴,狠狠地摁在了地上。她拼死挣扎,张嘴欲喊,嘴里却被塞进了一团布。一个黑脸汉子将她的胳膊腿都捆得结结实实。她惊恐万分,不知这黑脸大汉是谁,为什么要捆她。汉子举着短枪指着她,凶恶地瞪着她:"要活命就别动。"

小香说不出话,只能不住地点头,以恐惧的眼神,示意不要伤害她。黑脸大汉见状,似乎放下心来,转身走到厨房门口,往外看了看。范道江全然不知,仍在专心致志地破箅子。黑脸大汉得意地回转身,掖了枪,快步抢到灶前,掀开锅盖。热气袅绕中,只见箅子上馏着几个山芋,几块半拉子黑乎乎的面饼。他抓起饼子就啃,饼子黏牙,一股怪味。他嚼了一口,差点吐出来。大概是饿极了,他一边咬,一边腾出手揭箅子,锅底还有野菜汤。黑脸大汉只顾埋头吃,竟然一口气把那些东西吃了大半。吃饱喝足,这才拿了剩下的两个山芋,盛了一碗野菜汤,往柴房去。

小香惊住,原来柴房还有一个人。那人受了重伤,躺在那难以移动。小香见机会来了,便挣扎了一番,发现绑得太结实,根本动弹不得,也站不起来。她放弃了挣扎,竖起耳朵听。只听黑脸汉子压低的声音:"妈的,没想到解放军来得这么快,下手这么狠。"另一个声音说:"大哥,你就别管我了,自己走吧,若是命大,咱兄弟自有相会的那一天。"黑脸汉子道:"说的啥×话,咱兄弟有难同当,有福同享,咋能丢下你不管?"另一个哀叹道:"唉,时运不济啊。"

小香忽地听出声音有点耳熟,她狠命地想,突然恍然大悟,吓出了一身冷汗。那不就是六万寨上的二当家黑面虎吗?当年,就是他抢了自己,从麻流镇往六万寨跑,若不是半路遇到红军突袭,她从血泊中死里逃生,咋还会活到现在?那么,那个被黑面虎称为大哥的黑脸汉子,无疑就是六万寨上的土匪头子金老末了。

惊恐中,小香忽地听到黑面虎压低了声:"大哥,你的好事来了,外面那个女的,就是当年逃掉的那个麻流镇女子,你瞧,那个脸模子,那个水白,我可是一辈子也忘不了。"

"哦,谁?"金老末显然没弄明白。

黑面虎淫邪地嘿嘿干笑了几声,说:"当年,我带人去给你抓那个麻流镇女人,还记得吧? 快到家门口了,遇到红军突然袭击,让她跑了,要不然,早就给你下一窝小崽子了。"

金老末明白了:"是她? 我说咋这么有姿色呢。"

"大哥,肉都送到嘴边上了,不尝尝?"

"这一个多月东躲西藏的,还真是断了女人味。"

小香听得目瞪口呆,心惊肉跳,可浑身上下动弹不得,也没有什么脱身之策。她在心里直骂范大狼子:你这个粗心男人啊,咋就只知道埋头干活,不进屋里来看看? 你不知道小香的性命难保吗? 又一想,他进来也看不见,对了,必须弄出点动静,让他听见。

金老末站到了小香面前,淫邪地乐着,盯着小香看。小香这才发现,金老末竟然瘸了一条腿。她让自己冷静下来。

金老末流着口水扳起小香的下巴,欣赏了一会儿,然后,把枪顺手放在锅台上,从绑腿处拔出一把匕首,寒光闪闪,贴着小香的脸掠过。小香吓得扭过脸去,他却扳过她的脸,将匕首贴在她的脸上,来回蹭了一下。

"听话,乖乖的,不然老子就杀了你。"金老末冷冷地低声道。

小香盯着他,点头,寻找着解脱的机会。

金老末用刀割断了小香腿上的绳子,放下刀,去解小香的裤子。就在一刹那,小香用膝盖突然猛力顶了一下。哪知金老末早有防备,一偏躲过,一把抓住她的腿,抓得死死的,痛得小香直吸凉气。金老末继续脱她的裤子。小香拼死反抗,两条腿胡乱踢腾,踢翻了喂小黑的一只破碗,那只破碗翻滚着,撞在水缸上,砰的一声脆响,碎了。金老末红了眼,兽性大发,要将小香制伏。撕扯中,小香蹭掉了嘴里的破布,大喊道:"救命!"

金老末恼羞成怒,挥拳就打。就在这时,只听一声怒喝:"在哪?"小香的脑袋本能地一偏,喊道:"砍!"范大狼子挥手就砍了出去。小香感到一股凉风嗖地从面颊掠过,紧跟着,嚓的一声,篾刀砍在了金老末的后背上。金老末痛得一声鬼叫，翻身就去抓枪，小香眼疾脚快，一伸腿，脚尖将枪从锅台上扫了出去，飞出老远。金老末瘸着腿要去抢枪，被范大狠子一把抱住，一条胳膊勒住了他的脖子。范大狠子因为那一刀砍得太深，抽不出来刀，此时像咬人的王八，一旦咬住，就不会撒口。搏斗中，他的两只胳膊锁住了金老末的脖子，两条腿锁住了金老末的腿。但是，他身矮腿短，两条腿够不着，很快滑了下来，就势锁住了金老末的腰。

范大狠子贴在金老末的身上，拼死锁住。金老末的拳头一下又一下往死里砸在他的脸上、身上，他像失去了痛觉，毫无反应，毫不动摇。

小香已经爬了起来，不知怎么就挣开了胳膊上的绳子。她抓住那把匕首，却不敢刺向金老末，怕误伤了范大狠子。范大狠子似乎感觉到了，吼道："快！"桂小香咬着牙，不管三七二十一，对着金老末就捅了过去。

金老末身上还嵌着范道江的篾刀，脖子被范大狠子锁住，透不过气来，现在肚子上又中了匕首，真是伤痕累累，挣扎了一会儿，渐渐失去了抵抗，像一个散了架的柴火垛子，出溜了一地。

此时，一直躺在柴房的黑面虎站在了门口，摇摇欲坠的样子，拼命抓住门框，颤抖着手，对着范大狠子开了一枪。"叭！"范大狠子一个趔趄，倒在了地上。

小香就站在黑面虎不远处，看到范道江倒下，她像疯了一样，大吼一声，双手握刀，迎着黑面虎的枪口就冲了上去。黑面虎急着开枪，却没了子弹。匕首一下子就刺进了黑面虎的肚子。黑面虎翻了一下白眼，像个被掏空的面口袋塌了下去。

小香惊魂未定，望着黑面虎，愤然道："当年，你们咋会在那一天去抓我？"黑面虎望着她，嘴里往外喷血，动了几下嘴唇："姚……姚瘦子……"

厨房里，血流满地。

第九章

一

桂小香记得很清楚,是在一个天空高蓝的秋天里,她在门前的菜地里收萝卜。那些白萝卜水灵灵的,一个萝卜一个坑。范家同和范家翠跟在她身后,很卖力地拔萝卜,累得满头大汗,却兴高采烈。

小香往家运了两篮子,就在院子里支起案板,开始切萝卜缨子。萝卜缨子是好东西,在溪水里洗干净,晾干水就可以腌起来。

家同和家翠现在十多岁了,做轻巧农活都顶事了。

正忙着,小香看见田埂上走来几个兵,穿着黄军装、背着枪,前头一个是领路的村民。小香想躲,已经来不及了。她的心里怦怦乱跳,不知道来的是啥兵,要干啥。她停了手里的活,僵在那里看着他们。家同也发现了,赶忙跑过来,像个小男子汉护在娘的身边。

领路的那个村民离老远就笑着喊:"范嫂子,范嫂子,不用怕啊,这不是国民党兵,这是解放军啊,咱自己的队伍。"

说着话,那些人已经来到了面前。领头的腰里挂着短枪,笑眯眯地说:"大嫂,别怕,我们是当年的红军,打回来了。"

小香将信将疑:"头几年,来了一帮人叫新四军,他们也说是当年的红军,在鹿吐石铺和日本鬼子打了一仗,你们是一伙的吗?"

领头的笑了，大家都笑了。

"大嫂，这么跟你说吧，我们最早是叫红军，后来和国民党合作，一起打日本鬼子，改叫八路军、新四军，现在，我们改叫解放军了。"

桂小香似懂非懂地望着他们。

"这么说吧，咱们啊，现在打跑了国民党反动派，打倒了土豪地主，给穷人分田分地，咱们就要过上好日子了。"

桂小香怔在那里，许久，才小心地问道："真的吗？你们不走了？"

领头的笑着点点头，说："大嫂，革命就快要成功了，中国大半都已经解放了，我们挺进大别山，很快就要打过长江去，解放全中国。这回，我们永远不走了。"

"你是说，革命要成功了？"

众人都点头，都望着她笑。

小香却没有笑，继续晾晒她的萝卜缨子。那几个兵面面相觑，不知道桂小香何以如此。领头的仍然笑眯眯地："大嫂，我们说的都是真的。"

小香只管翻动着萝卜缨子，沉默着。

领头的继续说："大嫂，一眨眼，我们离开大别山十几年了，咱大别山的乡亲们吃苦了。"

一句话，让小香的眼睛红了。

这么多年，她受的苦难，受的委屈，一下子涌了出来。她也不知道自己为什么会这样。她想到了方子成，想到了宝才，想到了吴芳英。她像是自言自语道："你们知道方子成吗？知道桂宝才吗？知道吴芳英吗？知道周贤吗？"

大家面面相觑，都不知道她在说啥。

领头的笑着说："大嫂，你说的这些人，我们以后一定会弄明白的。现在，我们要追击那些流窜的国民党顽匪，还要剿灭山里的土匪，你要是有啥情况就向我们报告。"

解放军走了。

小香还像是在梦里,沉浸于过去无法自拔。过去的一幕幕走马灯似的浮现在脑际。她坐下来,望着眼前逶迤的青山,望着高远的天空,一句话也说不出来。

胜利了,终于胜利了,革命成功了。这个念头一直在她脑海里打转转。

吃罢晚饭,小香领着家同、家翠,来到范道江的坟前,给范道江烧纸。家同、家翠在坟前磕头。火光映红了他们的脸。家同、家翠有一种神圣的感觉。小香烧着纸,对着坟堆说开了:"他爹,告诉你一个好消息,咱们胜利了,这回是真的胜利了。解放了!"家同、家翠也跟着说:"是的,爹,咱解放了。""解放军来了。"小香看了一眼家同、家翠,继续说道:"老范,你看见了吧,孩子都长大了。"话没说完,小香哭了。

一刀纸烧完,燃烬,纸灰随风飘了起来。四周恢复了沉寂。

下了山坡,小香没有回家。她走向一个岔路口,用树枝在岔路口画了一个圈,就在那个圈里,将另外两刀纸点燃了。

"娘,这是给谁送钱?"家同问。

小香说:"都是亲人,等你们长大就知道了。"

家同、家翠看到娘的手在微微颤抖。她心里似乎汹涌着一种被死命压抑着的情感,就像眼前这黑黢黢的大山,有着难以言说的沉重。

"你俩先回去吧,娘在这里坐一会儿。"小香说。

家同、家翠听话地慢慢往回走。

山风阵阵,发出凌厉的哨声。几只秋虫有一搭无一搭唧唧叫着。

家同躺在床上,想着娘的心里一定有着一个天大的秘密:她是给谁烧纸呢?为什么不告诉他们呢?

听到娘回来的脚步声,他一动不动。娘走到门口往里看了看,见他睡着了便没有说话。

第二天大清早,桂小香就喊醒了家同、家翠:"快起来,今天咱们出趟远门,到镇上去。"家同、家翠听说去镇上,都很高兴。小香装了一篮子萝卜、小半布袋野栗子。野栗子是他们前几天上山打的。家同、家翠不知道娘为何突然就要去镇里,还带东西。镇上没有亲戚,也没有熟人,带给谁?

近晌午,他们走到了漫水河镇上。娘儿仨都是第一次到漫水河。对小镇的印象,都是听范道江说的。眼下,他们感觉镇上并不像范道江说的那样。

不见了耀武扬威的国民党兵、还乡团,不见了那些坐轿子的横冲直撞的有钱人。许多墙上都贴着标语,有人围着看,有人喜滋滋地念:"庆祝霍安县解放。""红军回来了。"正疑惑,一阵敲锣打鼓的声音传了过来,前面街道上来了一支舞狮子的队伍。小香想,这不年不节的,咋舞起了狮子?家同、家翠还是第一次见舞狮子,兴奋得像马上要吃肉似的。欢乐的气氛、节奏强烈的锣鼓声,震荡着他们的心,让他们的心气往上提,让他们的血慢慢热起来。舞狮子的、围观的,个个兴高采烈,喜笑颜开,像是五谷丰登过大年。看着看着,娘儿仨的心慢慢热了起来,脸上都有了笑意,心中的阴霾烟消云散了。

家翠有点胆怯地贴着娘的腿站着,好奇地望着面前的世界。小香拉住她的手,家同站在身旁,也拉着她的小手。一个身穿军装、腰扎牛皮带、留着齐耳短发的漂亮女子,站在路边一个土台子上,挥臂向大家示意,然后,她领头高喊:"打倒蒋介石,解放全中国。""热烈欢迎人民解放军。"舞狮子的继续舞着,看的人便跟着她挥胳膊喊口号,声浪一阵高过一阵。那个女兵站在台子上,分外打眼,像山坡上一朵盛开的百合花。

那不是吴芳英吗?小香心中一动,吴芳英就是这个样子的,短发,扎着一根皮带,打着绑腿,走路像踩着风火轮,在麻流镇东奔西走,发动妇女为红军做军衣、军鞋,刷标语,喊口号,教大家唱"八月桂花遍地开……"。这个人分明就是吴芳英啊。

口号声、歌声、锣鼓声、欢笑声在小镇上翻滚、流淌,唤起了桂小香心中遥远的记忆,逝去的那一幕复活了。她望着"吴芳英",泪水不知不觉地流了下来。她拔腿就向"吴芳英"跑了过去。她穿过人群,径直挤到了"吴芳英"的面前,一把拉住了她的胳膊。"吴芳英,吴芳英,我是桂小香啊。"她摇晃着"吴芳英"的胳膊,满怀期待。"吴芳英"一愣,看着小香,笑容满面:"大嫂,我不姓吴,我姓马,叫马小静,你是不是认错人了?"

"吴芳英"这么一说,小香似乎清醒了些,隐隐觉得眼前这个"吴芳英"个子高些,肤色黑些,也不是麻流镇口音。吴芳英是大别山女子,是麻流镇的女儿,长得像葱白一样白,俊气,爽心。吴芳英的形象一直活在小香的脑海里,她无法释怀。此刻,小香的脑海里一下子涌上了猩红的血,浓稠的血……尸体和鲜血在桂花王脚下的山坡上翻滚、流淌。那血腥的杀人场面,忆起来就让人哆嗦。

眼前的、逝去的搅乱在一起,充斥在小香的脑海里,她分不清楚过去和现在了。她懵懂茫然,咋能不是吴芳英呢? 她分明就是吴芳英啊。看着跟随舞狮子队伍远去的"吴芳英",她怔怔地站在那里,走不出那一片烟云。

家同、家翠满头大汗地跑了过来,拉住小香的手,生怕她会丢下他们跑了一样。

待那些人走远,小香似乎清醒了些。她领着家同、家翠去找姜记中医馆。范道江对她说过姜记中医馆,他眼睛被日本人打伤后,就是姜记中医馆给他上的药。小香记住了这个中医馆,也只知道这个中医馆。

小香问了好几个人,都不知道这个姜记中医馆。小香坚定地相信自己的记忆没有错,继续打听。一个满脸皱纹的瘦老头告诉他们:"你找姜记中医馆啊? 换人了,现在叫洪记中医馆了。"老头拖着长长的湖北口音。

按照瘦老头的指点,小香果然找到了洪记中医馆。

"你问姜记中医馆啊?"坐馆的一个中年人正在给人把脉,眼睛似闭非闭,"家里出事了,早已经不干了。"

"咋了? 他们去了哪里呢?"小香的心凉了。

中年人告诉她,一年前,一股国民党残兵退到镇上,驻扎在医馆里,逼着姜家拿出三百大洋,姜家拿不出来,一群兵恼羞成怒,枪托齐下,把姜老先生活活打死了。半夜,那些败兵带着抢来的东西,逃得无影无踪。姜家人把姜老先生埋了,收拾了行李,回了乡下。

小香问："乡下在哪?"

中年人摇头,邻居都摇头。姜家人像一阵风,消失了。

"他家是不是有一个十多岁的小女孩,叫小花?"

一个邻居说:"是有一个小姑娘,但是不知道叫啥名字,极少出门。"另一个邻居说:"姜家还有一个儿子,比小姑娘大些。"至于姜家在乡下哪个地方,众人都摇头。他们说:"姜记中医馆开得时间不长,他们是从外地过来的。"

桂小香的心一下子瘪了,来之前鼓荡起来的饱满,此刻随风瘪去。

二

算起来,桂小香跟随范道江到湖北已经十四五年了,为了保命而熬过每一个日夜,范道江和儿女带给她的,只是短暂的欢欣,随即便被淹没于凄风苦雨之中。肚子不那么饿的时候,她便会心挂两处,想到爹娘。

她怀着范家同的时候,范道江曾冒险去过一趟麻流镇。那时候,娘还活着。如今一眨眼十多年过去,世事难料,娘现在咋样了呢? 还有爹,回来了没有? 还有,方子成伤愈回来带回的那条蓝围巾,说是一个女护士带给宝才的,那个护士是谁? 和宝才又是啥样的关系? 诸多疑问一下子聚集在小香的心里,她急于想弄明白、想知道家里的一切。思乡之念像春天的草芽,无法扼制。

革命胜利了,穷人当家做主了,这个念头汹涌澎湃地鼓舞着她。回家,和爹娘在一起,奔好日子,奔幸福。爹娘现在唯有她这个亲人了。想到这,她就一阵难过。想到爹娘,想到家,小香就有了一种浮萍的感觉,自己像是无根无须的一棵荒草。

一旦起心动念要回家,这个念头便强烈、迫切起来,就像瓜熟蒂要落,春来草发芽,是梦总要醒,她一刻也待不下去了。桂花王的脚下,才是她真正的家。小香决定立刻回家。

出发前,桂小香对家同、家翠说:"这里没有咱的亲人了,咱的亲人在麻流镇,咱们去那里。不过,你们得记住,这里埋着你们的爹,你们的爹叫范道江。"

小香心潮起伏,百感交集,匆匆收拾东西,恨不得一步就能跨到麻流镇。她挑着一副担子,一头是粮,长布袋里装了玉米,扎死,再装大米,再扎死,然后装一些干野菜。家里能吃的东西,全都在这条布袋里了;另一头是一个大竹筐,装着锅碗瓢盆。

竹扁担还是范大狠子做的,结实柔软,走起路来一闪一闪的,韧劲儿十足。家同背着一个大包袱,装着破破烂烂的被褥和娘儿仨的衣服,胳膊上挎着一个竹篮子,盛着路上吃的米面、野菜饼。家翠抱着一个陶罐,是才腌上没几天的萝卜缨子和萝卜干。这是他们可以带走的全部家当了。那两间歪歪倒倒的土房子搬不走,房前屋后的几块菜地带不走,就让它们继续守候,陪着范道江吧。

小香领着孩子去和范大狠子告别,他们都给范大狠子磕了头。小香说:"他爹,你是一个好人,恩情我一辈子记着呢。放心吧,我会把孩子抚养成人。"桂小香说完,站起身就走,泪水洒了一地。"范大狠子耶,我会回来看你的。"她默念着,不忍回头。

家同、家翠磕了头,都哭成了泪人儿,站在那里不肯走,眼见着妈妈走远了,才恋恋不舍地跟了上去。

小黑悄无声息地跟在他们身后。

一路上碰到许多背枪的解放军,匆匆南行。村头或小镇,老百姓夹道欢迎解放军,送吃送喝,脸上布满了阳光灿烂的笑。小香感慨不已,人心都是肉长的,这话一点也不假啊。那些欢快飘扬的歌声,掠过路边累累弹坑和残枪断刃之类的遗留物,风一样闪现在天空。人心有伤痛,大地有伤痕,都需要慢慢地疗治。那些标语、那些歌声、那些笑脸、那些军人,都让小香感到熟悉和亲切。她感觉自己一直都在走,就这样从麻流镇走来,再走回麻流镇去,方子成、爹娘、宝才和乡亲们都在麻流镇等着她……

此刻,如果不是家同、家翠跟在身后叽叽喳喳说这说那,她还真以为是回到了从前呢。她看着那些扛枪的人，就像看到了方子成、爹、宝才，还有周贤、吴芳英……

过了漫水河、诸佛庵、新店河，往北，一直走，一直走，就能看到麻流镇了。他们是在第十天看到麻流镇的。站在山巅望，远远的，麻流镇像是一把小石子撒在了辽阔的天地间。一眼望不到边的田野上，西淠河斜穿而过，麻流镇倚在西淠河身边，被田野、道路犬牙交错地拥抱着。他们从山上走到山脚，走近麻流镇，则又是另一番的壮阔，黑瓦白墙的房子，矗立在蓝天下，青山四合，山峦巍然隐现。强劲的山风呼呼地掠过，让人感到自身的无力和渺小。

他们是从麻流镇那条主街穿过去的。小香的心抖得厉害。还是那条石板路，坑坑洼洼的，两边的房子有的已经坍塌，有的破了一个大洞，人们正在热火朝天地盖房或维修。这些多年积贫积弱的残破的烂摊子，正等待着焕发新生。现在人气鼎盛，店铺多已开张，来来往往的人，都是兴奋着的，神经松弛的，全然没有了从前的沉重、苦难和恐惧、紧张。

伞行的木板墙上，倒挂着许多油纸伞、桐油伞；开水房腾腾的热气一团团从门里翻滚出来，热浪弥漫中，一长溜水瓶站在宽阔的灶台上；离很远，就能听到铁匠铺里叮叮当当的打铁声。木板墙上，清晰可见筛子眼一般密的弹孔，可以想见这里曾经发生过多么惨烈的战斗。

没有人认识他们，奔腾的，唯有小香心中的热流和家同、家翠心中的好奇及对新生活的憧憬与向往。

正走着，小香忽然听见了竹篾子的抖抖索索的声响，站住了。她惊叹自己听力和记忆力的强大。那是一个篾匠铺，一个老汉坐在当屋，腿上铺着一块皮布，手里握着篾刀，正在欢快地破篾子。他安静地、专心致志地干活，篾子从他手中不停地吐出来，越吐越长。一根吐完，再吐另外一根。篾匠不抬头看一眼门外，门外的一切似乎与他无关。范道江也是这个样子，好篾匠好像都是这个样子。小香呆呆地看着，沉醉于一种无法言说的情感之中。屋里弥漫出竹子的清香，是那种新鲜竹子所独有的。她喜欢竹子的清香。

小香看呆了,家同、家翠也看得呆了。他们都站着不动,盯着那篾匠,似乎想到了什么,然后彼此看了一眼,都不说话。突然,家翠哇的一声哭了起来。

"让让,请让让。"一个推独轮车的汉子过来了,老远就吆喝,生怕碰到行人。小香清醒过来,闪身让到街边。她轻叹一声,拉了家翠一把,继续往前走。

这就是魂牵梦萦的麻流镇,今天,小香终于回来了。

在小香的记忆中,除了魏敬之大肆屠杀的那年,麻流镇的天空一年四季都飘荡着桂花的幽香,尤其是秋天,幽香更浓、更烈。此时,小香就是循着桂花的香慢慢往前走的。那是她回家的引向。家乡沉睡多年的色、香、味和记忆,此时都被激活了。

桂花王还是那么蓬勃,郁郁葱葱。那一片青葱的墨绿,遮蔽了半个山坡,像一片小树林。走到近前,只见枝丫伏到了地上,看上去,就像土里又长出了一棵棵桂花树。人们将一些竹子埋进地里,让挺立的竹子给大树撑起一根根拐杖,以减轻桂花树苍老而致的负担。这真是惊心动魄的独木成林。小香看到当年那根断裂的粗枝,已经被几根毛竹架着,仍然花开繁茂。

小香被桂花王感动着,一句话也说不出来,眼里泪花闪闪,默默地问安。家同、家翠则兴奋得连连惊呼。他们从来没有见过这么大的树。

从桂花王脚下往右拐,走不远处就是小香的家。小香加快了脚步,向着家的方向走去。家同、家翠在后面紧紧跟着。

转过山弯,小香的心跳得更厉害了。她不敢看,却又非常渴望看到,曾经的家是个啥样子?娘在哪里?她记得自己当年被迫离开时,家已经被还乡团烧成了灰烬。

桂小香忽地放下担子,站住不走了。她看到自己家的那个地方,矗立着两间新房。墙是用泥巴新砌的;屋顶的茅草还是新鲜的土灰或赭黄色;门前的院子有用竹丫子扎起的篱笆,有半人高。这是自己的家吗?

一个老妇人佝偻着腰,坐在门口的小板凳上劈柴火。老妇人披散着灰白的头发,穿着黑色大襟褂子,慢慢地砍一根柴火。小香看到老妇人那熟悉的神态,热流霎时涌遍全身,这不就是她日思夜想的娘吗?她放下扁担,慢慢走过去,走过去,待走近了,她才抖着嗓子轻轻喊了一声:"娘?"老妇人没有反应,大概是没有听见。小香加大了力度,又喊了一声:"娘!"

老妇人听见了,慢慢转过脸来,用浑浊的目光看了她好大一会儿,似乎认清了眼前的人,手中的弯刀便掉在了地上。

"是小香?"

小香大喊一声:"娘!"便扑上前去,紧紧抱住。

"真是小香啊,你还活着?"

那是桂小香和娘在生离死别十几年之后的第一次相见。母女俩抱头痛哭,哭得天昏地暗。活着相见竟然像是在梦中,都感到吃惊和意外。当年娘儿俩被魏敬之分开,小香才二十出头,生的孩子刚满月,如今,她已年近四十了。生活的千磨万难、失去亲人的悲恸,在血与火中战战兢兢的活命,吃不饱穿不暖,让她们母女看上去都已经苍老得无法想象。

"娘,我回来了,再也不走了。"桂小香抹着泪,笑着抓住娘的手。娘点头,念叨着:"我是哪辈子修来的福,还能见到你啊?"桂小香急忙招呼家同、家翠来与姥姥相见。家同、家翠懂事地跪倒在姥姥面前,磕头,喜滋滋地喊"姥姥"。小香娘看一眼两个孩子,心中有疑,却不敢问,只是转眼又去看小香。小香说:"娘,这是您的外孙子家同、外孙女家翠。"小香娘含泪答应着,把两个孩子紧紧搂在怀里。

小香娘想问问小花,想问问范道江,可话到嘴边又咽了回去。刚从兵荒马乱中走过来,她不敢多问,生怕哪一句话或者哪一个字会意外地扎了女儿的心。她的心已经变得异常敏感、脆弱了。小香也万分小心地对娘说话,不敢提小花和范道江,生怕她承受不了打击。

祖孙三代,就这样奇迹般地相见了。

　　那是桂小香和娘在生离死别十几年之后的第一次相见。母女俩抱头痛哭，哭得天昏地暗。

三

生离死别十几年后，小香和娘终于团聚。

母女俩都没有想到这辈子还能相见，真是悲喜交加。

小香娘告诉小香，那天，来了一支挺进大别山的解放军小分队，见她一个孤老婆子住在山洞里，非常心疼，在生活上照顾她，帮她盖了新房。小香娘问解放军是否认识她家的宝才、女婿方子成，还有老伴桂德安，他们都当了红军，跟着红军走了，都没有回来，也没有啥消息。解放军说全国很大，队伍上人多，千军万马的，不认识，但是很快就要解放全中国了，他们一定会回来的。小香娘听了心里热热的，立马人就精神了许多。

她坚持在原址上盖房子。"这里是家，无论咋说我都不能离开。"她对解放军说，她要住在这里，等着丈夫桂德安回来，等着儿子桂宝才回来，等着女儿女婿回来。如今，女儿桂小香回来了。

"娘，这么多年，您都是咋过来的啊？"

小香娘说："先别说我，先说说你，那年你抱着小花被他们带走，咱母女俩被迫分开，他们把你带到哪里去了？那个范道江是咋回事？他来找过我，还有小花，她咋样？又是咋回事？"

当年，小香和娘被魏敬之抓住，出乎意料没有被杀。小香被卖到了湖北，有点疯疯癫癫的小香娘也没人看管了，自生自灭。杀人魔头魏敬之为什么就轻易放了这母女俩？小香和娘都想不明白。或许，魏敬之只想着多挣一些大洋，又或许，在他们看来，小香娘活着还不如死。

小香对娘说她了的经历。

两个人说着哭着，都要把满腹的苦水倒出来，把这曲折艰难的遭遇说出来。说完了，才会轻松一点，心里才会好受一些。这时候，小香娘终于将心中憋闷了许久的话问了出来："小香啊，子成要是回来了你该咋说？"小香沉默了一会儿，才告诉了她方子成已经牺牲的消息。小香娘叹息一番，为方子成感到可惜。

"娘,这么多年您是咋过来的?"现在,小香迫切想知道娘的遭遇。

小香被卖走后,小香娘仍然被关着。魏敬之让她拿一百块大洋赎自己。小香娘说:"我这把老骨头,可值两块大洋?"这是明摆着的,家被烧、东西被抢,小香娘已经没有任何油水可榨了。

过了几天,保长魏忠礼来了。魏忠礼为人圆滑,知道收敛一些,不像魏敬之是茅厕里的石头又臭又硬,一条道走到黑。魏忠礼在小香娘的屋里站了一会儿,看着小香娘,小香娘却不看他,一副任杀任剐的刚强样子。他叹口气,没头没脑地说了一句:"世上万物都有缘哪。"然后一跺脚,走了。

几天后,小香娘被放了出来。放她的团丁骂道:"滚吧,疯老婆子,老鼠的尾巴榨不出一滴油。"

小香娘懵懵懂懂往家走,琢磨着魏忠礼的话,不明白。她有点不相信还乡团会放她,一路上回头望了好几眼,害怕有人会来害她。

小香娘回到家,见房子烧得只剩了一个角,便贴着墙根住下。没过几天,不知从哪跑来一群国民党正规军,将她的东西胡乱搜刮一气,啥有用的东西也没找到,恼羞成怒,再放一把火,将那个房角也烧了。

小香娘因为早早听到了大兵的声音,上山躲藏,侥幸逃过一劫。她无家可归,只能继续住那个山洞。

那是小香娘最绝望的时候,像整天泡在痛苦的罐里,一丝空气也不透,尝多了,受够了,心想不如一死了之。她寻思着咋样个死法,上吊,她没有绳;服毒,她没有钱买药,只能投水、跳崖。那天,她爬到山顶准备跳崖。正是傍晚,夕阳又圆又大,金光红光交织在一起,让山山岭岭多了一层亮色。看到夕阳的刹那,她突然就改了主意,不想死了。这么好的景,自己为啥要死?她倒要好好活着,看看魏敬之能得个啥下场,她要等着家人一个一个回来,她要看着共产党领导贫苦百姓闹革命的成功,然后过上好日子。

登高望远,小香娘突然间大彻大悟,一下子想通了,视生死如云淡风轻。她立马感到了身心轻松,既然已经这样,那就豁出去了,天命随意。小香娘不感到那么绝望了,活下去,活下去就是胜利,只要她活着,这个家就在,德安、宝才、小香回来的时候就能找到家。

这个信念成了她的支撑,成了她默默活下去的精神力量。她也不再感到苦了,任何苦都能承受,自己能坚持住。在这个过程中,她明白了德安、宝才、方子成,还有周贤、吴芳英为啥参加共产党当红军闹革命,为啥不怕死了。她为自己的这些想法暗暗得意起来。

果然,小香娘等来了范道江。范大狼子带来了好消息,小香还活着,小花还活着,他娶了小香。小香娘还有点不相信,当范大狼子跪下给她磕头,还给她看了小香的簪子时,她这才相信小香和小花都还活着。活着就好啊。

范道江走后,小香娘更加坚强地活着,满山遍野寻找野果、野菜,逮小动物,去庄稼地翻找庄稼的剩余,去镇上讨饭。衣不蔽体,她就找一些树皮、树叶连缀在一起。在外人看来,她就是一个疯癫的傻子,甚至更像是一棵草、一只蚂蚁,无知无觉地活着而已。

后来,还乡团不断地来搜山洞,看她是否窝藏了红军和共产党。山洞待不下去了,她就去山林里游荡,睡树下,后来找一些枯树枝和青藤,割巴茅草,搭了一个草棚子,防风挡雨。

再后来,日本鬼子的飞机打头顶上飞过,据说去轰炸附近的一个大镇,却一次也没有轰炸麻流镇,或许在日本鬼子眼里麻流镇太小了,不值得轰炸。还乡团似乎也忘了她,那些国民党兵、保安团、县政府也不再到处贴标语、叫嚷着要消灭红军了。她知道,红军就像蛟龙隐入大山,无影无踪,迟早会打回来的。

小香娘又住进了山洞。她独来独往,就像生活在一个巨大的孤独的盒子里,虽然被黑暗笼罩着、包裹着,心里却始终有着光亮和温暖。她忍耐、等待,默默地打发一天又一天漫长的时光,期待着奇迹的出现。她依靠回忆与丈夫和儿女的一点一滴,支撑起漏风漏雨、行将坍塌的生命的草屋。人们都知道她是一个疯婆子、乞讨婆子,却不知道或者忘了她是一个红军赤卫队队员的妻子、一个赤卫队队长的娘、一个红军连长的丈母娘。

风吹雨打,花开花落,她把人世间所有的苦难都尝遍了。

在不知不觉中，小香娘感觉到了人间的变化。麻流镇上那些有钱人，还有那个保长魏忠礼，越来越勤地跑到桂花王脚下，烧香叩拜，求菩萨保佑。再然后，那些有钱人疯了一样卖房卖地，拿了大洋便悄然消失了。那一切变化都是微妙的，悄无声息的，她却感知到了，只是不知道原因。有时候她去捡富家人丢弃的一些东西，那些人不再横鼻子竖眼地呵斥她，而是像顾不上似的，对她视若不见。

小香娘感到奇怪，想起闹红军那些年，地主老财不也是惶惶不可终日，或变卖家产或逃命吗？他们的脸上，对穷人也有了那么一丝惶恐。小香娘疑惑起来，莫非这世道真的要变了吗？可是这么多年没有见到红军了呀。她又想不明白了，于是从此多了一个心眼，越来越关注镇上的有钱人。那些人都如狗一般，耳朵灵，鼻子长，一有啥风吹草动，立马就会有反应。

那天夜里，麻流镇上枪声大作。炒豆子似的枪声，轰隆隆的爆炸声，响了一夜。天亮后，只见镇上多处冒起了浓烟。桂花王脚下的大广场上，有许多荷枪的兵，有的站着，有的走着，一片一片，一队一队，井然有序。街上、路口插了许多红旗、彩旗，迎风招展。墙上贴了许多标语。她看不懂那标语上的字，却熟悉那个场景和气氛。仿佛十几年过去，那熟悉的场景又回来了。小香娘意识到了什么，反倒紧张了起来，那是一种期待的紧张。

将信将疑的小香娘悄悄观察着山下的动静。

一队兵往小香娘家的方向走来了。她往野草丛中躲了躲，看了看通往后山的小道，准备着随时逃跑。

那些兵来到她家，将枪放下，动手整理被火烧焦的木头、石块，清理泥土、野草，收拾残垣断壁，待收拾得差不多，便坐在那里喝水歇息。

小香娘心中的疑惑逐渐亮堂起来，这肯定不是蒋家军队，蒋家军队只会挨家挨户搜抢东西，不会帮老百姓干活的；他们也肯定不是红军，红军的衣服她熟悉。他们是什么仁义的军队呢？小香娘慢慢下了山。既然是仁义的军队，她一个老妇人还怕什么呢？

当兵的看见了她，都起立，向她敬礼，热情地向她打招呼。

　　人们都知道她是一个疯婆子、乞讨婆子，却不知道或者忘了她是一个红军赤卫队队员的妻子、一个赤卫队队长的娘、一个红军连长的丈母娘。

"大娘,别怕,我们是解放军,就是当年的红军,我们回来了。"

"解放军?"小香娘心中琢磨着,有点糊涂。

"是啊大娘,当年我们从这里出发,北上抗日,走到陕北去的。"领头的一个兵说。小香娘心头一热,真的是红军回来了? 你们走了十几年了啊! 小香娘的眼睛湿润了,她相信真是当年的红军回来了。

领头的兵亲热地拉住小香娘的手:"大娘,这么多年,大别山的百姓受苦了。"

小香娘的泪哗地就流了下来。她不知道在那一刻为啥会那么脆弱,像是一个受尽委屈的孩子,突然倒出了心中埋藏多年的痛苦和委屈。这么多年,她真是像一个迷路的孩子,在黑暗的森林中打转转,找不到脚下的路,看不见光明和希望,跌跌撞撞吃尽了苦头。现在,她好像一下子找到家了。

小香娘好长时间才让自己平静下来,挂着泪对那些兵说:"我有眼,我会看,我在山上看半天了,你们是啥样的兵,我能看出来。"

第二天,那一队解放军又来了,动手给小香娘盖房子。盖好房子,解放军要继续往南走。临走,他们告诉小香娘:"大娘,您老放心吧,我们继续往南打,彻底推翻蒋家王朝,解放全中国,让全国老百姓都过上好日子。"

解放军走了,小香娘美滋滋地想:革命就快全面胜利了,宝才、方子成、小香,还有桂德安,也该回来了吧? 没想到,小香和孩子们回来了,宝才却回不来了。

小香娘说:"你爹也该回来了吧?!"

四

像一阵飓风掠过大地,所到之处房倒屋塌,树折草伏,落英遍地,凌乱不堪。这股飓风一刮就是漫长的十几年。现在,飓风走了,消逝于无垠的天空。现在,阳光灿烂,风平浪静,万物生长,大地回归安详。小香站在阳光下,长吁一口气,那口气像是荡涤了沉闷已久的肺腑,于伤痕累累中获得了重生。

这远非是时间的概念。小香在生与死的煎熬中,在血流成河的极度恐惧中,在饥饿与寒冷的贫困中,度过了那些日日夜夜。蓦然回首,自己是如何一天天走过来的,想起来真像一场噩梦不堪回首。这条汹涌的生命的暗河,幽咽、咆哮、翻腾,掀起阵阵痛楚的激浪,一直留痕在心上,无法抹去。

打量着脚下这块伤痕斑斑的土地,她没有任何的笑意,唯有劫后余生的庆幸。她想笑,却艰难得笑不出来。年头久了就好了,她想。

从前生活在麻流镇、又因为各种各样原因离开麻流镇的人,陆续从外面辗转回归,像汇入西溻河的涓涓细流。回到家的欣喜、庆幸,胜利者的兴奋、激昂,都在他们的神情上、行动上表露无遗。麻流镇人在人民政府的领导下,紧张地忙碌着,收拾着飓风带来的残乱,抚平战火带来的伤痛。

安居乐业、休养生息、建设家园的日子到了。

小香领着家同、家翠,砍掉屋后的荆棘荒草,复垦了两块菜地。菜地还是桂德安当年垦出来的,荒了多年。小香娘颠着一双小脚去找乡亲寻菜籽,寻了多家也没有寻到。小香最后在镇上买到了一点小白菜籽,兴高采烈地撒进土里,静等着绿芽芽破土。

那天,院子里来了一个人,背着铺盖卷,戴着斗笠,东张西望的。小黑望着他汪汪地叫。因为看不清他的脸,小黑胆怯地边叫边后退,却丝毫不放松警惕。桂小香闻声出来,见了来人感觉面熟,正疑惑,那人拿下了斗笠,原来是方二爷。

一眨眼,已经十多年没见了,方二爷明显老了,瘦了,只是面相依旧。他一笑,小香就看出来了。那年在范道江家意外相遇后,方二爷说要去找部队,走了。这么多年,小香一直没有方二爷的消息。没想到,现在他安然无恙地回来了,这真是一个天大的惊喜。

小香高声朝屋里喊:"娘,你快来,看看谁回来了。"

小香娘听见喊声,颠着小脚疯了一样往外跑。看见方二爷,她一时没有认出来,愣在那里。小香笑了,说:"娘,方二叔回来了,你认不出来了吧?"

方二爷看见小香娘，真像是见了亲人，老泪纵横："桂嫂子，是我回来了。"

在小香娘的脑海中，方二爷是背着一把鸟铳去参加的红军，至于方二爷后来去了哪里，她一无所知。"他二叔，能活着回来就好啊。"小香娘欣喜万分，感慨万端。小香娘说这话的时候，目光中闪过一丝失望。小香看出来了。

"二叔，这么多年，你去了哪里？找到部队了吗？"小香忙着给方二爷倒水，又给他打来水洗脸。

方二爷听了，一副难以名状的样子，轻描淡写地说："上次从你夫家出来，我去找部队了，可是上哪找去啊？一点消息也没有，走投无路，只能在武汉谋生，一眨眼就过了这些年。"

小香和娘听了唏嘘不已，又庆幸方二爷命大，能平安回来。

方二爷吃着饭，问起桂德安，小香娘听了沉默起来。小香告诉他："跟着刘部长去上海执行任务，至今没有消息。"方二爷才回来，疲惫不堪，没心情细问，也不方便细问，吃饱了饭，便要回家去。他知道哥哥方老抠和嫂子都被还乡团杀了，方子成是他看着牺牲的，方家现在就剩下他一个老光棍了。他要去看看是不是还有家，房子是不是还在。

方二爷归家心切，小香招呼家同跟随方二爷一起去，好做个帮手。范家同高高兴兴地叫上小黑，跟后撵了去。小香望着方二爷老态龙钟的背影，不觉又难过起来。

当年，麻流镇上的青壮男子多半参加了红军，现在活着回来的，寥寥无几。人在部队或外地，向家里报了平安的也屈指可数。照这样算下来，一百个人里面也只活下来一两个，霍安县十万人参军参战，幸存下来的不过一千多人。轰轰烈烈，牺牲这么多人，才换来了革命的胜利，真是来之不易啊。还有那么多杳无音信、石沉大海的人，想想都让人心痛。

方二爷的回乡，无形中刺激了小香娘，她迫切想弄清楚桂德安的踪迹。那些天，小香娘领着小香跑到镇政府，跑到附近的驻扎部队，打听桂德安的下落，皆是一无所获，组织上也没有桂德安的消息。从镇政府出来，她们将麻流镇当年参加共产党、参加红军的人家都跑了一遍,问了所有可能找到的知情人,也没有得到任何有用的消息。当年那位去上海向中央报告情况的刘部长,组织上也正在查找他的下落。

"再等等吧,一切都会水落石出的,一有消息我们即刻告知。"她们得到最多的就是这样的安慰。小香母女俩在失望和希望中漂浮、挣扎、期待,度过了一个又一个难熬的日子。

在寻找桂德安的过程中,土改正在热火朝天地进行着,小香娘、小香和家同、家翠都分到了田、山地,还分到一些生活用物。麻流镇一派欢乐祥和、欣欣向荣的景象。让人安心的是,不会再有后顾之忧了,因为国民党残余部队已经被赶到了天涯海角。

那天,小香娘拿了一把挖锄,神神秘秘地领着小香上山。到了后山,她左看右看,寻找了好久,终于找到一棵歪脖子松树。她让小香在树根下挖土。小香很好奇,不知道娘唱的是哪一出,只是埋头使劲挖,没多大一会挖出来一个黑陶罐子。小香觉得眼熟。小香娘小心地打开陶罐,里面装着一个油纸包,打开油纸包,里面竟然包着那条蓝布围巾。

"记起来了吗?"

小香当然记得,那一年,方子成伤愈回来,从红军医院带回来了这条围巾,说是一个姓魏的女护士让家人转交给宝才的。当时,他们都不明白这个女护士为啥要送给宝才一条围巾。小香娘不明白,却晓得有来历。在这个世界,有无缘无故赠私密物件予人的吗?给儿子宝才的东西,她视若宝贝,用心收藏了,只等儿子回来好交给他。红军撤走的那天夜里,小香娘预感有变,于是一个人悄悄上山,将围巾埋了起来。

"宝才不在了,兴许会有人来认呢?"小香娘说着伤感起来。小香觉得很有道理。回到家,小香娘把围巾挂在堂屋山墙上的一根木橛子上,位置非常显眼,站在门口瞅一眼就能看见。

转眼进了腊月,离过年越来越近了。小香娘说想去看看宝才。她早就说过要去,只是一双小脚如何能走得了那么远的山路?现在,娘又提了出来,迫切得非要去不可。她想儿子了,夜里常常梦醒后便偷偷地哭,整夜整夜地睡不着。小香晓得,却不说破。她知道娘心中的苦,失子的伤痛永远无法弥补,哭一哭或许心里能好受些。她自己心中不也是堆满了苦痛吗?她们母女,都是命苦之人,心中堆积了层层的苦痛,而这些苦痛只能留给时间慢慢消化,或许,终生也无法消融。

小香开始为去霍安县城做准备。她做了一锅米面粑粑,特意将每天的锅巴留下来,晒干留作干粮。出发那天,小香带着家同、家翠,陪娘一起去霍安县城。

对于小香来说,这是一条遍地是伤痛的山道。当年,她抱着没有满月的小花,在寒冬腊月的天跟随范道江往湖北老家赶,像逃命一般,历经苦难,走的正是这条道。那时候,范道江撑起了她生命的天空,竟然陪同她一起去救宝才。想想都不可思议,范道江咋就会冒死随她而去呢?这范道江还真够仗义的,是个汉子。

重走这条山道,曾经的画面便浮现在脑际,有着椎心般的痛。

小香娘咬牙坚持往前走,因为是小脚,走得很慢,走不动了,就坐在路边的石头上歇一会,啃干粮,喝溪里的凉水。路两边的许多地方还都是荒无人烟,看不见人家。多年的萧条正在慢慢地复苏。小脚走长路,真是太难了,小香娘被一种力量支撑着,七十多里的山道,她不让人搀扶,硬是从早走到夜深,走到次日黎明时分。

这么多年过去,小香还是很顺利就找到了宝才的葬身之地。她记得死死的,后来的岁月里,她也时常在脑海中回忆,不知道回忆了多少遍。他们没有进城,小香不知道熊篾匠一家的情况,也害怕半夜打扰他们。他们顺着大路往前走,绕几座山弯,拐进一个小山冲。小山冲里的竹林幽静得很,环境没咋变。令小香惊讶的是,宝才的坟上竟然没有长荒草,一看就知道是有人打理过。更明显的是,坟边的黄泥地上尚有一些纸幡的残片。

是谁呢?小香以为记错了位置,细心再回想一遍,确定没有错。她恍然大悟,知道了是谁在祭奠宝才。

小香娘早已控制不住自己,一屁股坐在坟边的地上,哭得天昏地暗。白发人送黑发人,儿子又死得那么惨,她怎能不悲、怎能不伤?小香娘抓住泥土,浑身颤抖,发出那种痛彻肺腑的哭号。她像是要把宝才从泥土中拉出来似的,或者,那泥土就像是她的儿子,她抓住了泥土就像是抓住了儿子。

　　她的哭号声回荡在空谷山涧。只是,她已经没有泪水了,泪水早已流干流尽,唯有说不出口的悲与苦。

　　"儿啊,娘要带你回家。"小香娘哭得累了,哭得无声了,在墓边坐了许久,最后才喃喃说了这一句。小香说:"娘,等家里都安顿下来,转年的清明,我就来接宝才回家,和列祖列宗葬在一起。"

　　离开小山冲,小香领着娘和家同、家翠去霍安县城找熊篾匠。路上,她再一次说起了熊篾匠当年的恩德和义举。家同、家翠听得惊心动魄。

　　霍安县城并没有多大的变化,城头仍然威严地高耸着,只是城门洞开,进出自如。小香怕娘伤心,没敢再提城门上的事。但是小香娘心里跟明镜似的,远远地就盯着城门头看。她走得很慢,走到城门楼下,站住不走了。城门楼的墙上,几根大铁钉还醒目地趴在墙上,像是叙说着那段不堪回首的血腥岁月。小香娘的身子抖着,扶着墙,指着那些大铁钉,哽咽不能语。她像是看见了儿子宝才……

　　小香很顺利地就找到了熊篾匠的家。熊篾匠、熊大嫂和小香都是惊喜万分,没想到这么多年过去,他们还能相见。小香娘一连声地喊着"恩人,恩人",拉着熊篾匠的手,颤抖着双腿就要给恩人下跪,被熊篾匠紧紧搀住。熊篾匠说:"大娘,我敬仰宝才兄弟,他是大英雄,我做的一点点小事不算个啥。这么多年,我只能给他烧一把纸,偷偷祭奠他,是想永远地记住他。"沉默片刻,熊篾匠轻叹一声,"没想到,我再也见不到范兄弟了。"

　　那是腊月,遭遇战火涂炭多年的霍安县城伤痕累累,正在复苏。阳光下的天空传来一阵悠扬的歌声,有人放起了鞭炮,鞭炮热烈地炸响,这座小巧的山城,顿时有了热火的人间烟火气息,有了荡漾的笑声。

　　小香和娘、家同、家翠离开县城是在第三天的清晨。熊篾匠、熊大嫂送他们出城门很远，直到望不见他们的身影。他们频频回首，只能望见高高的城门楼子，后来，连城门楼子也望不见了。

那是一个艳阳高照的晴天。

第十章

一

"阿弥陀佛。"随着一声佛号,只见门口站着一个尼姑,慈眉善目,一身素衣,双手合十。小香正在厨房烧锅做饭,见有尼姑化缘,就招呼她进屋坐一会儿,等饭好。

尼姑又诵了一声"阿弥陀佛",应允致谢,然后低眉顺眼进了屋。小香搬了一条长凳给她坐,倒了一碗开水放在她面前。尼姑坐在长凳上,静静地打量着屋里,看到墙上那条蓝围巾,忍不住多看了一眼。这时候,小香娘领着家同、家翠从菜地回来,尼姑起身行礼。小香娘客气地招呼客人。尼姑自言法号静音,出家于诸佛庵佛心寺,云游至此,来讨一钵斋饭,多有打扰。

说话间,小香端上来了热腾腾的饭菜——米饭、咸萝卜干、一盆素油炒青菜。虽是午饭,太阳却已经偏西,半下午了。静音端着自己的钵子,坐在长凳上安静地吃,不抬头,也不说话。静音长得眉清目秀,白皙细致,神态娴静。

小香娘生怕静音师父吃不饱,忙着给她添饭夹菜。静音师父推让着,看着小香娘,目光中多了一层光亮。

小香感觉到静音师父哪里有点不对劲,便好奇地悄悄打量她。静音吃饭很慢,似乎挺喜欢这里,有点难离舍的意味。无意之间,小香看见她瞥了一眼挂在墙上的那条蓝围巾。那一瞥,有了停留,有了热度,有了她与围巾似曾相识的样子。小香的心中跳过一丝异样,感觉到她对这条蓝围巾的兴趣。

静音慢慢吃完饭,小香倒了点开水给她。她就慢慢地等待水凉,一小口一小口地抿着,不急不慌。"静音师父,走这一路累了吧?你看,这附近也没有庵庙,不如就在我家歇一晚,明早再走也不迟。"小香看了一眼静音师父,转头又看看家里,继续说,"家里就我们这老少几口人,也方便。"静音犹豫了一下,看了看刚刚偏西的太阳,起身道:"阿弥陀佛,那就有劳施主了。"家同、家翠好奇地打量着静音师父,静音师父一直慈祥地看着他们,问他们叫什么名字,几岁了。家同、家翠争抢着回答,高兴得很。

小香洗刷完毕,扫了地,归置了桌椅,便坐下来一边纳鞋底,一边陪着静音说话。小香像变了一个人,变成了一个爱叨叨家常话的热心妇女,滔滔不绝地说开了这么多的经历。小香慢慢说着,时不时看一眼静音。静音师父安静地听她讲,眼睛微闭,只在小香停顿时念一声佛号。

小香还发现了一个小秘密,说到宝才的名字时,她感觉到静音的身子微微一颤,像是被针尖轻轻扎了一下。那一丝轻颤没有逃过小香的眼睛。她借口去拿针拔子,在里屋无声地抹了一把泪,让情绪慢慢平复下来。

回到静音师父的身边,她想问点啥,可犹豫了半晌,不知道如何开口。静音师父似乎感知到了她的心境,说道:"阿弥陀佛!春花秋月,万物皆缘。尘世众生,唯有随缘。放下才得自在。"说完,静音师父盯着西山的太阳,双目似闭非闭,似入禅定。

静音师父的眉毛有点浓,睫毛很长,目光亮亮的。橘红的阳光映在她的脸上,静而安详。静音师父若一尊佛,一动不动,目光似乎洞穿了无边的山峦与天空。一直到太阳变得火一样红艳,沉静地挂在山巅,慢慢隐入山林,她也没有动一下身子,也没有说一句话。此情此景,似乎说出一个字都是多余的。

小香坐在她的身边,分明听见了她心中的叹息,像春叶拔节,似雪花飘落,如河水旋流,她似乎懂了,被她感染了,不忍心再打扰她,悄悄去准备晚饭。

小香拿着一个葫芦瓢出门,找附近邻居借了一瓢白面。然后,她扛着锄头上山,挖了两棵嫩竹笋。静音师父跟着小香娘和家同、家翠去了山坡上的菜地,一起挖地、种菜。

晚饭,是一瓦盆盐水煮春笋,每人一碗"老鸹头"。"老鸹头"清淡,春笋嫩黄脆生,透着悠悠的清香。家同、家翠高兴地直嚷:"娘,这咋像过年了呢?"小香说:"多吃点,这可是你们的舅舅当年最爱吃的。"小香娘叹息道:"他也就吃过那么一两回吧。"小香给静音师父夹了几筷子春笋,劝她多吃点。静音却将那些春笋又夹回盆里,说:"大家一起吃。"

吃过饭,小香娘忙着收拾碗筷。静音站在墙边,盯着那条蓝布围巾,说:"阿弥陀佛,这条围巾真好看。"小香说:"这是那年俺男人带回来的,说是红军医院有人让他转交给宝才,可惜宝才看不见了。"静音又念了一声阿弥陀佛,将围巾拿下来,在手里攥了一会儿,然后又原样放好。

"也不知道是谁送的。"小香说。

静音师父转身往门口走去,边走边说:"缘起缘灭,又何必要知道是谁送的呢?"说罢,轻轻地念了一声佛号。

天渐渐黑了下来。

小香给静音师父铺了一张简易的床,把家里唯一的一床被子给了她。静音师父却拒绝了。静音师父说,她不需要被子,打坐入定即可入睡。

小香把屋里屋外安置好,才上床睡觉。她睡不着,脑海里都是静音师父的形象。她想告诉娘,又害怕娘受不了刺激。辗转反侧,一直折腾到鸡叫头遍,才蒙蒙眬眬有点睡意。

小香正睡着,隐约听见静音师父轻手轻脚出了门,便好奇地跟了出去。静音师父一眨眼就不见了。小香顺着田埂往前疾走,正走着,迎面碰到了吴芳英。吴芳英对她说:"你来得正好。"吴芳英向身后一个方向指了指,继续说:"你去那里看一看吧。"小香看到吴芳英就高兴,按照指点往前走,走到

一个山洼,见有路,便开始顺路登山。山很高,登到半山腰,只见一个很大的
山洞,山洞里整齐地摆着许多床,每个床上都躺着一个人,头上打绷带的、挂
拐杖的、吊胳膊的、呻吟的、静卧的,医生护士像织布的梭子,穿来穿去。山
洞下面有一条哗哗流淌的河。小香一看,这里简直就是一个世外桃源啊,又
隐蔽又安静,最适合疗伤。

新送来一个伤员,腿上被子弹穿了一个洞,伤了骨头。一个漂亮护士给
他换药包扎。他忍着,但是实在忍不住:"啊,疼,疼。你轻点。"他的声音让
她多看了他一眼。她走了,还回头看了他一眼。过了一会儿,她又回来了,
给他送来一碗开水。这次,她没有戴口罩,很好看的模样。她将水递给他,
他看她一眼,她也看他一眼,目光里多了一些东西,彼此都觉得有一点面熟,
似乎在哪里见过。

那不是宝才吗? 那个护士咋那么像静音师父呢? 小香惊讶起来。她喊
着宝才的名字,喊着静音师父的名字,可是宝才和静音似乎都没有听见,她
奔跑过去,急得满头大汗。

山上的浓雾飘进洞里来了,浓雾让眼前的世界变得朦胧。

那完全是一种感觉,朦胧的感觉。她只是在默默地尽量给予他关照。
有好吃的,她想方设法给他多弄一点。她不知从哪里弄来一小包白糖,偷偷
放在他的挂包里,来换药时,她会化一碗糖水给他喝。她将那一点熟悉、那
一点疑问,埋在心底,交给了眼睛,让眼睛去看另一双眼睛,让眼睛去承接另
一双眼睛。

他能走路了,她说:"你应该出去活动活动,你帮我去洗绷带可好?"那
条溪流,终年奔腾,掩藏于山间。他们来到溪边,她洗绷带,他帮着晒在竹竿
上。四周那么清静,只有他俩。他终于忍不住问她:"听口音,你是麻流镇
的?"她点头说是,然后迅速反问:"你也是?"他也点头。

溪流似乎静止了,流淌的,只有泪水,但是那泪水不能往外流,只能往心
里流。她怕别人看见惹来麻烦,自己出身地主家庭,这会给别人带来灾难
的。两年多了,她耳边一直响着一句话:"去当红军吧。"那是那天夜里他们

分别时他说的一句话。于是,她成了红军家属,然后,她当了红军。她要跟红军走,去寻找她的红军哥哥,告诉他,她听了他的话。

没有来得及多说一句话,又来了几个洗绷带的人,说说笑笑的声音就在眼前。他和她都快速擦去泪水,若无其事地继续洗绷带。但是,他们不是演员,即使是演员,也会留下破绽,大情大悲面前,谁也做不到了然无痕。

那天晚上,他像一只热锅上的蚂蚁,坐在病床上忍受煎熬。他知道她被叫去问话了,一直还没有回来。第二天,他也没有再看见她。

在一个长满野草和细竹的山坡上,她被勒令跪下。她不愿意,拼死挣扎。他们将她强按跪下,她无法抗拒,倒在了地上。她哪里知道身后的野草、细竹中隐藏了一个悬崖。她倒下去的时候,身子闪空往后一滚,整个人没有停顿就掉下去了,忽然就不见了。按她跪下的那几个人,枪还在肩上背着,见她不见了人影,急忙往下去找,却不见踪影。大山的胸怀接纳了她,有人说,她是大山的女儿。

"小香姐,救我,快救我!"她急速地坠落,在万丈深渊里一直坠落。小香吓得捂住双眼,不敢看,然后大叫起来……

小香被梦惊醒,浑身是汗,坐在床上心怦怦直跳。她对这个梦惊疑不已,她梦见了宝才,梦见了宝才的那个女人,奇异的是,这个梦那么长,像是一段故事。更奇异的是,那个女人竟然与静音师父有着几分相像。难道是宝才托梦来的吗?

小香惊魂未定,想起了什么,赶忙起身,发现静音师父已经离开了。

真的是一个梦吗? 小香恍惚起来,静音师父是否真的来过? 她在屋里找,没有踪影,她开门寻找,晨曦映亮了山峦田野,也没有静音的踪迹。小香回到屋里,发现娘站在那个木橛子下发怔。娘说:"蓝围巾呢?"

墙上,果然只剩下那根空荡的木楔子。小香将梦境说给娘听,娘也感觉那是一场梦,静音究竟是否来过? 抑或,这本身就是一个幻觉?

天已经亮了,小香开了门,发现魏忠礼在院子外,身上背着竹篓子,正在打猪草,此刻站直了身,望着小香。他低眉奋眼,欲言又止,那眼神分明又是在寻找啥。小香和娘都奇怪地看着他。魏忠礼有点躲躲闪闪,吞吞吐吐道:"小香,那个时候吧,把你卖出去,才是有活路的。"小香看着魏忠礼,突然想起当年他对魏敬之耳语的情景,顿有所悟。可是,他为啥会帮自己呢?

望着魏忠礼踽踽远去的背影,小香娘说:"这个魏忠礼就是有点怪,那天对我没头没脑说了一句'万物都有缘',第二天就把我放出来了。"

小香明白了:"他是来找人的。"

小香娘惊奇道:"找谁?"

二

桂宝才被追认为革命烈士,家里多了一块红色的"烈士家属"的铁牌牌。镇政府的工作人员送至家里,小香扶着娘迎接。小香娘心绪复杂地接过牌匾,竟是痴呆呆的,连工作人员说的啥话都没有听见。她觉得手上的牌匾其实就是宝才。

仍然没有桂德安的任何消息。从上到下都进行了调查,却无法找到桂德安的任何痕迹。小香娘不相信,这么一个大活人,咋就可能人间蒸发了呢?像一只鸟飞走无痕?

工作人员只能老老实实告诉她,桂德安只能算是一个失踪人员。工作人员都认识小香娘,非常同情她,也都跟她说实话。他们告诉小香娘,刘部长已经被确定为"牺牲",但是,跟随刘部长的桂德安,却无法下定论,因为无人知道他的下落。

在许多人看来,这么多年过去,桂德安还没有消息,十之八九已经不在人世了。但这只是估计,毕竟没有人证。可是,刘部长的"牺牲"又哪来的人证呢?大家又都说不清楚了。

奔波了大半年,小香暗暗失去了希望,却不敢对娘说,娘坚信桂德安还活着,说不定哪天就回来了。"他那么壮实的一个人,咋会死?"小香娘的态度无比地坚硬,谁也无法说服她。那就等着吧,等,是唯一的办法。

没有被确认为烈士的还有方子成,方二爷看见他被炸飞了,也有人看到他倒下了,但是倒下不一定就牺牲了。打扫战场时,搜遍所有角落也没有找到他,这就是一个疑问。那一场战斗异常残酷,像风卷残云,敌我双方都打得稀碎。战场上没有方子成的尸体,他也没有归队,也没有被俘,去哪里了?烈士的认定,必须有两个以上的人证明。所以,方子成的问题也有待组织上进一步调查。

硝烟散尽,许多事情会水落石出,但是这需要时间,当然也不排除被历史掩埋的可能,但是被掩埋的毕竟是少数。

历史悄悄翻开了新的一页。

小香娘的年龄大了,又是小脚,家同、家翠尚没有成人,家里缺少耕田种地的劳力,小香一个人有点难。在麻流镇,像这样的家庭还有很多。镇政府成立了代耕队,专门帮助有困难的革命烈士家属和伤残军人家庭进行耕种。有了代耕队,小香肩上的担子轻多了。

小香娘喜欢搬一只凳子坐在门口,纳鞋底、缝衣服、剥豆子、择菜,拣米中的沙子,或者仅仅是坐在那里发发呆,看着眼前那一片绿油油或金灿灿的稻田,看着远处那一抹青山,或是看着门前田埂上过往的每一个行人,哪怕是天空中飞过的一只喜鹊、一只麻雀,也逃不过她的眼睛。小香知道她的心思,就叮嘱家同、家翠不许打搅她。或许,奇迹真的会出现哩。

方子成没有被追认为革命烈士,小香倒是很平静,甚至心怀一丝暗喜。当初方二爷对她说了方子成牺牲的消息,她相信了,绝望之际嫁给了范道江。后来,时过境迁,她渐渐地变得不相信了,她认为方子成不会牺牲。这个念头怎么起来的,她不清楚,却一直深埋在她的心里。现在,组织上都无法确认这件事,她更有理由相信自己的内心了。但是,她不敢说出来,只能放在心里,像娘一样期待着奇迹的发生。

闲的时候,小香会陪娘在门口坐一会儿,说说话,看看眼前的青山绿水。她甚至想象着,哪天爹回来了,方子成也回来了,他们会是个什么样子呢?是穿着红军的军装,还是穿着解放军的军装,或者像方二爷那样穿着老百姓的衣裳?爹和方子成的形象交替着在她的眼前浮现,想想就美得想笑。

更多的时候是在半夜,她醒了,想到方子成,会悄悄地落泪,清凉的泪。她感到很奇怪,看到家同、家翠,她心中会想到范大狠子;而在独处之时,或者睡梦之中,她总是会想到方子成,想到他那阳光的充满朝气的脸,向着她笑,给她唱山歌。现在,她终于明白了占据自己心中位置更多的还是方子成,他是嵌入她生命的人。对范道江,她主要的还是感动和感恩,大恩如山。

等待和希望,成了小香和小香娘的生命支柱。

在镇上读书的家同和家翠回来说,镇上贴了好几条标语,都是"一定要把淮河修好",这是毛主席的伟大号召。"啥?不让淮河发大水,淮河能听人的吗?"小香娘听了感到惊讶,根本不敢相信。"当然能了,毛主席都说了,一定要把淮河修好。修好了,淮河不就听话了吗?"家同的样子很认真。"哦,毛主席都说了,那肯定就是能修好。"小香娘的牙掉了俩,嘴有些瘪,说话有点漏风。

修淮河的议论,让小香娘想到了过去。她说水火无情,有一年,山洪暴发,她亲眼看到几个来不及跑上山的人被浊浪卷走了,洪水真像一群脱缰的野马啊,你挤我,我挤你,谁也不让谁,一齐撒开蹄子往前使劲地跑,遇到挡路的就冲倒,冲不倒的就拐弯,谁也挡不住,除了这大山,山能镇水。麻流镇离淮河还远,小香娘没有见过淮河,却没少听淮河闹灾的事。溃坝之后,哪儿都是水,人、畜、房子、庄稼、树都被水冲得精光,冲不走的,也都淹在水里,那得死多少人哩。现在,要把淮河修好,不让它再生灾,这得有多大的本事才能做到哟。这也只有新社会才能做得到吧?

小香娘那天晚上滔滔不绝说了许多话,听得家同、家翠和小香连连点头,入了迷。

一家人正说得热火朝天,家翠不知咋的又想起了小花姐,不知道小花姐在哪里,是不是还活着,现在过得咋样。如果她还活着的话,应该结婚了,有孩子了。那么,小香当了姥姥,小香娘当了太姥姥,家同当了舅舅,家翠当了小姨,大家都长了一辈。家同、家翠说着这些,没注意到小香悄悄去了里屋。小香娘拍了拍家翠的肩头,示意她不要再说了。家翠愣怔了一下,似乎清醒了些。她跑进里屋,钻进娘的怀里,说:"娘,我想小花姐了!"

可是,小花在哪里呢?

第二天早上,小香像换了一个人,不说话,只埋头干活,扫院子、做饭、喂鸡、喂猪。小香娘知道她是想小花心里难受,也就不问她。小香忙完家里,又去忙菜地。

小香在菜地点了几颗香瓜籽,小香娘问她:"咋想起来种香瓜的?"小香说:"谁回来给谁吃。"小香娘叹了一口气,不说话了。小香又补了一句:"咱也可以吃。"

小香忙完地里的活,就出门去村里转,不大一会儿回来,手里多了一棵石榴苗,顺手栽在了院子里。小香娘坐在门口,笑吟吟地望着她忙,不说话。多忙活忙活就把心里的事赶跑了。

下午,方二爷过来串门。小香搬把椅子让他坐,又倒了一碗开水递给他。方二爷就势把碗放在了脚边上,像有心事似的勾着脑袋,不说话。

方二爷住在方老抠留下来的房子里,那房子本就是方家的祖宅。他也分了地,终于有地种了。方二爷年轻时不爱干活,一身轻松地到处逛,家产被他坐吃山空了。当了几年红军,他身上的习气整个儿都改掉了,现在说话做事干活都踏实,又读过几年书,见多识广,举手投足间气质都表现出来了。方二爷生气的是,现在有人瞧不起他,私下嘀咕说他是逃兵,逃兵当然是可耻的。"老子不是逃兵,老子是被打散了,找不到部队了。"他这样愤愤地争辩,但是他管不了那么多人的嘴,也无法抵御那些鄙夷和不屑的眼神。他一肚子的委屈不知该咋说。老子扛过枪流过血,打过国民党反动派,打过还乡团,战场上拼过命,到头来还被你们指指点点地议论,凭什么呢? 委屈过后,他毕竟是经历过枪林弹雨的人,大度地一笑,安慰自己:"总算还是活着,跟那些死去的战友比,还计较啥呢?"

方二爷对生活的感触太深了,知道这平安的日子来得太不容易,倍加珍惜,对时光的逝去有着一种花钱如流水的心疼。他天天去种地,再也不去麻流镇上瞎逛,有时想不开,就跑到山上坐看风景,让眼前的美景带走他心中的郁闷。可是时间长了,他还是觉得备受折磨,咒自己"还不如死了"。对死亡,他早已不再恐惧。

他来小香家,是想和老嫂子及小香说说话。他们之间不光有方子成这一层关系,这母女俩心善,乐于助人,善解人意,尤其是小香,有主见,眼界也开阔。更关键的是,她们都是受尽苦难、大难不死的人。

方二爷端起碗慢慢喝茶,像做了错事似的不吭声。小香娘和小香都知道他的心事,以前也多次劝慰过他。小香娘说:"大兄弟,活着就好啊,好好过吧,说上个老伴,也能照顾一下你。"方二爷点头,像是酝酿了情绪似的,忽地老泪纵横起来。小香还是第一次见方二爷这样,怔在那里,不知咋劝。

方二爷抹了几把泪,平静了下来,有点不好意思:"你们不知道,那真不是人过的日子,那个苦,哪是人受的啊?"

方二爷想起了在红军队伍上的那些事。

"那年冬天,我们被敌人封锁在大山上,进山的各个路口都被敌人的重兵把守着,附近的老百姓都被集中关在了一起,这是敌人实行的移民并村。后来,又搞十户连坐,只要有一户与红军有接触,这十户全部处死。敌人要在大别山制造一个无人区,让共产党、让红军无法与老百姓接触,让红军成为瞎子,成为聋子,让红军在山上饿死、冻死,自生自灭。那时候,很多地方白天见不到人,晚上见不到灯,连鬼都见不到。就这样,敌人还不间断地清查户口,搜山,追在红军屁股后头,要将红军斩草除根,不留一个火星,彻底'剿灭'。

"天寒地冻,寒风嗖嗖地刮,像小刀子。站在风口,寒风能穿透人的皮肉,刺到骨头里。没有粮食,我们只能吃草、吃树皮树根、吃雪,寻野果,偶尔抓一只小野兽吃,肚子天天饿得咕噜噜地叫,饿得走路直打飘。棉衣供应不上来,周贤团长让大家自己动手做棉衣,膝盖以上才能絮上薄薄的一层棉花,穿在身上,像个夹衣夹裤。周团长说:'我就不信男人只会穿衣,不会做衣,我看男子汉除了不会生孩子,啥事都能做,谁要做不好棉衣棉裤,就叫谁光屁股。'

"仗是随时要打的,敌人昼夜穿梭,没有停歇的时候。红军只能找个避风的山坳,背靠背御寒。找些树叶铺在山洞、树下或大石头缝隙里,困极成床。但是,哪里敢睡呢,睡下去说不定就起不来了。常常有人就真的起不来了。你们不知道,冻得头都是晕的,双手失去知觉,像假的,遇到敌人枪栓都拉不动。有一天夜里,周团长带领大家燃起一堆篝火取暖,因为都累极了,大家在火堆边坐下就睡过去了,睡得死沉死沉的,一个战士的衣服烧着了,他不知道,等到浑身都烧起来,身下的草也烧起来,已经晚了,他被烧死了。周团长和谷传堂政委带领我们编了一首歌,我们就一遍一遍地唱歌来鼓舞士气。"

方二爷说到这,张嘴就唱了起来:"红军都是英雄汉,白匪再多干瞪眼,总有一日天要红,人民定要坐江山。"

方二爷又说到了吃的,他说:"弄点吃的就更难了,没有粮食,没有盐,寒冬腊月天,野菜找不到,冬笋极少,就找些干树叶掺上几把米一起煮。顿顿吃那些东西,咽不下去,咽下去了吧,又拉不下来,屁股火辣辣地痛。不吃吧,肚子饿得咕噜噜地叫,前胸贴后背,走路抬不起来腿。有时候碰上阴雨天,就更难熬了,浑身上下都是湿的。说句实话,那个时候吧,能活下来就是胜利了,可是,要想活着,你们知道有多难吗?真是太苦了,苦得有时候都让人觉得还不如死了好呢。老嫂子、侄媳妇,打仗我不怕死,真的,可是这苦我实在是吃不起,本来我是想能吃上饱饭的,可是谁想到有这么难呢。我哪吃过这个苦哇?侄媳妇,你是知道的,那天真是巧,遇见你了……可是,可是我没有被敌人抓住,我也没有投敌,我被打散了,找不到部队了,走着走着,就走到你家去了……"

方二爷痛苦起来:"我受不了别人那个眼神啊!"

屋子里安静了下来,只听见方二爷擤鼻涕的声音。半晌,小香娘叹了一口气,安慰他:"大兄弟,你苦也受了,命也舍了,咱没有对不起谁,也用不着折磨自己,能活着就是万幸,人这一辈子才有几年好时光呢,咱可不敢胡思乱想,要想办法把日子过好,你说对吧?"

小香给方二爷的碗里又续上了开水,劝道:"二叔,不管咋说,您老扛过枪,打过仗,吃过苦,保卫了我们的胜利果实,在我眼里,您就是一个大英雄。"

小香这几句真诚的话,让方二爷感动得眼眶又湿了。小香又说:"二叔,您老放心,我以后不管遇到啥情况,都不会不管您的,您啥时候都是我的二叔呢。"

方二爷抹着眼睛,望了小香一眼,点头,笑了。

这时候,小香看见一个老妪背着一小捆松毛打门前的田埂上走过去。那不是周贤团长的娘吗?小香一愣,急忙喊来家同,让他去帮一下老人。家同答应一声,飞跑着追了出去。方二爷、小香娘看见周贤娘的时候,她已经走到了田埂的尽头,拐个弯便看不见了。方二爷说:"这老人也不容易。"小香娘叹息一声,让小香以后多去看看她,帮帮她。

三

三个胸前口袋插着钢笔的人,其中一个还戴了一副眼镜,出现在麻流镇街上。这三个人,一人扛着一个三条腿的架子,一人扛着一根画着红线黑线的木杆子,木杆子有一人多高,戴眼镜的拿着一个黑色大本子。走一段路,扛架子的就会把架子支起来,睁一只眼闭一只眼地往架子上的镜子里看,瞄准不远处的那根木杆子,嘴里叽叽咕咕说着啥。戴眼镜的站在旁边,就忙着往本子上记。

麻流镇的大人孩子都没有见过这个场面,三个人又是外地人,便好奇地围上去看。"搞啥子的?"麻流镇人说话喜欢拖着长音,抑扬顿挫,很好听。"搞么事的?"这是靠近湖北地界人的话,说的就是湖北话,简短快捷。"这是干啥的?"这是河南口音。三省交界地,口音杂呈,倒是热闹。大家围着那三个人,相互打探着,瞅着,都想弄明白。围得近些的看了一会儿,看不出啥名堂,便摇摇头走了。后面的人填了空子,凑上去接着看,接着问,最后也离开了。不知过了多久,终于从人群的中心位置传出来三个不耐烦的字:"修水库。"

大家对"修水库"三个字没有感觉,不敏感,觉得与自己没关系,转身就走了,有人疑惑不解,刨根问底:"修水库跑到这里来搞啥子么?这要到有水的地方去修啊。"

人们搞不明白,就当成一个稀罕事来说,越传越多,越传越远,少不了议论纷纷。

修水库的消息越传越广,越传越邪乎了,最后竟然说要让麻流镇搬家。这真是一个笑话,麻流镇都存在一千多年了,寿比桂花王。麻流镇和桂花王的官司人们至今也没有搞明白,先有桂花王还是先有麻流镇?这么一座古镇,这么一棵古树,还有这些祖祖辈辈生活在这麻流镇上的人,这些房子,这些祠堂,这些地,这些树,这些坛坛罐罐……怎么可能搬家?搬到哪里去?咋搬?从这麻流镇周围,延到山边,一眼望不到边的这一块土地,咋修水库?根本不可能的事嘛,况且,这里已经有了一条西淠河了,根本不缺水,修啥水库?水库又是干啥用的?这就是个有腿无脑的小道消息而已,遇风传传,没人会相信的。

但是,扛三条腿架子和木杆子的人,还有那个拿本子的人,压根就没有要走的意思,不仅把麻流镇睁一只眼闭一只眼地看了个遍,还把附近的每个山头都瞅了一遍。听说,他们已经把整个霍安县还有附近的县也都瞅了一遍。这又不得不让人相信,否则,这三个人吃饭喝水浪费这些天干啥?至于咋修水库,大家脑子里都是一片空白,无法想象,感觉与自己也没多大关系,也就不放在心上了,随他去。

小道消息被风吹来吹去,在天空飞来飞去,竟然真的落了地。这下,镇上的人重视了起来。镇上开始宣传动员大家搬家了,说是地势低于桂花王村的住户,都得移走。因为人口太多,有的移到其他镇,有的移到临近的S县。气氛一下子紧张起来,人心一下子都拎了起来。谁愿意离开家乡去一个人生地不熟的地方呢?

那天,麻流镇上召开了动员大会,地点就在桂花王脚下的大广场,一家一户去一个当家的开会。小香去了。

　　那天，麻流镇上召开了动员大会，地点就在桂花王脚下的大广场，一家一户去一个当家的开会。

广场上摆了两张长桌子,桌子后边摆了几条长板凳,坐着行署、县里来的移民工作队和镇里的干部。主席台上方悬挂着一条标语:"听毛主席话,跟共产党走。"旁边竖着另一条标语:"一定要把淮河修好。"广场上站满了人,大家引颈张望,静静地听。台上讲话的声音从喇叭筒里钻出来,在广场上回荡着,浑厚、清晰。有些话,小香听不明白,只记得个大概。台上的人说:"乡亲们,同志们,现在战争结束了,我们要进行伟大的社会主义建设,让国家富强,让人民过上幸福生活,伟大领袖毛主席发出号召,一定要把淮河修好,咱们是革命老区人民,有着光荣的革命传统,我们不怕牺牲,要顾全大局,敢于舍小家为大家,以实际行动支持国家搞建设,为社会建设再做新贡献。"

天空飘起了毛毛细雨,细雨渐渐大起来,飘成了雨线。雨线密而稠,像一张网,淋在每个人的头上、身上。

台上的人继续说着:"根据勘测,国家要在麻流镇修建响洪甸水库,还要在大别山修建其他的水库,到时候水库修好了,就可以控制淮河源头的水位,旱涝有控,淮河中下游两岸的人民,尤其是合肥、蚌埠等大城市的人民,就可以安居乐业……"

台上的人带头鼓起了掌,台下的掌声也响起来了。等到掌声逐渐停止,一个人的掌声仍然在响着。大家都扭头朝掌声看去,台上的人也聚焦于此。桂小香这才发现大家的掌声都停了,唯独她还在鼓掌。在众人的注视下,她停了手,脸色有些红。她觉得台上的人讲得太好了,讲得有道理,建设一个国家不就像操持一个家吗?如果都算小账,这个国家还咋发展呢?反正,她是举双手支持的。至于其他,小香没想那么多。

众人都听明白了,麻流镇要修一座大水库,需要地方,要让大家搬到外地去。修水库当然是好事,利国利民,可是故土难离,谁愿意离开家乡呢?道理都懂,可是轮到自身,心里自然就难受,兵荒马乱了这么多年,好不容易安稳了,谁愿意再背井离乡呢?

"咱这离淮河远着呢,治理淮河与咱这何干?"

"这才过几天安生日子啊,就让人搬家?"

台上的人示意大家安静,然后继续讲:"咱们这里的㴔河、史河是淮河的上游,修建水库,就能控制淮河的水位,就是从源头上控制了淮河,不让淮河再泛滥成灾,就可以保障两岸人民的生命财产安全,能为安徽、江苏两省部分地区的商品粮基地提供灌溉水源,还能为华东地区发展工农业生产提供大量电力。"

台下有人高声喊起来:"这块土地上流过我们亲人的血,埋着我们的祖宗啊!"

台上的人激情昂扬,大声说道:"咱这一片大别山,要建佛子岭、梅山、响洪甸水库,将来还要建其他水库,组成一个水库群,在咱们南边,佛子岭水库已经开工了,那可是要建成亚洲第一、世界第二的拱水大坝。咱这里也不能落后。说句实话,乡亲们、同志们,咱们大别山是光荣的大别山,有着红色传统的大别山,闹红军那阵,咱们一个县就有十万人参军参战,活下来的,也不过一千多人。先烈们抛头颅洒热血为的是什么?不就是为了咱老百姓过上好日子吗?现在,中华人民共和国刚建立,正是建设家园的时候,国家需要我们搬离十万人,还要淹没咱们十几万亩耕地和林场,这是为了什么?还不是为了大家都过上好日子吗?我知道,我们要重新去开辟新的土地,这里面有许多困难,我们也不忍心,也不情愿,可是,国家是一个大家,大家就是一盘棋,建设要以大局为重,都不奉献和牺牲,哪来的国家富强?对不对?这是咱们皖西大别山的使命和光荣。"

雨大了起来,小香的头发和衣服已经湿了。

黑压压的人群一动不动,都淋在雨里。

雨越下越大。从广场上望过去,麻流镇黑压压的一大片房子,还有那一大片良田,奔腾的西㴔河,剪影似的山峦,全都掩映在烟雨苍茫中。这一望无垠的地方,都会变成水库吗?那该是一座多么大、多么壮观的水库呢?小香无法想象,不敢想象,她痴痴地望着远方,想象着,眼前的一切将来该是啥样的呢?她激动起来,只有新社会才能做这么大的事。她为那个宏大的远景激动着,当年方子成、宝才和爹跟着共产党闹革命,为的就是这一天吧? 可是,他们现在看不见了。

快到家门口了,看见自己的家被包裹在烟雨之中,她突然闪过一个念头:搬走了,离开祖祖辈辈生活的地方,去了一个新地方,爹要是回来了去哪里找我们? 还有方子成,万一他也回来了呢? 她看见娘坐在门口,正朝她望着,不由得叹了一口气。

小香娘的目光迎上来,等着她说话。小香一时间不知道该咋开口。"你哑巴了?"娘不满了。小香一屁股坐在长板凳上,说道:"地势低于桂花王的,都得搬迁,搬迁到外县去。"小香娘扶着门框立在那里,看着外面的雨,心事重重地说了一句:"咱走了,你爹回来去哪找咱?"

从那天起,小香娘心中像压了一块石头,话明显地少了。"咱听党的,听政府的。"小香娘对小香说,"别忘了咱当初闹革命是为了啥。"小香笑了,她笑娘多余的担心,其实,她还担心娘想不开呢。现在,娘心中唯一的疙瘩,就是怕桂德安回来找不着家。

那天,移民工作队来了七八个人。洪县长领头,后面跟着麻流镇的几个干部。"大娘,现在日子过得咋样?"洪县长笑眯眯地问。小香娘点点头:"这还用问? 安生了。"洪县长继续说:"大娘,咱这里要修水库了,咱是革命老区,咱有思想觉悟,咱得带头支援国家建设,您老说对吧?"小香娘故意不吭声。洪县长看看小香娘,又看看小香,继续道:"大娘,咱们搬到邻县,到那里建设一个新家园,好不好?"小香娘像是没有听见,仍然不理他。

"大娘,您听明白了吗?"洪县长更加和颜悦色,几乎带着祈求的神态了。小香娘冷淡地说:"不搬。""为啥不搬呢?"小香娘又不说话了。洪县长将求援的目光移向桂小香,桂小香看看县长,看看娘,不知道该咋说。她知道孰轻孰重,现在刚刚安定下来,正一门心思搞生产过好日子,突然要搬家,娘确实有点转不过弯来,这倒是其次,主要还是想着桂德安的归来。

洪县长说:"大娘哇,您想想,一个小家是家,一个国家那不就是一个大家吗? 小家要建好,大家不也要建好吗? 大家建好了,小家才能建好,对吧?

所以哇,咱们要有一个大家庭的思想,要统一来下一盘棋,对吧?当然了,国家是有补偿的,咱们的方针就是,国家不浪费,群众不吃亏。"

小香娘听洪县长说着,眼圈红了。

洪县长吃了一惊。他知道这是一位革命的老妈妈,儿子是烈士,丈夫、女婿都是红军,她当年也是支红积极分子,做军鞋、筹粮,没少为革命出力,是有功之臣。

"德安回来去哪里找家?"小香娘盯着洪县长。洪县长沉默了,他的沉默不是不知道怎么回答,而是被大娘的这句话感动了,这句话凝聚着她和家人的一段悲壮的革命历史。他同情她,对她的不幸遭遇也感到难受,毕竟,他也是枪林弹雨中的幸存者,身上还带着枪伤。论年龄,他比桂宝才和方子成都要小,资历也浅,他对大娘的敬仰,是发自内心的、真诚的。

洪县长努力把心中的情感波澜压回到肚子里去,说:"大娘,有人民政府呢,您老放心,找到人民政府不就找到家了吗?"

一语点醒梦中人,洪县长的话让小香娘豁然开朗,缠绕在心头的雾霾一下子烟消云散了。

夜深了,家同、家翠已经睡下,小香睡不着,跑到了娘的床上。她就是想和娘说说心里话,家里三个男人闹革命,死了、失踪了,他们连命都可以不要,为的啥?现在革命成功了,若是那三个男人还在,哪怕有一个在,他们都应该是听组织的,搬离的困难和损失与生命相比,又算得了啥呢?他们一定会支持自己的决定的。小香对娘说:"咱可不能拖了国家的后腿,咱要带头,要积极主动,咱应该给宝才他们脸上增光,不能抹黑。"小香娘也很激动,和小香一直说到深夜。

两天后,洪县长独自登门。洪县长进屋的时候,小香娘正在做饭。洪县长笑着打了一个招呼,随手拿起水缸里的竹舀子,舀了水,咕咚咕咚喝了一气,嘴一抹,又揭开锅盖看看锅里煮了什么。小香娘问:"饿了?"洪县长笑了。

午饭,洪县长就在小香家吃了。吃完,嘴巴抹干净,洪县长刚想说话,小香娘说:"你不用说了,我搬。"洪县长一愣,还以为听错了,瞅着小香,随后便是满脸惊喜。小香笑而不语。小香娘又说:"毛主席让我们搬,我们就搬。"

洪县激感动地握住了小香娘的手,夸张地摇晃着:"大娘啊,我给您老鞠躬了。我给你们鞠躬。"他真的给小香娘鞠了一躬,又给桂小香鞠了一躬。洪县长高兴地说:"大家都看着你们呢,这下问题解决了。哈哈哈。"

小香娘忽地严肃起来,说:"你先别笑,宝才呢?宝才咋办?"小香娘说的是桂家的祖坟,那年清明,他们把宝才接了回来,葬在那里。洪县长说:"大娘,我都想好了,有两个方案,您老看看咋样。一个是,把桂家老坟往山上移高,移到水位淹不到的地方;另一个是把宝才兄弟移到县烈士陵园去。宝才安葬在哪里,听你们的,桂家老坟肯定要往高位上移,这个由县和镇政府来操办,你们看咋样?"

小香和娘商量了一下,觉得宝才还是和祖宗在一起好。洪县长答应了,说:"尊重你们的意见。"小香看工作队人手少,便主动请缨:"洪县长,工作队若是人手少,我愿意帮助做做工作。"洪县长的脸立刻笑开了一朵花:"那太好了啊。"

洪县长走了。小香娘对着墙上悬挂的"天地君亲师"的条幅深深一揖,嘴里念念有词:"列祖列宗,莫要怪罪哟,自古忠孝难两全……"

四

搬迁动员与修水库有条不紊地同时进行着,在麻流镇,无论走到哪里,空气中都弥漫着一种争分夺秒的热情和气势,不,那成了一种气味。

一边是洪县长做着搬迁动员,逐门逐户上门登记财产,房屋几间、家具几件、一个厕所、一个石磙、几亩稻田、几亩山场、一个打稻场、几棵树……核实落定,根据政策逐项给予经济补偿。这是一个非常细致、艰难的工作,需要极大的耐心,既要有人情味,也要有原则性。

与此同时,动工建水库大坝也在做着最后的设计和各项准备,万事俱备,只欠东风。一场轰轰烈烈的水利工程就要在这寂寞的大山里拉开序幕了。

高山出平湖。这是记忆中的大别山前所未有的工程,是想也不敢想的事。

开工那天是个晴朗的天,动员大会就在工地上举行,成千上万的建设大军和他们带来的工具——铁锹、镐头、锄头、竹筐、扁担、钢钎、铁锤、独轮车、两轮板车、牛车马车、炸药雷管等,一起肃立在田地里、山坡上、河滩上,那凛凛气势,就像即将出征的将士。眼前一片高山野地,就是即将铺开的战场。红旗猎猎,漫卷山风,掀起阵阵豪情。简短的动员讲话,说了防洪、灌溉、发电、航运的意义,憧憬了水库修建以后的美景,然后,一声令下,建设大军扑向了各自的工地。那场景,让人想起冲锋号吹响的那个瞬间。

这一支别具特色的建设大军,有工程设计者,有干部,有工人,有解放军战士,更多的则是附近公社的农民——为了水库建设即将搬往外地的农民。

这等于是说,他们要亲手淹了自己的家园。

"咱修的这水库,要淹了咱自己的家,想想心里就难受。"有人一边干活一边感叹。小香插话说:"都是自家的事。"说话的人想了想,接话道:"就是啊,不然,我也不来工地干活了。"说完,大家都沉默起来,只管咬牙出力气干活。

小香听说水库动工需要大批劳力、木材、工具,当即就要报名去工地。洪县长知道小香家的情况,就劝阻她:"你家有老人,孩子还在读书,缺少壮劳力,你就别去了,就在家准备着搬家吧。"小香说:"洪县长,您别瞧不起人,闹红军那阵,我三天做了十双鞋,从来也没有落后过。修水库这么大的事,我咋能不出力呢?"说得洪县长笑了,洪县长说:"你还是回家和老娘商量商量,把家里的事安排好再说。"

小香回到家,发现娘打摆子了,浑身发冷。她还是和娘说了,娘抖着嘴唇说:"这是大事,你去吧,我这病无大碍,过几天就会好。"小香点头,说:"等你好些我再去。"她去镇上给娘拿了药,回到家服侍娘吃了一片奎宁,才安下心,坐在床边陪着娘。

第二天,小香娘退烧了,发冷也好了点,只是还有点头晕。"去吧,娘好多了,不用管我。"小香娘说。小香还是不放心,犹豫着没答应。小香娘为了证明自己,就着咸菜吃了一碗稀饭,热了一头汗。撂下碗,小香娘拿出扁担、粪箕,催促小香快走。

小香一狠心,挑起粪箕去了工地。

两只竹篾编的粪箕,装满了石块和黄土,一只竹扁担挑着,沉沉地压在小香的肩上。小香挑着担子,快步向前走,到了地方哗啦一声倒掉,反身又去挑。身前身后,蚂蚁一样的队伍川流不息,热火朝天。大家专心致志地干活,搬石头、抬石头、挑石头、用板车拉石头,都像憋着一口气,谁也不甘落后,心中似乎奔腾着一股激情,谁不尽心尽力就会感到耻辱似的。

不远处,打夯的声音传了过来:"加紧干呀——嗨哟,建设家园呀——嗨哟,落后是狗熊呀——嗨哟……"

一阵风刮过来,隐约传来一片铁锤击打钢钎的声音,当、当、当,那是一片钢钎声,一片。远远望去,许多人腰间拴着绳子,像是贴在峭壁上,挥锤打钢钎。他们要在石头上一锤一锤地凿眼,然后装上炸药,将石头炸开。

这是一项危险性相对大的工作。

忽地,工地上传来一阵急促的哨子声,紧接着有人高声喊道:"放炮啦,要放炮啦,快躲躲,离远点。"

随着哨声、喊声传来,人们哗地一下离开了悬崖峭壁的打钎处,远远地避开。工地上安静了下来。放炮的时间成了工地上的休息时间,大家或站在原地或找一个安全的地方,坐下休息,喝水吃东西,同时听着随之而来的爆破声。

忽然,传来一阵孩子的哭声,是个幼儿。小香听见了,好奇地循声找去,原来是一个妇女带来了孩子,正在一块大石头后撩起衣服喂孩子。小香笑笑和女人打了招呼。女人叫郑红梅,孩子才四个月,她硬是带着孩子来到了工地。干活的时候,她就把孩子包好放在地上。小香这才发现,石头后面的地上有一床已经破烂的棉被。

悬崖放炮处有一柱一柱的烟雾冲天而起,碎石像一群惊起的乌鸦、麻雀飞向天空,然后听见嘭嘭的爆炸声。待所有炮声响过,才会响起一阵安全的哨声,那是告诉大家,爆破结束,已经安全。有时爆破的响声会缺一个或两个,这就到了极度紧张的时刻。等了很久,炮都不响,终于死心,认定那是哑炮。排哑炮非常危险,要胆大心细。有的是雷管接触不良,有的是导火索断了。这些小问题都是幸运的,若是碰到那种特别慢性子的,恰好人赶到爆炸,那就是悲剧了。

郑红梅喂了奶,逗着孩子笑。"看爸爸,看爸爸。"郑红梅逗着孩子,扭头看向炮响处,让孩子往那边看。小香说:"我抱抱。"小香接过孩子,随口问道:"孩子爸也来了?"郑红梅一努嘴:"他是爆破队的,就在那边。"小香心疼孩子,埋怨郑红梅不该带孩子来。郑红梅说:"我是党员,也是妇女队长,我得带头,做个榜样。"小香点头,和孩子说着话逗孩子玩儿。孩子咯咯地笑起来。

休息时间结束了,上工的哨声响起,劳动大军纷纷站起身,接着干活。

炸石头、挖石头、抬石头、挑石头,或者挖土、挑土,都是硬活、重活、累活,一天下来人会累得骨头像散了架,出大力,流大汗,第二天仍然继续。吃的都是自己带来的平常饭菜,难得有肉。这种累和苦,不是一般人能承受得了的。但是工地上听不见怨言,也听不见叫苦喊累。

工地上有人带头唱起歌来,"没有共产党就没有新中国……"或者唱"团结就是力量……",歌声有一种神奇的力量,将疲劳唱走了,把精神唱得振奋起来。

那天傍晚下了工,小香急火火地往家赶。她本是带了被子,住在工地上的。离家远的人都住在工地上。但是,小香抽空赶回了家,见娘的病已经好了,正在做饭,这才放了心。吃罢饭,小香逮住了家里唯一的老母鸡,要杀掉。小香娘吓坏了,问她原因,小香就说了郑红梅的事。"她的奶水少,孩子吃不饱。"小香说,"给她补补,催催奶。"

小香娘听了没说话，家里就指望它下蛋卖钱买盐呢，可现在也顾不上了。

小香几乎一夜没睡，至天明，鸡汤熬好了。她给娘留了一碗，其余都装进一个瓦罐里，拎着就走。怕到了工地会凉，小香就用自己的褂子包裹住，抱在怀里。

赶到工地，上工的哨声还没有响。小香找到郑红梅待的地方，却见郑红梅抱着孩子，正在那里流泪。小香大吃一惊，奶孩子的女人不能悲伤生气，否则会没有奶水的。几个女人围着郑红梅，都是满脸悲戚地劝着她。

有人告诉小香，郑红梅的丈夫二柱所在的爆破队为了赶进度，趁着月色半夜出工，二柱不小心从悬崖上滚了下来，伤势严重，已经送往县人民医院了。红梅刚刚得到消息，吓得不知所措。郑红梅没有心情喝鸡汤，急着要赶去医院看二柱。

工地指挥部的吉普车开来了，要接郑红梅去医院。小香连同瓦罐一起给了郑红梅，让她带去医院。郑红梅感动得朝小香一鞠躬："姐，谢谢你。"

吉普车远去了，掀起一条长长的尘雾。

那个秋冬，小香吃住在水库工地上。在劳动大军蚂蚁搬家般的辛苦劳作下，土石基建基本完成，后面便是攀钢筋、浇混凝土的主体工程了。

那个大山沟里，彻夜亮着灯光，彻夜响着机器声、夯土声和劳动的号子声，场面宏大，轰轰烈烈。激情燃烧的人们，分两班轮流上工地干活，争分夺秒。工地上天天都有变化，大喇叭里天天播送着战斗的捷报。多年之后，小香还时常忆起那种当家做主、扬眉吐气的激情与豪迈。

当工程进行得差不多时，工地上不再需要那么多人，小香和一些人只好回家。离别的时候，大家都有点舍不得离开这热火朝天的工地，小香忍不住流下了热泪。

大坝很快就要建好，水位也会升起来，她得回家准备搬迁了。

第十一章

一

那个寒冬,应该是麻流镇最后的画卷了。

麻流镇的大街小巷,鹅卵石、石板或者已经被踩踏得非常平滑的道上,还有周围村庄的农户门前,堆满了居家过日子的物什,衣被、锅碗瓢盆、粮食、箱子、柜子、板凳、椅子、咸菜坛子、被捆住腿的鸡鸭、被拴住的猪牛羊……所有要带的物品,连同老老少少、青壮年,等候在屋外,裸露在阳光下或夜色中。

黑瓦白墙的高屋,木屋,或者巴茅草盖的简易泥屋,都已经空旷,孤零零地立着,在与它们的主人作最后的告别。这些花费几辈人心血的房屋以及那些无法带走的东西,肥沃的土地、丰茂的河流、打场的石磙、成片的竹子,只能悲痛地矗立着,等待着最后的毁灭。这就是人们即将要离开的家园。

那些有幸跟随着主人一起远游的物件,睁着希望的眼睛等待着,闪烁着幸运的眼神。有限的几辆大卡车要将它们运到一个崭新的地方。那会是一个什么样的地方?又将面临一个什么样的新生活?毫无怨言地离开家园,奉献出自己的家园,这该有多么宽广的胸襟才能做到啊!

汽车太少了,路又不好,多是山间小路或仅仅能跑马车的路。汽车跑起来也慢得像蜗牛。许多人家等不及汽车了,赶着马车、牛车,推着独轮车,挑着担子,扛着粮食,抱着衣服,自己上路了。就像他们当年支援红军、支援解放军一样,内心激荡着一种比亲人还要亲的感情,可以舍弃任何东西,哪怕是献上自己的生命。

洪县长看着这些起程离乡的乡亲,感动得热泪滚滚。他对跟随在左右的人说:"千万别忘了,咱们共产党和老百姓之间是血肉凝聚起来的感情,咱得对得起这些可敬的人民。"

一些上了年纪的人,望着空荡荡的屋子,或坐在物件上,或扒着门框,默默地流泪。舍不得啊。往上数,祖宗几代都是生活在这里的,自己也在这生活了大半辈子,故土难离。桂小香看着眼前,也很难受。小香说:"乡亲们,别难过,咱们的亲人当年闹革命,就是为了大家能过上好日子,咱现在就是建设咱自己的国家哩,离开这里,咱建设一个新的家乡。"小香心里有着吴芳英的影子,吴芳英当年就是这样做群众工作的。

小香的话,让听的人立马情绪好了许多。

扒房队要将空房扒掉,否则,大水淹过来之后,会在水底形成危险。扒房队不忍心下手,却又不得不下手,大家噙着泪将房子推倒,好砖、石料、木头、门窗之类有用的东西,能运走的,都运走,搬往附近乡镇的村民,路途不太远,可以运走建房用。

有人向扒房队招手,对他们说:"快动手吧,反正都是一个痛,不如快刀斩乱麻,绝了我的念想,好早点奔新地方去。"

说的人笑了,听的人也笑了。笑了一下,又都不吭声了。

一个老头调侃道:"谁让咱是革命老区的人呢?"

麻流镇的人像一把被风吹扬起的菜籽,撒到了各地。木匠、篾匠、铁匠、瓦匠、搬运工等手艺人,基本上都落户到了本县其他乡镇;擅长种地的农民,基本上都落户到了S县。政府对农民搬不走的物品,比如房屋以及附属房猪圈、厕所、披厦等等,都给予了经济补偿,只是那时国家困难,标准很低。

那个冬季真是漫长。那些堆积如山的家居物品,像积起来的雨水,慢慢渗入了土里,慢慢离开了麻流镇,连同它们的主人,悄无声息地走了。麻流镇连同它的繁华,蒸发在了空气里。但是,麻流镇一直活在人们的心里,并没有消失,永远也不会消失。一首鲜活而不灭的民谣,成为共同的历史记忆:"一进麻流,衣帽堂堂;离开麻流,屈蛋精光;鲜花岭上,回头望望;下回有钱,再来逛逛。"这是对麻流镇曾经辉煌的写照。

终于,麻流镇空了,静了。一千多年来,这是麻流镇最寂静的时候,它在寂静中等待着毁灭,也等待着新生。

小香和娘领着家同、家翠,把能带走的东西都搬到了院子里。坛坛罐罐,堆了一堆。看上去像是破破烂烂,居家过日子却都少不了。小香娘想把那个缺了一块的缸带走,在缸沿恋恋不舍站了老半天。这个缸是她结婚时买的。把水舀净后,他们四个人一起抬,大缸纹丝不动。粗陶厚缸,沉重如山。小香娘不死心,找来一根木棍撬动,没想到那缸已经苍老得弱不禁风,稍一磕碰,竟然碎成了几块,哗地碎了一地。小香娘叹息一声,只得作罢。

小香从湖北带回来的那个咸菜坛子依然被带上了,里面仍腌着萝卜、豆角和灯笼椒。他们在路边等车,与那些不能搬走的东西默默告别。解放军给盖的新房,房前屋后的树、菜地、篱笆、院子,后山上那五六棵已经一抱来粗的大板栗树,都得留下来。家翠说:"再也吃不到这些板栗了。"家同说:"不知道新地方有没有板栗。"小香娘说:"听说那里是平原,可能没有。"小香说:"咱以后可以经常回来,也可以在新家栽上板栗树,只要劳动,啥都会有的,日子只会越过越好。"

小香的话让家同、家翠心里踏实,脸上有了亮光。小香娘望着他们慈祥地笑,那意思是小香说得很对。昨天,小香娘领着他们已经与祖宗告别过了,告诉列祖列宗,他们要搬到新地方去了,以后每年都会回来看他们。县里前几天来了人,将桂家祖坟往山上移了一段距离,移到水淹不到的高度。

更早的时候,小香带着家同、家翠去看了范大狠子,告诉了他。范家那几间房子已经被水冲得东倒西歪的,蜘蛛网结得到处都是,院子和以前的菜地荒草及腰。没有人气,再好的房子也会坍塌。娘儿仨站在那,望着荒颓的屋子,都难受得说不出话。范大狼子的坟只露出小小的一个坟包,山坡上空旷一片,裸露着新鲜的黄泥。这是夏天山洪冲刷的结果。他们将坟重新堆起来,磕了头,烧了纸,然后告别。

该告别的都告别了,小香和娘、家同、家翠就要离开麻流镇了。

给他们搬家的是一辆嘎斯汽车,装不了多少东西。小香抱着那个腌菜坛子,怎么也塞不进去。驾驶员说:"大嫂,这个坛子就别带了吧,那里是北方,是平原,那里人不腌菜。"小香正在为难,家同一把抢了过去:"放我腿上。"

东西装好,就要开车时,却发现小香娘不在。大家急忙去找,高声呼喊,都不见人影。小香想了想,似乎明白了,抱歉地让驾驶员稍等,然后一路小跑去寻。果然,小香娘站在桂花王的脚下,念念有词地说着什么。她头顶上的一根树枝上,刚系上去的一块红布,在迎风摆动。小香拉起娘就要走:"娘,都等您呢。"小香娘说:"桂花王啊,不知道这辈子咱还能不能再见面了。"

车开动了,摇摇晃晃地往前跑。他们恋恋不舍地、贪婪地望着这熟悉的一山一石、一草一木,把它们看在眼里,刻在心里,一起带走。

他们都是第一次坐汽车,但是新鲜感很快消失,颠簸、劳顿袭来,晕车的难受劲也找上了小香娘。汽车从早晨一直跑到傍晚。一家三代四口和那些居家物什挤在一起,慢慢地被颠得头昏脑涨。小香娘在路上吐了两次,连胆汁都快要吐出来了,中午也没吃饭,只喝了两口水。到了地方下了车,几个人扶着车身站了好大一会儿,才稍稍镇静下来,清醒一点。

一阵凛冽的寒风掠过,让小香打了一个寒战。小香娘站立不稳,差点被风刮倒。小香和家同急忙扶住了她。

眼前,果然是有别于大别山的另外一个世界。

太阳即将落下地平线,大地平旷,村庄隐约,苍苍萧萧。眼前一片麦秸屋顶的土坯房,低矮破旧,默然矗立。村头零星的树木光秃秃地伸向天空。房前的空地上,堆着一些居家的东西,这是刚刚从大别山搬来的东西,还没有来得及归置。村子里有嘈杂吵嚷的声音传来,夹杂着熟悉的咸菜味和饭的香气。土坯墙上,贴着一个个土黄微黑的圆屉屉。

世界在他们眼前一下子陌生起来。

来了几个村里的人,帮他们搬东西。他们把东西卸到地上,卸完,嘎斯车便像踩着风火轮一般轰隆隆地开跑了。村里人将东西一件件搬进屋里,迎他们进屋。这就是他们的新家。小香进屋打量了一下,地平墙新,显然已经重新修缮了一遍。但是,还能闻到一股淡淡的牛屎味儿。一问,果然这里曾经是一个牛屋。大地主的牛屋,土改时分给了一户贫农。那贫农在旁边盖了新屋,这牛屋一直空着。

为了安置远道而来的乡亲,S县政府倾尽物力、财力,专门派人将一些空屋进行了改造,砌了土炕、灶台,用细泥重新泥了内墙,用新土垫地、夯实、整平。政府的人来验收,几乎没闻到什么气味,感到很满意。但是,小香一进屋还是闻到了牛的气味。对于庄稼人来说,这属于正常,并不介意。一家人欢欢喜喜住了进去。粮囤里,备了粮食,有大米、红薯干、红薯面,还有一些贮存过冬的新鲜红薯。

小香铺好床,扶娘躺下,家同、家翠忙着整理屋子。小香去做饭,水缸里是满满的清清亮亮的水。她要做老鸹头,搅好了面,烧火时,才发现灶前堆满了豆秸和麦草。准备得太细致周到了,小香的心里热乎乎的。

吃了饭,一家人都早早地睡了,这一路旅途实在是太劳累。

第二天,小香忙着收拾家,归置东西。县里、乡里、村里的干部都来问候,看看还存在啥问题。村里的乡亲也来了不少,多是年轻媳妇、老太太和孩子,他们瞧热闹,也瞧稀奇。家里一时热闹得像过年似的。

到了傍晚,水缸里的水快要用完了。小香知道要去村口的水井挑水。门后有一根扁担,厨房有两只水桶。可真要去挑水时,小香还是愣住了,长这么大,她还没有挑过水。溪水从山上流下来,桂德安用破开的竹子一根接一根,就把水引到水缸里了。现在,她去挑水,倒是个新鲜事。她挑起两只水桶就往村头走,没想到,两只水桶沉甸甸的。木桶为啥会这么重呢?她放下桶,仔细观察,发现水桶用铁皮上中下箍了三道。扁担是木头的,可能是枣木的,厚重结实,两头都销着铁钩子。小香没想到,自己挑着一副空水桶就感觉到肩膀被压得生疼了。

水井位于村口,井沿用砂姜砌成,缝隙里长满了青苔。小香低头一看,井中映着自己,也映着明晃晃的天。小香突然不知道怎么样才能把水打到桶里。她正在犯愁,一个庄稼汉过来挑水。庄稼汉憨憨地笑着和她打招呼,然后教她如何打水:用扁担上的铁钩子挂住水桶,在水面上晃荡那么几下,瞅准机会猛然一甩,桶口朝下,咕咚一声深入水里,很快喝满,顺势一提,水桶便被满满地拎上来了。整个过程一气呵成,流畅连贯。

庄稼汉轻松优雅地打了一桶,另一桶便让小香自己试试。小香蹲在井沿上,拎着扁担,手却在发抖,水桶重得几乎要从她手中掉落下去,晃荡了好多下,桶口都沉不下去,后来,水桶脱了钩,差点就沉下去了,幸亏庄稼汉眼疾手快,一把夺过扁担,及时钩住。庄稼汉也不多言,轻轻巧巧又打满一桶,让她挑回去。"多打几回就好了,"他说,"熟能生巧。"

小香颤颤巍巍地挑回家,扁担不像范道江做的竹扁担那么有弹性,这扁担生硬,铁杆子一般,走起路来丝毫不闪,还逆着脚步的劲儿。水在桶里晃里晃荡,洒了不少,一路上都有水痕,挑到家只剩下小半桶了。小香累得心慌、脸红,额头冒热汗。

小香明白了,山区和平原的生活,根本不一样。

她淘好米,兑上水,坐在灶前准备点火,豆秸、麦草烧得差不多了,去哪找柴火?小香出门去找,没有看见柴火垛。邻居那个小脚秦老奶奶穿着黑土布的棉袄棉裤,头上包着黑头巾,坐在门口打盹,见小香四处搜寻的眼神,笑着问道:"找啥?"小香问:"哪里有烧锅的柴火?"秦老奶奶一扬下巴:"那不是?"小香往她指引的方向看,地上空荡荡的,啥也没有,只有一堵墙。见她疑惑,秦老奶奶又扬了一下下巴,嗫着瘪嘴吐出一句:"墙上,墙上。"

啊?小香一进村就看到了那些墙上贴着的圆屁屁,还奇怪那是啥东西。现在,秦老奶奶告诉她那是柴火,她着实吃了一惊。

平原上烧柴紧张，树叶、草根、庄稼秆，能烧的都用来烧火了，可还是远远不够。尤其到了冬天，柴火更是难寻。为了解决这个难题，人们就将牛屎贴墙上晒干，积攒下来以备冬需。小香还是头一回听说牛屎能当柴火。

入乡随俗，小香动手去取，终是手生不得要领。秦老奶奶颠着小脚过来把牛屎匜匜揭下来一个，拿到灶台前。再看她的手，并没有牛屎痕迹。食草动物的粪便是不太臭的，但是这村里得养多少头牛，牛得拉多少屎，才能够一村人一冬的柴火呢？

点燃牛屎匜匜倒是费了一番功夫，小香手指头上夹着叠成条子的草纸，打火镰先引燃草纸，再烧牛屎匜匜，草纸烧完了，牛屎匜匜也没燃着。秦老奶奶从自家抱了一抱麦草进来了，对她说："得用这引火，才能烧着哩。"

小香千恩万谢，秦老奶奶手把手教她。小香按照秦老奶奶的指点，以木棍挑起牛屎匜匜，另一只手拉起风箱，呱嗒、呱嗒、呱嗒，牛屎匜匜躺在火堆上，先是冒烟，紧跟着就火苗摇曳起来。

那一天，小香累得筋疲力尽，比在山上挖一天的地还要累。

做好饭，天已经黑透。小香扶娘起来吃饭。小香娘还是因为路上太累了，浑身不舒服。家同、家翠收拾了一天，也累得睡着了。现在，一家人围在一起吃饭，心情都安定了一些。红芋米稀饭，米汤里煮了许多红薯块儿。家同抱来的咸菜成了美味佳肴，吃一口神清气爽。白萝卜、绿豆角和鲜红的灯笼椒，就着稀饭，吃得呼呼啦啦，头上直冒热汗。有了这袅袅热气，屋子里也就有了腾腾的人气。

门外，沉沉夜空中闪烁着几颗寒星。猎猎寒风，夹杂着狗吠，平原的夜倒是别有一番景象。

这时候，孩童唱起了不知谁编的顺口溜，飘飘忽忽地传了过来：

麻流移民真热闹，

坐着汽车当花轿。

一车闪到吴山庙，

　　小香按照秦老奶奶的指点，以木棍挑起牛屎尼尼，另一只手拉起风箱，呱嗒、呱嗒、呱嗒，牛屎尼尼躺在火堆上，先是冒烟，紧跟着就火苗摇曳起来。

住牛棚、烧稻草，

不是移民是老屑……

歌声停处，随风传来了一阵哈哈的笑声。这日子，有苦，有累，也有乐，这就是人间烟火。

二

小香娘、小香和两个孩子都没有到过平原，生活上有着种种不适应，但是也有种种新奇。站在家门口，没有了大山的屏障，天空似乎亮堂多了，置身于一马平川的地方，一下子裸露在了光天化日之下，四顾之下，有点无处躲藏的感觉。

尤其是家同和家翠，心情分外地激动，看哪哪新鲜。瞧瞧，那么平坦的路，走起来两只脚轻飘飘的，像一阵风，像踩在棉花堆里。那么笔直的路，闭着眼都能走，似乎总也走不到头似的。

还有那太阳，与山里的太阳根本就不是一回事。早晨，从地平面上探出通红的一线，像是土里发出的一尖幼芽，升高，升高，一直升到头顶，然后呢，滑落，滑落，向着遥远的西天慢慢滑落，万分留恋地隐入大地，余下霞光一片。在山里，家同、家翠从没有这么真切地完整地看过一天之中的太阳，也从没有看过离自己如此近、如此大且圆的太阳，近得仿佛伸手可触，大得仿佛遮了半边天。这真是让人惊讶和震撼。他俩习惯了大别山里的太阳，看到太阳的时候已经高悬半山，傍晚又被大山早早地遮挡。在平原上生活是一个全新的感受。

新家收拾好的第二天，天色还是大晴，家同和家翠几乎无心再做啥事，像被太阳牵了魂似的，从早看到晚，干活吃饭的时候也不忘瞧着天空，直到太阳落幕，夜色降临，还沉浸在那博大雄浑的意象之中，目送着晚霞归隐。

"哥，你说太阳哪去了？"家翠问。

"睡了。"家同答道。

"那第二天咋又跑到东边去了呢?"

"躲猫猫呢。"

"那为啥天天躲猫猫呢?"

……

家同和家翠这两个中学生,故意这么斗嘴玩儿,他们被硕大的太阳吸引了。

S县的土地沙性大,漏水,不适合种水稻,曾有人试着种过水稻,放进田里的水,总是悄无声息地消失得无影无踪。绝望之下,人们明白,此地只适合种杂粮,比如红芋、玉米、高粱、黄豆。小麦的产量也低,地瘠苗瘦,一亩地收成一百多斤,种得极少,所以麦面极其金贵。平时都是依靠收成大一些的杂粮、粗粮填饱肚子,尤其是红芋,种植面积占绝对的优势。都说一方水土养活一方人,其实很多时候是一方水土难以养活一方人。

小香发愁的是一天三顿饭,不知道该做啥,做啥两个孩子都不爱吃。娘不说话,沉默着坚持着吃,像是一同嚼咽了她等待的岁月。早晨煮一锅红芋,配点咸菜,或者辣椒酱,或者把大蒜砸碎,加上盐搅和一下。吃了一锅红芋,再喝一碗稀饭,稀饭是开水里搅进去的半碗红芋面,或者,是红芋和红芋面合在一起的红芋拌面稀饭。中午和晚上,多是擀面条,红芋面掺豆面或高粱面的面条,没有菜,只能加点晒干的芝麻叶。或者用红芋面贴锅巴子,或者做玉米面馍,或者烙饼。这些偏北方的吃法,他们不习惯,尤其是家同,嫌玉米面馍刺嗓子,总是喝一口水才能送咽下去。家翠笑话他吃饭就像吃药。

家同在吃饭上有了畏惧感,能不吃就不吃,慢慢地瘦了下来。小香娘唉声叹气,也想不出啥好办法。小香看着家同,心疼,想起当年弟弟宝才说的"这稀汤寡水,一泡尿撒完肚子就饿了"。娘那时对宝才说:"等你以后出息了,让咱家人都能吃饱饭,那才是你的能耐。"男孩子到了这个年龄,正是能吃的时候。小香便也学着娘的话,对家同说:"等你以后出息了,让咱家人都能吃饱饭,那才是你的能耐。"家同一挺小胸脯,信心满满:"娘,姥姥,你们就等着吧,我让你们顿顿吃肉。"说得小香和娘都笑了。家翠抢着说:"我也要吃肉。"大家看着家翠的神态,忍不住笑得更响了。

平原上人口多,地少,物产有限,再加上之前连年战火,在废墟上建设自是艰难,贫穷成了一个大问题。那个寒冬,长驱直入的西北风呼呼地刮,男女劳力出工去修河道,挖河泥清河淤。小香出去干活,家同、家翠去上学,小香娘在家忙。虽然是烧牛屎圪圙,烧庄稼秆,吃红芋稀饭,吃红芋面馍,但是大家的心里还是平和中透露着高兴的劲儿。

不适应的地方还是多的,烧柴就成了问题。为了弄点柴火,小香学着当地人的样子,领着家同、家翠去河边扒草根。从泥里挖出草根,抖掉泥巴,背回家晒干,留着当柴。

"啥叫贫?啥叫苦?站在这块土地上放眼一望,啥都明白了。"小香这样对娘说。小香娘拿着一个红芋面馍掰着吃,掰得小小的。她的牙掉了几个,吃东西费劲了。她一边嚼着馍,一边腾出嘴来说一句:"没有过不去的坎。"小香娘说的话,总能让小香感到有心劲,心里敞亮。小香说不出来那个感觉,就觉得娘越来越像家里的一盏油灯,时刻照亮了她的心。小香娘听不懂她这个意思,笑着嗔怪道:"啥油灯咧?"

这个叫大秦庄的村子四周有一条护村河,人工挖的,三四丈宽,将村子紧紧围护着。秦老奶奶讲,这是解放前防土匪挖的,当地的土匪、从大别山跑过来的金老末的土匪,时常来骚扰。护村河上只留一个吊桥,一旦发现土匪来侵,村民立马把吊桥拉起来。如今时过境迁,吊桥没有了,被一座土坝取代,成了村里村外进出的唯一出路。

有了这条坝路,护村河就成了一口圆形水塘了,成了死水。平日里,青绿泛黄的水,肥肥腴腴,下雨天也能看到树的倒影。两岸的柳树、刺槐以及水边的芦苇,把这条河打扮得花枝招展的。

这成了全村人离不开的、生死相依的一条河。男人夏天洗澡,女人一年四季洗衣服,浇菜地,都离不开。水越洗越浑,净化缓慢,看上去有点浑。这让见惯了山间溪水的人,一看见这水就觉得不清澈。

小香去河边洗衣,总是不肯将衣服痛痛快快地按下水,手上、心里都有些黏黏糊糊的感觉。或许,这就叫水土不服吧。

家同、家翠对这种生活不适反应也大,时常忍不住抱怨,除了生活上的,更抱怨学校里条件的简陋,教室里没有木头的板凳桌子,只有一溜一溜用土坯垒成的土台子课桌,土台子后边,是用泥巴垒成的一个一个坐墩,他们要躬着腰,坐在那里听讲、写字。学生又多,座位挨得近,一个挨一个地挤着,左右动弹不得,像被五花大绑了,一堂课下来累得腰酸腿痛。

家同受不了,有时候老师不在就跑到最后一排空位上坐着。有同学冷眼瞧他,他也就以冷眼回敬,结果,有一天就挨了同学一顿揍。家同委屈地跑回家,向姥姥诉苦。

小香娘抚摸着他脑袋上那一块红紫,要去学校找老师。小香用冷毛巾给他敷了,对娘说:"孩子和同学有矛盾,让他自己解决。"家同想想也是,自己为啥要搞特殊呢?

日子就这么清淡寡瘦地往前过着。

小香娘还是习惯了在门口静坐。她坐在那里,摸索着还能做鞋,补衣服,或者择菜、拣豆子里的泥土、搓玉米粒子,还时不时往门外看一眼。

小香娘不说话,小香也知道娘的心思。其实,她早已经逼迫着自己相信了,父亲十有八九是永远也回不来了,战争中的意外太多了,但是她不忍心说破。她知道,这是支撑娘活下去的念想。她总是安慰娘:"爹肯定能回来,也肯定能找到咱,政府会转告他的。"

有时候,小香娘会猛不丁地抬起头来,望一眼小香:"你也该寻摸一个人了。"

小香听了便轻浅地苦笑笑。有人上门说过亲事,都被她回绝了。两个孩子大了,她嫌丑,终是迈不出那一步,再说,心里还隐隐约约有方子成。方子成像一粒种子,种在她的心里,抹不去,揪不掉。组织上对方子成的定论,倒是给了她一个朦胧的希望,她固执地认为他有可能活着,或者说,她不愿意想到他死。她会想起方子成,想起与他在一起的时光,想起他抛家舍业去闹革命的一幕幕,甚至幻想着他假如还活着,现在会是个啥样子。方子成躲在她心灵的角落,时不时地出现,成了她精神上的水分和阳光。这成了一个有温度的回忆。有时候,她也感到自责,觉得对不起范道江,可是,感情这东西就像命运,扑朔迷离,来不得半点虚假,谁又能说得清楚呢?

山里搬迁来的人都感到生活的不适和对故乡的留恋。对水土的不适应,好像成了身体上的反应,无法调和。心中的不满越积越多,也就成了怨言。对于他们大多数人来说,这背井离乡一时半会儿还真的不习惯,对山里也就越发地留恋起来。

一起搬迁来的人有着天然沟通的情感,大家慢慢了解了彼此的情况。仅是住的地方,便多种多样,打扫干净的牛屋、临时搭建的披厦、改造的仓库,也有刚刚建好的新房。各村的条件不同,有差别,却是都尽了心、尽了力。毕竟刚解放没几年,百废待兴。大家当初以为只是换一个地方生活,没想到是换到一个生活习惯完全不同的贫瘠之地,而他们是喝溪水、听山风长大的,习惯了大山,辽阔的平原让他们手足无措、心无着落,对平原的坚守便成了精神上的折磨。那种不适应孕育出来的焦虑、急迫、痛苦、不安,越积越多。

这是深入骨子里的一种思乡病,有药难解。

没想到,一件小事竟然成了爆发的导火索。

那天,小香所在的村的邻村突然就吵闹了起来,响起一片喧嚷声。山里人和当地村民摆成了两大阵营,剑拔弩张,嗓门大得能掀起房顶,凶狠得似乎就要打起来了。附近村子里的人,不管是山里人,还是当地人,都如潮水般急火火地闻声拥去。

小香不知道发生了啥事,也随着人潮往前奔。她的前头,跑着家同和家翠。她的身后,跟着小脚的娘。小香跑了一会儿,累得气喘吁吁,回过头来等着娘。

吵闹的地点是一户搬迁之家。那房子,一看就知道是仓库改造的。原先的屋子没有窗,现在开了窗,装了窗棂。此时,门窗紧闭,屋外围满了黑压压的人。紧挨在门边,有一男一女在跳着脚骂。

"俺家的兔子被他偷吃了。"

"他就是个贼。"

"你们闻闻,这外头都能闻到兔子肉香。"

"开门!开门!不开门就是心虚!"

这一男一女的口音、语气都摆明了身份,吼出的每一个字都不容置疑,铁锤砸钉一般,丝毫没有透气的孔儿。

随着他们的高声喊叫,有人开始不耐烦,咚咚地砸起了门,本就不太结实的门板被砸、被踹得咣里咣当,像要散架似的。然而,屋子里没有一丝动静。

倒是屋外,有人和那一男一女吵起来了。

"你的兔子没有了,凭啥就认定是他偷的?"

"是觉得我们山里人初来乍到好欺负是不是?"

"就是他偷的,有胆量让他出来说清楚。"

人越聚越多,嗓门越喊越高,情绪越来越高涨,眼看着就要动手。

"咋的?"

"你说咋的?"

"老子还乡团都不怕,还怕你们?"

"去打听打听,俺这庄子当年可是捻子的大营,怕过谁?"

性子急躁的年轻人,话语硬得像能砸死人的石头。这场面,像一锅即将烧开的水,冒起了气泡,眼看着就要沸腾。

家翠吓得往后躲,家同却使劲往前挤,被小香死死揪住了衣襟:"大人的事,小孩子不要掺和,退后。"家同不满地翻了一下白眼:"我不是小孩子了。"但是,家同拗不过小香,不敢不听话,沮丧地站在那里原地不动。

前边的人群好像真的撕扯起来了,人群一阵骚动,闹嚷一片。有人往外围散开,有人往前边挤去,乱成了一锅粥。更外边,有人抄着扁担、锄头之类,急急地奔来,金属发出了碰撞的叮叮当当声。

"住手！都住手！"一个沙哑的声音声嘶力竭地吼了起来，但是那声音刚升腾起来，就被巨大的吵嚷声淹没了，就像一粒石子掉进了幽深的湖，眨眼不见了踪影。

那人连着吼了几遍，都不见效果，一时半会儿也难挤进人群，急得团团转。不知谁找来了一条长板凳，他站了上去。高人一头的他立刻吸引了一部分人的注意，他继续吼着，同时挥舞着双手厉声制止。但是，冲突的中心还是听不见他的声音，更看不见他的动作。他急了，看见一个妇女端着一只铁盆，便跳下去夺了铁盆，找来一根棍子，又跳上板凳，"咚！咚咚！"把铁盆敲得山响，众人闻声都朝他望去，周围一下子安静下来了。

"各位乡亲，我是县委书记舒不忘，咱们有啥事坐下来商量，为啥要打架？"他高声喊起来，眼珠子瞪得溜圆……人群中回荡着他的声音，清晰如鼓，"咱们都是革命兄弟姐妹！"

舒不忘跳下板凳，将脸盆还给妇女，然后朝矛盾的中心地带走去，人群给他让出了一条道。

三

一场看起来难以避免的纠纷，被这一声声铁盆的脆响平息了。

"乡亲们，静一静，听我说几句。"县委书记舒不忘穿着一身旧军装，胡子拉碴，走到了矛盾旋涡的中心，两手向大家摆了摆，做了一个让大家安静的手势。

人群便安静了下来。

"乡亲们，大家有啥问题，有啥话，都可以跟我说，我们一定会尊重大家的意见，给大家解决问题，给大家一个圆满的答复。"舒不忘有点激动，努力踮高脚尖，想让每个人都听见他表达的意思。

他挤在人群中开始询问情况，在他的呼喊和要求下，房门终于打开了。

只见床上躺着一个瘦瘦的中年汉子，一脸痛苦的表情。有人告诉他，县委舒书记来看他，他像是没有听见，不管不顾地只是"哎哟、哎哟"着。舒不忘摸了摸他的额头，不发烧，问他哪里不舒服，他说肚子痛。看上去，他真是痛得要命了，额头上冒着汗。疼痛中的汉子还在愤愤地辩解着："我没偷，我没偷，为啥说是我偷的？"他说话已经是有气无力了，那意思像是在说，那不是一只兔子的问题。

舒不忘急忙让跟他来的几个人送汉子去医院。人们七手八脚抬了汉子就往外走。不远处的村口，停着一辆破旧的美式吉普。舒不忘看着汉子被抬上车，看着车开走了，这才舒了一口气。

一男一女向舒不忘哭诉："家里就养了这一只兔子，被他偷吃了。你得给俺做主啊。"

舒不忘点点头，站在汉子的屋里，四处瞧了瞧，一块兔骨头也没有，一根兔毛也没看见。他说："这样吧，等汉子病好了，我再来调查，好不好？"那对夫妻对望了一眼，犹疑起来。舒不忘说："放心吧，若真是他偷吃了你家的兔子，一定让他赔你。"那男的闻言点点头。妻子见他点头了，也就不再多言。

舒不忘沙哑着嗓子，让大家都回家去："一点小矛盾，舌头还碰牙齿呢，锅铲还碰锅沿呢，大家都回家去吧。"

人群正要散去，却听到有人高声喊道："舒书记，我们在这里过不习惯，水土不服啊，我们要离开这里，哪里来哪里去。"这是一个男人的声音，声音洪亮，不慌不忙的。因为大家都准备散去了，环境是安静的，这声音就显得特别响亮。

这句话立刻得到了绝大多数山里人的热烈响应，说到他们心坎里了。许多人都响应了，是那种热切的响应。"舒书记，我们要回山里去。""哪里来哪里去。"七嘴八舌的声音，都表达着一个要求，那就是回到大别山去。

面对这个突然提出的要求，舒不忘为难了，接收山里搬迁来的村民，是县委、县政府的一项重要任务，以保证大别山水库建设，这是从大局考虑的决策，咋能说变就变呢？况且，这个要求，也不是他这个刚刚调来的县委书记能够做主的。看来，自己对他们了解得太少了。

人群散去了一些,只剩下山里人在诉说他们的要求和愿望。他们不愿意待在这个人生地不熟的地方,想回家,大山才是他们的家。

小香听到这个要求的霎时,顿感热血沸腾,有一团火在胸中激活了。她听到了自己也在喊,回家,回山里去。这时她才吃惊地发现,一直以来,自己在心里还都是以山为家的,脚下这块已经生活了四个多月的土地,只是一个陌生的羁旅之地。人就是这么奇怪,对家乡的依赖性真是强大,像是打断骨头连着筋似的。有人仍然在喊,在吼,表达着心中的真实想法,回家,回山里去。有人碰了小香一下,问她:"你咋不喊呢? 这可是难得的机会。"小香愣了,她分明听到自己也高声地喊了呀。

舒不忘显然没有料到事态会陡转直下,村民之间发生的一点小摩擦,一下子就转换成了根本性的走与留的大问题。他不得不再一次向大家保证,县委、县政府会认真研究、考虑大家的意见,并向行署、省里报告大家的诉求。

人群没有一点想散去的意思,大家只是朝后退了退,腾出了一片空地。大家都太激动了,似乎要把对新家的不适应、对山乡的想念都痛快淋漓地表达出来。见到县委书记舒不忘,他们就像见到了亲人,见到了能拿主意、能做主的亲人,就想向他说说心里话,希望他能帮助他们。这么多年,从闹红军那阵开始,每当面临危难和困难,不都是党出面解困纾难的吗? 大家七嘴八舌向舒不忘诉说生活的种种困难和问题,舒不忘就两只耳朵,一下子听不过来,让大家一个一个地说。

一个妇女哭诉说,她带着一岁的小侄女去邻居家看刚出壳的小鸡崽,小侄女不懂事,把一只小鸡崽捏死了。她吓得偷偷把死鸡崽装进口袋里,出门走了很远才敢拿出来扔掉。"俺害怕啊。"妇女说。

一个男人说:"我们搬迁的目的,不是为了支持国家修水库吗? 现在水库修好了,我们克服困难回山里去,也不影响水库,有啥不行的呢?"

……

天黑了,人们还没有散去,簇拥着舒不忘围坐在村头的麦场上。有人燃着了火把，举着，站在舒不忘的身边，听他说话。

舒不忘说，他已经派人回县里向行署和省里报告情况了，反映了大家的意见，上级对他指示，耐心做大家的工作，等待省里和地区的研究结果。大家听了，都激动起来，期待着，心中像一锅正炒的豆子，蹦跳着，炸响着。

小香当然想跟娘带着儿女回到山里去，她的心已经在梦中飞回去了无数次。可是，这个时候她又感到非常不安，内心布满了纠结与犹疑。如果宝才和方子成还活着，他们会支持自己吗？她像是看到了他们在说"有困难就说吧，党就是为百姓谋幸福的"。

舒不忘起身去了厕所。人们七嘴八舌议论起来，乱哄哄一片。小香这时候鼓足了勇气，站出来说："乡亲们，听我说一句吧，今天已经太晚了，大家都还没有吃饭，舒书记既然说已经报告行署和省里了，那咱们就回去等消息吧！"

有人喊道："打铁要趁热啊。"

另一个人提出了不同意见："心急吃不了热豆腐呢。"

正说着，舒不忘回来了。他的嗓子已经哑了，仍然笑着对大家说："乡亲们，继续。我已经让乡里的食堂弄饭去了，一会儿就送来。"话音未落，县委通信员快步跑来向他报告，他的脸上立刻露出了喜色，沙哑着嗓子向大家宣布："大家静一静，黄副省长来了。"

人群一怔，一下子安静了下来，接着便响起了热烈的掌声。掌声中，一个中年汉子快步走了过来。舒不忘急忙起身去迎接，脚步却跟跄了一下，通信员伸手扶住了。连夜赶来的黄副省长向大家招手，看见舒不忘苍白的面色，关切地让他坐下休息。

黄副省长再次向大家招手问好，说自己的工作没有做好，没有做细，让老区人民受苦了。他的一番话语，让许多人的眼窝热热的，像寒冬之火暖了心田。

黄副省长代表省委、省政府向大家宣布："为了解决搬迁群众水土不服的问题和生活困难，从现在开始，大家可以从三条方案中任选一条：第一条，愿意留在搬迁地不走的,服从安排的,按人口每月发生活补助七块钱,补助一年。第二条,愿意回大别山的,如果能听从政府的统一安排,按人口每月也补助七块钱,不过只能补助半年。第三条,愿意回大别山的,能够投亲靠友或者自找对象、自行安排的,也就是说,自己找地方安置自己的,没有补助,自己想办法。"

黄副省长的话,像一把石子投进了水塘,溅起了乱纷纷的水花。大家兴高采烈地议论起来,接着便是高昂的欢呼声。这三条政策顺了民意,解决了实际问题,想到大家的心坎里去了。

黄副省长最后说:"感谢老区人民对国家做出的牺牲和奉献,真诚地感谢。"黄副省长说完,向众人深深鞠了一躬,引来了大家的热烈掌声。

小香激动得脸颊绯红,转身就要往家跑。小香娘领着家同和家翠早已回家了,她要把这个好消息赶快告诉他们。

这时候,乡里的干部和炊事员抬着几大筐菜包子和馒头来了,一一发给大家。欢笑着的人群和黄副省长、舒不忘一起或站着或坐着,都在那里热火朝天地吃起了包子、馒头。

小香拿了两个包子,顾不上吃就往家里走,一只大黄狗贴着她的腿冲到了面前,吓了她一跳。再一看狗的主人,竟然是方二爷。小香惊讶极了,没想到方二爷也搬到了此地。当初动员搬迁,她一直没有看见方二爷,去找过,他不在家。如今,在这里碰见,他们都是又惊又喜。小香说:"娘和两个孩子肯定愿意回山里。"方二爷说:"何处黄土不埋人哩,我就不折腾了。"小香感到奇怪,问他为啥不愿意回去,方二爷咧着嘴乐,有点不好意思。小香瞧见他的神态,已经明白了,为他高兴,也不再问。

方二爷跟着小香去看了小香娘,然后急着赶回去。他住的地方离这有二十多里,到家肯定鸡都叫了。小香娘追出门,硬是塞给他一个馍,让他留在路上吃。大黄狗陪着方二爷往前走。大黄狗是小黑的后代,方二爷抱它来陪伴自己。家同还想再留一条,被小香拒绝了,小香说受不了狗死去的残酷。

临分手,小香娘伤感起来:"咱麻流镇的老辈人不多了。这辈子,还不知道能不能再见面哩。"方二爷说:"桂嫂子,抽空我就会进山的。"小香笑着说:"二叔在这里会过得圆圆满满的,娘,您就放心吧。"

第十二章

一

回乡的三种方案,对于小香娘来说,是一个巨大的惊喜。小香娘从心里来说并不想离开家乡,但她绝对听从党的安排,她是烈士宝才的娘,她有这个觉悟。家同、家翠听了消息,当即高兴地蹦了起来。一家四口,在送走方二爷后毫无睡意,就在一盏煤油灯下热烈地讨论选哪一种方案。

小香和娘商量后,决定选择第三条——自行安排。她们怕给政府添麻烦,心中过意不去。小香说:"可以去范道江家的老宅,只是太远,跨到湖北地界了。"小香娘说:"如今麻流镇成了一座大水库,还没有见过水库的样子,也无法想象大水在山间的样子,山峰一座挨着一座,总不至于都被淹了吧?"小香娘的意思,还是回到老宅子,哪怕只剩下一块石头,都会有栖身之地的。"这难那难,啥不难? 咬咬牙就过去了。"小香娘说。

小香娘的乐观让小香无比高兴:"娘,听您的,咱回去。"家同、家翠自是欢喜,已经开始收拾东西了。

也没有啥好准备的,一切都很简单,毕竟来的时间还不长。

动身的时候,鸡叫头遍,东方泛亮。

头天晚上他们已经和邻居们道了别。虽然只相处短短的四个多月,离开时心里还是不好受。邻居们都是执手难舍,特别是秦老奶奶,拉着小香娘的手，多次撩起衣襟拭泪。小香感慨道："再住些时候，咱可能就真的走不了了。"

因为没有车，许多东西带不走，小香就分别留给了邻居和秦老奶奶。

小香提早蒸了一布袋馍，红芋面、玉米面的都有，带了几头大蒜、炒好的黄豆酱。这是他们路上的食物。小香给小布袋缝了一个背带，像红军随身的粮袋，让家翠背上，家翠手里还抱着那只从山里带来的腌菜坛子。家同笑话家翠是一个不用烧火的厨子。家翠说有本事路上就别吃。家同背着一个大包袱，包袱皮是一条蓝粗布床单，裹着全家人的四季衣裳和被褥。范道江做的那根竹扁担又派上了用场，小香担着全家的口粮和锅盆油盐。家同还顶着一口大铁锅，大铁锅扣在他的脑袋上，像一顶乌黑的大斗笠。

这是他们全家所有能带的家当，是与他们相依为命、无法割舍的东西。从山里出来的时候，他们塞满了一辆嘎斯车，如今回归，只能带上这些必需品了。

已是暮春，早晨不热，甚至还有些凉意。他们匆匆上路，心中浮荡着兴奋的波澜，恨不得长出翅膀来轻巧地飞回去。悄无声息地过了护村河，上了村口大路，四个人都站住了，回头望着尚在睡梦中的村子。天光曚昽中，他们看到秦老奶奶站在屋檐下，抹了一把深凹下去的浑浊的眼睛，朝他们挥手。

他们都朝秦老奶奶挥手，也不知道她看见没有。

走了不到两里地，家同的脖子就顶不动了，他这才听了小香的话，将铁锅和包袱绑在一起背着走。红军炊事兵都是这样背行军锅。这样，他就抢了家翠手上的腌菜坛子抱着。家同说："姥姥，您能走回去，咱就是胜利。"

这又是一次艰难的长途跋涉，他们要一步一步走完两百多里，才能到达令他们魂牵梦萦的"家"。此时，这个"家"已经不再是一个记忆、一个梦了，而是实实在在的麻流镇桂花村。

小香想起当年她跟着范道江一起往湖北走的情景，那条路是越走越绝望，她不知道要走向哪里，要走多久。现在，她仍然是往前走，是领着范道江

　　小香担着全家的口粮和锅盆油盐。家同还顶着一口大铁锅,大铁锅
扣在他的脑袋上,像一顶乌黑的大斗笠。

的儿女一起往前走,和娘一起往前走,她知道自己要走向哪里,踏踏实实的,一点也不心慌。

小香担心娘会走不动,一路上小心呵护。小香娘一点也不比他们走得慢,耐力一点也不比他们差。"累了,就歇歇。"小香娘说,"现在世道太平,走再长的路心里也不害怕。"

一路往南,他们像南归的大雁。

太阳挂在半空,天热了起来。家同嚷嚷着饿了,家翠嚷嚷着累了,小香让歇歇。大家坐在路边歇息吃东西。家翠拿出布袋里的馍分给大家,小香拿着一只海碗,见附近有农家,便去讨开水。家同狼吞虎咽地吃着,腾出嘴来对家翠说:"我吃得越多,你越轻松。"小香娘笑了:"这孩子,你慢点吃,别噎着。"又说,"家翠要是真轻松了,咱就都得饿肚子了。"

小香讨了一碗开水来,每人喝了几口,让喉咙轻松滑溜了些。

吃了饭,又歇了一会儿,他们议论着走了多远,结果谁都不清楚已经走了多远。这一路上只靠着问路往前走,吃了喝了歇了,他们似乎都有了些力气,于是摩拳擦掌又准备上路。这回,家同抢着要挑担子,让小香背铁锅。小香不同意,说家同身子骨太嫩,担心累坏了。家同抢着挑了就走,小香急得在后面喊:"不怕慢,就怕站,悠着点。"

家翠布袋里的馍少了,轻巧了不少。

大家说着话,继续赶路。只顾走路,话渐渐就少了,走路成了唯一的任务。小香娘怕大家路上急,就和大家找话说:"解放前,有兄弟俩一起去运货,一布袋棉花,一捆木柴,弟弟抢着背棉花,哥哥只好背木柴,谁知道刚出门就下起了瓢泼大雨,因为不能耽误送货,他们只得冒雨前行,结果,弟弟走到半道就累死了,哥哥则顺利把木柴送到了地方,还得了两个铜板。"

家同、家翠都没听明白,问姥姥是啥原因。姥姥让他们自己想。小香出来打岔,问:"你们想不想听听我和你们爹的事?"家同和家翠立马丢了棉花和木柴,缠着小香快讲。小香一笑,就讲起了自己的故事。

小香从自己小时候讲起,说得断断续续、慢慢悠悠,每一句话似乎都带着一个尖锐的钩子,钩住了家同、家翠的心。他俩总也不满足,紧追不舍地往下打听。小香娘是再一次听小香讲这些往事,心又被深深地刺痛,忍不住湿了眼睛。

讲着,听着,时间悄悄地就过去了,大家都不感到那么累了。

夕阳渐渐近了身前,又红又大。

家同不愿意和小香换担子。小香挑着担子,就无法讲故事了。为了让小香讲故事,家同坚持挑着沉重的担子。小香背着铁锅和包袱,不影响说话。

小香停顿的时候,家同终于问出了心中积存已久的疑惑:"小花姐不是我爸亲生的吗?"家翠瞪大了眼,看着娘。这像是一个大秘密。他们出生前的那段历史,对于家同、家翠来说,就像是另外一个从未涉足的世界。

小香的心情沉重起来,明确地回答了家同的疑问:"是的。"小花,可怜的孩子,终究没能躲避与生俱来的灾难,从生命孕育那刻起,她似乎就没有得到过片刻的安宁,在战火和血腥中,像一粒尘埃飘浮于空旷动荡的世界,像一粒蒲公英的种子,至今也不知飘向了何处。小花,你在哪里呢?

暮色降临,他们已经疲乏得走不动了,于是停在一棵大树下歇息。小香见不远处有高高飘扬的袅袅炊烟,便满怀希望地朝着炊烟走去。

不大一会儿,小香回来了,身后还跟着一个漂亮小媳妇。小媳妇热情地说:"大娘,天晚了,去俺家凑合一夜吧。"不容分说,她便动手帮他们搬东西。小香也说:"娘,咱去吧,是一个好人家。"小香娘感动得连连说道:"好人啊,咱可碰上好人了。"小媳妇干脆利落得很,说:"大娘,出门在外的,谁不遇到个难处? 你说是不是?"

小香娘笑呵呵地连连答应着。大家便跟着小媳妇一起往炊烟处走去。

一群麻雀藏身于野草丛中,叽叽喳喳地吵闹着,似乎是在欢送这又一个难忘的晚霞时光。

二

他们是在第四天午后看到桂花王的。

桂花王依然挺立在半山腰上,远远看去,像一团绿翠的烟云,遮蔽了半个山坡。桂花树四季不落青,郁郁葱葱。祖孙四人都激动得心怦怦地跳,久别的欣喜化作热烈的泪花。微风中,涌来熟悉的桂花香。

他们从鲜花岭过来,站立的地方正是小香家相邻的那座山头。在看到桂花王的同时,眼前的情景让他们彻底震撼了。那种震撼从眼传达到心,传达到灵魂。这就是朝思暮想的家园。

从前,站在这座山头,可以看见麻流镇上一大片黑瓦白墙的房子,几条通衢大道,行人与马车络绎不绝。初秋的田野,蓝天白云下,金灿灿的稻谷像铺了一层碎金,随风涌起层层金浪。黑绸子似的西淠河,像从山中扯出的一条飘带。天苍苍,山茫茫,那是何等壮观。

现在呢,却换了一副模样,过去的一切已然消失,除了四周的山峦,满眼皆是大水,明晃晃、亮晶晶的大水,一直铺排到遥远的天边,群山万壑,似乎都被大水填满了。麻流镇没有了,田野没有了,通衢大道没有了,河流没有了,远远近近的村庄没有了……它们,都被这雄阔的大水淹没了,覆盖了。这一片波浪翻滚的大水,太令人震撼了。

真像是做了一个梦啊,一觉醒来,眼前从天而降了一个海洋。

"这就是响洪甸水库吗?"小香娘喃喃道。

"只是可惜了那些好田。"小香说。

小香娘说:"是啊,田没有了,咱咋种庄稼?"

说不清楚那是一种怎样的心情,怎样的一种痛,世代生活的家园,沉入了水底,永远消失了。

谁也不用安慰谁,他们默默地站在那里,傻傻地看着,像是对家园痛苦地凭吊,又像是对满眼大水不安的问候。

家翠说:"咱家的房子呢?"家同也说:"是啊,房子呢?"

他们的目光都在急急地搜寻着自己的家——那座解放军帮助盖的房子。眼前，能清晰地看见水面与那个山洞持平。那个当年小香和娘藏身的山洞，刚好被水淹没了。

一道道瓦蓝的波浪，拍打着那一片岩石，发出哗哗的声响。

山洞口的斜上方，一丈多远的地方，几棵粗壮的板栗树仍然在，生机勃勃，缀满了板栗的刺绒球，青绿青绿的。秋天，这些板栗就会成熟，打下来，剥开，里面就是一颗颗枣红色的大板栗。

看见板栗树，就像看见久别的亲人，心中充满了热流。这是真正的家的感觉。

"娘，咱住哪呢?"小香心里一片空，像眼前空荡荡的水。

小香娘说:"没有过不去的坎。"她盯着那几棵板栗树，像下定了一个决心，"有这几棵树，咱还怕啥呢?"

紧挨着那棵最大的板栗树的上方，是一块稍阔些的平缓地，边缘有一块巨石，巨石与板栗树构成了一条歪扭的线。这块稍稍平坦些的山坡让小香的眼睛放光。她和娘领着家同、家翠，把那块地上的荒草拔去，灌木丛砍去，平整一番，再将那些大小不一的石头垒在巨石与板栗树之间，形成了一道屏障。空地被板栗树的枝冠遮蔽了小半，像一个天然屏障。他们从山上捡来枯树和柴草，铺在地上，成了床铺。正是春夏之交的好季节，那就天当房、地当床吧。

小香娘仰头看天，板栗树庞大树冠的缝隙里，透露着星星点点的光。她叹道:"苍天有眼啊，是个大晴天。"小香和家同、家翠都跟着抬头望天，回家的喜悦冲淡了一路的劳顿和艰辛。在这大山的怀抱，除了山下的大水，这风、这山、这天空，都是那么熟悉。

"真好玩。"家同、家翠抬头看天，低头看水，感到新鲜，都有点兴奋。

"小香，你说，你参要是回来，他能找到这吗? 路都被水库淹了。"小香娘盯着水面，有点担忧。

"娘，放心吧，咱都能找到这里，参不比咱聪明吗?"小香的话说得娘笑了。小香也不明白，娘为啥就认准了爹还活着。小香娘就是这么认为的，坚定得像一块砸不开的石头。她被娘感动，同情又可怜娘，便顺着娘的心意。这是娘这么多年来的支撑。想想自己，心中不也有着那么一个固执到死的念头吗？嗯，希望总是比绝望要好。

这么想着，小香和家同用几块石头架起了铁锅，烧了一锅野菜汤。一家人喝野菜汤，吃剩下的馍。他们都太累了，吃完便早早地躺下。柴草上铺着的被褥柔软得很，睡上去，翻个身，或动一下身体，耳边就会响起柴草声，像是一种舒服欢快的呻吟。

第一次以这样的方式与大山在一起，与家乡在一起，别有一番滋味。天渐渐暗了下去，夜幕笼罩了世界。透过板栗树的枝叶缝隙，可见繁星闪烁，晶莹一片。起风了，山风温润柔和，贴着皮肤滑过去，麻丝丝、凉爽爽。枝叶的抖动声、远处的林涛声、水浪的拍岸声，轻轻巧巧地传来，没有任何遮拦地响在耳边，轻的重的、整的碎的、柔的厉的，都真切清晰，有着天籁般的和音。

"咱咋就睡在这里了呢？"小香娘睡不着，似在回味，有点自嘲地笑了，心满意足的样子。小香知道娘没有睡着，轻轻搂住了她的肩，心中涌动着对娘的疼爱，有点想哭的冲动。

家同、家翠则睡得沉。

半夜，忽然来了一阵大风，呼啸着从山梁掠过，紧跟着，一阵噼噼啪啪的声音传来，那是被风吹落的什么东西。不远处，一块大石滚了下去，呼呼啦啦的滚动声骇人心魄，紧跟着，扑通落了水。漆黑的夜，让声音有了激越的穿透力，传得很远，昭示着一种神秘的让人惧怕的力量。

家翠被吵醒了，吓得钻进了小香的被窝，身子瑟瑟发抖。"娘，我怕。"小香让家翠睡在自己和娘之间，搂着她，安慰她。"这山里会不会有狼和老虎？"家翠说话的声音都在打战了。小香说："有也不敢来，野兽怕人哩。"

话是这么说，家翠的话还是提醒了小香。以前她见过猎人打野猪、狼和豹子，野兽还是有的。她警觉地听着四周的动静，在家翠面前却表现得镇定、若无其事。

小香娘也醒了，感叹道："现在啊，人不可怕，野兽可怕了。"小香娘说着话起了身，小香不放心，也跟着起身。母女俩把铁锅搬至一旁，在灶洞点燃了干草和木柴。火苗歪歪扭扭地蹿了起来。为了防风，母女俩又在灶边垒了一些石头，让火苗只在灶洞里蓬勃燃烧。

风停了，熊熊篝火让四周明亮起来，让人变得胆大，让野兽不敢靠近。

守着那堆火，小香几乎一夜没睡。

天明了，小香已经有了自己的宏伟构想，要在这里建设一个与众不同的家园。她做了一锅面糊糊，吃过饭，便带着家同、家翠，去后山砍来十多棵毛竹，扛回来，架在了两棵板栗树的粗壮枝干上。那两根粗壮的枝干像是约好似的，平平地向山上伸出去，像一个天然的大床架。毛竹一根挨一根，用树藤捆扎结实，像淠河里来往漂流的竹筏。为了防止人和物掉下去，她又砍来一些指头粗细的圆竹，下端插在泥里，上端捆在毛竹上，成了高高的床帮。搭建好床，将柴草、被褥铺上去，厚厚的。大半天时间，这张离地面一人多高的宽阔大床就搭成了。板栗树哗哗响的浓厚枝叶，成了天然的房顶。

小香擦着脸上的汗，满脸的成就感。

"娘，咱咋上去呢？莫不是让我们学猴子吧？"家翠笑嘻嘻的，不知道该咋爬上去，急得直嚷。家同说："你等着。"他跑去搬来几块石头，靠在板栗树上，垒成了一个石梯。家翠踩着石梯爬了上去，用力晃悠几下，竹床结结实实，纹丝不动。她站在床上，冲着山下辽阔的大水，高声喊起来："大水库，我们回来了。麻流镇，我们回来了。"家同受到感染，迫不及待地将双手拢在嘴边呈喇叭状，也跟着高喊："你淹了我们的家，我们就再建一个，我们在这里扎根了。"

他们的喊声在山间回荡着，在水面上回荡着。家同、家翠侧耳听着，对那变了形的越来越小的声音感到好奇，都哈哈笑起来。

声音还在回荡着，家同、家翠忽地静默了，他俩看见有一只小木船划了过来。小木船无声无息地，很快就划到了他们脚下的水边。从船上下来三个人，朝他们走过来。

他们是从鲜花岭来的。麻流镇政府搬到鲜花岭了。他们说,夜里发现这里着了火,不知道啥情况,就赶过来看看。他们说,麻流镇和周围乡村的人搬走后,大水慢慢涨了上来,越涨越高。鲜花岭地势高,是一个比较开阔的山冈,政府机关便落脚在那里,那里人越来越多,也越来越热闹,渐渐成了一个山岭小集市。他们认识小香娘和小香,见面分外亲切。说起搬到 S 县的许多人又以各种方式回了家,他们都理解,县里、镇里都开过会,要求尽最大能力安排、照顾。当然还是家乡好,他们建议小香也去鲜花岭挤挤,看看能否找个地方盖房子。小香说:"不麻烦你们了,还是住在这心里踏实。"

第二天,那三个政府的人又来了,这次他们多带了四个人,还带了工具。人多力量大,几个人一鼓作气,砍了毛竹和巴茅草,动手给小香家的床加了一个顶,四周加了竹篱笆。竹子是砍四留三不过七。要砍四年以上的竹子,竹子在第四年,疯长结束,不再长高。"这样防雨防风。"他们说,"暂时先住着,渡过这个难关。"小香千恩万谢,说:"等过些时日,攒点钱,做点准备,再正式盖房子。"

这样一来,房子就很像样了。

小香娘让小香去镇里看看,感谢一下,顺便说说情况。小香第二天赶了过去,回来后告诉娘,麻流镇以前的路都被水淹了,新路都在山上,是人们新修或走出来的,上山下山,上坡下坡,许多路还正在修,或者以后再修。现在,有的地方方便了,有的地方非常不方便。两座山头挨得很近,如果有船,划过去很方便;如果没有船,绕过去就远了。水库让大家的出行方式改变了。

小香还带回来许多他们不曾知道的消息。麻流镇刚开始灌水的时候,山坡上聚集了许多人瞧热闹。水涨上来后,有撤走的老人又偷偷跑了回来,宁死也不愿意再离开自家的老屋,被干部们背了出来。有的人躲在家里,待半夜水涨上来,只好爬到房顶大喊救命,干部就划着竹筏子去救人。鲜花岭上有几家是和他们一样,"一副挑子"就从 S 县奔回来了。有个妇女背了一张大桌子回来,硬是背了两百多里。他们投奔到亲戚家,在亲戚家的屋山头上搭个披厦,暂且安身。当然,还有更多的人回来了,像一把撒出去的豆子,投亲靠友,悄无声息。大别山以自己博大的胸怀包容了它的子民。

镇政府想帮助小香协调到更适合居住的地方,被小香婉拒了,她愿意原地扎根,自己想办法,不愿意给公家添麻烦。政府的人说会帮助他们解决一些具体困难,小香的心里暖暖的。

小香将床借势搭在树上、住在树上的事,霍安县人几乎妇孺皆知,成了一个流传的经典记忆。过了几天,洪县长来看望他们,自己掏了钱非要小香娘收下,让公社想办法帮助解决存在的困难。这些,都让小香感到温暖。

没几天,家同动了心思,自己用细毛竹扎了一堵隔墙,给自己弄了一个独立空间。他为此很是得意。

住在树上,就是住在大自然的怀抱里,水的清凉味儿,植物的新鲜味儿、腐烂味儿,桂花的幽香味儿,石头和泥土的腥尘味儿,都随风飘来。这是山水的味儿,大别山的味儿,家乡的味儿。

早晨起来,家同下石梯去上厕所,怎么那样巧,一摊热烘烘的水溜溜的东西掉在了他的脑门上,他伸手一摸,大惊失色:"你们看,鸟屎。"

家翠最先笑起来了。

三

那几天,小香领着家同、家翠又去割巴茅草。巴茅草一人多高,边缘的锯齿会将人裸露的皮肤拉出血口子。鲁班就是受它的启发发明了锯子。他们又砍了些圆竹回来,圆竹细如手指,粗如婴孩胳膊。这大山就像一座宝库。鲜花岭那几个人又划船过来,带了砖,帮助他们盖了一间简易的却是正儿八经的厨房,用砖和石砌了灶。

居家过日子,从零开始,一切都是新的。小香和娘不沮丧,不失望,总是乐呵呵地一件件地做。勤劳、乐观、知足是娘儿俩的特点。小香娘常说:"这要和以前比,好多了啊,不用跑反,也有吃的,心里也不憋气了。这是新社会才有的。"小香娘一辈子也忘不掉当年跑反躲兵匪的日子,心惊肉跳,失魂落魄,甚至小命都可能丢掉。

每天在树床上睡觉,家同和家翠都高兴,觉得新鲜。他俩或躺或坐,看山下的大水,想象着、谈论着大水之下的麻流镇,小学堂在哪里、篾匠铺在哪里、纸伞房在哪里……一座小山矗立在水中,离岸不远,成了一座孤岛。孤岛挡住了他俩的视线。他们根据以前的经验,知道孤岛的那边是更加辽阔的水。

“哥,你看那座小山成了岛。”

“哪天去岛上看看。”

“哥,你说这水里有鱼吗?”

“当然了,有水就有鱼。”

“哪天咱去逮鱼。”

“那是公家的……不过,可以在岸边逮几个小虾。”

这一片大水,给了家同、家翠很多快乐和无边的想象与憧憬。

以树当床、当房的日子毕竟不是长久之计。到了秋天,小香要将那一块平地继续扩大,靠山建房,用石基泥墙。小香娘觉得可行,支持她。麻流镇的干部也多次建议她尽快建房。家同、家翠摩拳擦掌,跃跃欲试,兴奋得像两只闲不住的小猴。

小香已经去鲜花岭陆陆续续买回来镐头、挖锄、铁锹、钢钎等一应工具,准备施工。小香娘让她请几个人来帮忙,小香说等正式建房时再请人吧。“慢慢挖,滴水穿石。”她自己干。小香娘也要帮忙,被小香阻止了:“娘,您在家烧水做饭就行了。”

小香娘当然闲不住,开垦了一块一块的小菜地,巴掌大的地方都让她种上了菜。那些看着黄皮寡瘦的泥地、石子地,她都能种出菜来,而且长得都肥嫩嫩的。辣椒、豆角、扁豆、小白菜……只要有种子或菜苗,就能长出来。地沟边上,小香娘还栽上了鸡冠花、喇叭花之类,开出了红红的喜色。除了忙活菜地,小香娘就在厨房做饭,喂鸡。那只老母鸡很争气,窝里每天都有一个鸡蛋。

小香和家同、家翠又开始割野草、砍荆棘杂树、搬石头，干了六七天。家同喜欢挥镐挖土。看上去薄薄的一层土，树根、草根盘根错节，还埋藏着大大小小的石头，一镐下去，不是被树根缠住，就是砸在石头上，像是狗咬橡皮糖。家同狠了心，咬着牙与之缠斗，小半天才见到屁股后面一小片新鲜的土。每挥一下镐，家同都感觉自己的胳膊在长肌肉和力量，看着胳膊上的肌肉小老鼠般窜动，欣喜若狂。小香却从儿子身上看见了范道江的那股子狠劲儿。

小香要替换他，他不愿意，霸占着镐头不松手。碰到难挖的石头，他就用钢钎一点点地撬，累了，歇一会儿，然后继续。"妈，看我的肌肉。"家同弯曲着胳膊显摆着，颇为得意。小香看着儿子，既心疼又欣慰。她用藤条筐运土填洼地。半天下来，母子俩都累得像散了架。

那个山坡在他们手下一点点地变了样，斜坡慢慢变得平坦，平地变得更开阔。他们硬是靠双手开垦出一块房基地。背靠山头，面朝大水，百多米下就是辽阔的水面，居高临下。其后，小香一点点地备料：石头、杉树、黄泥、麦秸，还有造房要喝的酒、上梁要放的鞭炮……

造屋是一件大事，大工程，当然要请懂行之人帮忙。请谁呢？

也是运气好，那天快到中午，小香看到四个人下了船朝她家走来。太阳明晃晃的。那些人看上去都陌生。

四个人顺着上山的小路慢慢走近了，为首的一个笑呵呵地远远就打起了招呼："是桂小香吗？"小香还在疑惑，旁边就有人高声介绍："这是咱公社新来的陈书记。"

陈年香老远就伸出手，要和小香握手。小香也不知是咋了，看了一眼陈年香，慌乱中伸出手去又缩了回来。陈年香呵呵笑着，摆了摆手，毫不介意。陈年香慢慢转了一圈，察看了树房，察看了整个地势和环境，一脸凝重，绷着脸一句话也不说。

察看完，陈年香声音低沉地说："小香啊，听说你们回来了，我今天才有时间过来看看。你家的情况我了解一些，我要向你们道歉，关心不够，让你们受苦了。"

小香听了局促不安:"陈书记,这是从哪说起啊?"

陈年香叹了一口气,又说:"你们顾全大局,响应毛主席的号召,要把淮河修好,牺牲了祖辈留下的家园,举家搬迁去了外地,搁谁心里能没有想法呢?可是你们二话不说,带头就去了。现在,你们不要政府安排,依靠自己的力量安居乐业,公社理应安排好你们的生产和生活,可是我来晚了。但是,我老陈心里会记住你们的情。"

陈年香的话,让小香心里翻卷起阵阵暖流。她像一个受了委屈的孩子,红着脸说不出话来。陈年香显然没有料到小香会如此激动,不知道该咋安慰。小香只觉得身子轻飘飘的,站立不稳,难以控制激动的情感,便转过身去,扶着大树,让自己尽快平静下来。

待小香稍微平静下来,陈年香又说:"小香啊,你也许不知道,光咱们县,就有十五万移民啊,还有十五万多亩良田、十五万多亩山林被淹了。新中国刚成立,要搞建设,要发展,咱们需要一盘棋的思想。"

小香不好意思地冲大家笑了笑,向陈年香点点头。

陈年香还在说:"我知道,你是红军家属,我也参加了新四军,从这层意思上说,我们这些活下来的人更要对得起那些烈士,让老百姓过上好生活,这是我们闹革命的初衷,对吧?"

小香只觉得感动,只觉得陈年香的话句句说到心坎里去了。她坐在那里,沉默着,似乎又回到了烽火连天的岁月。这些年已经变得非常坚强的小香,在陈年香的这一番话语下,竟变得脆弱起来,曾经的委屈、苦痛、艰辛竟一股脑儿涌上心头。

陈年香挽起袖子,不由分说动手就干活。他觉得那块地还是小了,需要再辟大些,给门前留个院子。"你家以前有个院子吧?"陈年香问。小香惊奇地瞪大了眼。陈年香得意地笑了:"猜的,农家谁不喜欢有个院子呢?"

陈年香一直忙到天黑。小香娘留他们吃饭,陈年香环视一眼屋里,说:"大娘,等您住进新房,我们来给您暖灶,再吃不迟。"

临走,陈年香告诉小香:"你看,咱俩名字里都有一个香字,这真是缘分呢,以后有事就去找我。你们这属于桂花王生产队,以后和其他社员一起参加劳动。房子呢,我会组织公社干部来帮助盖,你们是烈士家属,我们更应该照顾,放心吧。"小香点头。陈年香接着说:"这体现了革命大家庭的温暖嘛。"

这些热心的话彻底打动了桂小香。她感到自己不再孤单,不再像一只断了线的风筝,不再像一只飞散了的大雁。她感到肩上的担子不用再自己一个人扛,不用再自己一个人走山路,不用再害怕。她的心里暖暖的。革命大家庭里,是不是有了困难,大家都来帮你,帮你一同渡过难关?

"回吧,再见!"陈年香握着小香的手,摇了摇,却并不急着松开。小香感受到了他手上的力量,更感受到了他目光中似火的热情。

小香感到一种从未有过的灼热感,踏实又温暖,眼前似乎有了一缕奇异的霞光,烁亮柔和。她暗暗问自己,这是咋了?

四

那一夜,小香翻来覆去几乎没怎么睡。天上的星星,星光下的水,黑黝黝的山,在她脑海里摆了一个迷魂阵。世界陌生而深邃,深不可测的样子,但是,她还是她。她的失眠,有陈年香带来的温暖,当然,这不完全是他个人的魅力,更多的是他的话语。他的话语的温暖让她兴奋。这大半年,从离开到回来,变化太快,她像做了一场梦,一场奔波的梦。现在,她觉得踏实了。

小香的脑海里莫名地思绪纷乱,经受着一种温柔的折磨。

"你在想啥?"小香娘冷不丁问了一句,吓了小香一跳。原来,娘也醒着。小香不回答,她知道,娘懂她。

"要不,你去和陈同志说,咱自己能行,不需要麻烦公社。"娘的语气里没有多少商量,更多的像是主意已定。

娘的话,像是给沉闷的屋子打开了一扇透气的天窗,屋子里顿时清亮多了。

"娘!"小香轻轻喊了一声。

吃过早饭,小香去了鲜花岭,公社的办公地就在那里。小香见到陈年香,平静地告诉他,盖房子的事,自家能行,不用麻烦公社。陈年香有点惊讶,不解地问她原因。小香不想说,后来陈年香又追问,小香觉得不说过不了关,便说道:"陈书记,你也知道,在咱这大别山里,有几户不是烈属?又有几户不是军属?他们都需要照顾。"

陈年香一下子愣住了。他没想到桂小香会这样说,会有这样的思想和觉悟。

小香说完就走了,头也不回。她说这话的时候,动了感情,嗓子眼直发哽。她害怕难以控制,在公社里丢人,所以快步走人,连个招呼也顾不上打。

回家的路上,小香心里轻松了,敞亮了,竟高兴地哼起了山歌小调:"送郎啊送在清水河……"刚哼这一句,她忽地意识到了什么,脸热心跳的。四周除了山就是水,一个人影也没有,她这才放下心,拍拍胸口,偷偷地笑了。她很奇怪,也很吃惊,当年方子成对她唱的这首歌,过去这么多年了,她竟然还没有忘记,一张嘴就哼了出来。可是,她只笑了那么一下,就忍不住哭了起来。为啥哭,她不知道,是想念青葱岁月?还是想念方子成?抑或就是想念这首歌?她蹲在路边,痛快淋漓地流淌着泪水。

这么多年,她还是第一次在一个无人的地方偷偷抹泪。

白云像一朵朵硕大的棉絮,静浮在空中,怜爱地凝视着小香。

造屋之事悄悄准备着,像燕子衔泥筑窝。小香就像一只燕子。

小香、家同都去生产队上工了,家翠还在继续读书。

山多地少,七山二水一分田,社员出工多是上山垦荒,种庄稼。坡地不能种水稻,就种杂粮,山芋、玉米、黄豆,或者水萝卜。下工回到家,午后或傍晚,小香会抓紧时间,去山上或河边捡石头,家同、家翠有时做帮手。大大小小的石头捡来堆在那里,留着砌墙基。

小香在另一座山的山脚发现了很有黏性的黄泥,正适合盖房。她挑土上山,只能慢慢走,小步走,走一段就要停下来歇一会儿,喘口气。

这些准备，小香进行了大半年。

生活中许多地方用得着竹子，小香就拿出范大狠子留下来的篾匠工具，学着锯竹子，破竹子，熟门熟路的。多年来，她看范大狠子做活，学了不少。家同佩服得直瞪眼睛。

"这都是跟你爹学的。"小香说，"干脆，从现在开始，你学篾匠吧，会一门手艺，总归饿不着。"家同当然乐意。小香就和娘商量，等房子盖好，就送家同去学篾匠。小香甚至想好了他的师父，那就是霍安县城的熊篾匠。几年没有音信了，不知道熊篾匠的境况如何。熊篾匠有恩于桂家，小香自然不会忘记，她想送家同去学艺，也是想让家同服侍熊篾匠几年，以图报恩一二。

谁也没有想到，方二爷独自回来了。他连连哀叹自己的命不好，他的那个邻居，也就是与他看对眼的一个寡妇，竟然害病死了。寡妇无儿无女，方二爷在那里也没啥朋友，别人还时不时说他克妻，他觉得没有意思，就悄悄变卖了能值几个小钱的东西，一咬牙一跺脚，带着衣裳被褥，带着大黄，趁天未亮就悄悄跑回来了。他说："狗不嫌家贫，还是家乡好。"

对于方二爷的归来，桂家人都高兴，毕竟是多年的故人，还是方子成的二叔。小香娘看见方二爷，激动得泪洒衣襟。她一边擦泪，一边笑着说："没想到，快去见阎王了还能见到你这个老熟人。"

方二爷还是那么精瘦，精神头儿却不似从前。他打量了一眼树上的房子，脸色阴了下来："老嫂子啊，咱咋住到树上了呢？咱变成猴子了吗？"

小香给他端来一碗水，说："二叔，这不是刚回来吗？一切都是暂时的。"

方二爷一口气把水喝完，若有所思："也是。"

那一夜，方二爷在厨房凑合着睡了。第二天他要走，小香娘和小香苦劝挽留，说他孤身一人，如今年龄大了，能去哪里。方二爷想想也是，麻流镇的房子已经不在了，自己住哪？于是大家一齐动手，在厨房边上搭了一间草棚。小香锯了竹子，挨个铺在石头上，成了竹床，再铺上干草、被褥，便成了方二爷的栖身之地。小香娘说："你在这住下，人气也旺些。"

大黄通人性,又忠诚,跑来跑去看家护院,人前人后撒欢儿,一有风吹草动就汪汪起来。有大黄在,大家感到更加踏实了。

方二爷年轻时当过甩手掌柜,后来参加红军,磨砺多了,苦吃多了,人情练达,也算是见多识广。他帮小香谋划盖房的事,计算石料、木料、麦草、泥土,还去帮着捡石料、挑黄土。

方二爷说,盖房子可是个出劳力的话,还要有技术,光靠家里这几个人根本不行。

方二爷毕竟是方二爷,关键时刻帮着小香拿了主意。方二爷抽空去鲜花岭转了一趟。如今的鲜花岭已经成为一个小集市,有了各种买卖。附近百姓依山傍势,往鲜花岭越聚越多,房子越盖越多。方二爷还是喜欢逛街,哪怕只是在街上走走,喝一碗茶,心里也觉得艳阳高照。

小香准备动手盖房的那天清晨,天高气爽。一大早,六个精壮汉子就聚在了板栗树下。汉子们第一次来,看到搭在树上的床,都啧啧称奇。

小香不知道这些人是做啥的,正要问,方二爷招呼了起来。原来,他们都是方二爷请来盖房的师傅。小香吃了一惊,感激万分,心想二爷就是二爷。

方二爷胸有成竹,对众人简单交代了几句,大家便分头忙起来。拉尺子量地基,挖坑砌石埋柱子……正忙着,陈年香带人也来了,他不知在哪得到了消息。人多好干活,石匠垒地基,地基砌好后,便用夹板往里夯泥土,这是干打垒,一下一下地捣土。有人锯树做房梁、削圆竹做椽子,有人和泥准备糊墙,有人将麦草理直捆好……

热火朝天地忙了三天,除了陈年香有事回过公社,其他人从早到晚都在这里干活。方二爷从鲜花岭上割来一块肉,买来几包纸烟。小香和娘做了一大锅肉炖萝卜,又从菜地摘来几样时鲜菜添上,解决了饭食问题。方二爷忙着给大家倒水、递烟、协调施工。家同成了一个小跑腿,谁喊一声或要办一件事,他都轻巧地跑来跑去。

竣工那天,小香娘找来了一块红布,悄悄跑到了桂花王树下,将红布系在枝条上，嘴里念念有词，给神树磕了几个头。回到家，她脸上如沐春风。

陈年香又赶来了，特意带来一挂鞭炮放了。上梁那天，他已经买过一挂鞭炮。他好像很喜欢买鞭炮，而且还要亲自挑着放。望着炸响的鞭炮，他笑得像个孩子。

房子落成了，小香心里却不安起来，因为她拿不出工钱，不知道该怎么感谢大家。方二爷说："谁没有几个沾亲带故的朋友啊？帮点忙，出点劳力，不算啥，对不对啊？"方二爷请来的人七嘴八舌地笑着回答："是啊，是啊。"方二爷又接了话道："这个情我方二爷记心里了。"

陈年香从包里掏出两条烟，拆开，给每人发了两包，说："大家团结友爱、互相帮助，这就是社会主义啊。"陈年香说着话，眼睛却不住地看着小香。小香想阻止他，又不可能，便说："陈书记，这烟算我借你的。"陈年香说："跟我客气啥？这算是我的贺礼了。"

新房盖好了，石头墙基，三间干打垒。小香娘住东间，小香带家翠住西间，本想给家同在堂屋支个铺，但是家同不愿意，他要和方二爷一起住。方二爷愿意住树上去。"天当房，树当床，晴看星星，阴听风雨，闲看鱼跳水，这多舒坦。"方二爷不知受哪段戏词的启发，顺嘴说了这几句押韵的话，很像戏词。

方二爷和家同住在了树上。石梯旁放了一堆草，成了大黄的窝。大黄像个守护神。家同很兴奋，每晚都缠着方二爷讲过去的故事。

小香对方二爷说："二叔，我知道建房您花了不少钱，以后我再还您。"方二爷一撇嘴："别说外家话，这里不也是我的家吗？"

第十三章

一

房子建好了，家里暂时没啥大事，小香就让家同去霍安县城，找熊篾匠学手艺。小香又说了一遍熊篾匠对桂家的大恩大德、和范道江的兄弟友情，家同说："娘，我都懂，您放心吧。"至于熊篾匠是否愿意收家同为徒，那就要看家同的造化了。

家同走了半个月，小香收到了他的信，说熊伯伯身体不大好，正想带徒传授手艺，主动说让他留在身边。信是托人捎来的，方二爷念给大家听。小香听后又高兴又有点难过，高兴的是熊篾匠愿意收家同，难过的是熊篾匠的身体不大好，家同要离开家几年。家同这孩子倒是实心眼，顺手就安营扎寨了。

方二爷暂时还住在树上。小香做好饭就喊他。方二爷仍然保持了年轻时的做派，喜欢干净，屋里收拾得干净，衣裳洗得干净，脸洗得干净，却不再怕吃苦，也不怕受累。他在山坡上开了两块菜地，天天侍弄。他种的菜、小香娘儿俩种的菜，他们吃不完，方二爷就拎到鲜花岭上卖，顺便逛逛，也放松心情。大黄像个跟屁虫，他走哪它跟哪，他俩像主仆，又像兄弟。

空闲时，方二爷就躺床上闭目听风，或睁眼望水；或者，有一搭无一搭地与小香娘儿俩说话；再或者，一个人在浅水边静静地钓鱼、捉虾。

小香娘还是那个心事，闲时仍然坐门口做针线、剥豆子、择菜，拣米中的小石粒，或者做其他活，时不时看一眼通往山下的那条路。那是上山来她家的唯一一条小路，即使坐船，下了船也仍然要走这条小路。这么多年，她已经养成了习惯，风雨无碍，盼着奇迹出现。

　　小香担心娘的精神会出问题，结果发现她除了痴迷于坐在门口等待，其他都正常。她喜欢听方二爷说红军的故事。方二爷有了忠实听众，也乐意说，说起来就像江水一般滔滔不绝。

　　有时候，小香娘听着那些往事，会沉默，陷入某种思绪，或许是想到了桂德安和宝才。方二爷就意识到了啥，知趣地打住，或换一个话题。但是，这并不影响两个人以后仍会聊那个时候的事。往往是过了小半天或更长一些时间，小香娘不知道想起了啥，或者是觉着对不住方二爷，会对方二爷说一句："那个时候吧，你们都是把脑袋系在裤腰带上，能活下来就是命大。"说得方二爷感叹唏嘘，欲哭无泪。小香娘说的话字字砸在他心里。快七十岁的人了，黄土都埋到了脖子，还有不明白的事吗？

　　那天，小香去生产队上工，家翠去上学，方二爷拎着篮子又去了鲜花岭卖菜。小香娘坐在门口剥蚕豆。天蓝，山绿，水亮，天不冷也不热。蚕豆角长得饱满肥嫩。小香娘看一眼山下，见几个人往山上走来，人影虽然还很小，但分明是越来越近。小香娘停了手，盯着那些人。

　　来人终于走到院子里来了，却都不说话，都望着小香娘。小香娘看见领头的面熟，想起来了，是 S 县县委书记舒不忘。那天，她远远地看见过他，还有印象。她刚要说话，舒不忘已经几步奔上前来，一下子就跪在她面前，喊了一声："娘！"

　　小香娘傻了。

　　"娘，我是方子成啊。"

　　这一下，惊得小香娘一愣："你不是舒不忘书记吗？"闻言，舒不忘的泪便如小溪般往下滚："娘，我没有死，我还活着，我是舒不忘，我也是方子成。您仔细看看。"

小香娘疑疑惑惑地仔细辨认了一番，还是不敢相认。她记忆中的方子成，是个白净净瘦条条的小伙子，眼前这个方子成，黑黑的，一脸沧桑，左脸上还有一道长条疤，头发也掉了不少，哪里还有一点方子成当年的影子？更关键的，他说话的声音也变了，原来洪亮，现在嘶哑。

"你二叔亲眼看见你被炸飞了。"小香娘还是不敢相信。

舒不忘说："是的，我被炸飞了，可是我没有死。"

屈指算来，二十多年未见了，行军打仗、受伤遭难，还有时间这把刀，究竟会把一个人淬炼成什么模样呢？不说是脱胎换骨，掉几层皮倒是一点也不夸张。而且，方子成已经"死"这么多年了，现在突然站在面前，小香娘的确猝不及防，一点思想准备也没有。她赶忙将他扶了起来。

方子成一再声明他还活着，只是受了伤改了名字。小香娘回过神来，不得不信，心里像是挨了岁月的钝刀，感到了痛。她端详，打量，还是找到了方子成的影子。小香娘喜极而泣，立马就要跑去找桂小香，被方子成拽住了，他让随行的一个人去了。

小香和一群社员正在地里锄草，听说家里来人了，便扛了锄头赶回来。走出地界，小香问来了谁，那人说是方子成。小香愣住了，心怦怦地狂跳，是真的吗？那人说千真万确。小香拔腿就往家跑。

她气喘吁吁、一脸大汗地跑到家。到了院子边，她迟疑起来，不敢进去。白云、山岭、辽阔的水、呼呼的山风，都让她感到像是在做梦，世界变得恍惚、虚幻而不真实。她掐了一下胳膊，痛得吸了一口凉气，这才确定不是做梦。站了一会儿，她拢了拢头发，抻了抻衣角，看了一眼脚上沾满泥的布鞋，这才镇静地走进院子，往屋里走去。

她看到了那个熟悉的人，舒不忘书记。她傻了，咋会是他呢？一点儿也不像啊，是不是搞错了？

舒不忘站在那里，一眨不眨地望着她。

"小香，我真是方子成。"话刚出口，泪已奔流而下。

"他都死二十多年了，骨头渣子恐怕都找不见了。"小香说。

"不,不,他还活着。"

小香不说话,只盯着他看。

"我真是方子成。"舒不忘说着,甩脱了一只鞋,抬起脚板让小香看他的胎记。他的脚心有一颗黑痣。

小香盯着那颗痣,沉默着,泪水涌满了眼窝。她一扭身进了自己的屋,嘭地关上了门。舒不忘跟在她身后,一下子被挡在门外。然后,他就听到桂小香哇的一声哭得高亢,随即又压抑下来,声音像是被风吹得变了形。

方子成不放心地拍门,喊着她的名字。过了好大一会儿,才听见屋里传来一句:"解放都这么多年了,你还回来干啥?"

舒不忘说:"我看到你的信,知道你嫁到湖北去了,我以为这辈子再也见不到你了。"

"啥?啥信?你咋知道我去了湖北?"

"不是你让他写信给我的吗?"

门吱呀一声开了,小香站在门口:"范道江给你写信了?他知道你还活着?他咋知道你在哪里的?"

小香彻底蒙了,脑子里像有一团糨糊,那么多疑问充斥在脑海里。她感觉自己又像是在做梦了,这个梦像孙悟空翻的筋斗,天上地下,十万八千里,摸不着抓不住的,像一条活泥鳅。这到底是咋回事?

尽管她一直没有忘记方子成,觉得他没有死,但是,这猝不及防的相见,还是令她感到突然和意外,感到不可思议。她努力想把过去的方子成和现在的行署舒专员合在一起,让舒不忘成为方子成,或者让方子成成为舒不忘,但是她做不到。她要把这二十多年的空洞填补起来,她才能相信,才能踏实,否则,她根本找不到方子成在哪里。

舒不忘似乎也被这乱麻似的问题缠绕住了,一时难以解开。他深情地望着她,轻轻地哼起了他们熟悉的那个山歌小调:

"小香，我真是方子成。"话刚出口，泪已奔流而下。

送郎啊送在清水河，

手捧着啊黄大茶啊怀揣馍。

叫啊情郎你就吃饱些，

省得回家又去烧锅哇，

比不得人家呀有老婆……

舒不忘是挂着泪唱的，唱得非常动情，非常投入，仿佛这是一个接头密码，努力要让小香接收，并对此深信不疑。奇怪的是，他唱歌的声音竟然没有怎么变化，还是那么原汁原味。小香专注地听着，在歌声中渐渐回到了当年。她的脸颊涌上了亮亮的红晕，泪水慢慢涌出来。她像一个幸福的被感动的少女，意识到眼前这个男人就是方子成。她的方子成是真的回来了。她的内心一直隐秘地抗拒方子成牺牲的事，看来她的感觉是正确的。

"你还是回来了。"桂小香捂着嘴，不让自己太失态。她被歌声融化了，柔软如火，柔情似水。方子成拥抱了她，跟着她一起流泪。很长的时间，两个人只在流泪，说不出话。两个人都觉得，似乎把这一辈子的泪都流干了。

不知过了多久，小香才平静下来："你咋来了这里呢？"

方子成说，他已经调任行署专员，刚上任便急急忙忙来到霍安县。多年没有回来了，他就是想来老家看看，没想到真的见到了小香。

"麻流镇成了库区，你还能找到这。"小香说，"那天在移民点，我看到你了，一点也没有看出来是你。你啥时候把名字也改了？"

方子成的脸痛苦地扭曲了一下。小香望着他，等着他来填满这二十多年留下的空洞，这二十多年，都发生了啥？他是咋过来的？

方子成同样也怀着一颗热切急迫的心，想知道小香这么多年的经历，还有，他的女儿小花呢？青梅竹马、情窦初开、少年夫妻，彼此像刀一般将对方刻在了心里，变成了生命的火，点亮着脚下坎坷艰难的路。这份深情，是至死不渝的。

当初桂小香之所以答应范道江，是因为方二爷亲口确认了方子成牺牲的消息。她在绝望之中，感恩范道江的以命帮护。她只能以这样的方式报答与感恩。在感情上，范道江不可能有方子成那样的重似生命的分量，方子成占据在她心中，谁也抹不掉。有时候，她会歉疚地觉得这样对范道江不公平，但是她没有办法。

"你怎么去了湖北，又是怎么从湖北回来的，他呢？"方子成不回答小香的问话，却反过来追问。

"你先说。二叔亲口对我说看到你被炸飞了，你是咋活过来的？这么多年，去了哪里？"桂小香激动得两颊绯红。没想到，这么多年过去，她在方子成面前还像当年小姑娘时那般柔软、娇羞，像一朵刚刚绽放的花，每一个细微的神经触角，都充满了生命的激情，渗出温暖的光泽。

"我这条命是捡回来的。"方子成说。

二

在方子成的记忆里，那是他遇到的最为残酷的一次战斗。独立团死守阵地，不让敌人前进一步。

这等于是把自己暴露在了太阳光下，成了敌人的活靶子。太惨烈、太血腥了，双方都打红了眼，硬拼死磕。阵地上硝烟弥漫。敌人一次次冲锋，双方厮杀、肉搏，都不退让。阵地上尸横遍野，血流成河。

方子成拎着驳壳枪，带头往前冲杀，浑身溅满了血。突然，他感到身子一震，然后就轻飘飘地飞向了天空，接着，被一团黑烟笼罩了。有那么片刻，他还有意识，穿破浓烟，他清楚地看见他的二叔——方二爷，正站在一块巨石后面，端着枪，眼睛瞪得牛蛋一般大，看着他，张大着嘴，从口型上看是在呼喊他。再然后，他看见湛蓝的天空，纯净得连一丝皱纹都没有。哦，天空原来是这么纯净、湛蓝。

他的心像是被一缕柔软的丝绸轻轻蹭了一下，他就那么在空中飘着，飘着，飘了好大一会儿，飘向了哪里，他就不知道了。

醒来,他发现自己已经躺在床上,盖着被子,床边坐着一个满脸皱纹的憨厚山民,五十多岁的样子,清瘦。汉子见他醒来,满脸惊喜,拔腿跑了出去。方子成想动弹一下,却浑身一点力气也没有,只能拼命睁开眼睛,等待着。他不知道那汉子跑出去要干啥。

汉子进来了,身后跟着一个老妇人和一个小伙子,那是他媳妇和儿子。三个人都是满脸喜悦。妇人端着一碗热水,汉子喂他喝了水。方子成的精神好多了,现在,他终于弄清楚了,汉子姓舒,老舒和儿子小舒一起救了他。

山那边正在打仗,老远就能听见枪炮声。老舒领着儿子上山去,想寻点战利品之类的,比如可以从死人身上扒下衣服、鞋去卖。他有经验,撤走人的战场上往往会掉点有用的东西。

老舒打算神不知鬼不觉地从悬崖上攀上去。父子俩在悬崖下仰头寻找着路径,还没开始攀登呢,就见悬崖上飞下一个人来。那人老鹰展翅似的直直地落下来,吓得他俩躲在树丛里,大气不敢出。“飞人”真是命大,落在了一棵大松树上。大别山的松树枝干粗壮、虬屈,铺展在空中,像一个人伸着胳膊盘腿坐在那里。那片松林岁月久远,地上落满了厚厚的松毛。松枝十分有弹性地承接了“飞人”,“飞人”在落到树上的瞬间,弹了一下,然后从松枝间漏了下去,掉落在厚实柔软的松针上,像是掉进一个棉花堆,几乎被松针覆盖了。

舒家父子躲在树林里半天没敢动弹,好久也没见动静,以为“飞人”死了,便悄悄摸上前去。那人被炸成布条的衣服上,还能看出领口上的领章,原来是个红军,竟然还有一口气。

父子俩吃了一惊,对视一眼,心领神会,小心察看了周围,便背起他,悄悄回了家。

他们救下来的,正是命大的方子成。

那个时候救红军,风险极大,一旦走漏了消息就会掉脑袋。鄂豫皖革命根据地大部分已被敌人占领,敌人要把红军彻底铲除,调来大军疯狂“围剿”,实行“移民并村、十户连坐”,而且到处布满了暗探,各个要道隘口都设了关卡,盘查行人、物品,严密封锁。为了强化反动统治,他们随时清查户口、搜山,"匪尽民尽",有通共、通红嫌疑的,统统杀尽,房屋烧尽。老百姓被杀者众,尸骨遍野,许多地方成了白天不见人、晚上不见灯的无人区。曾经热闹红火的根据地,一时间变成了恐怖的人间地狱。

这是红军,不能见死不救。舒家父子冒着杀头的危险,毫不犹豫救了方子成。舒老汉说:"若是不救他,这一辈子心里都不得过。"

此时天寒地冻,方子成躺在被窝里缩成一团。小舒爬上屋后的山顶,注视着山下,一旦发现有人上山,立马给家里通风报信。

方子成的两条腿的胫骨都断了,脸上、肚子上还有多处外伤。舒老汉懂一点中草药,治跌打损伤有偏方。他把方子成的伤腿固定在一块木板上,伤处涂上自制的草药,又给脸上、肚子上的伤口涂药包扎。处理完,他累得像是要虚脱了,一头热汗坐守身旁,看着方子成昏睡。

傍晚,天空飘起了大雪。大雪浓密如撒,一会儿就把世界下白了。天黑透以后,雪似乎更大了,满世界都是落雪的沙沙声。这个时候,不会再有人上山了,小舒从山上溜了下来,他已经快被冻僵了。舒老汉心疼地给儿子暖手,老伴给儿子端来热水。待小舒身上热气回暖,老舒和他商量,将方子成背到山上一个洞里去隐藏,现在尽管雪大,敌人仍然会有可能随时上山搜查。

那个山洞就在屋后的山上。父子俩下了一块门板,抬方子成上山。雪多路滑,父子俩都滑跪倒了好几次。但是,即使跪倒在地上,他们也不让门板歪倒。两个人顶着寒风,在大雪中累得汗水淋漓,浑身湿透。舒老汉走在后面,腰上还拴了一根硕大的松枝,松枝有着厚厚的松毛,像个开屏孔雀的大尾巴拖在身后。"大尾巴"像一把扫帚,把他们身后的脚印扫平,免得被人发现。

方子成躺在门板上,听着他们呼哧呼哧地狂喘,忍不住泪水吧嗒吧嗒往下掉。"放下我吧,不要连累了你们。"他一遍又一遍哀求。舒老汉瞪他一眼:"别说话。"方子成知道,自己的话他们根本不会听的,还会分散他们的精力和注意力,给他们添乱。于是,他不再吱声,暗暗地为他们鼓劲。

山洞很小,只能容下两三个人的样子,很隐蔽,只是多处透风,与露天没多少区别。舒氏父子用石块和干草塞住大小风口,在地上铺了厚厚的干草,又抱来家里唯一一床棉被,给方子成连铺带盖。父子俩留下了一瓦罐开水、几张烙饼和一点咸菜,千叮咛万嘱咐,然后才悄悄下山。方子成目送着他们的背影消失于风雪中,静听大山的孤寂心跳和雪落的沙沙足音。

其后,父子俩每天都有一个人悄悄上山,或晚或早,趁天色较暗,给方子成换药、送热饭,每回都用长松枝掩盖脚印。一切都极为隐秘。为了给方子成治伤,舒老汉竟然冒着大雪去山上采草药,不小心从山上滚了下去,差点摔死。

又一次,舒老汉去山上采草药被敌人发现了。一帮还乡团荷枪实弹埋伏在山坳里,发现舒老汉从外面回来,突然就冲到了舒老汉家里,翻箱倒柜仔细搜查,结果什么有价值的也没发现。还乡团的头子审问他:"你挖草药干啥用?"舒老汉说:"卖钱换粮食,家里快揭不开锅了。""药卖到哪家?"老汉说了镇上一家中药铺,还乡团半信半疑,转身就去那家药铺核实。幸亏舒老汉留了一手,他确实将多余的草药都卖给了那家药铺。

好险啊,全家人都惊出了一身冷汗。

苦熬三个多月,寒冬终于过去,春天到来,天气渐渐转暖,大山渐渐泛绿。方子成的身体仍然很弱,腿也没有好利索,住在山洞实在憋屈得厉害,舒老汉趁着黑夜把他接下山,住在家里。他们在后墙开了一个小门,一有风吹草动,方子成即刻从后门隐蔽上山。

方子成在舒老汉家又养了两个多月,成了舒老汉家中的一员。他牵挂着部队,念念不忘去找红军部队。离开的那天,舒老汉让老伴把家里仅有的一点杂面做了粑粑,让他带在路上吃。方子成穿的衣服是从小舒身上扒下来的,还带着小舒的体温。方子成的心里奔涌着滔滔江水般的情感,这一家人于他,等于是再生父母,给了他第二次生命。

方子成扑通一声跪倒在地,给舒老汉两口子磕了一个响头,泪流满面:

"叔、婶,你们就是我的再生父母,等革命胜利了,如果我还活着,一定回来报答你们的大恩大德。从现在开始,我改姓舒,就叫舒不忘,我永远是咱舒家的人,不忘舒家的情。"

方子成告别舒家,多日后竟然真的找到了部队,这支部队不是独立团,而是留守在大别山坚持打游击的一支红军队伍。留守在大别山的党组织派他去淮南从事地下工作,他二话没说去了淮南,一干就是十几年,直到新中国成立前夕,他才回到部队。

解放军南下的时候,他去找过舒家,发现舒家的房子已经被烧毁,荒芜起草,舒家人也不知去向。问村里的人,有人说是被国民党杀害了,有人说是跑反去了外地,最终不知所终。

方子成哭了一场,绝望返回。

三

方子成忘情地说着,思绪完全沉浸到了那个革命年代。悲伤处、动情处,他流泪、哽咽,一度说不下去。桂小香听得心惊肉跳,为他的命运揪心、担忧,又为他的伤愈归队欣慰。她的心和他贴得那么近,像一根枝上的两片树叶,在水中共同浮沉,又回到了曾经在一起的岁月。

"告诉我,这条伤疤是咋来的?"小香凝视着方子成,轻轻抚摸了一下他脸上的伤疤,心痛得哆嗦,"这么长的疤,该有多痛啊。"

方子成摸了一把自己的脸,轻描淡写地说:"敌人的刺刀捅的。"

地下交通站在一条繁华的街上,离淮河不远。从货栈一口气就能跑到淮河岸边。表面上,这是一家规模不小的货栈,门口挂着"易得来货栈"的牌子,后面有一个很大的院子,院子里盖了简单的民房,堆放着木头、毛竹、煤炭等货物。舒不忘和众人就住在这个简易房里。

易得来货栈专营大别山土特产,将大别山的毛竹、木头、茶叶、桑蚕、板栗、中药材、桐油、木炭等等发往全国各地,也将山外货物,诸如布匹、食盐、食用油、药品、铁器、煤炭等等发往大别山地区及周围各地。货栈老板就是党的地下组织负责人,手下职员多是像舒不忘这样久经考验的共产党员。他们的秘密任务是为留守在大别山的红军和后来的新四军购买运送药品、食盐、粮食、服装、枪支弹药等紧缺物资,收集传递情报,护送南来北往的我党干部,处决罪大恶极的汉奸……淮南盛产煤炭,日军抓去许多中国百姓下矿挖煤,将原煤运到港口,再装船运回日本国内,交通站还时常配合新四军和游击队破坏日寇的铁轨、货场,阻止日寇对中国的经济掠夺。

他们与敌伪特巧妙周旋,成了一把插在敌人心脏的秘密尖刀。

许多秘密军事行动,都是由行动队具体落实的。方子成是行动队副队长。他们面临的斗争异常残酷血腥,流血牺牲无时不在。

方子成曾经带人半夜去处决大汉奸梁帮贵,潜入院子里动了手,出门时却意外地遭到一伙突然而至的敌人便衣队的袭击,双方展开枪战。方子成的战友俞老三被枪击中。方子成拼死去救,俞老三身受重伤,知道安全撤离不现实,便拒绝方子成靠近自己,让他速撤。枪声引来了大批鬼子兵,情势非常危急,俞老三劝阻不了方子成,便抬手给了自己一枪。俞老三以悲壮的自杀逼迫方子成撤退。

这样,方子成和其他人才得以侥幸脱险,全身而退。

行动也会发生意外,而意外往往意味着牺牲。那一次,方子成奉命为苏北新四军运送一批药品。他们将药品密封,装进小舢板,贴着水面运送到淮河对岸,对岸有被策反的伪军接应,他们开来了一辆军车。方子成等人将药品装上车,然后换上伪军军服,快速往东北方向驰去。黎明时分,他们到了一个伪军检查站。方子成早已通过关系弄到了通行证,敌人看了没问题就准备放行。

汽车刚启动,前面却突然来了三辆鬼子的摩托车,大灯闪亮,轰轰隆隆开了过来,拦停了方子成的汽车。这批鬼子是临时出来巡逻的,没想到就撞上了方子成等人。鬼子查了通行证,发现了疑点,便命令方子成将车开到宪兵队接受进一步检查。眼看露馅,方子成只好动手。双方先是枪战,行动队打死了几个鬼子,冲上了公路。但是大队的鬼子闻声冲了过来,将方子成等人围在了公路上。方子成的子弹很快打光了，只好近身肉搏，与鬼子拼刺刀。

方子成一人面对着三个鬼子，毫不畏惧。当他将刺刀捅进一个鬼子的肚子时，旁边的两个鬼子同时举枪刺来，他躲了一个，另一个刺中了他的脸。幸亏他躲得及时，刺刀只是贴着脸上的肉刺过，却留下了一道长长的伤口。

血涌了出来，糊住了一只眼睛，他只能睁着一只眼，与敌人周旋。关键时刻，两个战友冲了过来，挡住了鬼子。他们且战且退，发动了汽车，死命地开。

鬼子在后面死命地追，汽车与摩托车在不平坦的山间公路上演了一出追逐的大戏。鬼子在后面开枪，将方子成他们压在汽车里抬不起头。好在公路狭窄，司机以曲线行驶阻挡，敌人始终无法近前超车。

追到丘陵地带，公路拐弯多，上下坡多。突然，坡上响起了枪声，打得鬼子人仰马翻，摩托车撞翻在路边的山脚或沟里——前来接应的游击队及时出手了。

方子成的脸受了伤，被送到了后方医院，治好后，不能再去交通站了，于是又回到了前线部队……

小香听方子成说完，沉默良久，忍不住笑了，说："你真是命好，每一回都能逢凶化吉。"方子成也笑了："还真是呢。"小香说："大难不死，必有后福。你是有福之人。"

方子成动情地握住了小香的手，说："我们都是有福之人。"

小香羞涩地抽出了手，问道："那你是咋知道范道江的呢？"

方子成诧异起来："不是你让他给我写信的吗？说你已经嫁到了湖北，生了孩子，让我不要再等，今生不会相见。"

桂小香瞪大了眼："你说啥？我压根儿就不知道你来过信，你啥时来的信？信写给谁了？范道江咋会收到信的？"两个人都惊奇地望着对方，都想快速从对方的眼神中寻找到答案。

方子成摆摆手，示意小香不要着急，让他慢慢说。

方子成在淮南交通站的第五年,碰到战友小杨要进大别山执行任务,便委托他去小香家看看,带封信给小香。自从上次伤愈回去探家,遇到敌人的突然袭击,他就再也没有见到过小香。他想念小香,想念那个未出生的孩子,他还不知道那个孩子是男是女,情况如何,两人是否安康。

小杨化装成一个小商贩,到麻流镇收购茶叶、棉麻,寻了机会去找小香家。那时候,小香家的房子已经被还乡团烧毁,小香娘孤苦伶仃地住在山洞里。小杨站在房屋废墟旁发呆,不知道去哪寻找桂小香。他正要离开,看见山坡上走下来一个老妇人,形如枯槁,蓬头垢面,手里拿着一个破碗,大概是去乞讨。他灵机一动,装作休息等在路边,待老妇人走近,就向她打听桂小香。老妇人神情麻木,表情木讷,她说自己就是小香娘。小杨问了几句,核实无误,便走了。当天夜里,小杨悄无声息找到山洞,交给小香娘一封信,请她转交小香。信上只简单写了一首歌词小调:"送郎啊送在清水河,手捧着啊黄大茶啊怀揣馍。叫啊情郎你就吃饱些,省得回家又去烧锅哇,比不得人家呀有老婆……"然后就是回信的地址,收信人写着"板栗"两字,"板栗"是方子成的小名。小杨只知道舒不忘,根本不知道方子成,对小香娘只字未提舒不忘。如果小香看到信,肯定知道"板栗"是谁。方子成不久就收到了小香请人代写的信,小香简单地告诉他,自己已经嫁到了湖北,生了孩子,此生缘分已了,不要再找她,也不会再相见。

小香听得目瞪口呆。她从来没有见过这封信,也没有听娘说起过这件事,或许,是娘忘记了?将信将疑的小香立马出门去厨房问娘,是否收到过一封信?小香娘想了好久,才忆起确实有那个信,不久范道江来看她,她就把信交给范道江了。

小香娘说,她不识字,听说是给小香的,就视为珍宝,小心收藏,想等机会找个可靠的人给看看写的啥。她等来了范道江。范道江寻上门来,说小香在他家,是他的媳妇。小香娘不相信眼前这个黑胖矮壮、满脸络腮胡子的男人,范道江拿出的那根簪子让她不得不信,就把信交给他了。

小香明白了,范道江竟然对自己隐瞒得滴水不漏。当年,范道江看小香整日为娘担忧，知道她牵挂老娘，便自告奋勇去麻流镇替她看看，小香挺着大肚子一直把他送到大路口。范道江回来只字未提信的事，很显然，他知道信的意思，而且回了信按地址寄了过去。他不告诉小香，瞒着小香，完全是出于一个男人的私心，他不愿意小香心中还有另外一个男人，更不允许在他之外还有一个男人爱着自己的媳妇。小香是属于他的，他爱小香，他可以为小香豁出命去。

范道江的隐瞒，让小香后来确信了方子成已经战死，然后死心塌地嫁给范道江了。如今，范大狼子已经死去多年，小香无法再去责怪范道江，即使范道江现在还活着，她也无法责怪他。他为她做出的一切，都让她不忍责怪，唯有感恩和爱他。

"这大概就是命吧。"小香这样安慰自己，"既然这样，一切便都是最好的安排了。"

现在，方子成变成了舒不忘回来了。当年桂花村参加红军闹革命的许多人，算是只有他从枪林弹雨中冲了出来。方二爷也捡了一条命。这足见命运对方家的垂青。

如今，一别二十多年，青葱少年白了头，半生已逝。

现在，舒不忘和方子成的形象重叠了。尽管他的外表变化巨大，但他还是方子成。小香对方子成的情感无法改变。情感就像一棵小树，情窦初开之时就在她心里扎根了。

从天而降的意外重逢，让小香有了幸福的晕眩，她恍若回到了从前，像细雨绵绵的心，终于见到了灿烂的太阳。

然而，在巨大的惊喜中，桂小香还是察觉到了方子成透出的细微的不安。小香的感觉没有错，此时的方子成内心充满了愧疚和不安。他该如何面对小香呢？

从接到范道江回信的那一刻，在知悉了真情之后，方子成的绝望，绝不亚于小香知悉了他牺牲的噩耗时的感受。这个深情的男人，有好几年都没能走出情感的沼泽。那是一个情感编织的蜘蛛网，他像一只小昆虫被牢牢地罩在了里面,无论怎么扑腾都无法逃离。

痛苦中的方子成不想让一己私情控制自己,他要走出来,还有许多工作等着他去做。他拼命工作,专拣危险的事做,专拣艰苦的地方去。即使这样,他仍然走不出来,心中还是时常隐隐地作痛,时常会想到小香的样子,想到小香大肚子的样子。他想不明白,小香遇到了什么变故,为何会远嫁到湖北呢?后来,他听说大别山的主力红军长征后,大别山的老百姓所遭受的暴行和非人摧残,是外人难以想象的,那是一场深重的灾难。方子成明白小香极有可能是被当作红军家属卖掉了。每每想到这,他的心便一阵绞痛。他没给小香带来幸福,反而给她带来了致命的灾难。一个红军的妻子被卖掉而没有被杀头,或许已经算是幸运的了。方子成想到这,稍稍感到一点安慰,毕竟她还活着。

他想找到她,或许能解救她,哪怕只是见一面呢。然而,斗争残酷,血雨腥风,这根本不可能,他找不到她。之后国共联手抗战,战火一刻也没有停止。他无从打听小香的下落,人海茫茫,只能是各自飘零了。就算真的找到了小香,又能怎样呢?

几年之后,他心中的伤痛渐渐平复了一些,伤口上结了一层硬硬的痂,自我保护着那些隐藏的伤痛,不去触碰它。

再后来,他回到部队,整天行军打仗,更无暇顾及个人感情了。驻扎山东的一个小村庄时,村里一个姑娘爱慕他,大胆追求他,感情像是一枚石子扔进了水里,在他心里荡起了细微的涟漪。他和那姑娘结了婚,然后一起随部队南下。现在,他已经有了两个孩子,妻子也参加了工作。

有家有口的方子成做梦也没有想到,这辈子还能见到小香。意外重逢之后,他的第一反应是要对小香负责,安顿好她的一切。小香吃了太多的苦,受了太多的罪,她理应得到一个说得过去的安排。可是,究竟该怎么做,他又感到茫然。

小香眼神中稍纵即逝的一丝迷茫和失望,他感受到了。站在小香的角度,他完全可以理解,自己曾经像她手中的一只风筝,断线了那么久,还能再飞吗？当方子成说到自己的家庭时，他明显感觉到小香眼神中的亮光瞬间黯淡了，像燃尽的火熄灭下去。

方子成在抽了几根自卷的土烟之后，通红了脸、结结巴巴地吐露心声："我……我……"小香当然明白，说："我不怪你。"方子成不吭声了，又埋头抽烟。他不坐板凳，就那么蹲在地上，像是被自己吐出的烟雾包围了。

小香说："去看看爹和娘吧。"小香说的是公爹方老抠和公婆，"他们死得太惨了，我没有办法救他们。"小香痛苦得眼圈又红了。

方子成踩灭烟头，站起了身，他说要先回行署，有工作要处理，明天再来。他说这话的时候，眼睛是看着桂小香的。小香读懂了他的意思，沉默着。方子成匆匆地走了，没有回头，或许，他害怕回头，害怕让小香看见他的眼泪。

小香站在院子里，目送着他们一行离开，直到他们消失在转弯处，看不见。

四

方二爷气喘吁吁赶回来时，方子成已经走了。

方二爷坐在长凳上，呼呼喘气，激动得老泪纵横。他没有想到自己亲眼看到被炸飞的侄子，时隔二十多年后，竟然活着回来了，而且就是那个舒不忘。他没有想到，方子成的外表竟然变得让他也不认识了，否则，在S县就可以相认的。方二爷高兴，方家后继有人了。

那天晚上，小香娘、小香、方二爷，还有家翠，都在说方子成。方二爷的意思是，方子成要把小香接过去，从此夫妻团聚，让这么多年的颠沛流离有个结束。

小香娘没说话，似有难言之隐。其实小香娘也是这样想的，只是没有说出来。方二爷明白小香娘的顾虑，翻着白眼珠子说道："那事不都过去了嘛，现在小香也是一个人，再说，小香为了他，吃了多少苦，遭了多少罪，受了多少折磨，差点把小命都搭上了，现在解放了，咋，他们不应该在一起吗？他俩本就是原配。"

小香低着头，做错了事似的，脸红到了耳朵根。她不让他们说这事，他们还要说，她就只好听着了。小香是个聪明人，从方子成吞吐的话语、慌乱离开中，她就意识到了他有难言之隐。毕竟都已人到中年，她觉得对不起他的，是他俩的孩子小花也不知去了哪里，更何况，他已经另组了家庭。

小香娘说："不知道他讨了人没有？"方二爷一听就怒了："他敢？就是真有，他也得休了，把小香接过去。总得有个先来后到吧。"

小香沉默了，没敢告诉他们方子成结婚的事。

这个曾经让她日思夜想的人，如今真的出现了，却反而让她心慌意乱，不知所措。她只能等待，等待命运的安排。方子成说他第二天就过来，那就等他过来再说吧。

清晨，小香娘又坐在门口纳鞋底。她的眼睛花了，一针一线都很慢，甚至是依靠着摸索才能穿针引线。这样的针线活，于她，更像是一个精神寄托。

小香看着娘的样子，特别难受。自己以前不也像娘这样，无望地等待吗？只是她在心中暗暗地等待。她比娘幸运，无意中等到了方子成。即使复合无望，也是无憾。娘呢，这么多年都在无望中度过，一天天，一夜夜，这份痴情真的让人觉得好可怜，好感动，又好无奈。

没有人会对娘说破。谁会忍心伤害一个已经等待了二十多年的老人呢？

吃过早饭，小香没去生产队上工，而是在菜园忙活。她一声不吭，看看这个菜，摸摸那个菜，不知道该干啥，心神不宁。她时不时也像娘一样，瞥一眼上山的路。可是，一直到夕阳沉入水底，山路上仍是一个人影也没有。

方二爷没去镇上摆摊，坐在他的树床上，埋头抽烟。山下的一切，还有小香的等待他都看在了眼里。晚饭时，他忍不住将碗往桌上重重一顿，骂道："他要真是陈世美，我就上北京举报。"

小香苦笑道："二叔，他不是那样的人，他一定是有苦衷。"方二爷怒了：

"他有啥苦衷？说好了今天来，连个影子都没有，啥时候说话不算话了？"

方二爷的话，让小香感到时光的恍惚和遥远。方子成，连同她和他的共同经历，都变得模糊朦胧起来，像月夜下的流水。她想到家同、家翠，想到方子成说的他有了新家，忽地觉得自己好糊涂，为什么还要见方子成呢？他九死一生，伤痕累累，已经承受不起情感上的折磨了。

翌日，小香照常去生产队上工，闭口不提方子成的事。社员们都好奇地向她打探，她只是笑笑，不发一言。方二爷知晓小香的脾气，也不再问，仍旧去鲜花岭摆他的小货摊。

到了第五天，方子成来了。小香正在田里和社员一起薅稗草，有人喊她，她就从田里上来。再见方子成，她已经相当平静了。

方子成冲她一笑："我来晚了。"方子成顺着田埂往前走，小香只得在后面跟着。

山峦静立，蓝天白云，苍翠盈目。一只鹰在天空盘旋着。一只布谷鸟不紧不慢地叫着，像是给鹰的喝彩。

方子成往前走了很远，才说道："这两天，我同她谈了，摊了牌，我说我找到你了，我俩的经历她都知道，我以前就告诉过她。她啥话也没说，只是哭。我已经向组织上打了报告，要和她离婚，然后接你回去。"

啥？桂小香愣住了。她没想到方子成对她的真情还是这么炽热、滚烫。她为此欣慰，以至于激动不能语，闭了眼睛，努力让自己平静一会儿。方子成看到她这样子，不知道如何是好，只是一味地向她表白："我向组织上也报告了你的事，组织上会同意的，你就放心吧。小香，为了我，你牺牲了前半辈子，我要让你后半辈子有依有靠。"

小香再也控制不住情感，泪水扑簌簌往下掉。前几天好不容易建立起来的平静和放下的塔，此刻轰然坍塌了。她被这幸福的火焰点燃了。

"等组织上的批复一下来，就立马来接你。"方子成说。小香脸上还挂着泪，却有了笑意。方子成轻轻给她抹去泪珠，说了一句让她铭记终生的话："万一组织上不同意，我就不当这个专员了，我回来，咱一起种地，当农民。"

方子成冲她一笑:"我来晚了。"方子成顺着田埂往前走,小香只得在后面跟着。

小香看着他。

"你就一点也不留恋她,不留恋孩子?"

这句话,将方子成脸上的笑意一下子扫荡干净了。他沉下脸,不说话,慢慢掏出烟,点燃了一根,默默地抽了一口,吐出了一口长长的烟雾。"要说一点不留恋那是假的,可毕竟你在前她在后。我不能对不起你。"方子成坚定地说。

桂小香回到家,原原本本说起了这事。方二爷欣慰之中仍然愤愤不平:"上次没见到他二叔,这回还不见,就不能等我回来了再走?"瞧方二爷的神态,没人把他的话当真。小香娘高兴,说要喊家同回来一趟,这事得让他知道。小香不答应,说不能影响他学手艺,以后找机会再说不迟。

夜里,小香听到家翠翻来覆去睡不着——这孩子,有心事了。

小香也没有睡着。她在想象着,方子成在找那位谈离婚时,她会是啥样的心情? 愤怒、委屈、绝望、仇恨、无奈? 一个深爱着丈夫和家的女人,一个已经有了孩子的女人,一个把全部心血都献给了丈夫和家的女人,突然被丈夫抛弃了,那会是啥样的感受? 天塌地陷、世界毁灭、以泪洗面、生不如死?

还有那两个孩子,突然失去了家,失去了爹,又会咋样呢? 小香不敢再想下去,可是一闭上眼,那些模糊的影像便朝她铺天盖地而来,无法抹去。还有方子成,他大概是最纠结、最为难、最痛苦的人吧? 一边是青梅竹马的结发妻子,日思夜想了半辈子的妻子,跟随他九死一生的妻子,失散多年后突然找到了,他们本应该顺理成章团聚在一起的,可是他已经另有了一个妻子,已经为他生了孩子。他也不是不爱她,只是对她的爱远远不能和他对小香的深爱相提并论。他对小香,小香对他,那是血肉凝成的情爱。这一切,让方子成在很短的时间里做出一个抉择,可以想见他有多难、有多苦,手心手背都是肉啊……

小香一夜没睡,第二天吃过早饭,她带了一把雨伞就要出门。她说去找方子成。小香娘追着想问问她,她等不及搭话,扭头就走。

小香要去行署找方子成,那么远的路,小香娘以为她得好几天,没想到当天晚上她就回来了。小香告诉她，她走到鲜花岭，正碰到镇上的干部要去行署开会。他们说行署与县城有长途客车来回，可以在镇上坐车去。小香感到意外，觉得自己运气真好，就跟他们一起等，果然不大一会儿就等来了客车。汽车开起来飞快，午饭后就到了行署。

她在街上买了一个烧饼吃后，就去找方子成。没有想象的那么复杂，其实挺简单，她在那几个镇干部的指点下，顺利找到了行署大院。她对门卫说要找舒专员，是舒专员的家乡人，人家就让她进去了，还指了指办公室的位置。她这个不速之客就站在办公室和方子成说了话，说完就要回家。方子成千留万留留不住，只好送她出门。在大院里，恰好碰到霍安县领导办完事要回县里，方子成就让县里的嘎斯车捎了她一程。

小香回到家，像变了一个人，变得沉默寡言了。小香娘问她话，她啥也不说。问急了，她就说："咱过咱的，他过他的，过去的都过去了。"

瞧瞧，这叫啥话？小香娘急火攻心，却问不出个所以然，就趁小香去生产队上工，自己跑去鲜花岭找方二爷。方二爷已经在鲜花岭赁了一间披厦，住在那里卖些杂货。

过了两天，方二爷过来了，给小香娘回话。他去地区行署找到了方子成，问清了原委："小香专门去找子成说了，从此河水不犯井水，各过各的日子。"小香娘傻了眼，气得直跺脚："这孩子不是冒傻气吗？拼死拼活几十年，到了要享福的时候，她退回来了。"

方二爷还说："小香的态度就像山上的石头，硬得很，让子成撤回给组织上的离婚报告，要是不撤回，即使组织上同意他离婚，小香自己也不愿跟他回去。"

"这孩子太傻了。"小香娘颓然一声长叹，再也说不出话来。

五

转眼入秋了，方二爷在离小香家不远的地方，也开了一块地盖了两间房。一间住人，一间放杂物，另外在房头上搭了一个草棚做厨房。

方二爷的理由很简单,再住在树上有点过意不去,不能给方子成丢脸。那次他去见方子成,方子成送给他一包烟丝,留他在食堂吃了一顿饭,还买了十个白面馍让他带在路上吃。送二叔出门时,子成忍不住还是问了:"二叔,你那时咋就忍不了那一会儿呢?"方二爷心里羞愧得火辣火辣的,低着头,脸臊得热烫,一句话也不说。子成的话里有埋怨,有恨铁不成钢,似乎还有害怕被连累之意。二叔这样,让他的脸上毕竟无光彩,可事已至此,历史无法更改。方二爷心中羞愧,拿了馍,头也不回地快步走了。

方子成前两次来霍安县见了桂小香,都没有主动找他,似乎也并不着急见他,他心里就有感觉了。但是他把这一切都埋在了心底。

方二爷为人慷慨,回到家就把方子成送的烟丝拿出来,让乡亲们卷烟。"尝尝,这是俺侄子方子成,哦,就是地区的那个舒不忘专员送的。"他这么说时,中气十足,腰杆子铁硬,脸上挂着自豪爽朗的笑。

方二爷的房子刚建好,正在晾干,天气便入了冬,真是时光如流水。天阴阴地冷起来了。

到了腊月,天气更是变得反常,连着多日都是阴雨绵绵,因为多雨,天气更冷了。

桂小香家里却热闹了起来。

那天,家里来了一个城里女人。那女人个子不高,长得周正,白白净净的,看上去三十多岁的样子,穿了一件土黄色棉大衣。大衣有点长,像一件长袍,几乎覆盖了脚面。女人身后,跟着一个十来岁的小男孩。

女人进门时,小香正好在家。"我就是桂小香。"小香说,"你是谁?"那个女人牵着小男孩,看着桂小香,二话不说,扑腾就跪下去了。小男孩跟着也跪了下去。小香吓了一跳,这是干啥? 伸出双手慌忙去扶,女人却跪得纹丝不动。小香丈二和尚摸不着头脑,再问,原来她就是方子成的妻子,小男孩是他们的儿子。

女人叫谢玉兰,说话一口山东腔。她是专门来谢恩人桂小香的。方子成正儿八经找她谈话,说九死一生的结发妻子找到了,他要和她续接前缘,只能和谢玉兰离婚,并且他已经向组织上打了报告。谢玉兰哭哭啼啼,不敢说不同意,也不说同意,只说:"那样会对不起孩子,难道你一点也不爱我和孩子吗?"方子成绷着脸不搭理她,坐在那里一根接一根抽烟,泪水无声地流了一脸。待抽完最后一根烟,他抹了一把泪,说:"都是因为我,她受尽了罪,吃尽了苦,还被卖到了湖北,被迫嫁了人,差点还丢了命。我这辈子对不住她,我得补偿她。"

"你知道她被卖到哪里去了?兴许被卖到窑子里也不一定呢。"谢玉兰气急败坏,不计后果地乱嚷嚷起来,方子成听到谢玉兰这样说,条件反射般突然就狠狠打了她一巴掌。"她卖到哪里都是我的老婆,我不能丢下她不管。"一怒之下,方子成住进了办公室。

打过多年仗、又做过多年地下工作的方子成,脾气还是那么暴躁,说一不二,不给谢玉兰哭诉的机会,容不得她说小香的半点不是。谢玉兰知道,方子成说的事那就是铁板钉钉,她不敢违拗,也违拗不了。她开始默默收拾自己的衣服,准备随时离开家。两个孩子可怜巴巴地看着她,陪她一起流泪。"你们的爸爸不要我们了。"谢玉兰本不想说这句话的,到底还是没忍住,说得自己泪如雨下。

那些天,谢玉兰战战兢兢地等待着组织的决定,整个人都快要垮了。

那天,方子成回家了,这还是他离家后第一次回来。他两眼通红,关上门,啥话也不说,一下子就搂住了谢玉兰。谢玉兰有点蒙,受宠若惊似的,只知道委屈地哭。方子成也湿了眼,轻轻拍拍谢玉兰的脑袋,说:"我想你和孩子。"

谢玉兰哭了一会儿,忽地清醒过来:"她怎么办?"方子成说:"桂小香来找我了,她不同意我们分开,说不愿意再看到一个家庭四分五裂了,即使组织上同意我们离婚,她也不过来。她成全了我们,我们都要感谢她。"

谢玉兰听了,惊讶得目瞪口呆。她没有想到桂小香会这么做,会有这么宽广的胸怀。要知道,她放弃的不仅仅是婚姻,还有后半辈子的幸福。谢玉兰被感动了,从那一刻起,她不恨小香了,而是在心里认下了小香这个姐姐,让她敬佩的姐姐。

现在，她带着儿子来看望桂小香。她必须来看桂小香。为了这一天，她和方子成商量，他们要尽最大能力照顾小香和她的孩子。小香和她的孩子，与方子成、谢玉兰应该是一家人，这是时代造就的遗憾。商量后，他们决定接小香和孩子去城里生活。为此，谢玉兰亲自去行署大院附近租了两间房子，亲自打扫干净，添置了一些家具，只等小香和孩子们来了。这一次，谢玉兰带儿子方建华来看小香，同时来接小香一家去城里。

谢玉兰的真心、真诚，把桂小香感动得一塌糊涂。两个女人手拉着手，各自述说自己的经历，说一阵，哭一阵，又笑一阵。两个人赤诚相见，彼此安慰，就像一对亲姊妹，不，比亲姊妹还要亲。她俩彼此的认同，超越了血缘的情义。

"姐，俺和他都商量好了，本来俺俩要一起来的，他太忙，走不脱，就让俺代表他来和你说，俺们已经在城里赁了一处房子，是俺亲自去找的房子，都打扫干净了，家具都备好了，俺来接你们娘几个一起过去住，他说，给你找个工作，让家翠在城里继续念书，家同也该参加工作了。这所有的费用由俺俩出，你不用考虑。你现在的任务，就是和俺婶子，带着家同、家翠一起跟俺走。"谢玉兰拉着小香的手，情真义切，生怕小香不同意。

小香听了，沉默良久，断然拒绝了。小香说："妹子，我们能过好。我们在这山里待惯了，哪儿也不想去。我们有胳膊有腿的，干吗要依靠你们呢？子成现在是国家干部，他该管老百姓的大事，就别管我们这点小事了。"这是小香的心里话，她根本没有想过要离开大别山去城里生活。她想起方子成曾经说过的"等革命成功了，咱们就过上好日子了"，好日子来了，方子成却不属于她了。

小香不同意，谢玉兰便软磨硬缠地劝。小香的拒绝，让谢玉兰愧疚、难受，但是她劝不动小香。小香拒绝得坚决彻底。

谢玉兰不甘心，临走时一再叮嘱："姐，你再好好想想，和俺婶，还有孩子都商量商量，再回话不迟，这可是关系到两个孩子的前途和命运呢。你一定得再好好想想。说实话，你若是答应了，俺和他的心里还好受些，不然，俺们这心里一辈子也过不安稳。"

谢玉兰并不急着走，又单独和小香娘待了一会儿，一再交代："俺婶，您一定要好好劝劝小香姐，这可是一辈子的大事啊。"

谢玉兰走了没几天，便寄来一封信。信是方子成写的，落了两个人的名，大致意思是，只等小香和家人及早定下起程日期，他们立刻来接，大家在城里团聚。

小香托熟人叫回来了家同，又找来方二爷。方二爷的新房虽然建好了，可还是喜欢住在镇上。一家人聚齐开个扩大会，方二爷被扩大进来了。小香让家翠读了方子成的信，然后一起商量。方二爷坚决主张进城，说城里的一切都比农村好，最起码孩子有前途，因为在城里工作就等于捧了铁饭碗。方二爷说："咱们费那么大劲，死那么多人，好不容易打下来了江山，现在不正是享受胜利果实的时候吗？"

小香娘反对说："城里有啥好？离家那么远，吃粮都没有地方种去，吃一棵葱都要掏钱去买。"小香娘哪儿也不想去，就想守着这个家，守着这大别山。

家同、家翠都支持方二爷，坚持要求进城。家同在霍安城待了小半年，已经尝到了城里的好，况且是比霍安城更大的六安。对于繁华的大城市，他俩一心向往，满怀憧憬。

轮到小香发言表态，大家都期待地望着她。小香说："咱还是得依靠咱自己，为啥要依靠别人？咱有手有脚，在农村就很好。"家同已经弄清楚了与方子成一家的关系，说："方伯伯也不是外人呀，咋就成了别人？"家翠说："就是啊，方伯伯是小花姐的爹，哪里是外人？"小香严肃地说："我还是这句话，咱不去。"家同说："娘，那你还喊我回来做啥？"家翠说："就是！"气得抬腿跑进屋里生闷气去了。家同不服气："娘，咱举手表决，也是三比二，少数服从多数。"小香说："这个家，我和你姥姥做主了。喊你回来，就是要告诉你一声。"

小香请方二爷给方子成写了回信,大意是:你们在城里安心工作,不要因为我们影响你们,以后,也不要再来看我们,各自安好;现在是新社会,生活一天比一天好,而且,我们有胳膊有腿,能劳动,有饭吃,勿挂念。

信是方二爷带到鲜花岭寄走的。

望着方二爷的背影,小香的心终于安定了下来。

转眼又是一年。离春节已经不远,家同从霍安城里回来,腰里捆着一布袋子炒熟的米,有五六斤。那一布袋米,是熊篾匠给的,算是他辛苦学徒的回报。按规矩,学徒三年是不给工钱的,这一布袋米,熊篾匠硬要他带回家,说是送给小香,或许可以救急。

家同带回来的米,在那个腊月里成了小香家最金贵的东西。

山里的地本来就少,良田多半被水库淹了,粮食不够吃也属正常,只是没想到,连续碰到了歉收之年,山外运来的粮食也越来越少了。

家同带回来一个令全家都激动的好消息——熊篾匠要将女儿嫁给他。家同高兴的是,他早就看上了熊篾匠的女儿,那丫头对他也好,这就是心想事成吧。熊篾匠是个手艺人,有时候不拘小节,却是胆大心细,他看出两个孩子的意思,便有心成全。他把家同叫到身边,直接挑明了话题:"家同啊,我和你爹是故交,亲如兄弟,你爹不在了,按说我也有责任关照你,我是把你当亲侄子待的。"家同感激地点头。熊篾匠又说,"咱一家人不说外话,也没有那么多的虚话,我看你和小芹这孩子情投意合,各方面都般配,我和你婶都高兴,你若有意,就做我的女婿。"师父的话,让家同耳热心跳,满脸通红,却是满心欢喜,竟然忘了表态。熊篾匠不待他搭话,看他的神态便已明了,又说,"你回家去,和你娘商量商量。"家同这才清醒过来,忙不迭地点头答应。

小香突然意识到,家同长大了,成人了,到了谈婚论嫁的年龄了。

小香与娘和方二爷商量,想请方二爷做个红媒,去熊篾匠家下聘礼提亲。虽说熊篾匠不讲那么多规矩,媒人还是必须有的,要给熊篾匠家一个面子,况且熊篾匠于他们有恩,这个礼和情无论如何要讲究,商量的结果,方二爷要赶在过年之前登门,以示敬重。

方二爷上门提亲总不能空手,肯定要带点礼物才说得过去。家同学艺还带了米回来,熊篾匠又要将女儿嫁给他,这是多大的情分啊。小香想起这些就感动,又愧疚,多年来对熊家无以为报,现在方二爷代表全家登门提亲,当然更得表示点心意。

可是,带什么东西呢? 小香真是犯了难。手里没有钱了,一点钱也没有,家里也没啥值钱的东西,吃饭都成了问题。不知道那一年咋会那么穷,穷得一干二净,穷得像洗干净的脸。那段时间是咋过来的呢? 想来就像一场梦。每天去生产队食堂吃三顿饭,吃着吃着就吃不饱了。小香把家同带回来的炒米藏了起来,每天给大家分一小把。

小香想买块肉让方二爷带上,把包钱的红布拿出来,只有一毛多钱。方二爷说:"钱就是够了又去哪能买到肉呢?"想想也是。鸡鸭鹅的,家里一只也没有,连铁锅都没有了。小香望着山脚下碧绿的水,总不能拎两桶水去提亲吧? 家同说:"真不行,我偷偷去水库打几条鱼。"小香和娘听了,对家同一顿训斥:"那是公家的东西,一分一毫都不能打歪主意。"家同挨了训,受了教育,只得绝了那个念想。

"这个时候,也许就不该去提亲。"家同沮丧地说。

连着几夜,小香都发愁得睡不着。跟着方二爷多年的大黄变得越来越沉默,大黄已经瘦得皮包骨头,卧在门前,时不时会哀号一声。在空旷的夜里,它的哀号贴着水面,会传出去很远,一直传到空中。

方二爷一大早就出门去了,腰里系着一根麻绳。大黄屁颠屁颠地跟在他屁股后头。家同喊了他一声,问他做啥去,他像是没听见,头也不回地走了。

午饭后方二爷回来了。他没有去食堂吃饭,家同给他带回来了,一碗稀稀的稀饭,能照见人影。方二爷回到屋里,喊小香,喊嫂子,小香和娘不知道出了啥事,急着一起出来。方二爷说:"东西有了,你们不要急了,明天一早我就去县里。"

"有啥了?"小香疑惑地看着他。这才发现,方二爷的棉袄是披在身上的,拿掉棉袄,后脖和肩上竟然驮着一扇血淋淋的狗肉。一张狗皮包裹着狗的内脏,被方二爷捧着。方二爷将东西放在地上,摊开来,血糊糊的。大黄裸露着血肉,一双眼睛仍然睁着,满眼的幽怨和不解。小香一下子捂住了嘴,惊吓得差点叫出声来。家同和家翠情不自禁啊了一声,吓得连连后退。小香娘说:"你咋下得去手?"家翠哭着转身跑了。家同愤怒了,责问方二爷:"二爷,你咋这么狠心?"小香娘拉住了家同:"你二爷还不是为了你?!"

方二爷叹道:"我不打,也会被别人打的。要不是我看得紧,早就被别人打了。"方二爷说这句话时,泪掉了下来,他佯装不知,继续说,"记住咱的大黄,它让咱过了这个灾年。"

算起来,大黄应该是大黑的重孙一辈了。当年,大黑是跟着范道江一起回家的。

第二天,方二爷用稻草包了两条狗腿,搭在肩上,往霍安县城急走。"谁说狗肉不上席? 这狗肉可是派上大用场了。"方二爷一边走,一边自言自语,像是沉浸于某种氛围中还没有走出来。家同跟在他后面,气鼓鼓地不理他。走了很久,方二爷累得直喘,家同要帮二爷背着狗腿,被方二爷死活拒绝了。方二爷说:"让我扛着它,我心里会好受些。"

家同只好赤手空拳地跟着走。路上,他回头看了好几次,总感觉大黄是跟在屁股后面的。

第十四章

一

春天,喜事来了。

范家同领着村里几个年轻人和妹妹家翠,一起去了县城,把小芹接了过来。小香真不敢相信,一眨眼,自己竟然当了婆婆。她被幸福和喜悦冲昏了头脑,像做梦一样,尽管小芹给她敬茶,笑着叫她"娘",她还是感觉有点恍惚。

一间房给家同做了新房,小香和娘住一间,家翠就只能在堂屋支一张小床了。

方二爷扛去的两条狗腿,着实让熊篾匠吃惊不小。方二爷说:"他叔啊,我活这么大,还能不知道狗肉不上席的古训吗?不怕你笑话,也只有这还能拿得出手了,千万莫要见怪哟。"方二爷说完,羞意悠悠地拱了拱手,慌得熊篾匠两口子手足无措。

家同站在旁边,脸上只觉得发烫。

熊篾匠被方二爷的真诚感染了,感动了,说:"我知道,你们方家、桂家都是忠烈厚道之人,现在是困难时期,大家的日子都不好过,二叔你太客气了。"

熊篾匠不讲旧礼俗,决意尽家同的能力去操办,不计较家同的家境。

"都是自家孩子。"熊篾匠说。熊篾匠给小芹做了一身新衣裳,准备了嫁妆,都是他自己打的竹器,锅铲、竹碗、筷子、碗橱、烘篮、衣柜、筛子、席子、扁担、一对竹丝外壳新水瓶,唯有两床被子、瓶胆和一只脸盆是花钱买来的。

小香既喜也愧,喝了儿媳妇的敬茶,拉着她的手,感叹道:"娘现在亏欠你们,等再过几年条件好了,我给你们盖三间新房。"

从那之后,麻流镇上便传开了两条狗腿换回一个漂亮媳妇的故事。说到小芹,人们有时不说名字,只说:"就是那个狗腿媳妇"。

家同算是出师了。家里有了小芹,便多了许多欢乐。尤其是家翠和小芹姑嫂俩,爱讲悄悄话,总也讲不完似的,时不时就会咯咯地笑起来。

小香娘的身体明显地一天不如一天了,每天仍然坚持坐在门口院子里,安静地看着绿水青山,看着那条上山来家的路,看着那棵桂花王。她的眼窝深陷,目光更显深邃幽长。不知道从哪天起,她已经不再说起桂德安了,对谁都不再提起,似乎已经把他忘记了。她不提别人也就不提,怕触痛了她。时光安安静静地流逝。她不能再做针线,啥也不做了,只是晒晒太阳,或者坐在树荫下乘乘凉。静坐成了她多年的习惯。她穿着蓝或黑的粗布对襟大褂,头发梳得整齐光洁,在脑后绾了一个髻,即使头发已经雪白稀少,也仍然梳一个发髻,看上去,慈眉善目,干净利索,光光亮亮。

那天临近中午,家里来了一个男人,三十多岁。小香娘不认识他,笑着问他打哪里来,渴不渴,找谁,热情地让他进屋歇脚喝茶。来人客气了一番,礼貌地问道:"大娘,向您打听一个人,您老可知道桂德安这个人吗?他家住在哪里?"不等小香娘回答,来人便解释道:"我这一路上问了许多人,都说不知道,或许您这样的老人家会知道。"

小香娘愣住了,盯着来人,平静地说:"你说的那人,是我当家的。""啊?!"来人感到意外,顿时高兴起来,一拍大腿,如释重负,"太好了,老人家,我可是找到您了啊。"

来人姓张,叫张一。张一告诉小香娘,他爹当年和桂德安一起去上海执行任务,曾在她家住过一晚。小香娘的目光亮起来:"我记得哩。你爹叫啥名?"张一说:"我爹叫张老憨。"小香娘又说:"记得哩。"张一兴奋起来,告诉老人家,他爹张老憨病了,已经病入膏肓,处在弥留之际了,特意让他来寻找桂德安的家人,有重要的话相告。

张一的话,对小香娘来说不啻于惊雷炸响。等了这么多年,寻找了这么多年,她快要等成一块石头了,一辈子快要过完了,也没有等到桂德安的消息,如今她已经认命了,不再抱有任何希望和幻想了,已经心死绝望了,桂德安的消息却突然来了。小香娘浑浊的眼睛盯着张一,激动得身子颤抖起来。

"桂德安在哪里?你快告诉我。"小香娘一把抓住了张一的衣角,抓得死死的。张一告诉她:"大娘,我也不知道,我爹说,他要亲口对您说。"

张一把自己的住址告诉了小香娘,怕老人记不住,便写在了一张字条上:诸佛庵镇上街头,油条铺隔壁,张有财。

街上就那一家油条铺,张一解释道,一问,大街上没有人不知道的:"大娘,您抓紧时间去啊,我害怕晚了,那故事就烂了。"

第二天一大早,小香领着家同一起去诸佛庵。小香娘坚持要亲自去,被小香和家同严词劝住了:"太远了,您走不了那么远的山路。"

诸佛庵闻名大别山,离麻流镇六七十里。现在修了水库,有的地方可以坐船,免得走路。小香和家同先坐小木船,双桨划到张冲码头,上岸再步行,比先前近了许多。

他们穿过万亩竹海,紧贴着原始森林边的小路,往诸佛庵街上进发。

诸佛庵像是掩映在竹海、林海中的世外桃源。小镇不大,有两条鹅卵石铺砌的街道,不宽,两抬轿子可以交错而过。街两边都是青砖和木头混建的房屋,一间挨一间。每家的门楣上方,几乎都悬挂着"革命烈属""革命军属"或"军人家属"的红色牌匾。小香和家同走在那条悠长狭窄的街道上,有一种非常肃穆和崇敬的感觉,就像回到麻流镇还没有被淹的时候。家同默默数着那些牌匾,心潮澎湃。

按照张一提供的地址,小香和家同很顺利就找到了张有财的家。在张有财的家门口,小香特意打量了一下,见张有财家的门板只下掉了一个,显得门脸很小,进出的人只能侧着身子,门楣的上方空荡荡的,啥匾也没挂。

小香和家同在张一的引领下,径直往里走。这是一所三进房,后面有两个天井。天井的檐角还在滴水,地面由条石砌成,石头上长了斑斓嫩绿的青苔。水滴到一口大水缸里,能清晰地听见 嗒嗒嗒的慢悠悠的脆响。

小香的心怦怦地跳,又企盼又紧张,不知道这个叫张有财的人会给自己带来啥样的消息,是吉还是凶。在赶来的路上,她的脑海里充满了爹的影像:她被土匪掳走,爹愤怒扭曲又无望的眼神;爹力举石磙,坚决要报名参加红军;爹得知要当姥爷时的幸福的笑容;爹临去上海执行任务时,对她和娘说:"我一定会回来的……"

小香的眼角湿润了。

张有财住在最后一进正房。

屋里有点昏暗,弥漫着一股霉浊的腐败气息。张有财躺在床上,虚弱无力,面色蜡黄,黄中泛着暗光,已经瘦得皮包骨头,给人的感觉,就是奄奄一息的样子。

小香看到张有财,不知怎么,忽地悲从心来,怜悯又伤感。就是这个人,当年和爹一起去上海执行任务,知道她爹的消息。她看着张有财,一点印象也没有。她不明白的是,这个老人为啥要将消息埋藏这么多年,直到现在才愿意将之公布于世呢。

她走上前,轻轻喊了一声"大"。老人没有反应。张一在老人耳边轻声说了几句,老人的眼睛有了亮光,脸上有了笑意。那笑意是艰难的,也是欣慰的,还带着淡淡的愧疚。

小香抬起手,不经意间抹了一把自己的脸。

张一拿来两个枕头靠在老人身后,支撑着他坐起来。老人伸出两只瘦骨嶙峋的手,往前抓着什么,小香见状急忙握住了老人的双手。老人的手冰凉,枯瘦如柴,形如槁木。

老人的声音微弱、沙哑,有气无力。他说:"你还是那个样子,没咋变。那时候,你怀着大肚子呢。"小香苦涩地一笑,急忙点头。张有财说:"我那时候叫张老憨。"小香忽地想起来了,她对张老憨还是有印象的,很勤快,还到厨房帮忙端饭菜。小香说:"我想起来了,记得您。"张有财又一笑,说:"我快要走了,有个事要告诉你,算是了了这一辈子。人走的时候都是要算算账的。"张有财断断续续说起了往事。

那年,他和桂德安等人一起护送霍安县委刘部长去上海。刘部长扮成茶商老板,他们扮成伙计,挑担、推车,一路赶往上海。快到叶集地界的时候,他们突然撞到一个国民党军队设的临时检查站,想避开已经来不及了。大家都一愣。刘部长让大家冷静,不用慌,沉着应对。

众人都镇静下来,若无其事地往前走。短枪、手榴弹都没带在身上,放在了马车的车板下,车板是双层的,敌人不可能搜到任何有疑点的东西。

到了关卡,敌人喝令站住,进行仔细地搜查。他们就让敌人去搜。同行的小许只有十六七岁,大家都叫他许小鬼。许小鬼挎着一个包袱,敌人要他打开包袱,他不肯,额头上直冒汗。敌人一把夺过包袱,发现包袱里竟然藏着一颗手榴弹。

敌人发现了手榴弹,如临大敌,二话不说,立马就开枪。众人没有防备,被敌人打了一个措手不及,四五个战士一下子倒在了血泊里。许小鬼躲在大车底下,趁势将武器取出来,扔给张老憨和桂德安,与敌人交上了火。

三人边打边跑,敌人紧追不舍。张老憨和桂德安这才知道,许小鬼自作主张偷偷在包袱里藏了一颗手榴弹。两人愤怒地边跑边骂,边还击敌人。许小鬼愧疚、悲愤,打红了眼,竟然端着枪迎着敌人冲了上去,掩护他俩撤退,结果牺牲了。张老憨和桂德安继续跑,敌人仍然狂追不放。跑着跑着,桂德安的小腿突然被一颗子弹穿透了,一下子扑倒在地。张老憨要扶着他跑,被桂德安拒绝了。"你跑吧,跑掉一个是一个。"桂德安说。桂德安躲在一棵树后面,掩护张老憨。

"张老憨,快跑。"这是桂德安说的最后一句话。

张老憨无奈,只好含泪跑走。这股追击的敌人被桂德安堵住了。但是,狡猾的敌人留下几个对付桂德安,其余的早已分兵包抄,正好追上了张老憨。

张老憨的子弹打光了,也跑得筋疲力尽,气喘如牛,到底还是被敌人撵上了,一个大个子兵猛然将他扑倒,他想自杀都来不及。敌人当场对他拷打审讯,他一句话也不说。敌人用枪托子砸他,他坚称是被打散的红军,混不下去了,跟一个老板做帮工,想回家寻找出路。敌人对他搜身,分文未见,很是气恼,又打了他一顿。见逃不脱,张老憨便告诉敌人,说那个刘老板身上有银圆。他料到自己这样说,敌人肯定会带他回去搜,这样,他便能证实那些战友是死是活了。

果然,敌人一听说有银圆,心花怒放,押着他就往回去。路上,他看到了桂德安手里握着枪,双目圆睁,靠在一棵树上,浑身是血,已经牺牲了。张老憨流着泪,被押着打桂德安身边走过去,心如刀割。

来到哨卡,见刘部长等人已经牺牲了。同行之人只剩下他还活着。敌人在刘部长身上真搜到了十几块银圆,那是去上海的盘缠。张老憨说:"我没骗你们吧?"

敌军官掂着银园,满脸都是笑,嘴都快咧到耳朵根了。张老憨乘机恳求他,让他掩埋那些遇难者的遗体。敌军官犹豫起来,张老憨趁热打铁地游说:"都是拿命在外面跑的人,埋了他们也是给自己积福报,再说了,他们离哨卡这么近,也影响你们,对吧?"军官一想也对,就抓来几个路过的老百姓帮忙,一起把刘部长、桂德安、许小鬼等人掩埋了。张老憨暗暗松了一口气,伺机准备逃跑。

敌军官看张老憨机灵,嘴会说,手脚勤快,就让他留下来:"你给老子当勤务兵吧。有吃有喝的,还有大洋拿。"张老憨没吭声,在想对策。敌军官又说:"你是被打散的吧? 告诉你,共产党、红军成不了气候,你趁早跟着我干,前途无量。"张老憨没有办法了,不答应肯定是死路一条,只好先答应着,活下来再说。就这样,张老憨穿上了国民党军服,给军官当勤务兵,一当就是五年。这期间,他也不是没有机会逃脱,往往是刹那的犹豫,机会便稍纵即逝了。他的内心一直纠结着、痛苦着,他知道,即使再回到革命队伍,他也说不清楚了。自己是叛徒吗？这个念头在心中一闪，便像被针扎了，立马缩了回去，从此不敢再见阳光。他已经厌倦了打仗的日子。终于，在一次围攻红军游击队的行动中，他瞅准机会逃了出来。张老憨不敢回家乡，也不敢去找红军，慌乱中逃到了诸佛庵，觉得这地方不错，是个风水宝地，便改名张有财，赁了一间屋子卖瓜子花生香烟，以此谋生。他用带回来的几十块大洋，买地买房，娶妻生子，生活安定了下来。

这么多年，他小心行事，从不乱说话，害怕别人认出来，说他是变节分子。他心里埋藏了这个巨大的秘密，被这个秘密压得抬不起头来。他想把刘部长等人牺牲的事说出来，可是自己的事该怎么解释？他不想自投罗网，只好将秘密埋藏在心了。刚解放那阵，清查镇压反革命分子，他每晚都睡不好觉，尝够了提心吊胆的滋味。后来，社会上一有风吹草动，他就感到心惊肉跳，提心吊胆。闷闷不乐中，他喜欢上了酒，喝多了就睡觉，一句话也不说，害怕言多必失。

因为长年贪酒，心情低沉，张老憨患上了肝病，请镇上的老中医治了几年，效果不大。他管不住嘴，自控力差，总是要喝酒，唯有喝酒，才觉心安。老中医气得骂他："你自己找死，我也没得办法。"张老憨等于是借酒杀自己，纵是华佗再世，也终是回天无力。眼看着就此衰竭下去，沉疴难愈，一天不如一天，他也无所谓，甚至盼着早日解脱。那天，老中医对他的儿子张一摇头叹息，被他看见了，他滴下两滴老泪，感觉时日已经不多，这才悄悄对儿子说了，他要见桂德安的家人，要解开心中埋藏了四十多年的秘密，让阳光照进来，让心透透气。

"你爹受伤了还掩护我，让我活了下来，可是我一直不敢说，我有罪啊，我对不起你们。"张有财的忏悔是真心的。或许，人到了这个时候才会真实吧？张老憨说累了，气喘吁吁，仍然一下一下地点着脑袋，向小香赎罪。小香想告诉他，娘这么多年天天等，组织上也在寻找，但是桂德安却如石沉大海，就是因为他张老憨知情不报。可是，话到嘴边她又咽了回去。这个时候，再说这样的话又有何用呢？

张一插话说,有一年,他父亲去了麻流镇,老远就看到了桂花王,他想去看看小香娘,说出实情,他是那次行动的唯一幸存者,他不说,那些牺牲的战友就没有归处,但是他又不敢说。他远远地看见了小香娘,心跳得厉害,像个贼似的,离老远就慌慌忙忙溜了回来。

回到家,张老憨再也没有离开过诸佛庵。

张老憨说完往事,便闭了双目,纹丝不动,只是面露笑意,像是放下了一个沉重的包袱。小香、张一和他说话,喊他,他都没有反应。

小香和家同只好告别。

张老憨说出了秘密,轻松了,再无挂碍,开始不吃不喝,就那样躺着等死了。任凭家人如何劝,他都不予理睬。躺到第五天,一大早,张一发现他仍然是那样静静地躺着,却没了呼吸。张有财,不,张老憨,就那样安静地去了。

二

桂小香和家同忧心重重地往家赶。令小香沉痛的是,爹其实早就牺牲了,世界上除了张老憨,竟然没有人知道,娘还一直望眼欲穿地等着,等了快三十年了。知情者竟然就在离麻流镇不远的地方生活了这么多年。

家同看了一眼娘的脸色,不知道该咋安慰她。

"回家咋跟你姥姥说呢?"小香说。

这的确让娘儿俩犯难,照实说吧,小香娘年岁已高,盼望亲人归来早已是她的精神寄托,若是实话实说,等于推倒了她心中的一座圣塔,只怕她承受不住,就此会坍塌下去;若不说也是不可能,老人知晓此行,正在家巴望着消息呢。

"要不,去问问方二爷。"家同说。

方二爷毕竟是小香娘的同辈人,对这件事的说与不说或者如何说,应该会拿捏得更准。小香觉得这是个好办法。

方二爷在鲜花岭上,正坐在那闭目养神,等待顾客。脚边的篮子里摆着几把小青菜。方二爷享受这个卖菜的过程,市井人声让心踏实,至于买与不买,倒不太在意。听见小香喊,方二爷睁开了眼。听了小香的问题,他又闭了目。小香和家同都不知道他是否听明白了。半晌,他才缓缓说道:"孩子,该咋说就咋说吧,你娘等了这么些年,也该等来一句真话了。"

方二爷说完,慢慢睁开了眼,看到一脸惊愕的小香,神情仍然淡定自若,淡淡地说:"人生七十古来稀,都到了这个岁数,还有啥怕的? 还有啥承受不起的?"

小香豁然开朗,领着家同急急地走了。

刚到山脚,就看见娘坐在门口,朝他们望着。

此时,夕阳正红,挂在不远的山巅,映照在水里,给天地披上了一层霞光。小香神情恍惚,像是看见了两个夕阳,一个真实明亮晃眼,一个虚幻恬静温和,都闪烁于一片静美的粼粼波光,与天地浑然一体。

小香和家同不由得都加快了脚步。

"娘。"

"姥姥。"

小香娘淡然一笑:"回来了? 先吃饭。"

小香娘像是忘记了那件比她生命还要重要的事,闭嘴不提。小香明白,她不可能忘记,或许是因为太在意而害怕吧? 小香顾不上吃饭,搬了一只小竹椅坐在娘的对面,慢慢说起了去诸佛庵的经过。她一边说,一边注视着娘的反应。娘听着,风轻云淡的样子,脸上始终挂着慈祥的笑意,似乎小香说的一切都是别人的事,与她无关似的。

小香不放心起来:"娘,你听见了吗?"

小香娘轻轻拍了拍女儿的手,笑眯眯地,一句话也没说,又像是啥话都说了。这让小香更害怕:"娘,您没事吧?"

小香娘摇了摇头:"没事,快吃饭吧,都凉了。"

小香将信将疑,只得将一颗悬着的心慢慢往下放。她在想,活到娘这个年纪,到底是糊涂了还是睿智了? 是心大了还是心小了是云淡风轻释怀了还是记忆更加深刻了？以至于终生都无法抹去那个疼痛的记忆了？难道真是达到了"有便是无、无便是有"的佛境吗？

小香娘仍然坐在那里，平静而安详，正像此时的天空，寂然无声，晚霞映红了山山水水。

小香娘并没有想象中的那样痛不欲生，小香的担忧稍微放了下来。

其后许多天，小香都在悄悄地观察着娘。她感觉娘就像山下那深沉的大水，波澜不惊，到了近前，才能感知到浪涛拍岸的力量。娘历经风雨岁月的洗礼，小香无法看透她的博大内心。

小香娘还是喜欢坐在门口，看着山下那条路，看着群山中的一片大水，看着太阳升起和落下。有所变化的，是她的眼神失去了往日的光泽，那一种渴盼、向往、执拗、热切的光泽，渐渐暗淡下去，像一团火，越烧越小，越来越暗。春天已经消逝，生命正走向肃杀的秋冬，她的心中，唯有晚霞。

小香没有察觉到娘的内心的微小变化，只是感觉到娘坐着的时候背不再那么挺直，有点佝偻，而且佝偻得越来越厉害，整个人几乎缩成了一团，窝在椅子里。小香的心里又涌起了担忧和不安。

有好几次，小香无声地坐在娘的身边，握住娘的手。娘仍然慈祥地微笑着，向上挺直了一下身子，让人觉得她啥事也没有，只是疲乏了，累了，想歇歇而已。

一天，娘对小香说了一句莫名其妙的话："其实，我早就料到了。"然后，又沉默，再也不说话。小香弄不懂，娘料到了什么？是料到了桂德安已经不在人世，还是料到了其他？

小香娘的身体明显地一天不如一天了。她也没有什么病，只是消瘦，茶饭不思。小香去鲜花岭药店拾了几服中药，娘吃了也不见好转。大夫摇头说："这是心病，我这里没有能治心病的药。"

那天，方子成领着谢玉兰来看她。方子成因为身体有伤，时常发作，无法工作，就处于半休养状态。谢玉兰办了退休手续，在家专心服侍他。

自从上次来看过桂小香之后，谢玉兰一直没有来过，也没有音信。小香和家人也像是把他们忘了，没人说起过他们。小香的性子要强，自己的事自己做，至死不愿求人，更甭说给别人找麻烦。现在，他们登门，她也是热情接待，就像见到了从外地回来的亲人。

小香娘见到方子成，紧紧拉着他的手，不愿意松开，连连唤他宝才："是宝才回来了吗？是我儿宝才回来了吗？"方子成和小香听了心中一凛。小香刚要张嘴说话，方子成话已出口："娘，我是宝才，我回来看您了。"小香娘听了，像个孩子似的笑了，双手仍然紧紧抓着方子成，生怕他跑了似的，然后，歪着脑袋，左看右打量，笑着，疼爱不够："你去哪了，咋恁久都没有回来呢？"在场的人都无语，不知道该如何劝慰小香娘，该如何对她解释。看来，老人的神志已经有点糊涂了。

"这是你媳妇吗？长得真好看。"小香娘似乎刚刚看见谢玉兰，满脸欣喜、惊异。方子成噙着泪直点头。谢玉兰拉住了小香娘的手，说"是"，然后喊了一声"娘"。

"小时候，你总是吃不饱肚子，这阵子能吃饱肚子了吧？"小香娘似乎对过去的事记得特别牢，而且只记得过去的事了。方子成已哽咽不能语，只是频频点头。"娘，你想吃点啥？"方子成攥住娘的手，声音都颤了。小香娘似乎愣了一下，想了半天，像是想起来了啥事，皱着眉，嘀咕道："尾巴都割尽了，啧啧，我就是想吃一块肥肉，你说上哪里能弄来一块肥肉？"方子成急忙看向旁边的小香，小香羞愧地脸一红，双手捂脸，快步走出去了。方子成又看向谢玉兰，谢玉兰慌忙掏钱包："我去买。"方子成对小香娘说："娘，你等一会儿，我去给您买肉去，马上就回来。"

方子成一把抓了谢玉兰递过来的钱包，冲出屋门，向山下跑去。小香正靠在院子门前的一棵大树上抹泪，未及说话，方子成已经从他的身边跑了过去。

太阳快要偏西的时候，方子成呼哧呼哧赶了回来，手里捧着一小碗油汪汪的红烧肉，手腕上还挂着一刀红白相间的肋条肉。方子成跑得气喘如牛，大汗淋漓，脑袋上蒸腾着热汗气。

方子成冲进了屋,扑在小香娘的床前,说:"娘,红烧肉来了,您吃。"不知道是因为方子成的喊声还是肉香,小香娘从昏迷中睁开了眼,脸上露出了笑意:"宝才,这是打土豪分来的呀?我咋记得你捧回来的是一坛子咸菜呢?"方子成急忙点头,连声说:"是肉,是肉。"然后,拿起筷子喂给娘吃。小香娘目光闪闪地盯着筷头上夹着的肥肉,流着油的肥肉,像个孩子似的笑了。她轻轻张开了嘴,想咬一口肥肉,可是,她的脑袋像是太沉了,一下子歪垂了过去。

小香娘又昏迷了。她已经处在了弥留之际。

小香仿佛听见了娘在说:"给宝才和他爹留着吧,他们也好长时间没吃肉了。"小香说:"娘,你吃一块吧,宝才和爹都吃过了。"

小香听见娘仍然在说:"宝才呢?宝才在哪?他爹都回来了,他咋还不回来呢?"

小香说:"娘,宝才回来了,您睁开眼睛看看啊。"

小香、方子成、谢玉兰、家同、家翠,还有赶过来的方二爷,都围在小香娘身边,沉默着,期待着奇迹的发生。

至今,麻流镇还流传着方子成的一个故事,不,应该是舒不忘的故事。据说,他上气不接下气地跑到公社,往椅子上一瘫,十万火急地吼道:"快,快,给老子做一碗红烧肉,越快越好。"

三

六年以后,小香去鲜花岭给孙子范念方抓药。那天的鲜花岭与往日不同,到处插着红旗,墙上糊着花花绿绿的标语和写满了黑字的白纸,有的上面还打着红叉叉。

街上的人聚集在一起,精神抖擞的样子。大喇叭里唱着令人热血沸腾的歌。这个画面,小香似曾相识。她觉得是有大事发生了。

小香不知道发生了啥事,有点害怕,又感到好奇。她小心地往前走,看着街上的热闹。

麻流镇被淹没以后,鲜花岭像一株松树,渐渐长大了,人口越来越多,房子越建越多。山上的人像是被淹的一群蚂蚁,慢慢爬上了岸,都聚在了鲜花岭这个高处。街道就在山坡上,慢慢往两边开垦平地,盖房住人,坡顶通向外界,是鲜花岭连接外界的唯一通道。

小香正走着,忽听前方喊声震天,声势浩大。那声音在山间回响着,像有个天然的扩音器,把声音混沌阔大,能感受到声威,却听不清楚呼喊的内容。

小香情不自禁打了一个寒噤,赶紧往路边靠,紧贴着墙根。

人群拥过来了,像一股洪流,从坡顶慢腾腾地奔涌下来。几乎都是年轻人,穿着绿的、蓝的、黑的衣裳,在迎风招展的红旗的海洋里,边走边高呼着口号。小香听清楚了,他们喊的是"打倒叛徒舒不忘!""打倒叛徒方恒生!"

小香听到舒不忘的名字,顿时紧张起来。

队伍经过小香身边,她看见两个男人被众人包围,艰难地往前走。那两个人一前一后,离得有五六步远。人太多,她看不清楚那两人的面目。小香追上去,看清楚了后面那个人竟然是方二爷。原来方二爷的大名叫方恒生?她弄不明白,方子成和方二爷是咋了,受到这样的游街批斗。前边那个人真是方子成吗?小香的心怦怦乱跳起来,急忙跟上去看个究竟。

游行队伍继续往前走,因为街道狭窄,排了老长,排成了一条浩浩荡荡的旗帜和人的红色长龙。

小香肯定了前边那个人就是方子成。

怎么会这样呢?她焦急,恐慌,害怕,不知道该怎么办。她只能跟在队伍后面,静观事态的发展。

队伍一直走到桂花王广场,人群站住了,开始召开批斗大会。广场下的水面碧绿明亮,倒映着广场上的人和旗。声音贴着水面,闪电般飞扬,扬到了天边。

小香拼死往前挤,她想看着他俩,生怕会出啥意外。

围观的人像潮水,东挤西挤,竟然把她挤到了人群的边缘。她根本挤不到他们身边。

　　一个腰扎宽皮带的人跳上一条长板凳,声嘶力竭地责问:"叛徒方恒生,你要老实交代,你当年是如何逃出革命队伍的,又是如何叛变投敌的?"方二爷低着脑袋不吭声。小香看到汗滴从方二爷的额头上滚下来,掉到了地上。汗滴在阳光的照射下,晶莹剔透,泛着亮光。

　　紧接着有人高喊:"逃兵,叛徒。"

　　众人跟着吼:"逃兵,叛徒。"

　　方二爷突然昂起了脑袋,大声争辩道:"我不是叛徒。"

　　有人声音更高更狠地继续吼:"你是开水烫死鸭子,就是嘴硬。你至今还叫方二爷,还说不是叛徒,只有敌人才敢在人民面前称爷。"

　　于是,众人挥拳高呼:"打倒方恒生,让他永世不得翻身。"

　　方二爷听明白了,死命又歪了脑袋,翻着大眼珠子,咬牙切齿道:"老子当过红军,砍过白匪,老子不是叛徒,老子就是不想在山上待了,你们这帮嫩崽子有啥资格责问老子?"

　　方二爷的话像是捅了马蜂窝,愤怒的人群围上去,高举拳头,更高声地要将他这个"逃兵、叛徒"打倒。方二爷还在那里梗着脖子辩解,声音却被淹没得无影无踪了。

　　小香想挤上前去护住方二爷,可是她像潮汐中的一片草叶,一次次被抛向人群的边缘。在近乎疯狂的人群里,小香看见了一个奇迹:方二爷不知使了啥招,竟然从众人手中脱逃,像一条泥鳅,滑溜溜地在人群中"游"起来。

　　广场上霎时安静下来。只见方二爷在人群中游动,左冲右突,蛇一样前行。他很快就"游"到了广场边缘,往那没有人的地方"游"去。

　　那是悬崖峭壁,几十米深的下方就是辽阔的水面。方二爷"游"到悬崖边站住了,扭头看着众人,哈哈大笑起来,愤怒地咆哮道:"告诉你们,老子不怕死,老子只是受不了那苦,老子没有投敌。"说完,他嘿嘿冷笑看着众人。方二爷像是证明自己不怕死似的,向人群挥了一下手,奋力一跳,整个人便腾空而起,像一只精瘦的大鸟。众人跑到悬崖边时,水面上已经荡起一片雪白的水花。

"快去救他。"不知谁喊了一声,五六个年轻人都跳了下去。

小香惊得捂着嘴,不让自己哭出来。她顾不得方二爷,奋力挤过人群,逆流而行,挤到了方子成身边。方子成看见她了,对着她咧嘴一笑,那笑比哭还难看。

这时候,人群中传来惊喜的声音:"救上来了,救上来了。"

批判方子成继续进行。有人让方子成交代,他失踪的那些年去哪了。小香在旁边嘶哑着嗓子向人们喊话:"他没有投敌,他被派去做地下工作了。"小香的声音被众人的声音压倒了,淹没了。她拼命想喊出声,却一句话也喊不出来,总是被别人的声音切割、打乱、淹没。人们不知道她在说什么。有人以为她是神经病,一把将她推开。推来推去,她像波涛中的一朵浪花。桂小香不管这些,仍然可着劲儿为方子成辩解。她只想让方子成听见,让方子成听见自己的声音。她要让方子成明白,他并非孤立,他的身边,还有桂小香。

这时候,有人揭发方子成:"大叛徒方子成,抛弃结发妻子,娶了大地主的女儿,不是叛徒是什么?"

桂小香心中起了疑,谢玉兰出身地主家庭吗?她顾不得想这些,只知道方子成是无辜的,她要保护方子成。不知道方子成是否听到了她的声音,他似乎一点反应也没有。

这一场声势浩大的闹剧一直持续到夕阳西下。

人群散去,空荡荡的广场上只剩下了方子成。他坐在地上,一动不动,显然已经精疲力竭了。桂小香因为紧张过度,为他们着急担忧,也疲乏得近乎虚脱。她来到方子成面前,将他扶坐起来,抱住了他的脑袋。

小香想把方子成移到桂花树下去。她要扶他站起来,他摆摆手,表示不想动,他想再停一会儿。方子成不说话,只是垂头坐在地上,神情沮丧,像是陷入一种深沉的思考之中。

过了好大一会儿,小香才扶着方子成靠在了桂花王的树干上。

方子成靠在树上,仍然不说话。小香去附近农家找来了一碗水,喂他喝了,然后,守着他。方子成无力地看着她,说不出话来。

不知过了多久,方子成恢复了一点体力,告诉小香:"她回山东了,可能就此不回来了。"小香知道他说的是谁。她没想到谢玉兰会离开。为啥要离开?方子成绝望地叹息一声,说:"我现在这个样子,又从岗位上下来了,落差太大,她受不了吧。"方子成说到这里,竟然哭了,像个无助的孩子。小香吓了一跳。她不知道方子成受了啥委屈,心疼得厉害。她将方子成抱在怀里,安慰他:"都会过去的,都会过去的。"

天慢慢黑了下来,溽暑随着夜幕也渐渐消散。

小香搀扶着方子成往她家走去。夜幕悄无声息,连虫子也似乎疲倦了,喑哑无声。

翌日近午,一群年轻人浩浩荡荡拥到了小香家,他们让小香交出方子成。小香从屋里走出来,望着他们,说道:"我不知道他去了哪里。"

"有人看见你昨天守着他。"他们说。

"守了一会儿我就走了。"

"他去哪了?"

"我不知道。"小香说,"大概是跟夜一起跑了吧?"

桂小香吃惊自己咋说了这么一句话。众人面面相觑,哪里肯信,于是将小香家里和屋后周围的山坡都心急火燎地搜了一遍,一无所获。年轻人知道面前这位老妈妈是革命烈士、赤卫队长桂宝才的姐姐,又是被"叛徒"方子成"抛弃"的妇人,都敬仰她,也同情她,拿她说不出啥,她似乎也没有理由要隐藏方子成,她应该痛恨方子成才对。他们临走时劝小香道:"记住,你要与方子成划清界限。"

四

方子成被一股清新的微风吹醒了,风里带着淡淡的水腥气儿。鸟儿啁啾,有鸭子呱呱地叫,声音清晰透亮,毫无顾忌,就像贴在耳边。

方子成一下子警觉起来，猛地睁开眼，只见眼前弥漫着浓浓的白雾，隐约能见身边的杂树、荆棘和野草，世界苍茫一片。稍远处，有人发出一串串"嗷嗷嗷"的呼唤长音，然后，就听到一群鸭子嘎嘎嘎地欢叫、扑腾、撩水、抢食。

这是在哪里呢？从没有听见过如此美妙的天籁。

方子成想动身起来，却感到浑身火辣辣地痛，僵硬着，动弹不得。经验告诉他，这么偏僻的环境，有鸟鸣鸭叫，多是安全之地。经过一夜的酣睡、休养，他的体力恢复了一点，只是肌肉还感到疼。他抬起胳膊，发现破皮流血的地方，都用布包扎着。他闻了闻，伤口处都涂抹了草药。

脑海中停滞不前的记忆，此刻像一只苏醒的虫子，慢慢爬行起来。他记得是小香搀扶着他，在夜色里走，昏昏沉沉地走，好像是要回到她的家去。他没有力气问，也不想问，就听话地跟着走。先是上山，小路很窄，两个人并排走都挤得慌，然后又下坡，同样是羊肠小道，曲曲弯弯的。不知道走了多久，他被连拖带拽，感觉是走到了水边。他已经极度疲惫，似乎要虚脱了，坚持不下去了。好几次，他感觉自己就要瘫软在地了。他很想瘫软在地，不想再走了，就那么睡过去。可是很快，他便瞧不起自己了：以前打仗，再苦再累自己都能坚持，现在咋就坚持不了呢？是年龄大了吗？

他每次要瘫软下去，都被人架了起来。终于，他感觉自己像是躺在了柔软的床上，像是浮在水面上，漂漂荡荡、晃晃悠悠的。漂着漂着，他就什么感觉也没有了。

此刻醒来，他还在云里雾中。记忆中，他好像看到了小香，不知道是真实的还是虚幻的。想到小香，他心头一热。

像是范家同从浓雾中走了过来："大，你醒了？"

方子成看见了一张长着络腮胡子的宽脸，真是范家同。他放心了，轻轻点点头，问道："是你和你妈救了我？"

范家同不解地问："大，他们为啥要这样对你？你不是老红军吗？"

方子成叹了一口气，欲言又止。他问范家同，自己是怎么到这里来的，这里又是什么地方。范家同笑而不语,变魔术似的端来一碗稀饭和咸菜,外加一个咸鸭蛋和一张白面烙饼。方子成吃了一惊,这年头,在一个普通山民家里,还有鸭蛋招待他。

方子成当然知道,这里耕地本来就少,修了水库以后就更少了,经济发展不起来,生产队穷得很,社员干一天活,也不过六七分钱。他下乡调研时,就碰到过全家只有一条裤子穿的尴尬。谁出门谁穿那条裤子,否则就只能躺在床上。方子成弄不明白,也非常困惑,大家都这么卖力,为的就是让老百姓过上好日子,为啥却越过越穷。每家每户养的几只鸡,成了家里的油盐罐子,连一个鸡蛋都舍不得吃。许多人家缺盐少油,炒菜只拿辣椒或生姜擦擦锅,俗称"炕油皮"。他为此叹息、迷茫、思索、愤怒,终究也没弄清原因。"奶奶的。"他气得大骂,却不知道要骂谁,心里头冒火,又说不清楚那股无名火打哪里来。他焦急,内疚,却无能为力,感觉自己像是一头掉进了陷阱的老虎,有力使不出来。

"哪来的这些?"他指着那些吃食。

"你先吃,吃饱了再说。"家同憨厚地劝着。

"你不说,我是不会吃的。"方子成强撑着想站起身,家同急忙去扶他。

方子成扶着一棵小树站稳了,打量着四周。

浓雾渐渐淡了些,眼前变得清晰起来。目光所及,皆是苍茫之水,远处的山峦被雾遮云罩,像是不存在了,一片虚空。他又往高处迈了几步,登高瞭望,除了雾还是雾。

"大,别望了,这是一个小孤岛,没人来过。"家同说。

方子成明白了,板着脸问:"你养的鸭?"

"先吃饭,我慢慢告诉您。"家同说。

方子成的肚子饿得咕噜噜直叫,只好坐那里吃饭。

家同蘸着辣椒酱,啃一张玉米面饼子,一碗稀饭摆在面前的石凳上。他的牙关非常有力,嚼动的声音清脆嘹亮。这让人感觉到他肌肉的力量。

家同一边吃饭,一边说着方子成想知道的事。

小香搀扶他往家走。方子成已近昏迷状态,她搀不动,又怕别人看见,急得一头大汗。家同见娘去镇上买药一直未回,不知道出了啥事,便一路寻来,正好碰见了他们。家同背起方子成,没有回家,而是来到附近的水边。他放下方子成,从岸边茂盛的荆棘丛中,拽出来一只大木桶。

那种木桶在山里是常见的,是屠户杀猪用的褪毛工具,中间宽,两头尖。放了血的猪放在木桶里,灌满开水烫,然后吹气,让猪浑身滚圆,褪了毛的猪从这个桶里被拎出来,已经变得圆滚滚、白花花的干净,浑身上下一根毛也没有了。

不杀猪的时候,木桶被山民当作小舢板,能坐一两个人,也算是一桶两用吧。家同和小香把方子成抬进木桶,方子成靠坐在桶里,正好合适。家同游在水中,推着木桶往前划。

在夜幕的掩护下,家同把方子成藏到了这座离岸一里多的小岛上。

那些前来寻找方子成的年轻人,搜遍了桂小香家和周边的山坡,都没有找到。他们根本不会想到方子成会隐藏在这座孤岛上。

方子成听了,默默将那只剥开的咸鸭蛋分了一半给家同。家同不接,说:"这是给你养伤吃的,我好好的,用不着吃。"

方子成吃着白面饼和咸鸭蛋,心中不是滋味。他没有想到,自己到了这个年岁,还会躲藏在这座小岛上,吃着救命恩人舍不得吃的食物。小香是他的结发妻子,家同是小香的孩子,他们没跟自己沾一点光,享一点福,自己反而给他们增加了这么大的麻烦。他的心里涌满了痛楚和羞愧。

方子成不明白这座孤岛的来历。瞧这架势,家同与这座小岛的渊源不短。他打量着家同,目光中写满了疑问。

家同笑了,说:"大,你在这尽管放心。我们现在待的地方,正面向着别的公社,背面对着我们麻流镇,这是两个公社都漏管的地方,这个巴掌大的小岛,根本没有人注意,也没有人来。"这个小岛离小香家最近,深得地利。

家同在小岛上依山傍势盖了一个草棚,顶上盖了巴茅草,巴茅草上巧妙地覆盖了活着的荆棘和各种绿藤,伪装在大自然中。他用树枝和野草搭建了鸭舍,用荆棘编织了不规则的篱笆,截住一个山坳,山坳里的水便成了鸭子的逍遥池。鸭子可以下水,却不能远游到水库里去,上岸可以觅食。人在远处看不见草棚,也看不见鸭子。也就是说,家同在这里神不知鬼不觉地养了几只鸭子。

方子成慢慢吃着,看着,听着,思索着,像是灵光一闪,恍然大悟:这么多年,老百姓没有富裕,或许是因为管得太死、太多、太僵的缘故吧,就像是被人绑住了手脚,有劲使不出来。是的,老百姓是有智慧的,这是老祖宗留传下来的几千年的生存智慧,只要给他们施展拳脚的天地,激发他们的热情,那是什么奇迹都可以创造出来的。

方子成的心情好了起来。

家同见他面有笑意,不知何故,关切地望着他。方子成抱歉地说:"孩子,真对不住了,让你养几只鸭子还要偷偷摸摸的。"

家同听了脸都变色了,他知道,自己这种行为是不被容许的,抓到了,会受到批判,会被抓坐牢,这是资本主义的尾巴。

方子成见他这样,更加过意不去,拍拍他的肩膀,真诚地说:"孩子,我可是啥都没有看见。还得感谢是你们救了我呢。"

这一句话,竟然把家同给说得想哭了。这个大男人,觉得满腹的委屈再也关不住,就要水到渠成地奔涌出来了。是因为自己穷困太久吗?还是因为他是小花的父亲?他在心里是把方子成当亲人看待的,但是又有着说不清楚的隔阂。方子成这一句热烫的话,让他感到他们之间没有了距离,有的只是一家人才有的那样的关怀和亲情。

家同的感动,家同的泪花,让方子成猛然间找回了一种熟悉的感觉,共产党和老百姓本就是这样的鱼水深情啊,如今,自己对这些为什么有了久违之感呢?该时时刻刻反思、警醒自己才是。

家同告诉他,自从姥姥去世,娘就变了,变得沉默寡言,她说得最多的,也是最发愁的,是咋样才能让日子过好。没有钱,缺吃少穿,咋算好日子呢?当年闹革命,那么多人跟着共产党参加红军,不就是为了能过好日子吗?

小香常常痴望着眼前的水、远处的山,若有所思。不是说靠山吃山靠水吃水吗?咋能让这些山水多长出一些东西来?有一天,小香从地里薅了一些菜,去看望周贤的老娘。周老太太是五保户,吃住都由生产队包,衣食无忧,但是,小香还是感觉老人的日子过得有点苦。从周老太太家回来,她像是下了决心,让家同去看了这座小岛。

家同游过去看了,觉得很好,又扛来大木桶,送小香也去看了。小香当即就狠了心:"养几只鸭子吧,鸭蛋也好换点油盐。"

一切都是秘密的,只有小香和家同、小芹知道。家同借助木桶,悄悄过去,悄悄过来。那几只小鸭苗,慢慢长大,下的蛋,有的被小芹拿去镇上偷偷卖了,买了油盐,有的被小香偷偷送给了周老太太。

没想到,这么一个秘密养鸭子的地方,还救了大名鼎鼎的行署专员方不成。

"都是我们的工作没有做好。"方子成感到了深深的愧疚,心中不安,脸上发烫。他不敢抬头看家同,甚至不敢看眼前这大美的山水。

五

不知不觉,方子成在岛上住了二十多天。按小香的意思,让他好好休养休养。方子成喜欢上了这个地方,难得的一个清静之地,正好可以好好思考一下自己。

那成了他一个人的岛,唯有几只鸭子相伴。每天,清早或晚上,四周无人的时候,小香做好了饭,让家同偷偷送来。岛上有一个简单锅灶,他可以热热饭菜。

锅灶没有做烟囱,烟雾会从草棚四周的缝隙中丝丝缕缕地钻出去,飘散入空,与袅袅水汽、雾霭汇合在一起,了无声息。从远处看,成了云雾的美景。

方子成吃罢饭,就坐在那里看水、看山、看鸭子,或者,在附近走走。

沉静中的方子成,可以集中精神思索、感受一些问题。眼前这一片辽阔的汪洋,淹没了他曾经的家园——繁华的麻流镇,在这里,他们曾经与敌人轰轰烈烈地厮杀、斗争。那个时候,他们抱着最本真的理想,让穷人有田有地,不再受人剥削,能吃上饭,能过上好日子。二十多年的流血牺牲和奋斗,终于换来这一片崭新的天地,重建社稷江山。可是,这块红色土地上的老百姓,在偏僻的大山之中,并没有达到理想的生活状态。当年,他们勇于牺牲生命,新中国成立后,他们勇于奉献、牺牲家园,耕地、山林少了,生活愈加贫困,虽然国家有补偿、有救济,可毕竟是有限的,生活还得依靠他们用勤劳的双手去创造……想到这里,方子成难受起来,觉得是自己对不起这么好的人民,对不起这片红色的土地。

眼前活泼的鸭子让他明白了,老百姓渴望富裕的愿望永远充满活力和动力,永远都不会枯竭,也是任何力量都无法阻止的。

这些欢实的鸭子,给了方子成莫大的安慰,也让他的脑海里流动了更多的阳光和活力。看着它们游走在范家同为它们划定的圈子里,嬉戏,觅食,累了,它们站在岸边用扁嘴梳理鸭毛,或者将脑袋缩进翅膀下安闲地睡觉,或者歪歪倒倒地走在山坡、草丛中,惬意地漫步。自由自在的鸭子们个个膘肥体壮,每天都会在窝里留下几个鸭蛋。

他想,人若是像这些鸭子,环境宽松些,他们也一定会过得更好的。那天,家同对他说:"大,我现在是偷偷养鸭子,不敢多养,若是放开了,我会养他几百只、几千只。大,你看,咱这里的山和水都没有利用起来呢,咱这可是捧着金饭碗在讨饭。"

家同的话,真是说到方子成的心坎里了。他让家同去供销社给他买了几张信纸、墨水和钢笔。他说,他要给在北京的谷传堂将军写信,要给毛主席和党中央写信,他要把自己的想法报告上去。方子成说这些话的时候,眼中放光,热血沸腾。家同把方子成写信的事对小香说了,小香淡淡地说:"这才是方子成呢。"

方子成是在一个晚上离开小岛的。离开之前,他让家同去县里和公社打探了消息,还偷偷去了他的家,见到了他的儿子方建华,知道形势已经平稳下来,风声不再那么紧张,他可以悄悄回家了。

他和家同坐进木桶,家同悄声地将小船划向对岸。

月光融融。方子成看到小香站在岸边迎接他。

月色下的水,静悄悄地,偶尔有鱼虾跃出水面,或巨或微的声音,悦耳动听,随后便被寂静淹没。起风了,风在水面上呼呼地吹。风是神秘的,不知道它从哪里出发,经过哪条航道,只是随意从他们身边一掠而过,也不知道它要去哪里。

小香拢了拢被风吹乱的头发,将一个包裹递给方子成。那里面有干粮,包括几个咸鸭蛋,让他带在路上吃。方子成再也抑制不住奔涌的情感,抓住了小香的手,攥得紧紧的。

"小香,我知道今后我该咋过了。"方子成说。

"好好照顾自己。"小香说,"诸事想开一点,身体要紧。"

方子成点点头。

"第一天进城,我就想过,若是你能陪我一起进城,那该有多好,可惜你那时不在,那时候,我以为你不在人世了。还记得吗?结婚那天,我对你说过,我们一定会有胜利的那一天,等革命胜利了,我要让你过得幸福,衣食无忧,我想看到你笑,你笑的时候就像一个天仙。进城以后,我一遇到高兴的事儿就会想到你,想和你说,遗憾的是你不在。小香,我无法原谅自己没有兑现诺言。我对不起你。"方子成伤感起来。

"不怪你,我从来都没有怪过你。"小香见方子成这样自责,心疼得不知说啥好。这么多年过去,眼前这个男人还没有走出她的内心,像是她的影子,紧紧相随着。也许,他永远也无法走出她的目光了。

"我现在……唉,小香,我有个请求,等我安定下来,你能不能跟我走,咱们两家并一家?"方子成说话吞吞吐吐起来。

一阵强劲的风贴着水面蹿了上来,他忍不住打了一个寒噤。

停了半晌,小香才说:"我们老了。孩子都大了。"她又补了一句,"啥时候想回来看看,就回来,我给你做你最爱吃的老鸹头。"

方子成嗯嗯地应着,在黑暗中悄然抹了一把泪……

日子在清风寡淡中一天天逝去,转眼又是一个多月。那天,家同像往常一样又悄然到了小岛,发现鸭子全被打死了,东一只西一只的,血流了一地。鸭棚被毁坏,草棚被夷为平地。

范家同吓坏了,心怦怦地狂跳。他警觉地四处查看,一个人影也没发现,一个有价值的线索也没得到。是谁上了岛,为啥要打死鸭子、毁坏鸭棚?为啥将鸭子打死一只也不拿走?这成了一个无法解释的谜。

家同拎着鸭子慌慌张张急渡回家,这才想起,木桶完好无损,也没有人动过的痕迹,来人是如何上的岛?这也成了一个谜。家同顾不得再想这些,下了木桶,奋力将木桶拖上岸,然后一咬牙扛上肩,奔回了家。

范家同悄悄向小香和小芹说起这事,她俩都惊得目瞪口呆,想不明白。小香若有所思:"这是在告诉咱,不要再养了,那就别养了吧,人没事就是万幸。"

鸭子被小芹偷偷腌了四只,留一只加辣椒炒了。小香拣了一碗好肉让家同送给周老太太。

从此像是风过地皮,养鸭子的事销声匿迹,再也没有人提起。一切风平浪静,日子平安,好像养鸭子的事压根儿就没有发生过。

十多天后,大队基干民兵扛着枪上了那座孤岛,两根烟的工夫,又离开了小岛。他们啥也没找着。范家同看见了,暗暗惊出一身冷汗。

对于那座小岛,小香和家同都感觉到了刻骨铭心,又像是做了一个梦。有时候,现实与梦确实难以分得清楚,常常会混在一起,让人有了恍惚或幻觉。

这成了一个谜。

六

生活像什么呢?小香常常这样问自己,就像这巍巍大别山,脉脉相连,九曲八弯,常常觉得无路可走陷入绝境了,可是转过山弯,发现又是一片迷人的景。

总是有惊喜在前边等着。

小香有时候想家翠了，就去她家住几天。家翠和娘有着说不完的话。小香一去，她就和娘挤一张床，叽叽咕咕说至大半夜。她的男人憨厚老实，啥事都依着她，她过得心情愉快，无遮无拦。

那天，家翠说起往事，就说到了小花。她发现，年龄大了，就喜欢忆旧，忆到痛苦的事，会让痛苦延续好长时间，就像醉了酒总也不醒似的，醒了，也会觉得虚塌乏力。

家翠的话勾起了小香的痛苦回忆。小花一直是桂小香的一块心病，她不敢提起，别人更不敢提起。但是家翠莫名其妙就说起来了。

解放那年她领着家同、家翠去漫水河街上没找到小花，心里就埋下了一个巨大的隐痛。见到方子成，她更是愧疚得像有无数小蚂蚁在心里爬。她痛苦欲绝地说着小花的经历时，不敢看方子成的眼睛。方子成安慰她："小香，这不能怪你，也不能怪范道江。在那个形势下，范道江是对的，给小花找了一条活路，你不要太自责了，也不要再责怪他了。我应该感恩。"

方子成答应小香让人去寻找小花的下落，但是十几年下来一直没有线索，也就放弃了。"小花"只是一个乳名，这么普通的一个名字，大别山里不知道有多少呢，就像一株蒲公英，散落于崇山峻岭，哪有那么容易找到的？况且，这么多年过去，小花即使活着，也快四十岁了。

找到小花成了小香最大的愿望。她常常在心里祈求上苍，还她一个平安健康的小花。可是谁能知道小花在哪里呢？等吧，也许时间能给出答案。

家同从鲜花岭买盐回来，告诉娘，听说独山公社这几天出了一件稀奇事，许多人都去瞧热闹。小香问是啥热闹，家同说，听说那里出了一个白毛女。小香说："这咋可能呢？白毛女是解放前的，电影上都放过，听说是没有盐吃头发才变白的。"

小香看过多遍电影《白毛女》，白毛女喜儿、杨白劳、大春、南霸天、三尺红头绳、大雪飘飘可谓妇孺皆知。那是电影上的，谁不知道呢？家同说独山也有个白毛女,这真是令人震惊的稀奇事。听说北京要来一位老将军,要去看白毛女,这岂不是霍安县的一个大事吗?

去独山,走山路要一天,坐机帆船三四个小时,再上岸步行就很快。水路是无形的桥,近多了。家同陪着母亲小香和媳妇小芹赶到时,独山公社的医院门前已经围了黑压压的人。

人群像赶集似的,熙熙攘攘。大家相互打探着,张望着,寻找白毛女在哪里。穿白大褂的军医、穿中山装的干部、穿工作服的工人,匆匆来去,神情肃然,都在忙着。医院门前,停着两辆草绿色吉普车、四五辆解放卡车。

有人说,白毛女就在医院里。又有人透露,解放军正在里面给白毛女治病呢。

白毛女咋了? 瞧热闹的人更加好奇,是要把她的白头发变成黑头发吗?

当地有人熟悉情况,就当起了热心的讲解员,不厌其烦地讲给众人听。每个讲解员身边,都围着一圈兴奋的男女,竖着耳朵听白毛女的故事。他们一边听,一边还不忘拿眼光打探,期待着白毛女的出现。

小香被一个中年胖妇女吸引了。胖妇女被人围在中间,显得很激动,脸红得像个熟透的山楂果。

胖妇女说,幸亏来了解放军医疗队哇,来咱们革命老区给大家检查,治病,听说是中央军委派来的医疗队呢。胖妇女说得眉飞色舞,激动万分。

"白毛女真是命苦。"胖妇女说,"生了一个儿子,就把身子生坏了,管不住尿了。"

胖妇女的开场白一下子勾住了众人的心,大家的眼睛瞪得更大了。

"她一有尿吧,就顺着腿流下来了,像个不懂事的小胎孩,夹不住尿呀。"胖妇女说,山里人穷,衣裳本来就少,尿湿了裤子,哪有换的呀? 她就只能天天穿湿衣裳。夏天还好些,尿湿了很快就干了,冬天的棉裤要是湿了,一时半会儿可干不了。天长日久,她的裤子上结了一层厚厚的尿碱,尿碱都变成了硬壳壳。她身上的那个尿臊味呢,嗯,能熏死人,离老远就能闻到臊气,直冲鼻子,苍蝇嗡嗡嗡地围着她打转转。没人敢靠近她,见了她都躲得远远的。她呢，也不敢出门，出了门就躲着人走。在生产队干活，大家都离她远远的。有一回，村里在稻场上放电影《沙家浜》，大家正等着看，白毛女来了，结果，轰地一下子散了一大半，许多人宁愿跑到银幕对面去看，也不愿意挨近她。白毛女哪好意思再看，扭头就躲回家去了。"

小香听得心里难过，这白毛女真是太可怜了啊，她问："就没去医院瞧瞧吗？"

胖妇女说："咋没去呢？她男人带他去的医院，看了好几回，都没看好。后来，大队、公社都送她去过医院，县里的、地区的医院都没有看好，手术都失败了，说这个病太难缠了，说她生孩子的时候，把产道、尿道、膀胱都撑破了，所以难治。你们不知道吧？光是手术就做了三回，三回都失败了，这前前后后折腾了九年哩。

"最后一次从医院回来，白毛女的家人都死心了，她也死心了，反正是治不好了，就这样吧。一有尿还是往下漏，浑身仍然是臊气冲天，家里人也受不了。幸好，附近有个山洞，她就住山洞里去了。她不敢见人，她男人也不敢挨她，婆婆每天让孙子去送饭，中午晚上都送，孙子端碗出门时，她婆婆都会说一句：'看看还在不在？'家人以为她活不了多长时间。可是，这白毛女命硬，住山洞已经八年了，住得她婆婆都死了，她还好好地活着呢。她男人在家里做饭，做不好，饥一顿饱一顿的，给她送饭也是有一搭无一搭的。她饿了就去山上摘野果子，去地里薅人家的庄稼，大家都知道她可怜，都不会计较，有人还主动给她送吃的，把东西远远地放在洞口，然后高声吼一嗓子：'这里有吃的呵！这里有吃的呵！'算是打了招呼，然后转身就走。"

众人听了都心情沉重，桂小香和几个女人早已哭得泪水止不住。"这个女人太可怜了啊！"

胖妇女的眼睛也红了，感叹说："唉，咱做女人的，真是难哪。"

胖妇女继续说："这些年，咱这山里得大脖子病的人多起来了，毛主席没忘记咱老区，派解放军医疗队来给大家治病哩……解放军听说了白毛女的情况，就上山去找她，要给她治病。公社、大队的干部也派人上山去找，想请解放军给她看看,结果,还是军医先到了。

"洞口有一堆稻草,都霉烂了,稻草旁边放着一个石槽,那是白毛女吃饭的碗,洞里也是一堆腐烂发臭的干草,是白毛女睡觉的地方。那个女军医进去了,女军医不嫌弃她,流着泪拿东西给她吃,递水给她喝,温言温语地和她说话,慢慢地就和她拉近了距离,白毛女不再躲人,也不再抓人,听了女军医的话,跟着她出来了。女军医让她躺在担架上,绑结实了,让人把她抬下了山。白毛女已经不会说话了,就像一个哑巴只能啊啊啊地发出声音。"

"头发是白的吗?"有人抹着泪,还是感到好奇。

胖女人顾不上理那人,只是摇了摇头,算是回答,然后只管自己往下说:

"那个女军医天天陪着白毛女,照顾她吃饭,给她洗澡,把她按在热水里泡,泡了好长时间,打上肥皂,然后帮她揉啊搓啊,洗了黑乎乎的一盆水。白毛女身上的灰都结成硬壳了,该有多难洗啊。女军医一边洗一边流泪,听说一连换了七盆热水,才把她洗干净。然后,女军医把她的脏衣服一把火给烧了,自己去买来了新衣裳给她换上。女军医对白毛女说:'姐,我一定要把你的病治好,让你成为一个正常人。'

"白毛女就信任女军医,一会儿看不到她就会满世界去找她。她把女军医当成了最亲的人。女军医说,白毛女的身子太弱了,要调养好才能做手术,不然的话,有可能会死在手术台上。县里和公社的领导都被感动了,拿这事当大事来办,专门给白毛女开了小灶,单独给她做饭。女军医天天陪着她,给她端吃送喝,陪她走路,和她说话,带她锻炼,让她恢复身体。现在,白毛女的身体已经恢复得差不多了。女军医一天也没闲着,去了县里、地区的医院,找来了白毛女以前做手术的记录。听说手术准备都做好了,今天就给她做手术。成不成功,就看今天了。"

胖女人说得累了,呼呼直喘。

"手术能成功吗?"小香担心起来。

胖妇女说:"大娘,不光是您老担心,女军医更担心啊。您想,这是在大山里,又是公社医院,条件太差了,连个手术台都没有,听说啥无影灯也没有,而且吧,白毛女的身体是不是能撑得住,这都让人担心哩。想想吧,那个女军医的压力也真是够大的。话又说回来,如果不是解放军,谁会顶着这么大的压力,冒着危险来做这个手术?"

有人问道:"这白毛女的大名叫啥? 以后治好了就不能再叫她白毛女了。"胖妇女打起了磕巴,她只知道"白毛女"。边上一个老者接话说:"我知道,她的大名就叫姜小花。"

小香听到"小花"两字,一愣,她对这两个字太敏感了。她正要追问,只听有人喊了一句:"老将军来了。"众人纷纷起身,向医院大门口跑去。

家同、小芹扶起小香,也向医院门口赶去。

只见一位老军人腰杆笔挺地站在医院门口,戴着一副眼镜,帽檐周围露出了花白的头发。他微笑着注视着乡亲们,像是与眼前的人都是老相识似的。这时候,年轻的县长跑了过来,离得老远就伸出了双手,笑着说:"谷将军,老区人民感谢解放军啊!"县长握着将军的手,摇晃着。谷将军说:"应该感谢老区人民才对,若没有老区人民做出的巨大牺牲和奉献,哪来的新中国? 这么多年,是我们对老区关心不够,是我们对不起老区人民啊。"将军的话让县长感动,县长说:"谷将军,假如今天的手术发生了啥意外,一切后果由我们政府承担。"谷将军也感动了,握着县长的手,又拍了拍他的肩。

接着,县长向将军报告:"为了保证这台手术顺利进行,独山公社党委书记坐镇在配电房,确保供电不出意外,县卫生局长就在手术室门口,医护人员需要啥,尽管吩咐。谷将军,我就在您身边,部队需要啥,就请您下命令。"谷将军闻言激动了,看了看县长,看了看周围的群众,用力点了点头,湿润了双眼。

县长请谷将军去办公室坐等消息,谷将军说:"我就站在这里等消息。"

桂小香看着谷将军,似曾相识,忽地忆起了什么,激动地往前挤去。她打量着谷将军,谷将军也看见了她。虽然四五十年过去了,小香还是看出了谷将军的影子,那是一个人的神韵,是不会被岁月带走的。

"您……您是独立团的谷政委?"桂小香盯着他,试探着问。谷将军看着她,目光一亮,更仔细地打量着小香。终于,谷将军有了惊喜的神色:"你……你是桂小香?"谷将军抓住了小香的手,"你真是桂小香哇!"两个人都激动万分,傻笑着。"真是您啊?没想到这辈子还能见到您啊!"小香说。"是啊,是啊,我也没有想到,咱还能在这里相见。这真是意外的惊喜啊!"谷将军说,"你和方子成结婚的时候,我可是证婚人哩,喝了喜酒,还作了一副喜联呢。"

两人开心地笑着,不觉都湿了眼睛。

桂小香没想到在这里见到了当年的谷政委,她有满腹的话要说。但是,她现在迫不及待想去看一眼白毛女,看那个叫姜小花的可怜女人,是不是她日思夜想的女儿小花。

桂小香向谷将军急迫地说了自己的来意,说这个姜小花极有可能就是自己和方子成失散多年的女儿,她想进去看一眼。谷传堂听了,一转身:"跟我来。"

他们进入医院,穿过院子,来到临时手术室。医护正在为姜小花做着术前的各方准备。谷将军对女军医说了几句,女军医点头,说:"如果真是母女,那对病人的帮助可就太大了。"

女军医领着桂小香出现在门口,让她悄悄看一眼姜小花。桂小香只看了一眼,就认定姜小花是她的小花。小花离家时十岁多,脸模子还有着从前的轮廓。小香一下子捂住了嘴,不让自己哭出来。她颤抖着身子对女军医直点头,嘴里发出唔唔不清的声音。女军医心里有数了,走到姜小花的床前,和姜小花说了几句,让她往门口看。姜小花看见桂小香,目光直了,愣在那里。这刹那的错愕,已经道出了心中的全部,道出了生命的密码。

"娘?!"姜小花轻轻喊出了声。

小香扑上前去,抱住了小花:"孩子,孩子。真是你啊。"姜小花却像麻木了,只是流泪,像是沉入自己的某种情绪之中,还没有反应过来。

小香说:"孩子,娘对不起你,咱先治病,等你的病治好了,娘再仔细告诉你这一切。好不好?"

护士劝小香在外面等。小香几乎是退着出了手术室。

女军医搂住姜小花的肩，静了好大一会儿，似乎在等着她情绪的平静。她鼓励道："姐，坚持住，等着和妈妈团聚，好不好？"小花信任地点了头。

小香、谷将军、家同、小芹等人都在手术室外等着。

这时，年轻县长陪着一个满头白发的男人进来了。这个男人就是姜小花的丈夫姜志。姜志很意外地认出了桂小香，激动万分，跪下就要磕头，拜见岳母大人，被小香流着泪拉住了。姜志便断断续续说了他们家的经历。

他说，那一年父亲惨遭国民党溃兵打死，家中钱财被洗劫一空，娘就带着他和小花回到了乡下，靠种地过活。娘对小花很好，像亲闺女似的，把她的名字也就改成了姜小花。但是，姜老夫人有一个规定，不允许姜小花去找父母。小花十八岁那年，和姜志结了婚。第三年，她生了儿子，身体就坏了。姜老夫人死后，小花凭着记忆去找过范道江和小香，发现原先的房子已经坍塌毁坏了，只有范道江的坟在那里。她向邻居打听，都不知道去了哪里。姜志和小花曾在某一年去给范道江上坟，以为在那里能碰到家人，但是没有碰到。那时候，全家一门心思都在忙着给小花治病，被生活拖累得焦头烂额，哪还有闲心再去想其他？小花早就不再出门了，她这个样子，还能见谁呢？这么多年，就是这样过来的。

小香听了又忍不住抹泪，她是伤心小花没有过过好日子，磨难太多了。

手术室里，一场无比艰难的手术正在进行着。女军医从来没有遇到过这样的手术。小花因为长时间住在潮湿的山洞里，风湿很严重，骨架已经变形了，两条腿分不开，要靠两个人用力才能掰开，不然，就没有办法做手术。两个女护士一人抓住小花的一条腿，使劲往两边掰。

手术从中午一直做到晚上。小香、姜志、谷将军、家同、小芹和小花的儿子姜为国都焦急地等着。医院外的人也都没有走，期待着好消息。

终于，一个护士开门出来了。她摘下口罩告诉众人："手术非常成功。"

小香、姜志、谷将军、家同、小芹和姜为国一下子都放下了心，松了口气。小香搂着外孙姜为国又哭了。等候在医院门前的人群闻讯欢呼起来，许多

姜小花看见桂小香,目光直了,愣在那里。

人激动得泪流满面。

女军医一脸疲惫地从手术室走出来，望着谷将军自豪地笑。谷将军对小香说："大妹子，这是我的女儿谷燕，她对老区可是很有感情呢，她学医就是为了回报老区人民。"桂小香握着谷军医的手，端详着，笑着，泪眼婆娑，突然就要跪下去："恩人，是你救了我闺女啊。"谷将军父女急忙将她搀住。谷将军说："大妹子，我们来晚了，下跪的应该是我们啊。"

正说着话，方子成匆匆赶来了："报告首长，方子成，不，舒不忘前来报到。"

两个老战友紧紧拥抱在一起。谷将军说："恭喜你，你的女儿小花找到了。"

第十五章

一

桂小香无意之中找到了失散多年的小花，了却了一桩心愿。生活兜兜转转，最终是奔向圆满。埋在心中的隐痛终于痊愈了。她要用自己的有生之年好好地疼爱小花，以弥补缺憾和母爱。小花呢，仿佛做了一场梦，解除了缠绕自己近二十年的病痛，还找到了亲娘，如今云开雾散，阳光灿烂，在她人到中年，终于得到了生活的正果。这该是多大的福分啊。她的内心充满了感激，无比珍惜这来之不易的幸福。

后来，小花经常去看娘，看家同弟弟，看家翠妹妹。小香也常去小花家，每次去都带着家里能找到的好东西。小香一心想着将亏欠小花的给找补回来。范家同去小花姐姐家住了几天，给家里打了全套的竹器。方子成接小花一家去城里过了一段日子，更是十二万分疼爱。小花回山里后，他时常给小花寄这寄那，以弥补遗憾和愧疚。弥补总是显得杯水车薪，但这也是没有办法的事。

从谷传堂将军那里，小香知道周贤早已经牺牲了。他是牺牲在自己人的手里。在大别山鄂豫皖革命根据地，像周贤这样被错杀的还有许多。行刑的时候，周贤说："节约一颗子弹吧，留着打国民党反动派。"在西淠河的河滩上，他站在自己人挖的坑里，被扔来的一块块石头埋葬了。他最后说出来的话是:"中国共产党万岁。"

谷传堂将军说到周贤,虽时隔多年,仍然老泪纵横,悲伤不已。他说:"我现在是将军,可是,还有许多人是像周贤这样的,他们没有看到革命胜利的这一天,我们可不能忘了他们,不能忘了当初为啥要起来闹革命,更不能忘了大别山老区的人民。"

……

日子像流水,无声无息。范家同时不时外出做几天篾匠活,挣几个活钱,很少照顾到家了。小芹要去生产队上工,要照顾家里,忙得陀螺一般转。小香七十多岁了,做饭、洗衣、种菜,一刻也闲不住,让她歇着,她说"一歇就浑身疼"。

范念方十三岁,念初一了,范念英十岁,念小学。范念方和范念英的名字都是奶奶桂小香给取的。小香取这两个名字时,也没咋考虑,顺嘴就说出来了。她说:"我也不知道为啥,就是觉着叫起来好听。"但是,范家同和熊小芹都认为娘是另有想法。

范家同出门在外,不放心家中老娘,天天念着。终于有一天,他对娘说,从此不再外出做活了,要在家守着娘。小香听得明白,脸上露着笑。小芹在旁边,忍不住也笑,脸色红扑扑的。

娘和家都比钱重要,范家同不糊涂。但是,范家同虽然窝在家里,却并没有停了致富的心思。早几年养的鸭子被人莫名打死,避免了一场麻烦,他没有庆幸,却是一直心有不甘。还能做啥呢? 地被淹,山场被淹,少得可怜的山场稻田,不够种的呀。真不知道做啥才能有出路。生产队需要加工竹子,他就带上工具去。更多的时候,他跟着小芹去生产队上工,或者种家门口那几块菜地。这个四十多岁的汉子,心里总是慌慌的,有种有劲无处使的感觉。

有一天,邮递员送来一封挂号信。信是小香按手印签收的。范家同回来,一看信就激动了:"这是方大大来的信。"他扬了扬,望一眼母亲,然后急急地拆开展读。

信很短。

小香并家同贤侄：

近日可好？久未得消息，甚是挂念。小花过得可好？生活上若有困难一定得告诉我。我自小岛归来，也有几年了，一直赋闲在家。赋闲也好，怡养性情，反思得失，也颇有心得。

近日感觉风向已变，搞经济建设为主，号召大家解放思想，实事求是，改革开放，这是一个绝佳机会，你们完全可以发挥聪明才智，因地制宜，放手大干一场，带头致富，为老区人民带一个好头，做一个榜样。我想，大家都不用再担惊受怕了。

祝全家安好！

舒不忘　即日

范家同读了信，有点兴奋，又没有完全弄懂，慢慢读了一遍给娘听，然后，翻来覆去又看了好几遍。小香问他，信上说的啥意思，他说，就是让咱有啥好的发财路子，可以放开手脚大干一番了，政策要变了。

范家同一夜没有睡踏实，翻来覆去想这个问题。天一亮，他顾不上吃早饭，就跑到鲜花岭去。在街上走了一趟，他突然有了一个惊人的发现，做小买卖的人像雨后春笋，悄无声息地多了起来，卖菜、卖柴、卖粮、卖鸡蛋、卖土布，东西摆在街边，就成了小摊子，等着顾客光临。从前萧条的街道热闹了起来。这一切，像春雨潜入夜，润物细无声。范家同想起一句古诗，春江水暖鸭先知，对，鸭在水里，当然是先知先觉了。他问方二爷："生意好做不？"方二爷说："也不知道咋回事，街上的人多起来了。"

看来，风向是真的要变了。这就是大势所趋吧。变化虽然微小，却是实实在在。范家同还不放心，第二天把家里积攒下的十几个鸡蛋全拿上，说是去看老丈人，拔腿就去了霍安县城。小芹感到很奇怪："咋说去就去了？一点准备也没有。"

从县城回来,范家同的脸上就不再有疑惑,而是像一块逢春的冻土,松软开来。

受方子成来信的点拨,范家同对那些变化的理解、认识就深刻得多。

"妈,我觉得方大大说得没有错,咱可以放手大干一番了。"范家同掏出一根烟,点燃,深吸一口,有椅子不坐,偏就蹲在地上。

小香安静地坐在门口,听家同说话。小香继承了娘的习惯,也喜欢坐在门口,看山看水看浮云,看麻雀旁若无人地蹦蹦跳跳觅食。遗传的基因真是强大。小香说:"以前除'四害',麻雀看到人就跑得没有影子,你瞧现在,它就不怕人了。"

家同觉得娘好像有点糊涂,常常问东答西。家同又说了一遍自己的意思。小香这回听明白了,叹息道:"这才是活得明白,吃饱饭才安定呢。"家同觉得娘的话有点深奥。

范家同的脑子活络,做事雷厉风行,也有他爹范大狠子的那股狠劲儿。那天,他又去县城转悠,见大街上有人摆了一排桌子,给路过的行人发放一张印满黑字的纸。这些自称是县科协的人,也塞了一张给他。范家同仔细看了,见上面印着养黄鳝、养鸭子、养蝎子等等致富信息。他不敢相信,以为是骗子,转念一想,人家是县科协的,咋会骗人呢?

范家同下定决心一试,掏了钱从县城买回来两百个鸭蛋,小心翼翼挑回家,然后按照宣传单上提供的办法,用棉絮、灯泡加温保暖,孵起了小鸭子。

小芹担心,害怕孵不出鸭子,叨叨着不停嘴。小香说:"成不成的,不试哪里知道?"小芹顿时不吭声了。

范家同腾出一间屋子做孵化室,自己住在了里面,除了上厕所和吃饭,他寸步不离,掌握着屋里的温度和湿度。家人都好奇,见过老母鸡抱窝,没见过人工孵鸭子,能行吗?

范念方和范念英做完作业,也进屋看如何孵小鸭子,范家同只允许他俩摸摸鸭蛋,就把他俩赶出去了。

大约二十八天吧,性子急的小鸭子开始啄破蛋壳,挣扎着爬了出来。这鸭子虽说也是黄绒毛,身架儿却明显地大。咦,这鸭子与平常的鸭子不一样呢。其后几天,陆陆续续爬出来一百八十多只小鸭子。范家同把他们放在一个大筛子里,后来放不下,干脆就用几条大板凳在地上围成了一个框,把小鸭子框在里面。

这一群鲜活的小生命让人喜爱,给它们的主人注入了鲜活的力量和希望,让一家人兴高采烈。他们被这群小生命鼓舞着,心中像是有了一张鼓满了风的帆,憋足了劲儿要往前冲。

小鸭子成了一个群体,在范家同的指挥下,开始下水,像一片黄云浮在水面上,上岸,又像一匹流动的黄绒绒的丝绸。范家同不再避人,也不上岛,就是光明正大、高声大嗓地在自家门口吆喝:"嘀唠唠唠……嘀唠唠唠……"洪亮的声音在山间回荡。他的声音是自豪的,喜悦的,是从心底迸发出来的豪情。

此时,范家同的篾匠手艺派上了用场,他在院子外面,那面伸进水去的斜坡上,依照地势,埋进一些柱子,搭成了竹架子,一排排竹架子高高低低的,看上去就像是编搭的玩具。傍晚,这些小鸭子被食物诱惑着,会一个接一个地走上竹架子,然后卧在竹架上睡觉休息。它们安闲地吵吵嚷嚷,东一嘴西一嘴,姿态憨厚,却都很听话,没有谁会过分、离开或者飞走、逃离。它们似乎都知道这里就是自己温暖的家。

这么多小鸭子,捕食能力还很弱,该如何喂饱它们?家同主张喂玉米。小香舍不得玉米,就从山坡上采了一些野菜,剁碎,拌上稻糠,然后分几个盆摆在地上。一声吆喝,小鸭子像听到号令的战士,个个飞奔而来,拥挤在四周,用它们小小的扁嘴,欢快地往肚子里吸纳,噎得直仰脖子。

小鸭子喜欢这样的美食。

野菜采得差不多了,小香就采嫩嫩的青草,和野菜掺在一起,小鸭子仍然吃得兴高采烈。看着小鸭子吃得高兴,他们比小鸭子还要高兴。

"娘,鸭子光吃素不行,还得加点荤。"范家同说。哪来的荤呢? 小鱼小虾逮不了,那是公家的东西,想当年,姥姥生病,虚弱得不行,范家同偷偷在水库里钓了几条鲫鱼,炖了汤喂她,老人家竟然眉头紧皱,扭过头去一口也不吃。"这是公家的东西,我不吃。"老人家就说这一句话,执拗得令人冒火。现在,范家同当然不会去水库捉鱼虾喂鸭子。

他有自己的办法。

范家同拿了一只瓷盆下山去了。山下的水田已经犁翻了,正往田里灌水,准备操田插秧。这些收割过麦子的稻田,猛然间灌了水,让土里的蚯蚓受不了,纷纷往田埂上爬。范家同赶去,一把一把抓起蚯蚓放进盆里。蚯蚓在瓷盆里拥挤、叠压成一团,吐着细碎的白沫,发出水泡破灭的细微声响,像是要窒息的样子。

那天晚上,一百多只小鸭子尽情享受了一顿美味大餐,你争我抢,有的整条吞下去,有的撕扯一番,互不相让,各食一截。那些天,范家同天天拿着瓷盆或拎着大木桶往外跑,哪里耕田就往哪跑,专捉蚯蚓。小鸭子天天加餐,见天疯长,黄绒毛很快变成了黑褐色。三四个月工夫,鸭子已经膘肥体壮,重的有五六斤了。

范家同和小芹挑了鸭子去鲜花岭卖,没料到买鸭子的人竟然很多,有人谈好了价格,一下子买去了二十多只。方二爷告诉范家同,那些人是鸭贩子,带着鸭子,骑上自行车,走村串户去卖高价。

范家同说起这事,小香听得目瞪口呆。"世道真是变了。"小香看着范家同和小芹坐在八仙桌前数钱,桌上摆着一小堆钱,十块、五块、二块、一块,一毛、两毛、五毛,都是卖鸭子的钱。小芹和家同时不时往手指头上吐口唾沫,认真得很。

小香静静地看着,心里热热的。

范家同数完钱,说:"明天我带两只鸭子,去城里看看方大大。"

小香说:"该去。"

二

范家同成了霍安县著名的养鸭专业户,响当当的万元户。

那时候,保险业刚刚兴起,范家同在街上听了保险的宣传,觉得新鲜,就买了一个财产保险,也没当回事。有人不解,说花那冤枉钱干啥,范家同也不知道用处,便自嘲道:"保险保险,买了就有保险了。"说完,自己忍不住就笑了。

买保险的第三年,大山里出人意料地下起了大暴雨、刮起了龙卷风。小香说,她活了七十多岁还是第一次见过这么大的风,像是风神驾到了似的。龙卷风以摧枯拉朽的力量,横扫群山,势不可当。许多茅草屋、麦草屋都被揭了顶,碗大的石头被裹挟在半空,飞沙走石,天昏地暗。

小香家的干打垒麦草房也遭到了龙卷风的袭击,一面山墙倒地。旁边三间砖瓦房却稳如泰山,丝毫无损。范家同依山傍势做的鸭舍,被龙卷风刮得东倒西歪,受到惊吓的鸭子裸露在外,许多成了"飞"鸭,死伤无数。

一场龙卷风,给麻流镇造成了惨重损失。桂小香家的损失尤其惨重,光是鸭子的损失就让人难以承受。小芹和两个孩子呜呜大哭,范家同更像是霜打的茄子,蔫头耷脑。几年的心血一下子被清了零。小香坚强些,劝道:"这是天灾,避免不了,就当以前咱没挣这些,从头再来吧。"

这时候,更大的悲剧传来了,住在鲜花岭上的方二爷死了。这消息让人震惊,好好的,咋就死了呢?家同、小芹、小花忙着去镇上料理方二爷的丧事,许多人聚集在方二爷的屋子前,准备送他一程。人们的目光中都充满了钦佩和敬仰。

大风过处,一堵破旧的山墙摇摇欲坠,眼看着就要倒下来了。方二爷突然发现墙角处缩着一个五六岁的小女孩,被大风堵在那里。就在墙倾倒的一刹那,方二爷冲了上去,用自己的身体挡住了轰然倒下的高墙,一块青砖砸中了他的脑袋。小女孩得救了。据说,方二爷临死前只说了一句话:"老子不怕死。"

方二爷成了一个舍己为人的英雄。这让方子成、家同两口子、家翠、小花、方建华、方建萍以及范念方、范念英等人的脸上感到很有光彩。他们一起将方二爷埋进了方家祖坟。最伤心的应该是家同,哭得稀里哗啦,他想起了方二爷杀狗为他娶媳妇的事。小香站在方二爷的坟边,轻轻说道:"二叔,您老这辈子没有白活。"

处理了方二爷的丧事,家同还没有从悲痛中走出来,加上龙卷风给自己带来的经济损失,整个人萎靡不振、垂头丧气。

那天上午,家里来了一男一女,是保险公司的,现场察看了情况,问了鸭子的损失,说可以进行保险理赔。范家同没当回事,心想能赔几个钱?

没想到,保险公司第二天就送来了32221.4元。家同惊呆了,一家人顿时心花怒放。他们从来没有遇到过这样的好事。这样算下来,范家同的损失并不是很大。这个赔偿数字,从此刻在了范家同的心里,二十多年后,他仍然张嘴就能报出这个数字,就像是在说自己的生日。

这个赔偿款救了他,让他的事业起死回生。他又养起了鸭子。

一年后,范家同拆了旧房,准备盖楼。他的雄心壮志和设计图纸让小香吓了一跳。范家同买来砖、钢筋、水泥和沙子,然后找施工队干活。才二十天,二层小楼就盖好了。楼上三间、楼下三间,还学着城里的样子装了抽水马桶。

这也太快了吧,小香直嚷着不敢相信。这才几年的工夫,咋就这么有钱了呢?小香想不明白,范家同明白。范家同说:"娘,现在是国家政策好,咱赶上好时候了。"

在麻流镇,小香家是最早盖二层楼的。想想就让人激动,小香感到像做梦似的。搬进新屋那天,小香坐在堂屋的沙发上,激动得哭了。范念方和范念英问她哭啥,她又不好意思地笑了。

从婆家赶回来的家翠最懂娘的心。家翠说:"若不是这场龙卷风,娘根本就舍不得把她盖的草房子扒掉,那是她和姥姥辛辛苦苦建起来的,是一个念想。"小花说:"长这么大,我还是第一回见到楼房呢。"

大家都笑起来。小香的眼角挂着泪,也跟着笑。小香点了一下家翠的额头,嗔怪道:"瞧你这张小嘴,啥时候也吧吧地这么巧了。"又抓住了小花的手,"就苦了我的大闺女了。"

"咱算是赶上好时候了。"小香逢人就这么说,"享福了!"这是她的真心话,一点也不掺假,也不夸张。她安闲地坐在院子里,看山、看水、看云,听鸭子嘎嘎地欢叫,心中踏实而舒坦。

小香住在一楼,免得爬楼。院子不再是泥沙地,做成了水泥地。雨天不再有泥,干净了。一楼还建了长长宽宽的走廊,是范家同特意为母亲留的。

雨天,小香坐在走廊里,面前摆着一张石头小圆桌,放着茶杯,渴了可以喝口水。小香抚摸着石桌,赞叹道:"现在的人就是能,连石头也能做成桌子。"

小香坐在走廊里,看着雨,说:"我像不像个老神仙?"

那天,家里慕名来了一队穿着花花绿绿的男男女女,十好几个,打着小旗子。小旗子是蓝色的,印着字,在阳光下闪闪发光。

这些人个个穿得光鲜闪亮、明媚阳光,高高兴兴的。打小旗的是个年轻姑娘,烫着一个大波浪,戴着一副黑眼镜,脖子上挂着一个小喇叭。她领着那些男女,一进院子就热情地喊小香"大娘",说是来这里看看万元户,也看看风景。一群人叽叽喳喳,热闹得像赶庙会。小香听着亲切,仿佛身体里埋藏着的什么细胞密码一下子被激活了一样,高兴地和他们说这说那,沏茶给他们喝。

这一种其乐融融的热情,让小香大娘感到温暖。

那些人喝着茶,很礼貌地七嘴八舌地向她道谢,问东问西。伫立远眺,指点江山,眼前是一望无垠的水面,逶迤的山峦,袅袅的雾霭,像一幅山水画,太美了。他们兴奋地大呼小叫,甚至孩子似的又蹦又跳,有的还唱了起来。

小香感到惊奇,这有啥值得大惊小怪的呢?难道没有见过山,没有见过水吗?一个五十多岁的胖女人拉住小香的手,激动地说:"大娘,我们天天待在城里,真没见过这么漂亮的山水,还有这空气,啧啧,多新鲜啊,我真想装几桶带回家去。"她的话引得众人哈哈大笑,热烈响应。这个女人的脖子上戴着金项链,大家都叫她项链女。

　　小香大娘信了,原来自己住的地方是个宝贝。她被他们的情绪感染了,说:"你们要是喜欢,就在这里多住几天,多看看,多吸点新鲜空气。"

　　小香这么一说,众人高兴得欢呼起来。项链女摇着小香大娘的手,脸盘子笑得像一朵富贵的牡丹花:"大娘,太好了,我们今晚就住你家了。"

　　男男女女一窝蜂地往屋下的水边走,要去玩水。山坡上的荆棘丛、野草里,还有鸭舍里,正休息着三三两两的鸭子。鸭子受到惊吓,嘎嘎叫着,或憨憨地呆望,或欢飞狂跑,最后都撒腿跳进了水里。

　　活蹦乱跳的鸭子让大家愈加兴奋,他们追鸭子,逗鸭子,捉鸭子,与鸭子比嗓门,比腿脚,乱纷纷往水边跑。

　　眨眼间,鸭子像一片褐色的云,浮在水面上。

　　这辽阔的水,远看碧绿碧绿的,与山色相融,到了近前却变成了瓦清瓦清的,与天之蓝靠得更近些,待双手掬起一把,又变得清白清白的。

　　几个胆大的男人脱了长衣长裤,跳进水里去了,扑腾扑腾,狗刨式溅起了冲天浪花,惊得鸭子四散逃离,他们又去追鸭子,可怎么也追不上。这些五六十岁的人兴奋得忘了年龄,快乐得像一群天真烂漫的孩子。

　　一个好环境成就一份好心情。这柔软的山水,让人们的心也变得柔软了,像洗刷了城里落下的厚厚的尘埃,忘记了世间的尘劳。

　　小香大娘看着他们高兴快乐,自己也乐得合不拢嘴。他们掀起了一圈快乐的涟漪,涟漪快乐地扩大、扩大,一圈圈传得很远很远。

　　家同、小芹,还有范念方、范念英都回来了,小香顾不上向他们解释,就安排他们准备饭菜,她要招待家里来的客人。家里极少来这么多客人,大家都觉得兴奋。家同捉了两只大肥鸭杀了,扔进了大木盆里,小芹心领神会,早已经烧开了一锅水,浇在了鸭子身上。家同忙着给鸭子褪毛,小芹去了菜地,摘了一篮子辣椒、豆角、茄子,还有空心菜、上海小白菜。范念方高高举起一把镐头,忙着劈柴。镐头被他使得游刃有余,招招落实,木柴被劈得瘦骨嶙峋、干净利落。范念英坐在了锅台前,拿了一把松毛准备点火。小香大娘陪客人说话,坐在院子里择豆角,没想到被几个女人包围了,他们嘻嘻哈哈地帮着择,眨眼间就将豆角掰成了一截截。

夕阳落山,暮霭渐渐走来。这些男女游客意犹未尽地走回来,欢笑着,谈论着各自的感受,兴奋得有点忘乎所以。从水里上来的,一边走一边用衣服擦着头发上的水。

院子里,一张八仙桌上摆了一脸盆红烧鸭子,鸭子周围,是清炒豆角、空心菜、红烧茄子、凉拌黄瓜。桌拐上,还摆了两瓶佛子岭大曲酒。

晚饭就在院子里吃。

范家同从屋里扯了一根电线,将一个大灯泡挂在门前的晾衣竿上,照得院子通亮。几只蛾子绕着光明的灯泡兴奋过度地飞舞着,将晚餐的气氛搅得更加热火。

桌子小了,坐不下,有人就端了碗站在旁边吃,有人干脆站得远远的,边吃边赏景。吃着饭,还不忘评论、斗嘴,惊呼饭菜的新鲜香甜,说在城里就没吃过这么新鲜的蔬菜。咀嚼声、碗筷声、风声、说话声、欢笑声、鸭叫声响成一片,像一个乐队在演奏动听的生活小夜曲,将人间烟火表现得淋漓尽致。

众人吃得正酣,小芹端来了一盆锅巴汤。木柴大锅烧出来的锅巴,浇上做饭时撇出来的米汤,金黄雪白,鲜亮亮的。大家一阵欢呼,立刻又多了一片锅巴与牙齿、米汤与口腔奏响的仙乐,喜心销魂。项链女抹了一把额上的汗,像发现新大陆似的惊讶道:"哎哎,各位,我发现世上最动听的音乐其实就是吃饭时的吧唧声。"一句话,说得众人哄然大笑。

吃完饭,撤了碗碟,范家同泡好了一壶茶,放在了桌子上。范家同解释道:"这是山泉水泡黄大茶,山泉水又叫剐水,剐水泡茶,一个字,香,剐油。"

有人抿了一小口,立刻嚷起来:"咦,我们喝的也是这里的水,为什么这里的水就好喝一些?"有人就解释:"这水没有经过水厂处理,原汁原味,当然好喝了。"

小香大娘感到惊奇:"咋?你们喝的也是这里的水?"

大家酒足饭饱,慢慢喝着茶水消食,七嘴八舌说给小香大娘听。小香听明白了,自家门前的这座大水库,是淮河的源头,对治理淮河有功,下游许多

　　男男女女一窝蜂地往屋下的水边走,要去玩水。山坡上的荆棘丛、野草里,还有鸭舍里,正休息着三三两两的鸭子。

城镇吃用的都是这里的水。项链女说:"大娘,我们非常感谢您呢,让我们吃上了放心水,干净水。"

小香大娘感觉到门前的水库与以前不一样了。

小芹腾出楼上两个房间,把所有的被子、床单都拿了出来,打了地铺,男人一间,女人一间。那些人不嫌拥挤,打打闹闹、说说笑笑,一会儿就睡着了。

翌日吃罢早饭,他们要离开了,都舍不得,舍不得这山水,舍不得这善良厚道的人,说以后寻机会再来山里住几天,说山里负氧离子多,空气好,水好,菜好,饭好,人好。项链女真诚地说:"大娘,你们可以把这楼房再盖宽敞些,弄成一个家庭旅馆,来的人会越来越多,城里人都喜欢来农村旅游。"其他人立刻赞同说:"真的,这是真的。"

一行人千恩万谢地告别,下山去了,一路上还不住地回头,向小香大娘打招呼。小香大娘微笑着向他们招手,依依难舍。

小芹收拾床铺时,发现枕头下面留着一卷钱和一张纸条,纸条上写道:"亲爱的老乡,感谢你们的热情款待,感谢大别山老区人民为我们提供的好水源,这点钱仅仅表达我们的一点心意,请收下。我们还会再来,会经常来,期待着你们的日子越过越好。请相信,来老区旅游的人会越来越多,不光是看山水,更主要的,是来看看老区人民,向老区人民曾经付出的牺牲和奉献致敬。祝你们幸福。再见!"

小香让家同赶快追上去,把钱还给他们,人家大老远地来了,就是客人,咋还能收他们的钱呢?可是,追到院子里,哪里还看得见他们的影子?小香直叹气,心里过意不去了好几天。

范念方就安慰她:"奶奶,人都走了,况且他们吃了喝了住了,给点钱也是应该的,咱不收,他们该过意不去了。"小香瞅了一眼孙子,嗔骂道:"爬去!"

三

来旅游的人走了之后,桂小香就像犯了啥心病,心事重重的样子。她的问题也莫名多了起来。"你们说,咱这门前的水,真就流到城里去了吗?城里人喝的用的都是咱这里的水?"她一遍又一遍地问,不放心似的。范家同两口子和孙子范念方都点头肯定地说"是的"。范念英高中毕业,跟着一帮山里丫头去北京当保姆了,月月寄钱回来。

"这水是咋流的呢?这门口的水也没见它少啊。"小香满腹疑问,暗自嘀咕。这水库修了三十多年,小香还没有去看过大坝,也没有去看过这水库到底长得啥样子,就上次去独山坐过一回船。

范家同听了自责起来,他和念方商量,决定带娘去看看。

靠近鲜花岭的水边,早年就修了码头,现在有了快艇和机帆船停泊,一是方便了当地居民的来往,二是供外地来的游客一览湖光山色。

吃过早饭,一艘快艇突突突地开到了小香家的屋下,水里的鸭子吓得纷纷躲避。范家同和儿子范念方搀扶着小香慢慢下到水边,搭了一块木板,扶着登上了快艇。范念方给奶奶穿上一件橘红色救生衣,扶她坐稳。快艇掉转船头,向着水面深处驶去。

这里的山,小香是熟悉的,但是,这水她并不熟悉。当年她参加大坝施工,大坝快建好,她和全家就搬到了外地。她站在家门口看水库,水中有一座独立的山头挡住了视线,看不见全貌。现在,快艇转过那座山,视野一下子就开阔了起来。

水面辽阔起来,光线明亮了,水面反射着阳光,看上去有些刺眼。天空变得低沉了,白云蓝天倒映在水里,天上水里都是蓝的,都有白云,水天浑然一色。

微风掀起了层层波浪,快艇迎着波浪义无反顾地冲了过去,颠簸着,抖动着。风在耳边呼呼地刮。眼前只有水,耳边只有风,他们则像呐喊着冲向敌人的红军战士和赤卫队队员,很奇怪,小香在那一刻就是这样的感受,她想到了弟弟桂宝才，想到了方子成，想到了父亲桂德安，想到了周贤，想到了吴芳英。快艇贴着水面往前飞，她的心也跟着飞了起来。

范家同叮嘱船长开慢一点，小香抓住扶手，沉浸在自己的情绪里。浪花溅到了她的脸上，她伸手抹了去。她想，自己这是流泪了吗？

"奶奶，麻流镇就在我们船下呢。"范念方扯着嗓门大声地喊，用手指了指下面的水。快艇放慢了速度，慢得几乎像是在散步了，到最后，干脆停了下来，漂浮在水面上。这样，没有了发动机的声响，大家说话就不用再用力地喊了。小香难以想象，麻流镇曾经的房子、街道、树木、西淠河、稻田，就在这片水下，被水覆盖了。天地宽广得多了，自己现在漂在了麻流镇的头顶上。天啊！

"这水有多深呢？"小香只能看见碧蓝的水，深不见底。

"有一百多米呢。"船长说。她听了，啧啧地感叹，无法想象那个高度。"淹了，过去的一切都淹了。现在都是新的。"她念叨着。

快艇又慢慢往前驶去，小香的脑海中像看电影一般将过去的麻流镇过了一遍。回头望望，离家越来越远了，桂花王仍然挺立着，巨大的树冠铺展了半个山坡。它的枝冠是墨绿的，比周围植物的颜色都要深得多。快艇跑得老远了，她还能清楚地看见桂花王的婆娑身姿，这让小香又多了一层感慨，桂花王还在，麻流镇呢？人们习惯上还说麻流镇，只不过那是鲜花岭上的麻流镇了。麻流镇成了一个历史符号，成了新中国抹不去的记忆，这也是大别山老区人民为国家奉献的见证啊。

沿途所见山峰林立，山与山之间，形成了众多的水汊，延伸进去，至于那个水汊能延伸多远，能有多曲折，就不知道了。再往前走，水中有两座离得很近的山，细瘦挺拔，像是被水淹到了小腿肚子，快艇绕着它们跑了一圈，便开始往回走。

此时，太阳已经跑到了头顶。

"这么多的水，咋能存住的呢？"小香嘀咕道。

范家同笑了，指着四周的山峰给娘解释说："娘，您看，四周这么多的山,其实就像是围了一个大木盆,这木盆太大,远到天边了,这个大木盆平时只管存水,下的雨,山上的泉水,还有浔河,都流到了这个大木盆里,存着。这个大木盆呢,只有一个闸口,水只能从那个闸口流出去。"他这样一说,小香明白了:"那个闸口就是当年我去干活建的大坝吧?"范念方抢过话头说:"奶奶,就是那个水库大坝呀,它就像一条米袋子的口,扎了口,米就流不出去了;松一点,就流出去一点;都松了,米就呼啦一下子都流出去了。"范念方说得滑稽好懂,逗得大家都笑了。

范家同说:"娘,大坝离这太远,等哪天咱们再去大坝看看。"小香点头答应了。范家同又说:"那个袋口,其实就在西浔河最窄的地方,两边都是山,修条大坝把水拦住,大坝上修几道闸门,安装了发电机组,下游需要水,就开闸放,不需要,就关上,这样就一点也不浪费水,还能发电。"小香突然想起来:"那要是水库里的水太多了,装不下咋办呢?"范家同说:"那就得放水了,要保证大坝的安全,对吧?"

回到家,小香有点累,歇了一会儿,然后吃饭。饭后,小香坐那歇着,可是坐一会儿就迷迷糊糊地睡着了。醒来,见范家同还在屋里,小香就问他:"上次来旅游的那些人,说他们吃的水就是咱水库的,对吧?"范家同点头说是。小香便说:"那水脏了他们不就得吃脏水吗?"

范家同一愣,他没想过这个问题,感到有点突然。"城里有水厂呢,可以加工处理水。"范家同这么说着,其实心中也无底,他也弄不清楚。小香说:"那不还是脏水吗?"

范家同不吭声了,他觉得娘今天有点反常,神态严肃不说,还钻了牛角尖。他有些担忧地看着娘,不知道她在想什么。

小香起身,慢慢往前走,一直走到院子边。院子边缘有范家同用竹丫子扎的篱笆,很结实。现在,篱笆上爬满了牵牛花,叶子绿莹莹的,大红、紫红、粉红、天蓝的小喇叭花,争奇斗妍,憋足了劲比赛着谁好看。

范家同跟在娘身后也走了出来。小香站在篱笆边,看着水面,沉默着。水里、岸边,乌泱泱的都是鸭子。范家同瞅了一眼娘的脸色,有点不安,等着她发话。"还有多少?"小香问。"今年卖了一些,就剩三千多只了。"家同小心地回答。小香说:"你看看那水,浑的,看看那地上的鸭屎,一下雨,也流进水里去了。"范家同一时摸不着头脑:"是的,娘,咋了?"

"那些下游的人,吃的不都是这样的脏水吗?"小香说。

家同明白了,这么长时间,原来娘都是为这事在操心啊,还以为是啥了不起的大事呢。他笑了。

但是,小香没有笑。小香说:"你可记得,你小时候,有一年干旱,你去河里拎水,一个比你大的孩子故意在上面搅浑水,你总也舀不到清水,气得和人家打了一架?"范家同当然记得。他还记得,他走到哪,那个孩子就跟到哪,故意搅浑水,故意恶作剧,他忍无可忍,就捡起一块石头砸了过去。

"家同,咱不能养鸭子了,卖了吧。"小香说。范家同以为听错了,愣在那里:"娘,你说啥?"小香又说了一遍。家同的脸涨红了,他没想到娘会有这样的想法。

这些鸭子是怎么养起来的,这些鸭子是怎么让家里富起来的,吃的穿的用的,盖房子,买电视机、洗衣机,哪一样不是依靠这一茬茬前仆后继的鸭子?以前队里不让养,说那是资本主义尾巴,现在鼓励致富了,可以光明正大发家致富了,娘却不让养了。住在这里,养鸭子的条件得天独厚,这是前世修来的福分。好不容易能吃饱饭,有了几个闲钱,正准备往前奔呢,娘却不让养鸭子了。

"娘,您是为了下游人的吃水吗?"范家同的声调提高了,明显地带着不高兴。他可是从来没有对娘这么高声大嗓过。

小香说:"是的,咱是在上游,我一想到这水弄得脏了浑了,我就睡不着。"

"这个……我管不着。"范家同气得拔腿回了屋里。他想不通,娘这是在胡想啥呢?你穷的时候,那些人想着你吗?现在,政府没说,下游的人没说,周围的人没说,自家人倒说上了,管上了,是自家吃饭重要,还是别人喝水重要?娘是不是老糊涂了啊?说啥也不能答应这个无理要求,哪怕是顶了不孝的罪名。

范家同铁了心。

范家同从来没和娘怄过气，没想到，生活过好了，娘儿俩反而怄上了气，而且这一"怄"就是一年多。

四

范家同是穷怕了，好不容易寻了这条致富路，怎么能轻易半途而废？说句不好听的话，落水狗抓到一根稻草也不肯轻易放下呢。

范家同心里有气，只能偷偷向小芹抱怨，发泄不满。小芹呢，心里向着丈夫，却只能两头哄劝。她总不能与丈夫一起跟婆婆怄气吧？

小香认准了理，就不厌其烦地叨咕："别养鸭子了，做点啥不行呢？"范家同就赔着笑脸，和颜悦色地劝："娘，您说我能做点啥？请您老明示。"范家同是在将母亲的军，他没有办法，娘就能有办法？才过几天舒心日子，娘就出幺蛾子，自砸饭碗，真是好了伤疤忘了痛。

当初在孤岛养鸭子就是娘想的办法。她的想法理直气壮，这么大的水面、这么大的山坡都闲着，人却吃不上饭，这不是"茗"吗？如今，时过境迁，她出尔反尔，不让养鸭子了。

关键是，不让养鸭子，他范家同还能做什么？篾匠早就不吃香了，人们喜欢买便宜又好看的塑料制品。况且他有养鸭子的经验，老猫上灶台熟门熟路。村里、镇里、县里都把他树为养鸭专业户、致富能手，他的光辉形象早就是飞机上敲锣名声在外了。现在突然放弃养鸭子，是不是有点儿戏了？别说他不同意，村、镇、县里恐怕都不会同意吧？您一个农村小老太太，难道比村、镇、县里的领导还高明？

这个事说给谁听，谁都站在范家同一边，都说小香是老糊涂了。范家同打定了主意，和娘打马虎眼，先是哄她，说把这些鸭子养大卖了，就不再养了。

小香信以为真，不再提鸭子的事。一年多过去了，范家同以为娘忘了鸭子的事,暗自高兴,也就没放在心上。有一天,小香站在院子里望着范家同在给鸭子喂食,忽然就问了一句:"你这鸭子咋一只也不见少呢?"

范家同一下子愣住,不好意思地笑起来,辩道:"少了呀,比以前少多了。"小香冷了脸不理他,坐在走廊上的竹椅上,一动不动地看着天上的云。

其实,范家同已经和村里签了承包合同,将孤岛租了下来,准备大干一场。再有鸭苗便偷偷放在了岛上,只让小部分长大了的鸭子渡水来到家门口。孤岛成了育鸭养鸭的基地,反正娘无力上岛,也看不见。

娘这回是真生气了,闷闷不乐。范家同看在眼里,仍然做她的思想工作:"娘,咱现在如果不养鸭子,就没有收入,您还想让咱家回到过去的穷日子吗?"小香不吭声,显然是不愿意。"我看农家旅馆就不错。"小香忽地来了这一句。范家同听了嘴一撇:"要是没客人来,咱不就得喝西北风吗?"

小香不理儿子,拎着一只粪箕,拿了一把铲子,去山坡上捡鸭屎倒在菜地里。范家同没法子,只好投降:"娘,您别捡了,上来吧,我听您的还不行吗?"小香望着儿子,笑了。

没几天,方建华火急火燎地来了,告诉小香姨,父亲方子成病重,处在弥留之际,一直睁着眼,似乎在等什么。

方建华说,他爸先是咳嗽,越来越厉害,家里都没有在意,后来去医院检查,才确诊是肺癌晚期。方子成谁也不告诉。他保密的目的,是他知道这病已经治不好,既然是绝症,又何必告诉别人,让别人替他担心呢?对待生死,他已看透,比起那些牺牲的战友,他还怕什么呢?

当生命即将走到尽头,油枯灯灭之时,他却等待起来。方建华琢磨来琢磨去,终于明白,爸爸是在等待小香姨啊。方建华贴在父亲耳边,大声说了三个字:"桂小香!"围在床边的人都看到了一个奇迹,方子成的目光霎时就亮了起来。

小香听说要去见方子成最后一面,心里扑腾一下,眼圈就红了。

果然,方子成见了桂小香,像是终于如愿以偿,眼中有了期待的笑意。小香扑上前去,抓住他的手,他的手也立马像一把老虎钳,牢牢抓住了小香的手,誓死不愿分开的架势。更为神奇的是,方子成能说话了,尽管声音断断续续的。

归纳起来,方子成一共讲了三件事,第一件:"我对不起你,对不起小花。"说完,他的眼角流出泪来,久久地看着小香,不再言语。小香看着他,干枯的手用力晃了几下,示意她听见了。

第二件:"我还有一万块钱,帮我发给桂花村的红军家属……库区群众……我的工作没有做好,对不住他们。"小香看着方子成,又点头,表示听明白了。

第三件:"我要葬在方家祖坟。"

这三件事,他是对桂小香说的,是对方建华说的,也是对大家说的。大家都点头答应了。

三件事说完,方子成似乎放下心来,心中无憾的样子,脸上非常平静,眼神也温和下来。他仍然抓住桂小香的手,一动也不动。小香轻轻在方子成的额头吻了一下,然后,紧紧抱住了他。方子成像是睡着了,像一个熟睡的孩子,神态安详。

桂小香很平静,任凭泪水从脸上滑落。

当天晚上,桂小香非要赶回家,范家同拗不过,只好租了一辆车,陪娘一起回了家。

范家同一路上忧心忡忡,担心害怕,因为娘一路上一句话也不说,一声哭也没有。她似乎把泪都流向了心里,闷在了心里,压抑进了五脏六腑。哀痛无处发泄,深埋于心,会把心累碎的。回到家里,家同让小芹陪着娘睡。

小芹服侍婆婆睡下,就坐在老人身边。小香对儿媳说:"你去睡吧,没有事的,即使有事,你也别怕,人都是这样的。"小芹还是不敢离去,就睡在了老人的脚边。

天亮时,小芹发现,婆婆桂小香没有醒过来,已经安详地走了。

五

方子成的儿女姜小花、方建华、方建萍遵从父亲的遗言,将方子成安葬于家乡祖坟,与他的父母葬在一起。当年,他的父亲方老抠和母亲都惨死在还乡团手里,死得都有骨气。方子成曾经说过,他这辈子没有怎么陪父母,死了就永远地陪伴他们。

霍安县领导找上门来做工作,希望能将方子成安葬在县烈士陵园。方建华和姐姐姜小花、妹妹方建萍商量后,最终还是决定遵从老人的遗愿。

方家祖坟原先就埋得高,不影响修水库,也就没有移动。方二爷已经安葬于此,现在,方子成也魂归大地,去见列祖列宗。

太阳很亮。人们抬着棺材行在山道,有点艰难。走一段,抬棺的人就要用木棍顶着木扛歇息一会儿。有人放鞭炮,有人撒纸钱。噼噼啪啪的鞭炮声响在山间,在空中回荡。送葬人的哭声被山风撕扯得断断续续。

方子成魂归故乡,让抬棺的乡亲有一种莫名的亲切和感动,这是对家乡、对土地最朴素的感情。在他们眼里,不论是“方子成”,还是“舒不忘”,抑或是地区专员,他都是这片大山的赤子。

这时候,在另一条山路上,另一支送葬队伍也在慢慢地行进着。这两支送葬队伍几乎是同时走在了那条山道上,离得最近时,两支队伍的人可以望得清清楚楚。方建华看见同样披麻戴孝的范家同、范家翠等人,吓了一跳,当即呆在那里。他不敢相信这是真的,直到那边有人奔过来告诉他,的确是桂小香老了。

最苦的是姜小花,她在这同一天送别爹,也送别娘。

众人都感到不可思议。与方子成最后告别时,小香的身体还很硬朗,没啥异常,咋说走就走了呢?冥冥之中,难道真的有着生命与爱的不解之缘吗?不求同年同月同日生,只求同年同月同日死,这是什么样的爱情啊?!

两支送葬队伍的人都被感动了。

这一对青梅竹马的大别山儿女,生命是联结融为一体的,即使他们被命运分开,灵魂仍然紧紧相连着。那是一个看不见的生命场,牵挂、相望、影响,有着强大的穿透力量。或许,在这天地之间,他们具有山石一样无私的灵魂,才有着彼此的各自安好吗?

在那个阳光灿烂的下午,两支送葬队伍徐徐行进在蜿蜒的山道上。两口枣红色的棺木,在阳光下闪现出熠熠光泽。草木一秋,人生百年,落叶归根,入土为安。

桂花王无言地看着这一切。枝冠参天,幽香弥漫在天空大地,这是丹桂的幽香,生命的幽香,爱情的幽香。

离桂花盛开的八月还差两个多月,这丹桂为啥就飘来了幽香呢?

方家、桂家的祖坟离得不远,都在一个向阳的山坡上。当年在修水库之前,小香和娘将祖坟往山上迁了更高的位置。那时候,小香心里是个啥想法,已经是天地间的一个谜,无从考究了。现在,桂小香和方子成分葬在各家祖坟,却是相守相望。生之时无法偕老,百年后守望永远。

纸幡在坟头上随风飘舞,飒飒猎响。夕阳悬在辽阔的水面上,波光粼粼,霞光四射,交相辉映。群山巍峨,绵延如苍龙,撑起了这广袤的天空。

远处,隐约传来了悠扬的山歌——这是大别山古老的歌谣:

送郎啊送在清水河

手捧着啊黄大茶啊怀揣馍

叫啊情郎你就吃饱些

省得回家又去烧锅哇

比不得人家呀有老婆

这是一个青春的男声,高亢嘹亮,回音袅袅。紧跟着是一阵纯净的笑声,笑声里有着几分少男的羞涩。

众人停下脚步,面面相觑,为这歌声感动、沉醉。

一个清亮亮的女声也唱了起来,是从幽深的水里蒸腾而起的,歌声贴着水面,袅袅传扬,弥漫在山水的天空。

> 送郎啊送在清水河
> 手捧着啊黄大茶啊怀揣馍
> 叫啊情郎你就吃饱些
> 省得回家又去烧锅哇
> 比不得人家呀有老婆

唱完,便是一串银铃般的笑声。

呀,这不是男女声对歌吗?这不是大胆的热烈的直抒胸臆吗?

人们似乎一下子醒悟了过来。这首大别山情歌,人人会唱,可是这样的唱法还是第一次遇见哩。难道这是幻觉吗?

"爸!"方建华、方建萍望着蓝天,齐声高喊。

"娘!"范家同、范家翠跪在地上,泪如雨下。

"爹! 娘!"姜小花声嘶力竭,泣不成声。

他们身后,跪着小芹、姜志、范念方、范念英、姜为国……

六

范家同有了一个心病,闷闷不乐,总也高兴不起来,即使在家里数钱,也高兴不起来。有时候,他无所事事,楼上楼下不停地走来走去,或者跑到半山腰上,坐在山坡上,看着白云,看着山水,愣愣出神。他不知道自己为什么会变成这样。

小芹将范家同的表现,写信告诉了远在北京的范念英。范念英回信说,爸的这种不快乐,其实是因为心中迷茫,不缺钱,是缺憾。

范念英说对了。范家同其实是对母亲心存愧疚与缺憾。母亲走得突然,连一句话也没有向他交代。娘生前反复念叨的一个心愿,他却一直阳奉阴违。他知道娘心里不高兴。如今,他越发觉得对不起娘,子欲养而亲不待,自己简直就是一个不肖子。

范家同开始琢磨家庭旅馆的事了。

政府号召退耕还林、封山育林,家同感到不可思议。

范念英已经不做保姆,嫁了人,自己办了家政公司,做了老板。她淳朴、漂亮,手脚勤快,公司的业务量越来越多。范念英是坐高铁回来的。如今高铁直通麻流镇了,到武汉只要半个小时,去合肥、南京、上海,去北京、广州,天南地北都方便得很。

范家同见到女儿,眉开眼笑,端详着女儿带给他的一件件礼物,电动剃须刀、脚部按摩器、运动衣鞋、牛栏山二锅头。小芹和他一样,把衣服一件件往身上试。

范念英站在院子里,看着眼前的美景,没头没脑地对范家同说:"爸,命运其实是公平的。"

范家同摸不着头脑。一旁的范念方明白了,说:"妹是说这眼前的美景吗?"范念英笑了。

范家同疑惑地望着他们。念方说:"爸,从今往后,咱真的可以不用养鸭子了。"范家同瞪他一眼,似乎明白了:"就看这景。"

范念方和范念英哈哈大笑起来。

范念英说:"爸,知道农家乐吗?"

范家同听了儿子、女儿的一番描述,不禁暗暗赞叹娘是有眼光的。

一年后。

一大早,范家同早锻炼结束,就坐在小亭子里喝茶。亭子建在自家的院子里。他靠在躺椅上,看着自家的三层小楼。现在的楼虽然还是三层,却是在老楼两边盖了两幢新的,是一间一间的客房。

一辆摩托车疾驶而来。范家同不用看,也知道是谁。

"爸,今天我运气好,一到鲜花岭就碰到一个卖鱼的,瞧,都是野生的。"念方停好摩托车,把鱼拿给父亲看。那些鳜鱼浑身带着石色光斑,肥嘟嘟的。

他靠在躺椅上，看着自家的三层小楼。

这是范念方每天早晨的功课——先去集市把一天的新鲜菜买回来。这时候,念方的媳妇王诗燕会站在走廊上冲他大声喊起来:"今天要来八位客啊!"王诗燕是土生土长的麻流镇人,喜欢唱黄梅戏,说话像唱戏,大学学的专业是英语,对电脑网络也熟悉得很,负责网络旅游、农家乐的营销。

小芹不像范家同那样会享福,一天到晚手上不使闲,忙着做家务。她沉得住气,不急不躁。如果不让她干活,她倒会六神无主。范家同笑她:"你就是命贱。"

这个农家乐,内有念方媳妇王诗燕和婆婆小芹,外有念方当采买,大厨是姜为国,服务员是姜为国的媳妇陈小水,每天接待十几二十个客人,绰绰有余。姜小花和丈夫姜志在家里带孙子,种菜园。

但是,念方的心思渐渐不在这里了,他买了一艘快艇,停在鲜花岭码头,时常带客人去水库转圈,看山看水,给他们讲水上、水下的人文故事,讲桂花王的故事,讲麻流镇的故事。

范念方还迷上了水下考古,买来了几套潜水衣,可以领着游客去看水下的麻流镇。水下是另一个世界,那些房子、街道的遗址都还清晰,他带着游客去寻找过去的家园,打捞逝去的时光。

"这个项目肯定会越来越火,等着吧。"念方说。

范家同的耳边时常会响起鸭子的叫声,他无数次起身往水里看,才知道那是幻听。再看水面,从前养鱼的网箱也不见踪影了。他现在明白,守着这一片青山绿水,便什么也不用发愁。

"娘,咱这日子,真是越过越好了。"范家同坐在母亲的坟边,仰头望着蓝天,向着母亲喃喃絮语。两行热泪不知不觉流了下来,他吸溜了一下鼻子,嗅到了空中飘来的桂花幽香。

尾　声

一

和女儿女婿起冲突,是范家同没有料到的。

赶到县城的时候,天已经黑了下来,怕范念英麻烦,范家同就在路边一家饮食店吃了一碗牛肉面。这一趟是临时起意,想女儿了,所以就没有提前打招呼。

外孙在上海读大学,女婿乔继业当了县长,念英为了照顾乔继业的生活,也跟着来到了县里。家政公司她遥控指挥着,现在微信可以视频,可以打电话,方便得很,没有大事她也懒得回去。

范家同走到女儿家的楼下,见前方暗影中有一男一女在叽叽咕咕地讲着小话,神色有点鬼祟,便竖起耳朵仔细听。原来他们是在找乔县长的家。范家同警觉起来,故意放慢脚步跟在后面。

范念英开了门,那两人态度十分谦恭地进了屋。范念英关门时才发现走廊里站着的范家同:"爸,您咋来了? 吃饭没有?"

范家同见到女儿,脸上的笑就不可抑制地漾出来了,说:"吃过了。你招呼客人,别管我。"

范家同进了自己以前住过的房间,关了门,靠在床上歇息,听见那两人同女儿亲热地说话,也没说啥具体事,一会儿便起身告辞了。范家同听见关了门,才出来坐到了沙发上,四下里看了一番,真就发现沙发角落里有个红包。他的神情一下子就凝了。

"嗯,那里。"他板着脸朝红包扬了扬下巴。范念英只得当着父亲的面打开,果然是一沓子钱。念英的脸红了:"爸,没注意他们丢了这个,明天我让继业退回去。"

范家同说:"你对继业说,别怪我多嘴,当了干部,手里有权了,就要格外小心,千万不能犯错误,别毁了自己。"

范家同原本想在女儿家待几天就走,现在改了主意,住下就不提走的事了。乔继业感到奇怪,老爷子平时请都不愿意来的,来了住个三四天准走,现在咋扎了根?

一晃十多天,快到中秋节了。星期天一大早,范家同说他想去公园逛逛,中午不用等他吃饭,然后就走了。晚上,范念英、乔继业做好饭等他,左等右等就是不见他回来。

陆陆续续来了几拨客人,夫妻俩忙着接待。那些人都带着礼物,月饼、酒、烟或者其他。也有空着手进门的,看上去没啥,口袋里肯定揣着红包。乔继业和范念英让他们带回去,可无论怎么说,磨破嘴皮子,没有一个人愿意带走,基本上是丢下东西就逃也似的跑了。

乔继业无奈,找个借口下楼转悠去了,只留范念英在家。

范家同直到很晚才回到家,把念英给吓坏了,害怕老爸会出啥事。范家同怼道:"我能出啥事?"把一个"我"字拖得又重又长。

第二天吃早饭,范家同仍然神情严肃:"昨天都来了哪些人?"

乔继业说:"爸,没啥人来啊。"

范家同盯着一碗稀饭,目光聚集在一粒熟透的红豆上,一动不动,脸色越来越凝重。乔继业不知道他是咋了,不敢多问,只好跑进厨房,拉了念英出来。念英出来,刚准备张嘴问他是怎么了,范家同的巴掌便重重地拍在了桌上,喝道:"你们以为我真的去公园溜达了?老实告诉你,从早到晚,我就待在这旁边呢,我看得清清楚楚,来人就没有断过。"

乔继业的脸红了,支吾道:"我出门散步去了,不清楚。"

"去,把你们昨天收下的礼全搬出来。"

范念英看了一眼乔继业,乔继业面无表情。范念英只好去搬,礼品摆了一桌子。

"那些钱呢?为啥不拿出来?"

范念英斜了一眼乔继业。乔继业红着脸,低着头,朝念英摆了摆手。念英只好又进卧室去,把红包全拿了出来。

"拆开,都拆开!"范家同说着,便胡乱地去拆那些红包。一时间,桌上摊满了钱。范家同越拆越气,脸色铁青,两只手剧烈地颤抖着。

"你……你当官……就是为了这个?"范家同气得咚咚地拍着桌子。

念英上前去劝慰,被家同一把推开了:"你也有责任,这个家是你俩的,要翻船就会一起翻。"

乔继业无奈地说:"推不掉。"

范家同说:"啥叫推不掉?是你推不掉你自己吧?你想过没有,他们为啥给你送,为啥不给我送?还不是看中了你手里有点权力?"

乔继业沉着脸不吭气。他天天被人恭维着,巴结着,啥时候这样伤过自尊啊?他说:"这都是正常的人情往来,况且钱也不多。"

乔继业的话,让范家同像火山一样爆发了。他气得一下子掀翻了桌子,那些礼品和钱撒了一地。这且不算,范家同竟然抓起一根擀面杖,高高举了起来,幸好被范念英拦腰抱住了:"爸,你要打就打我吧!"

范家同转向女儿:"你当然也得挨打。"举手就要打念英,又被乔继业死死抱住了。

乔继业说:"爸,你要打就打我吧,责任主要在我。"

范家同似乎没听清女婿的话,兀自咆哮着:"你太姥爷桂德安,你舅爷桂宝才,你方子成爷爷,还有咱麻流镇、咱桂花村,那么多人拼了命闹革命;你奶奶桂小香,还有你太奶奶,她们吃了那么多苦,受了那么多罪,为的都是啥?现在胜利了,让你手里有权了,是让你给大家谋幸福的,不是让你给自己谋私利的!"

范家同的话,让乔继业、范念英一下子清醒了。桂家、方家这几十年血泪如河的历史,他们清楚,也没有忘,只是没有放在心上,毕竟那都是过去的事了。现在听了,竟然有一种振聋发聩的感觉。

乔继业、范念英满脸羞愧,都松了手,闪着泪花心甘情愿地等着范家同的惩罚。

范家同仍然高高地举着擀面杖,厉声问:"县长大人,红包和礼品你准备咋处理?"

乔继业哽咽着说:"爸,我们错了。这些东西全部交到纪委去,晚上我把纪委的收据拿回来给您老看。"

范家同说:"光这些还不够,你写保证书给我。以后再遇到这类事,你俩就给我读保证书。"乔继业不说话,拿起笔唰唰写起了保证书。

"孩子,听好了,俗话说,小洞不补大洞难堵,再这样下去,你会收不住手的。你完了,这个家也就完了。"

念英搂着父亲哭,边哭边帮范家同擦眼泪。

乔继业打电话给办公室,让人开车在楼下等。

范家同慢慢消了气,告诫道:"你们可不能给咱家丢脸,咱家可是革命烈士之家。"

……

几天后,范家同回到山里,受到老伴小芹的一顿责备,说:"女婿不是儿子,你咋那么不留情面?"范家同一翻白眼珠子:"咋?不都是一样?"

一周后,乔继业和念英回家来了,特意买了好酒,来感谢范家同的当头棒喝。乔继业还开玩笑说:"爸,您今后就是我们的护身符,我们供着您。"

那顿饭,范家同喝得酩酊大醉。

二

丁大菊和郭功发都是乔继业的精准扶贫对象。

吃过早饭,乔继业就去了乡下,看看丁大菊和郭功发在脱贫上还有哪些问题。

在这大山里,村村通公路像一条飘逸的绸带,依山傍河,弯弯曲曲,贴着山脚和河边,在山间铺展。

天空飘起了细雨,两旁的山峰被雨雾缭绕着,若隐若现。雨幕让人有一种置身仙境的感觉。拐了许多个山弯,终于在离路边不远的地方,在几幢小楼中,看到了一排三间砖瓦平房。这里就是丁大菊的家。

丁大菊是一个不幸的女人:十岁左右遇到自然灾害,娘去世了。三十岁时,丈夫打农药不小心中毒,视网膜脱离,双目失明。四十七岁那年,双目失明的丈夫患骨癌去世。五十五岁时,父亲去世。五十八岁时,在外当上门女婿的儿子不幸触电身亡。

儿子身后,留下了一对儿女,但是,都没有来看过她。丁大菊去了儿子家几趟,孙子、孙女也都不怎么愿意见她,毕竟没有在一起生活过,冷淡得很。

丁大菊还有一个嫁到邻乡的女儿,不幸的是,女婿在外地打工突发心肌梗死,半夜死在了床上。一个外孙是个脑瘫儿,成了家庭的负担。女儿已经是自顾不暇了。

丁大菊成了孤老太太。

好在丁大菊是一个强者,不服输,在孤独和贫穷中,乐观地抗争,从来就没有软弱过。丁大菊有一句名言,人人皆知:"哪怕家里就剩我一个人,我也要活成一朵花。"

前三四年,丁大菊还在种地,现在年纪大了,只侍弄山坡上的几亩茶园。

乔继业上次来的时候,丁大菊说她戴着老花镜采茶草,不小心,老花镜掉进了茶草里,跟着茶草一起"卖"了。

乔继业同情丁大菊的不幸经历,赞赏她对生活的乐观态度,这几年一直在帮助她脱贫致富。而且,乔继业和范念英商量过了,让范念英每月往丁大菊的卡上汇两百元钱。

这一趟,乔继业掏出一副老花镜递给她。丁大菊惊讶的是,她这样的小事乔县长也记在了心里。丁大菊戴起老花镜,左瞅瞅,右看看,满意地笑了。

……

郭功发以前当过生产队长,相貌堂堂,脑子也不笨,可是五十多岁了仍然还是一个光棍汉。

乔继业第一次到郭功发家的时候,老郭家是铁将军把门。陪同的村干部急得直挠头:"说好的呀,他咋又不在家?"

老郭本不应该是贫困户的。

老郭的父母都活到了八十多岁。父母去世后,老郭独自照顾智力有问题的大哥、三哥。二哥娶了媳妇,另立门户,再也不问家里的事。两个妹妹出嫁后,也很少顾及家里。老郭对大哥、三哥不离不弃。后来,大哥去世,他与三哥相依为命。

有人给老郭介绍过好几个对象。那时候,老郭的父母还活着。女方说,人人都有父母,父母咱得管,但是两个傻哥哥咱就不能管了。女方的要求不是没有道理,但是老郭不忍心抛下两个哥哥。于是,婚事一拖再拖,最后像庄稼错了季节,耽搁下来了。

生活的重压,内心的苦闷,让老郭有时候也无法承受。像大雪压竹林,有的竹子不堪其重,会拦腰折断,老郭差点也折了自己。那一次,他偷偷喝了农药,结果被母亲发现了,救了他一命。老郭后来还开玩笑告诉别人:农药的味道是咸的。

村民都说老郭的良心好,但是良心好也不能当饭吃。老郭想多挣钱,可是没有本钱,找人借钱也借不到。

乔继业与老郭结了对子,为老郭办理了贴息贷款3万元。有了这些钱,就像是给艰涩的门轴滴上了油,一切都活泛了。老郭用这些钱学会了种茯苓、天麻,还学会了种黑木耳。

老郭很明白,有扶贫政策,有人帮自己,但是关键的还得靠自己干,不干就脱不了贫,脱贫了也会返贫。乔继业其实很喜欢老郭的这种骨气。

乔继业的车一直开到了老郭的家门口。老郭正在门前挖菜地，鼻梁上闪着汗光。老郭一见乔继业，丢了挖锄就奔了过去。老郭跑到乔继业面前站住了，不好意思地笑，那神情似乎有话要说。

乔继业看出来了，就说："老郭你有啥话你就说。"

老郭说："乔县长，我想求你一件事。"

"啥事？"

"你能不能也拍个短视频，帮我这个贫困户带带货？"

"啊？"乔继业一惊，随即笑了。他从没拍过短视频，只是偶尔看过。老郭竟然知道短视频带货，而且想让他这个县长用短视频带货。

乔继业笑了，拍了拍老郭的肩膀，说："这个，我得回去好好研究研究，就是带货，我也是带全县的货，不能给你一个人带货。对吧？"

老郭笑了，点点头，说："乔县长，你拍短视频帮我们带货，说不定还能带成个网红呢。"

几个人听了，都忍不住笑。

乔继业问老郭是否还想找个媳妇。老郭想了想，还是摇了摇头，说："乔县长，你看我三哥从早到晚叽叽咕咕的，我要照顾他，再说，我已经老了。以后再说吧。"

乔县长说："要是有人愿意帮助你一起照顾这个家呢？"

老郭说："谁？"

乔县长手一指，说："你看！"

郭功发回头看去，只见一个穿紫红色裙子、长头发的中年女子正往这边走来。郭功发不好意思地笑了，那是村里的一个小寡妇，往他家已跑过好几趟了，乔县长连这都知道。